BASTEI
LÜBBE

BASTEI LÜBBE

WING COMMANDER IM
TASCHENBUCH-PROGRAMM:

23 148 Band 1 Die Befreier
von Mercedes Lackey und Ellen Guon
23 152 Band 2 Der Hinterhalt
von William R. Forstchen und Christopher Stasheff
23 160 Band 3 Die Geheimflotte
von William R. Forstchen
23 189 Band 4 Das Herz des Tigers
von William R. Forstchen und Andrew Keith
23 218 Band 5 Wing Commander
Das Buch zum Film von Peter Telep
23 226 Band 6 Der Preis der Freiheit
von William R. Forstchen und Ben Ohlander
23 231 Band 7 Die Bedrohung
von William R. Forstchen

WILLIAM R. FORSTCHEN

WING COMMANDER

DIE BEDROHUNG

Roman

Ins Deutsche übertragen
von Jürgen Heinzerling

BASTEI
LÜBBE

BASTEI LÜBBE TASCHENBUCH
Band 23 231

1. Auflage: Dezember 2000

Vollständige Taschenbuchausgabe

Bastei Lübbe Taschenbücher
ist ein Imprint der
Verlagsgruppe Lübbe

Deutsche Erstveröffentlichung
Titel der amerikanischen Originalausgabe:
Action Stations

Published by Arrangement with Bill Fawcett & Associates
This book was negotiated through Literary Agency Thomas
Schlück GmbH, 30827 Garbsen

Lektorat: Wolfgang Neuhaus / Stefan Bauer
Titelillustration: Don Maitz / Agentur Schlück
Umschlaggestaltung: QuadroGrafik, Bensberg
Satz: Fotosatz Steckstor, Rösrath
Druck und Verarbeitung:
Brodard & Taupin, La Flèche, Frankreich
Printed in France

ISBN 3-404-23231-3

Vorwort

In den acht Jahren seit Ende der Kilrathi-Kriege wurde viel über diesen Konflikt geschrieben, doch gibt es eine Sache, an die sich nur wenige herangewagt haben. Selbst heute ist es so gut wie unmöglich, diese Angelegenheit in ausgewogener Weise zu diskutieren, da Admiral Geoffrey Tolwyn zweifellos die umstrittenste Person ist, die in unserer Flotte gedient hat.

Dabei können nicht einmal Tolwyns schärfste Kritiker verleugnen, daß seine brillante Verteidigung bei der großen Erd-Offensive Lord Thakhaths ein zeitloses Beispiel für eine erfolgreiche Strategie in einer nahezu aussichtslosen Lage darstellt. Wäre Tolwyn in dieser Schlacht gestorben, würde man ihn heute als bedeutende historische Persönlichkeit verehren. Unglücklicherweise haben seine späteren Taten bewirkt, daß er nun für immer ehrlos ist. Man muß weit in unsere Geschichte zurückgehen – zu Alkibiades im Peloponnesischen Krieg, Benedict Arnold im amerikanischen Unabhängigkeitskrieg oder Sun Wan Lu im Faraday-Aufstand –, um einen so begnadeten militärischen Taktiker zu finden, der zugleich so umstritten ist und sich durch seine Brillanz sein eigenes Grab schaufelte.

Der Autor dieser Zeilen diente während der Erd-Offensive für kurze Zeit in Admiral Tolwyns Stab und hat erlebt, wie fast jeder mit geradezu fanatischer Loyalität unter ihm diente. Trotzdem kann ich nicht leugnen, daß ich damals das Gefühl hatte, Admiral Tolwyn habe nach mehr als dreißig Jahren im aktiven Dienst an der Front nur noch für den Krieg gelebt.

Daneben gibt es noch andere Gründe, die es meines

Erachtens zwingend erforderlich machen, einen bislang wenig beachteten Aspekt von Tolwyns Leben zu studieren: seinen ersten militärischen Einsatz nach Beginn des Krieges, der nun mehr als vierzig Jahre zurückliegt. Vielleicht gelingt es uns, das tragische Ende seiner Karriere besser zu verstehen, wenn wir den Anfang analysieren.

Dank erst vor kurzem freigegebener Geheimdokumente aus den imperialen Archiven der Kilrathi und der freundlichen Mitarbeit Baron Vakka nar Jukagas, Sohn des umstrittenen Baron Jukaga, wurde es uns möglich, zum vielleicht ersten Mal die Motive zu verstehen, die die Kilrathi bewogen haben, den Krieg zu beginnen. Vakka nar Jukagas monumentales Standardwerk *Kilrah Tugaga Jak-Ta Haganaska duka McAuliffe* enthält eine bemerkenswerte Fallstudie über die Intrigen am Imperialen Hof sowie einen Artikel über die Planung der Offensive und den Kriegsverlauf der ersten fünf Jahre. Man sollte dieses Buch studiert haben, auch wenn es in akademischen Kreisen umstritten ist und von Kilrathi-Apologisten durchweg abgelehnt wird.

Ich gebe zu, daß viele Aspekte des Krieges, soweit es die Kilrathi angeht, noch im Dunkeln liegen. Das betrifft besonders ihre berüchtigten ›Statuten für den Fall der Niederlage‹ – eine Affäre, in die Tolwyn verwickelt war. Ich hoffe, daß die Wahrheit über diese Statuten bald ans Licht kommt, da dieses Geheimnis Historiker auf beiden Seiten fasziniert.

Ich habe mich mit dem Gedanken angefreundet, daß Vakka nar Jukagas engagierte Arbeit uns zumindest einen anfänglichen Einblick in die Hintergründe des Krieges eröffnet, der mehr als dreißig Milliarden Tote gefordert hat. Die gesamten Unterlagen der Kilrathi und der Föderation werden frühestens in einer

Generation freigegeben, möglicherweise auch später. Deshalb muß ich zugeben, daß es noch viele Aspekte bezüglich der ersten Tage des Krieges gibt, bei denen ein Meinungsstreit unvermeidbar ist.

Dieser Roman versteht sich als Begleitwerk zu meiner vollständigen Untersuchung des Kriegsbeginns. Ich habe mich aus verschiedenen Gründen dafür entschieden, diese etwas ungewöhnliche Form zu wählen, wobei es mir maßgeblich um die Flexibilität ging, die sich dabei bietet. Ich hoffe, die Leser werden Verständnis dafür haben, daß ich von der Standardmethodik der Geschichtswissenschaft abweiche – möglicherweise ist dies der einzige Weg, zutreffende Erkenntnisse über die Belastungen, Urteile und Vorurteile auf beiden Seiten zu gewinnen, die unsere beiden Völker in den größten Konflikt ihrer Geschichte führten.

Ich möchte mich bei Admiral i.R. Vance Richards, MOH, DSC, FC, dafür bedanken, daß er mir großzügigerweise den Zugang zu seinen Unterlagen eröffnet hat, die er in neununddreißig Jahren Dienst in der Flotte ansammelte, sowie zu seinen bislang nicht publizierten Memoiren *Punkt und Gegenpunkt – Nachrichtendienst und Gegenspionage im Krieg gegen die Kilrathi.* Bei Commodore Kevin Tolwyn bedanke ich mich für seine ehrlichen Auskünfte über seinen Onkel, bei Konteradmiral Jason ›Bär‹ Bonderevsky für die gemeinsamen Erinnerungen, die er mit Admiral Tolwyn während der frühen Tage der Flotte teilte, bei dem Piloten der Imperialen Klaue Kaligara für sein Kriegstagebuch und die Logbücher der Angriffsschlacht. Mein Dank gilt auch Barbara Banbridge, der Tochter des berühmten Admirals, für ihre persönlichen Erinnerungen an ihren Vater, sowie Margaret Kruger, die offen mit mir über ihren Mann (Präsident

Hans Kruger) sprach, wobei sehr beunruhigende Informationen über den bekannten Rebellenführer zutage kamen. Ohne ihre Mithilfe wäre dieses Werk nicht zustande gekommen. An dieser Stelle möchte ich einflechten, daß ich als Historiker der Flotte während des Kriegsgerichtsverfahrens gegen Admiral Tolwyn mit ihm sprechen durfte und vor seinem Selbstmord drei Interviews mit ihm führte. Für jemanden, der den Admiral im Augenblick seines größten Triumphs erlebte, war das eine bittere Erfahrung. In der Nacht seines Selbstmords betrat ich das Militärgefängnis nur wenige Minuten nachdem man seine Leiche entdeckt hatte und durfte seine Zelle besichtigen, als man den Toten bereits fortgeschafft hatte. Es gab nur drei persönliche Gegenstände in der Zelle: ein Foto, das seine Frau und die Kinder zeigte, die Opfer des Krieges wurden, und daneben die Rangabzeichen und Orden, die man ihm beim Abschluß der Militärakademie verliehen hatte ... o gemarterte Seele, mögest du in Frieden ruhen.

Colonel Wilhelm Schwarzmont
Dekan für Militärgeschichte
Akademie der Föderation

1

STANDARDDATUM: 2634.89
AN: CICCONFEDFLT
VON: CONFEDFLTINT
BETR.: NEUE GEHEIMDIENSTLICHE INFORMATIONEN ÜBER DIE ABSICHTEN DER KILRATHI.
KOPIE EINS VON EINS
ZUGANGSBER.: CICCONFEDFLT EXKL.

Admiral, betr. Anweisung 2634 – 98 habe ich Informationen auf dem neuesten Stand über die derzeitige politische und militärische Situation innerhalb des Kilrathi-Imperiums zusammengetragen. Diesem Bericht sind wie angefordert vollständige Dossiers über sämtliche bekannten militärischen Stützpunkte, Schiffe, Industrieanlagen und sonstige Besitztümer der Kilrathi beigefügt. Sie werden zweifellos bemerken, Sir, daß der Umfang dieses Berichts seinem Thema kaum gerecht wird. Wie ich Ihnen bereits mündlich mitteilte, beschäftigen wir uns hier mit einem Rätsel, das in einem großen Geheimnis verborgen ist. Bislang wurde es keinem offiziellen Vertreter der Föderation gestattet, das Imperium zu besuchen, und soweit es die Grenzwelten betrifft, deren an illegalen Operationen beteiligten Bewohner gelegentlich Kontakt mit Kilrathi-Mannschaften pflegen, ist es uns nicht auf sinnvolle Weise möglich, von dieser Seite durch Infiltration Information zu beschaffen – ich brauche Ihnen nicht zu erläutern, daß die begrenzten Ressourcen von ConFedFlt es nicht erlauben, in den Grenzwelten in angemessener Weise zu patrouillieren, da sich unser Einflußbereich auch an der Grenze zum Kilrathi-Imperium ständig vergrößert. Obwohl es mir nicht ansteht, würde ich unsere Vorgesetzten gern dazu bringen, uns die notwendigen Ressourcen zur Verfügung zu stellen, da ich glaube, daß wir in diesem Sektor auf die größte Gefahr seit Bestehen der Föderation gestoßen sind.

Die wenigen Informationen, die meine Division zusammentragen konnte, wurden deshalb größtenteils durch Fernüberwachung gewonnen, gestützt durch ausführliche Befragungen der Kommandanten von Handelsschiffen, die sich in der gesetzesfreien Zone der Grenzwelten bewegen, sowie von einem verdeckten Operationsteam, das einen Bericht ablieferte, der weniger als tausend Worte und ein halbes Dutzend Holobilder umfaßte. Wir glauben, daß diese Bilder Hauptschiffe der Kilrathi zeigen, die sich gerade absetzen.

In den fünf Jahren seit dem ersten Kontakt zum Kilrathi-Imperium ist unser Informationsstand mehr oder weniger auf dem Niveau geblieben wie zu dem Zeitpunkt, als wir von den Varni-Flüchtlingen hörten, die sich unglücklicherweise in einen Krieg mit den Kilrathi eingelassen hatten.

Trotz zahlreicher Scharmützel an der Grenze ist es uns nicht gelungen, zuverlässige Informationen über ihre politischen Absichten und militärischen Ziele zu gewinnen.

Kurz gesagt, ich muß freimütig zugeben, daß wir diesbezüglich völlig im Dunkeln tappen. Die wenigen Schiffe, über die wir einigermaßen brauchbare technische Daten besitzen, sind meiner vorsichtigen Einschätzung nach antiquierte Modelle, die bereits während des Krieges mit den Varni im Gebrauch waren und nun als Patrouillenschiffe auf beiden Seiten der Grenze im Einsatz sind, so daß wir nichts über ihre derzeitigen Kapazitäten wissen.

Sir, weitere Details über all diese Aspekte finden Sie in meinem beigefügten Bericht. Doch gibt es eine Sache, die man schwerlich als faktischen Beweis betrachten kann – nennen Sie es ein ungutes Gefühl, daß mich als erfahrenen Geheimdienstoffizier überkommt, seit ich diesen ›Katzen‹ zum ersten Mal begegnet bin. Glauben Sie mir, ein Krieg ist unvermeidlich!

Sie sind ein Volk von Jägern. Ihre gesamte Existenz, die des Individuums und auch die der Gesellschaften, basiert auf Eroberungen und der klaren Abgrenzung zwischen Überlegenen und Unterlegenen. Die Stasis des Friedens, in dem sich nicht klären läßt, wer der Stärkere ist, betrachten sie als Anathema. Wer etwas anderes glaubt, lebt in einer Traumwelt, aber das kann nicht Gegenstand dieses Berichtes sein.

Ich vermute, daß ihr wirkliches Motiv vergleichbar ist mit Furcht. Dies geht aus den Informationen hervor, die wir von der Sonde Remote Deep Probe XII erhalten haben, die vor mehr als dreißig Jahren in das galaktische Zentrum geschickt wurde. Bevor sie vor nunmehr fünf Jahren spurlos verschwand, konnte sie uns Informationen übermitteln, die auf die Existenz eines aggressiven Imperiums schließen lassen, das sich bereits über zehntausend Lichtjahre erstreckte und nun in unsere Richtung expandiert. Sollte dieser Bericht der Wahrheit entsprechen, stehen die Kilrathi vor einer wichtigen Entscheidung: entweder stellen sie sich einem mächtigeren Gegner und öffnen uns gegenüber ihre Flanke, oder sie schaffen zunächst eine Pufferzone, um sich anschließend diesem Gegner zuzuwenden. Wir müssen uns mit einer fundamentalen Tatsache vertraut machen, Sir. Wir dürfen sie nicht mehr als Menschen betrachten und lernen, ihre Denkweise als ›Katzen‹ zu verstehen. Instinktiv erscheint es richtig, sich mit ihnen zu verbünden, aber es stellt sich die Frage, ob sie ebenso denken. Ich glaube nicht.

Ich hoffe, dieser Bericht hilft Ihnen weiter, Sir. Aus meiner persönlichen Sicht möchte ich nicht unerwähnt lassen, daß der sowohl in politischen wie militärischen Kreisen populäre Gedanke, die Kilrathi seien uns technisch unterlegen und verfügten nicht über den sozialen Zusammenhalt für eine dauerhafte Auseinandersetzung, völlig absurd ist. Ein ›Händler‹, der sich in der Grauzone hinter dem Landreich betätigt, hat mir vor einiger Zeit von einem sehr alten Wort aus der Sprache der Kilrathi berichtet, das aus ihrer Vorzeit stammt: *Jak-tu,* das sich übersetzen läßt zu ›einen größeren, aber nichtsahnenden Gegner aus einem Versteck heraus anspringen und mit einem einzigen Schlag töten‹. Wenn sie eines Tages gegen uns losschlagen, wird es nach Art eines Jak-tu geschehen, davon bin ich überzeugt.

Mit respektvollen Grüßen,
Konteradmiral Joshua Speedwell
Nachrichtendienst der Flotte der Föderation

VERTRAULICHER BERICHT ANLIEGEND – AUSDRUCK IST NACH DEN SICHERHEITSBESTIMMUNGEN CONFEDFLT 34448A ABZULEGEN ODER NACH KENNTNISNAHME UMGEHEND ZU VERNICHTEN.

Kilrah, Imperialer Palast

»Ich habe gesprochen, und so wird es beschlossen!«

Die meisten der acht Klan-Führer des Imperiums nahmen diese Worte mit einem bestätigenden Knurren zur Kenntnis, während der Imperator hinter seinem durchscheinenden Vorhang saß und sie genau beobachtete.

»Vakka, du scheinst anderer Meinung zu sein.« Der Imperator hatte seine Frage auf subtile Weise betont, wie es angebracht ist, wenn man zu einem Angehörigen des eigenen Klans spricht. Und daß es eine Frage und keine Feststellung war, zeigte eindeutig, daß ihm nicht an einer Blutfehde zwischen einem Überlegenen und seinem Untergebenen gelegen war.

Vakka schaute sich im Raum um und bemerkte das kaum wahrnehmbare Blinzeln der Zustimmung von mindestens zweien der Klan-Führer, die das Kriegsbegehren des Imperators freudig begrüßten, aber auch die unruhigen Blicke der anderen, die gegensätzlicher Meinung waren und abwarteten, wie stark er sich für die Sache einsetzen würde. Er wußte genau, daß es unter ihnen mehr als einen gab, der eine Blutfehde begrüßt hätte. Denn wenn der Baron eines Klans sich darauf einließ und starb, gab es stets Belohnungen, Titel, ja ganze Planeten, die den Besiegten abgenommen wurden und denjenigen zufielen, die hier und jetzt um den Thron versammelt waren.

Vakka erhob sich und zog mit großer Geste seinen Dolch, der aus dem Reißzahn eines Nagga gefertigt war. Er verneigte sich tief und legte den Dolch so auf den Boden, daß er mit dem Griff auf den Vorhang zeigte, hinter dem der Imperator saß. Es war eine deutliche Geste der Unterwürfigkeit, obwohl er es gewagt hatte, sich gegen den Willen des Imperators zu stellen.

»Mein Imperator, ich folge dem Ruf zur Jagd. Zeigt uns die Beute, und wir werden sie anspringen. Doch erbitte ich von Euch das Recht, auf andere Herden hinzuweisen, die Ihr möglicherweise noch nicht erblickt habt!«

Vakka hatte den zeremoniellen Dialekt benutzt und seine Worte besonders klar und hart ausgesprochen – ein unzweifelhafter Beweis für die Reinheit seines Blutes. Möglicherweise interpretierten einige der anderen dies als subtile Beleidigung des Imperators, da dessen Abstammung bei weitem nicht so ruhmreich war.

Der Imperator schwieg, und Vakka blieb mit geneigtem Haupt vor ihm stehen.

»Also gut, doch laß dir nicht zuviel Zeit!« kam endlich die Antwort.

»Mein Imperator – Brüder der anderen Klans! Ich bitte Euch, diese Frage noch einmal zu überdenken. Es ist der falsche Zeitpunkt, sich auf einen Krieg mit der Föderation einzulassen.«

»Vakka, wir haben uns bereits drei Tage damit auseinandergesetzt!« erwiderte der rechts vom Thronvorhang sitzende Kronprinz Gilkarg gelangweilt. »Laß deine Einsprüche endlich.«

Vakka musterte Gilkarg, den einzigen Sohn des Imperators, mit kalten Blicken. Als Kronprinz würde er die Flotte in den Kampf führen und spielte somit die Hauptrolle in diesem Drama, obwohl es der Imperator war, der auf Krieg drängte. Der wiederum hatte im Krieg gegen die Varni gesiegt, was seinen Sohn dazu antrieb, noch größeren Ruhm zu ernten.

»Nehme ich in diesem Thronsaal den Gestank der Furcht wahr?«

Diese unerhörte Äußerung kam von Prinz Ratha, dem ältesten Sohn des Kronprinzen, der sich nun mit gespreizten Klauen erhob.

Der Kronprinz hob beschwichtigend eine Hand, doch Vakka wußte genau, daß er die Meinung seines heißblütigen Sohnes teilte.

»Der Dolch liegt auf dem Boden, Ratha – es wird keine Auseinandersetzungen geben!«

Ratha setzte eine amüsierte Miene auf und bleckte seine Fänge, bevor er höflich nickte und sich setzte. Vakka hörte, wie Prinz Thrakhaht, der jüngste aus dem letzten Wurf des hohen Hauses, ihm zuflüsterte: »Du hättest ihn in Stücke zerrissen!«

Vakka verzog das Maul, weil der Kronprinz den eitlen jungen Burschen im Widerspruch zu allen Regeln der Höflichkeit nicht zu Recht wies. Er blickte sich im Raum um, ob er mit weiteren Herausforderungen rechnen mußte, was aber nicht der Fall war.

»Sicher müssen wir uns mit der Föderation auseinandersetzen«, fuhr Vakka vorsichtig fort, »aber es ist alles eine Frage des richtigen Zeitpunkts. Seit wir die Raumfahrt beherrschen, haben wir weite Teile des Universums erobert, wie es uns zweifellos zusteht. Doch vergeßt nicht, daß wir uns ausbreiten wie ein Ballon, den man aufbläst. Die Oberfläche des Ballons wird immer größer, die Grenzen des Reiches weiten sich mehr und mehr aus. Und nun stoßen wir an einer Flanke auf die Föderation! Aber wir sollten nicht vergessen, daß es auch noch andere Grenzen gibt.«

»*Vak ka garga ka naru ha garga!*« entgegnete der Kronprinz im Zeremoniellen Dialekt, den er mindestens ebensogut beherrschte wie Gilkarg. »Wer nicht zum Blut gehört, dessen Blut muß vergossen werden!«

Vakka nickte. »Ja, so war es schon immer – wenn sie

nicht von unserem Blut sind, betrachten wie sie als Beute. Doch begreift ihr nicht, worauf ich hinaus will? Während wir uns der einen Beute zuwenden und sie töten, springen aus ihrem Kadaver schon zwei neue Gegner hervor!«

»Also geht die Jagd weiter«, rief der Kronprinz mit dröhnendem Lachen. »Mehr Ehre, mehr Ruhm, mehr Blut an unseren Klauen!«

Vakka schüttelte nachdenklich sein Haupt.

»Und was geschieht in der anderen Richtung? Was ist mit der Dunkelheit, die sich aus dem galaktischen Zentrum ausbreitet? Dort gibt es eine Macht, die selbst uns in die Schranken weisen könnte. Ihr habt alle die Übertragungen unserer Raumsonden gesehen, die bis ins Herz der Galaxis vorgedrungen sind. Dort gibt es irgend etwas, das alles vernichtet, was sich ihm in den Weg stellt. Eine Macht, die sich in unsere Richtung bewegt.«

»Und deshalb müssen wir gegen die Föderation vorgehen – oder hast du etwa Angst vor ihnen?« fuhr Ratha ihn an, der so aufgebracht war, daß er nicht sitzen bleiben konnte.

»Ich fürchte mich vor niemandem«, erwiderte Vakka und starrte Ratha an.

Für einen Augenblick sah es aus, als würde es zu einem Kampf kommen; dann aber schlug der Kronprinz die Klauen aufeinander, um seinem Sohn anzudeuten, er solle sich zurückhalten. Ratha war alles andere als glücklich darüber und warf Vakka einen bezeichnenden Blick zu.

»Und deshalb müssen wir gegen die Föderation losschlagen«, wiederholte der Kronprinz. Er schaute Vakka an, sprach dabei jedoch in einem Tonfall, wie man ihn wählt, wenn man einem sehr kleinen, geistig zurückgebliebenen Jungfang etwas erklären will.

»Jeder Krieg schärft unsere Krallen. Jeder Krieg trägt dazu bei, unsere Waffen zu verbessern und die Geheimnisse unserer Feinde auszukundschaften. Denk an die verrückten Shata, die in Frieden kamen, uns das Geheimnis der Sprungpunkte offenbarten und uns zeigten, wie man sie nutzt. Nachdem wir dies Geheimnis kannten, schlachteten wir diese Narren ab, wie wir es mit jeder Beute tun!«

Dröhnendes Gelächter von allen Seiten erfüllte den Raum. Die Shata waren wie *Rugalga*, jene halb intelligenten Pflanzenfresser, die einst in Herden über die Steppen Kilrahs gezogen waren. Sie waren so friedfertig, daß ihnen jeglicher Wille fehlte, sich zu verteidigen.

Man jagte sie nur, um sich den Magen vollzuschlagen – sie zu erlegen, brachte einem weder Ruhm noch Ehre ein. Seltsam, daß es Wesen gab, die so dumm waren, die Kilrathi aufzusuchen und ihnen die Geheimnisse der Raumfahrt zu enthüllen, die auf der anderen Seite aber nicht fähig waren, sich gegen die Kilrathi zur Wehr zu setzen.

»Ich darf darauf hinweisen, daß mein Vater den Krieg mit den Varni begann, obwohl er wußte, daß deren Technologie der unseren überlegen war. Und genau aus diesem Grund haben wir die Varni bekämpft – um ihnen ihre Geheimnisse zu entreißen. Genau wie mein Vater zuvor gegen die Wu in die Schlacht zog, und der Vater meines Vaters gegen die Eyoka, so werden wir es nun mit der Föderation aufnehmen, um unsere Traditionen zu pflegen und unser Recht durchzusetzen.«

»Dagegen möchte ich einwenden«, erwiderte Vakka, »daß es auf unserer Seite einen Mangel an Informationen gibt. Es ist, als ob wir etwas hören, das auf der anderen Seite eines Berges geschieht, und sofort dem Ruf unseres Blutes folgen, ohne zu wissen, auf was wir uns einlassen.«

»Wir wissen bereits mehr als genug«, fauchte der Kronprinz. »Denk an die Kolonie, die dein Klan überrannt hat. Erst durch diesen Vorfall erfuhren wir, daß es die Föderation gibt. Du selbst hast gesagt, daß sie sehr mächtig ist und daß man sich um sie kümmern sollte.«

Vakka seufzte. Natürlich hatte er das gesagt – und jetzt drehte man ihm sein Wort im Mund herum. Vor fünf Jahren, während der großen Expansion, hatten sie zahlreiche unbewohnte Sternensysteme gefunden. Doch schließlich war es sein Klan, der auf ein anderes Volk stieß, auf die Menschen der Föderation. Diese waren erst wenige Wochen zuvor in dem Sternensystem eingetroffen, wo sie ihnen begegnetenn. Sie rechneten nicht mit einem Angriff, und so wurden sie zur leichten Beute. Aus den Informationsbänken der Schiffe war leicht in Erfahrung zu bringen, mit wem man es zu tun hatte. Kein halbes Jahr später kam es im Grenzsektor zu weiteren Kontakten, so daß der Krieg bereits manifest war, wenn auch nicht offiziell.

Der Imperator hatte durch eine offizielle Verlautbarung dafür gesorgt, daß die Grenzen von beiden Seiten halbwegs respektiert wurden – es war Menschen verboten, in das Imperium einzufliegen, und ähnlich verhielten sich auch die Kilrathi. Zumindest schien es so.

Was Vakka jedoch wirklich bewegte, waren die Kolonisten selbst, mit denen sein Klan so leichtes Spiel hatte. Normalerweise hätte er sie auf der Stelle töten lassen, aber diese Menschen hatten irgend etwas an sich, das ihn davon abhielt. Er hatte viel von ihnen gelernt, indem er mit ihnen sprach, statt sie wie die ›Befrager‹ des Imperators zu foltern, um an Informationen heranzukommen. Und irgendwie hatte er etwas übrig für diese Fremden, wobei er sich durchaus der Tatsache bewußt war, daß er sie als ernstzunehmende Gegner betrachtete. Dies konnte er aber vor dieser Versammlung nicht zugeben.

»Etwas haben wir allerdings doch in Erfahrung gebracht«, erklärte Vakka schließlich. »Es ist vermutlich von Vorteil für sie, daß sie ein Netzwerk aus Bündnissen mit einem halben Dutzend anderer Völker geschaffen und außerdem eine große Anzahl von Kolonien errichtet haben. Das könnte sich als äußerst hilfreich erweisen, wenn sie sich eines Tages mit der Gefahr aus dem Zentrum der Galaxis konfrontiert sehen. Bei uns ist es anders, weil wir andere Völker grundsätzlich vernichten oder versklaven.«

»Wirklich?« fragte der Kronprinz, wobei er nicht ironisch klang, sondern eher verwirrt. Er schien Vakkas Gedanken nicht nachvollziehen zu können.

»Ja, wir haben zweifellos die beste Flotte der Galaxis, verfügen aber über keine ausgebaute Infrastruktur. Wir erobern, zerstören und bevölkern Welten – wenige Zehntausend von uns –, wo vorher *Milliarden* lebten. Und jene, die noch am Leben sind, arbeiten als Sklaven in unseren Fabriken, statt unsere Verbündeten zu sein. Und so expandieren wir weiter, verwandeln uns dabei aber zunehmend in eine leere Hülle, wohingegen die Föderation eine gewaltige, homogene Masse bildet.«

»Und genau deswegen müssen wir jetzt zuschlagen«, fauchte der Kronprinz. »Wir sind die Überlegenen. Ein einziger wuchtiger Schlag, und deine homogene Masse zersplittert und wird sich nie wieder davon erholen. Und selbst wenn sie den Erstschlag überstehen, wie du es soeben auf so pessimistische Weise angedeutet hast, werden sie dermaßen geschwächt sein, daß wir unsere verbesserte Stellung halten können. Dann brauchen wir nur eine günstige Gelegenheit abzuwarten, bei der wir ihnen die Klinge ins Herz treiben können.«

»Man muß es nur von der anderen Warte aus betrachten«, rief der Kronprinz, während er die anderen der Reihe nach anschaute. »Die Wahrheit sieht doch so aus: Wenn wir an ihrer Stelle wären, würden wir die Allianz allenfalls dazu benutzen, den ersten Gegenschlag des Feindes zu puffern. Außerdem sind solche Einwände ohnehin müßig, da mit Sicherheit acht mal acht Jahre verstreichen werden, bevor die große Finsternis auch nur die Grenzen unseres Imperiums erreicht.«

Vakka schaute sich im Raum um, da er auf Unterstützung hoffte. Doch die anderen Klanführer mieden seinen Blick, obwohl er überzeugt davon war, daß das soeben vom Imperator skizzierte Szenarium zumindest diejenigen beunruhigen würde, deren Klan im Grenzsektor wohnte. Aber die Verheißung des Krieges – des *sofortigen* Krieges – schlug sie völlig in den Bann und überzeugte sie mehr als die wenig ruhmvolle Vorbereitung auf einen Konflikt, der sich möglicherweise niemals abspielen würde.

»Dieser Krieg wird den Kampfgeist einer neuen Generation schulen«, fuhr der Kronprinz fort. »Für unsere Söhne wird er die Bluttaufe sein und ihnen die Chance bieten, zur Ehre ihrer Klans beizutragen und sich ruhmreich zu bewähren. Zudem glaube ich, daß dieser Krieg beendet sein wird, bevor er richtig anfängt. Nach unserem blitzschnellen Erstschlag werden die Flanken der Föderation offen liegen, so daß wir ihnen nach Belieben das Fleisch von den Knochen reißen können.«

»Und soweit es das Gerücht betrifft, daß sie uns den

Krieg erklären wollen ...«, er kicherte leise, »sollen sie nur! Wir werden das klassische *Haggin*-Manöver gegen sie anwenden.«

Gelächter war zu hören, weil er auf diesen alten Jagdtrick verwiesen hatte, der darin bestand, einen einzelnen Krieger voran zu schicken, der eine Verletzung vortäuscht, um die Beute anzulocken, während die Kameraden des Kriegers sie unbemerkt umzingeln.

»Wenn der Krieg beginnt, werden wir Schwäche und Verwirrung vortäuschen, ja sogar den Rückzug antreten. Dann aber kommt der alles vernichtende Schlag!«

Vakka drehte sich um und blickte Jukaga an. Sein Sohn war etwa genau so alt wie der ignorante Jungfang Ratha. Und genau wie dieser war auch Jukaga versessen auf den Kampf, wie sich unschwer erkennen ließ, denn er hatte dem Vortrag seines Vaters mit einer Grimasse der Enttäuschung gelauscht. Würde Jukaga diesen Krieg überleben? Er beobachtete die anderen, aber wie es aussah, würde ihn keiner von ihnen unterstützen. Einige blickten bereits verstohlen zum Durchgang zum Speisesaal – offenbar waren die Bedürfnisse des Magens weitaus wichtiger für sie als der Ausgang dieser Verhandlung.

Dann wurde ihm zum erstenmal die Wahrheit bewußt: Sie *brauchten* den Krieg, weil sonst die Gefahr bestand, daß das Imperium sich selbst zerfleischte, um sein Bedürfnis nach Gewalt zu befriedigen, den Durst nach Blut, die Gier nach Ruhm und Ehre. Vielleicht war der Imperator klug genug, den Krieg mit der Föderation einzig und allein aus diesem Grund zu beginnen. Jedenfalls sicherte er sich dadurch den Thron.

Und es würde ein *Jak-tu* sein, ein Überraschungsangriff. Was sonst? Schließlich würde nur ein Narr die Beute vor seinen Absichten warnen. Er nahm den Dolch und begab sich in die Mitte des Raumes. Für einen Augenblick verspürte er ein Gefühl der Furcht, eine düstere Warnung, die sein Herz erstarren ließ. Doch er wußte genau, es gab keinen anderen Weg, außer vielleicht dem eines Bürgerkriegs, einer Fehde zwischen allen Klans ...

Er riß den Arm hoch und schleuderte die Klinge.

Nun steckte sein Dolch mit vibrierendem Heft zwischen denen der anderen Klanführer und dem goldenen Dolch des Imperators. Zustimmendes Gebrüll erfüllte den Saal, während Vakka sich wieder dem Thronvorhang zuwandte. Das Rascheln des Stoffes ließ erkennen, daß der Imperator sich erhoben hatte ...

Ein furchterregendes Brüllen ertönte, der erste Schrei des Krieges. Die anderen fielen sofort ein, und der Saal füllte sich mit einer Kakophonie martialischen Gekreisches und lustvoller Gesänge des Blutes und des Jagdfiebers, das nun alle in ihren Adern spürten, selbst Vakka. Er fühlte, wie er von seinen Urinstinkten überwältigt wurde, die Visionen gigantischer Herden in ihm wachriefen – Herden, die über die Steppe zogen, über sich die heiße Sonne, umgeben vom Gestank des Blutes ...

Und dann sah er den endlosen Weltraum, die schweigende Kälte, lautlose Explosionen und rasend schnell herumschwenkende Laserbatterien, die tödliches Feuer spien ...

Ja, es war immer noch dieselbe alte Jagd, die nun auch seine Seele in quälende Euphorie versetzte, bis er den Kopf in den Nacken warf und ebenfalls das Gebrüll des Krieges anstimmte.

Akademie der Föderation – Houston

»Admiral, das war eine sehr gute Rede – Sie haben die Grünschnäbel ja förmlich mit Haut und Haaren aufgefressen!«

Admiral ›Skip‹ Banbridge drehte sich um und schaute seinen alten Kameraden Commander Winston Turner an, der auf ihn zukam und ihm ein gefülltes Glas reichte. Banbridge lächelte sarkastisch, während er das schwere Kristallglas entgegennahm und dankbar den bernsteinfarbenen, schottischen Malzwhisky auf der Zunge zergehen ließ.

»Red keine Schwachsinn, Turner. Schließlich war es die gleiche Rede wie im letzten Jahr, und die war nun mal die gleiche Rede wie im Jahr zuvor ...«

»Und natürlich dieselbe verdammte Rede, die wir von Horatio gehört haben, vor gut dreißig Jahren!« ergänzte Turner grinsend.

Banbridge schaute sich im Empfangsraum der Akademie um, in der reges Treiben herrschte. Hunderte frischgebackener Absolventen standen in kleinen Grüppchen mit ihren begeisterten Eltern, den üblichen Politikern beisammen – und Zaungästen, Schnorrern, Lobbyisten und natürlich den allgegenwärtigen Journalisten der verschiedenen Nachrichtenagenturen, die immer noch von dem haarsträubenden Betrugsskandal des letzten Semesters zehrten. Wenn die Dinge sich so entwickelten, wie es momentan aussah, würde dies wohl der letzte Vorfall dieser Art gewesen sein, über den die Presse sich das Maul zerreißen konnte. Das Senatskomitee würde in der nächsten Woche über das Schicksal der Akademie entscheiden.

Irgendwo in der Menge der Stimmen konnte er die

von Senator Jamison More ausmachen, dem Vorstand des Komitees, der sich von einem der Pressegeier interviewen ließ.

»Ja, das ist eine schöne alte Tradition, diese Abschlußfeier. Aber es gibt andere Traditionen, die weitaus wichtiger sind, und in diesem Zusammenhang muß ich die Frage stellen, ob der finanzielle Aufwand in diesem Fall gerechtfertigt ist. Nach der Nova im Yorin-System sind ein paar hundert Millionen Menschen obdachlos ... und denken Sie nur an den ›glücklichen Tod‹, an die Millionen Drogenabhängigen, die dringend Therapieplätze brauchen. Oder die notwendige Erweiterung des Kabinettsausschusses für politische Korrektheit, oder das Terraforming einiger wichtiger Planeten, die mir schon lange am Herzen liegen. Die Marine entwickelt sich allmählich zu einem unglaublich kostspieligen Spielplatz für junge Leute wie die hier, und da sehe ich mich gezwungen, die Frage nach dem Sinn zu stellen.«

Er lachte unpassenderweise und schüttelte den Kopf.

»Schließlich leben wir seit über einem Jahrhundert in Frieden – wir sollten langsam erkennen, daß die Zeiten sich geändert haben.«

Banbridge schaute zu ihm hinüber und überlegte, ob er More ein paar Takte dazu sagen sollte. Zweifellos war der Vorstand hier nur erschienen, um ihm gewaltig auf die Nerven zu gehen und den Absolventen den Tag zu vermiesen. Nun stand er wie ein Leichenbestatter in der Menge fröhlicher Menschen, die seine Meinung gewiß nicht teilten.

Schließlich sah er, wie More sich seinen Weg durch die Presseleute bahnte und auf ihn zukam. Sollte dieser Bastard tatsächlich die Unverschämtheit besitzen ...?

Er spürte eine Hand auf der Schulter. »Laß es, Skip!« flüsterte Turner.

»Dieser Hundesohn will den Jungs den Tag versauen, indem er ihnen die Ohren mit seinen Sparplänen vollsülzt!«

»Er will dich nur provozieren, Skip! Nimm dich in acht. Bei den Presseleuten hat More die besseren Karten!«

Verdammter Mist! dachte Skip. Ich bin nun mal kein gelackter Politiker, sondern ein Straßenkämpfer von einer Gossenwelt, vom hintersten Ende der Galaxis — einer, der sich hochgearbeitet hat. Tief drinnen bin ich immer noch ein schmuddeliger Marineinfanterist. Das hört man auch sofort, wenn ich den Mund aufmache. Ich frage mich wirklich, wie ich es hierher geschafft habe …

Er betrachtete seinen alten Kameraden, mit dem er einst durch die Hölle der Akademie gegangen war. Turner war der Sohn einer Familie von der amerikanischen Ostküste, für die es eine ganz natürliche Sache war, daß ihre Söhne in den Dienst der Föderation eintraten. Obwohl er sechs Jahre älter war als Turner, hatte man viel Geld in seine Ausbildung investiert. Mit Turner schloß er bereits am ersten Tag eine tiefe Freundschaft, die sich über dreißig Jahre Dienst fortsetzte.

»Na, alter Junge, warum gehst du nicht zu ihm und machst ihm vor den Pressefuzzis fertig?« meinte Skip. »Du bist doch hier der Professor, der gut mit Worten umgehen kann – also, zeig dem Idioten, wo der Hammer hängt!«

»Nicht jetzt, Skip. Sieh mal, da tut sich was!«

Banbridge drehte sich um. Er sah, wie ein Absolvent vor die Kameras trat. Es war ein gutaussehender junger Bursche, schlank, grauäugig, den die Flügel auf der linken Brusttasche seiner Uniform als auszubildenden Kampfpiloten auswiesen. Sein Gesicht trug einen Ausdruck höflichen Respekts, soweit es eben angemessen war, wenn man sich an einen Senator wandte. Doch Banbridge besaß genug Menschenkenntnis, um zu erkennen, daß der Junge kein Warmduscher war ...

»Senator, ich möchte höflich darum bitten, eine Frage stellen zu dürfen«, konnte Banbridge ihn nun sagen hören.

Senator More drehte sich zu ihm um und betrachtete die Insignien der Uniform des Jungen mit einem Blick, der Banbridge aus irgendeinem Grund an einen schon vor mehr als hundert Jahren verstorbenen Schauspieler erinnerte.

»Keine Zeit, mein Sohn. Vielleicht ein andermal ...«

Dann aber schwenkte einer der Kameraleute sein Objektiv auf den jungen Mann, was seine Kollegen nur Sekunden später dazu bewegte, den Rekruten ebenfalls ins Visier zunehmen. More rang sich ein wohlwollendes Lächeln ab, aber Skip bemerkte, daß der Blick des Senators kurz auf das Namensschild an der Brust des jungen Mannes fiel. Damit war für alle Versammelten klar, daß der Junge Gefahr lief, seine Karriere zu beenden, bevor sie begonnen hatte.

»Sir, mit allem gebotenen Respekt möchte ich fragen, ob Sie einer der Repräsentanten von Primus drei sind?«

Der Senator nickte, wie man einem Kind zunickt, das eine unglaublich dumme Frage gestellt hat, die jeder Idiot beantworten kann.

»Das liegt doch genau zwei Sprungpunkte entfernt von der Grenze zum Imperium der Kilrathi?«

»Die Katzen?« erwiderte More lachend. »Eine drittklassige Macht. Wenn es zu einem Krieg mit ihnen kommen sollte, ist es mit Sicherheit nur eine unbedeutende Auseinandersetzung, mit der die Flotte problemlos fertig wird.«

»Aber für den Fall, daß sie uns angreifen«, entgegnete der Rekrut, »könnten sie uns in weniger als vier Standardtagen erreichen, Sir. Das sind Fakten, und wenn wir uns den derzeitigen Stand der Flotte ins Bewußtsein rufen, haben wir einem solchen Angriff kaum etwas entgegenzusetzen. Auf diese Weise, Sir, könnten Sie mit einem Schlag Ihre gesamten Wähler verlieren!«

»Mein Sohn, erzählen Sie mir bitte nichts von Wählern!« raunzte More ihn an. »Die haben es nämlich satt, daß ihre Steuergelder von der Föderation für die teuren Spielzeuge ausgegeben werden, in denen ihr Bengel herumdüst. Das muß ein Ende haben – und so wird es auch bald sein! So ein Wildcat kostet fünfzig Millionen, mein Junge – fünfzig Millionen –, für einen einzigen verdammten Abfangjäger! Ich glaube, daß Sie sich eine solche Summe überhaupt nicht vorstellen können.«

Der junge Mann sagte zunächst nichts, stand einfach da und blickte ruhig in die Kamera. Banbridge war gespannt, was er darauf erwidern würde.

»Ich bin mir durchaus bewußt, Sir, was man für so viel Geld kaufen kann. Aber das ist nun mal der Preis der Freiheit.«

More zog verächtlich die Nase hoch. »Nein. Das ist die einzige Existenzberechtigung für Sie und Ihren Admiral!«

»Sir, ich werde dazu ausgebildet, eines Tages eine Wildcat zu fliegen. Wenn Gott es so will, werde ich den Abschluß schaffen. Und wenn ich meine Flügelabzeichen erhalte, bedeutet das sehr viel für mich.«

Für einen Augenblick sah es aus, als würde er More das Wort überlassen, dann aber sprach er weiter.

»Die Chancen stehen drei zu eins, Sir, daß ich innerhalb der nächsten fünf Jahre sterbe. Der Grund dafür ist, daß Ihr Komitee der Flotte nicht das Geld bewilligt hat, um die Wildcats zu überholen. Die Maschinen sind veraltet, das Material wird im Dienst über die Sicherheitsgrenze hinaus beansprucht. Mit anderen Worten: diese Maschine sind bereits seit fünf Jahren hoffnungslos veraltet. Die Wildcat wurde bereits vor dreißig Jahren entwickelt, und ihr Nachfolgemodell wird wegen der Kürzungen in frühestens fünf Jahren fertig sein. Und damit sind wir in eine Zwickmühle geraten, Sir. Aber da weder die Nachbesserungen noch die Herstellung des neuen Jägers an Ihren Wahlbezirk gegangen sind, haben Sie die ganze Angelegenheit dreieinhalb Jahre im Komitee blockiert, Sir. Ich möchte in aller Höflichkeit darauf hinweisen, auch im Namen meiner Kameraden, daß wir hoffen, Ihr Wunsch möge in Erfüllung gehen, daß Sie den Senat bewegen können, die Aufträge an Ihre Welt zu vergeben. Falls ich richtig informiert bin, geht es Ihnen unter anderem darum, daß sich die dafür vorgesehenen Betriebsgelände im Besitz Ihrer Familie befinden. Mir soll es recht sein, Sir, weil damit meine Chancen steigen, älter als sechsundzwanzig zu werden!«

Bevor der Senator den Schock überwinden konnte, hatte der junge Mann sich bereits mit einem höflichen Nicken bedankt und ihm den Rücken zugekehrt. Die Kameraleute konzentrierten sich wieder auf More, der jedoch mit sanfter Gewalt von seinen Beratern weggeführt wurde. Es war bekannt, daß More in der Vergangenheit bereits einige Male bei ähnlichen Gelegenheiten vor laufenden Kameras explodiert war. Diese Gefahr bestand besonders dann, wenn er einen über den Durst getrunken hatte. Statt seiner lieferte sich nun ein Pressesprecher den Fragen der Journalisten aus, die sich mit den üblichen banalen Sprüchen zufriedengeben mußten.

Banbridge konnte sich kaum ein Grinsen verkneifen. Natürlich würde er den Rekruten dafür anspitzen müssen, aber Junge hatte wirklich Pfeffer im Hintern! Banbridge beobachtete, wie sich einer aus dem Begleittrupp des Senators dem Jungen in den Weg stellte, offenbar, um ihm gehörig die Meinung zu sagen. Doch der Rekrut ging einfach um den Mann herum und setzte unbeirrt seinen Weg fort.

Turner kicherte. »Wir verziehen uns besser. More ist offensichtlich auf Streit aus, weil er direkt auf uns zu gewankt kommt.«

Skip sah, daß der Senator sich mit wütendem Gesicht einen Weg durch die Menge bahnte, im Schlepptau die Kameraleute und sein Gefolge, das ihn halbherzig davon abzuhalten versuchte, eine Dummheit zu begehen. Wenn Skip seinen Gefühlen freien Lauf gelassen hätte, wäre er dem Streit gewiß nicht aus dem Weg gegangen. Aber er wußte, daß sein Freund recht hatte – More würde ihn vor laufenden Kameras in Stücke reißen. Außerdem sah er es nicht ein, den Rekruten und ihren Familie den großen Tag zu verderben, auf den sie so lange gewartet hatten.

Banbridge setzte sich in Bewegung, um Turner zu folgen, der bereits den Raum verlassen und den Korridor betreten hatte, der zu seinem Büro führte. Er rannte ein kurzes Stück über den Flur, um seine Verfolger abzuhängen.

Als er das Büro betreten hatte, schloß Turner leise die Tür. Er ging zu seinem Schreibtisch und kramte aus der Schublade eine halbvolle Flasche hervor, die er dem Admiral wortlos über die Tischplatte zuschob.

Skip blickte sich um. Obwohl das Büro streng nach den Standardvorschriften der Flotte eingerichtet war –

ein Schreibtisch, ein Holodisplay mit Kommunikationseinrichtung, ein Schreibtischsessel mit gepolsterten Armlehnen, zwei schlichte Stühle — alles Eigentum der Flotte, *und hier bitte den Empfang quittieren!* – hatte es doch etwas Anheimelndes, das die militärische Note ein wenig wettmachte. Es wirkte beinahe wie das Büro eines Professors an einem privaten College, da Turner entgegen aller militärischer Tradition ein Bücherregal aufgestellt hatte, das eine Reihe antiquierter Schinken enthielt. Soldatischer dagegen wirkten die beiden 2D-Kunstdrucke, die an den Wänden hingen. Einer davon zeigte eine Seeschlacht, der andere einen Trupp Marineinfanteristen in voller Kampfausrüstung.

Skip deutete auf das vergilbte Bild und lächelte. »Wir hatten ein paar verdammt gute Leute dabei!«

Winston nickte und senkte den Blick. »Aber jetzt kann sich niemand mehr daran erinnern, außer uns beiden.«

Skip schwieg, während Winston sich selbst nachschenkte. Von den dreißig Männern und Frauen des sechsten Marinekommandos war nur ein halbes Dutzend von jener Antiterror-Mission zurückgekehrt, bei der Skip eine Wunde davongetragen hatte, die ihm heute noch zu schaffen machte. Doch als er jetzt das Bild betrachtete, wollte er für nichts in der Welt die Erinnerungen daran missen, was vor dreißig Jahren geschehen war.

Die Mission unterlag einer hohen Geheimhaltungsstufe, und die Verluste wurden als bedauerliche Unfälle beim Manöver deklariert. Winston hatte dies zum Anlaß genommen, seinen Abschied einzureichen, aber sowohl er als auch Skip wurden mit dem Ehrenkreuz der Flotte ausgezeichnet. Ihre Kameraden waren als Helden in den Tod gegangen und hatten dabei das Beste gegeben, was ein Marineinfanterist leisten kann.

Das änderte jedoch nichts daran, daß Winston sich mit dem Verlust seiner Truppe nicht abfinden konnte und seitdem nie mehr die Verantwortung für eine Mission übernommen hatte. Statt dessen war er damals aus dem aktiven Dienst ausgeschieden, um an der Akademie zu unterrichten.

Skip schaute sich das Bild noch einmal genauer an. »Mann, waren wir damals wirklich so jung?«

Turner lachte. »Nee, das bilden wir uns nur ein!«

»Ich habe erst vor ein paar Monaten Sergeant Ulandi getroffen, draußen bei McAuliffe«, erklärte Skip. Er deutete mit dem Zeigefinger auf das kantige Gesicht des Marines, der auf dem Foto hinter Winston stand. »Soll alle von ihm grüßen, die noch da sind.«

»Unser guter, alter Kanonier! Wenn er nicht gewesen wäre, säße ich heute nicht hier.«

»Ich auch nicht. Ulandi der Durchgeknallte, weißt du noch?« Skip lachte leise und hob sein Glas, um dem Sergeant auf dem Foto zuzuprosten.

»Wie geht es ihm denn?«

»Geht in sechs Monaten in den Ruhestand. Kümmert sich derzeit noch um Admiral Nagomo und hält ihn davon ab, Unsinn zu machen.«

Winston seufzte. »Verdammt! Wer kam eigentlich auf die Idee, einem Arsch wie Nagomo die wichtigste Basis der Föderation zu überantworten?«

»Sind nun mal Friedenszeiten.«

»Na ja, zumindest hast du einen Platz in der ersten Reihe!«

Jetzt war es an Skip, zu seufzen. »Vielleicht bin ich in der ersten Reihe, aber das Programm bestimmen die anderen. Früher habe ich immer gedacht, ich könnte eines Tages all die Dinge ändern, die du und ich immer kritisiert haben, wenn ich erst mal in der richtigen Position bin.«

Sein Blick schwenkte zu dem zweiten Bild, auf dem Schiffe abgebildet waren, wie es sie seit Jahrhunderten nicht mehr gab. Schiffe, die übers Wasser fuhren ...

»War nicht einer von deinen Ahnen auf so einem Schiff?«

»Hat eine Schwadron geführt. Torpedo acht«, erklärte Turner nicht ohne Stolz, obwohl der Betreffende schon seit fast einem dreiviertel Jahrtausend nicht mehr unter den Lebenden weilte. »Wurden alle abgeknallt, aber es war keiner darunter, den es von hinten erwischt hat! Haben sich auf die japanischen Flottenträger gestürzt, um deren Flieger nach unten zu holen, um sie den Sturzkampfbombern vom Hals zu halten. Mann, die hatten es wirklich drauf!« schwärmte Skip.

Turner hob verwundert eine Braue, weil sein Freund überraschenderweise so gut über die Schlacht von Midway informiert war.

»Erinnerst du dich noch an die Zeit, als das hier Schneids Büro war?« fragte Skip lächelnd. »Der Himmel weiß, wie oft er mich hier herein zitiert hat, um mich in die Mangel zu nehmen. Hat mir unmißverständlich zu verstehen gegeben, daß ich meinen Arsch auf einer gottverlassenen Basis hinter dem Landreich wiederfinden würde, wenn ich das Examen nicht bestehe!«

Skip mußte kichern; dann aber wurde ihm bewußt, daß sein Freund nun eine neue Generation von Rekruten auf ähnliche Art und Weise zurechtschliff.

»In Wirklichkeit konnte Schneid dich gut leiden, glaube ich«, fuhr er fort.

»Aber ich habe nur eine Eins Minus bekommen, während die glatte Eins an dich ging!«

»Nur weil du deine Zeit damit verplempert hast, mir Nachhilfe zu erteilen, statt selbst zu pauken. Ich hätte es ohne deine Hilfe niemals geschafft, Turner!«

Winston grinste.

»Ja, das stimmt wohl. Und jetzt bist du Admiral, und ich Commander – woran sich in meinem Fall bis zur Rente nichts ändern wird.«

»Hör mal, Winston, wir wissen beide, daß die Flotte in solchen Dingen nicht fair ist. Mir ist völlig unbegreiflich, wie sie einen Kerl wie mich zum Admiral ernennen können! Die Denkarbeit habe ich immer dir überlassen, und jetzt brauche ich dich wieder mal.«

Turner schüttelte erheitert den Kopf.

»Wofür?«

»Nennen wir es einfach eine kleine Expedition.«

Turner hob schon wieder die Braue.

»Ich habe soeben einen Bericht von Speedwell erhalten. Wäre schön, wenn du mal einen Blick darauf werfen könntest.«

Turner ruckte überrascht hoch.

»Skip, das ist eine Geheimdienstsache. Ich weiß nicht mal, ob ich die erforderliche Freigabestufe dafür habe!«

»Die hast du, und zwar seit heute morgen, ein Uhr Standardzeit. Stufe 3 A.«

Jetzt hatte er seinen Freund doch ziemlich aus der Fassung gebracht.

Für einen Augenblick verlor Turner sogar seine bekannte Fähigkeit, den abenteuerlichsten Situationen mit einem unbeteiligt wirkenden Pokergesicht zu begegnen. Nicht einmal eine in den Raum einfallende Horde unter Drogen stehender, blutrünstiger Terroristen hätte diesen Mann so beeindrucken können wie Skips Mitteilung.

»Was, zum Henker, geht hier vor?« fragte Turner

schließlich. »Hör mal, das ist doch Geheimkram aus dem innersten Zirkel. Na klar, du hast täglich damit zu tun, aber ich bin nur ein alter Pauker, der ab und zu einen wissenschaftlichen Artikel verfaßt, den keine Sau liest . . .«

»Aber es gab mal eine Zeit, da sah es aus, als würdest du eine steile Karriere bei Special Ops machen«, erinnerte Skip ihn. »Du warst verdammt gut, einer der Besten.«

Er deutete mit dem Kinn auf das Bild. Winston schwieg und ließ das, was vor so langer Zeit geschehen war, wieder einmal Revue passieren. Er fühlte sich immer noch für den Verlust seiner Truppe verantwortlich, auch wenn die Admiralität ihn von jeder Schuld freigesprochen und ihm darüber hinaus für die Rettung eines Planeten, den die Terroristen mit Anthrax C impfen wollten, einen Orden an die Brust geheftet hatte.

»Statt dessen bist du Akademiker geworden«, bohrte Skip weiter. »Aber du hast immer ein Ohr am heißen Draht gehabt, du kennst dich aus und du hast die richtige Einstellung für diese Aufgabe. Ich habe deine Akte gelesen, und es gibt bei der Flotte ein paar wichtige Leute, die ebenfalls ein Auge auf dich geworfen haben. Und bevor ich es vergesse . . . ich bin neulich an eine Geheimakte herangekommen, in der einiges über deine letzte Abhandlung steht. Die Vergleiche, die du zwischen der heutigen Situation und einerseits unserem Konflikt mit den Yan im 24. Jahrhundert, andererseits zum Pazifikkrieg der Amerikaner im 20. Jahrhundert ziehst, hat einigen Wirbel verursacht.«

»Sag mal, was soll das Ganze?«

»Wir stolpern in einen Krieg mit den Kilrathi hinein.«

Sein Freund nickte. »Das wußte ich! Aber das pfeifen die Spatzen von allen Dächern ...«

»Das ist aber genau der Punkt! Die Regierung will den Krieg erklären, um weitere Beschwerden von den Randwelten zu vermeiden, aber das bedeutet, daß wir mit Plan Orange 5 festsitzen.«

Turner blickte seinen Freund verblüfft an.

»Das ist Wahnsinn! Nur begrenzte Kampfverbände einzusetzen läuft darauf hinaus, daß wir sie langsam durch den Facin-Sektor zurückzutreiben hoffen. Daß wir nur vereinzelt gegen sie vorgehen, um die Grenzstreitigkeiten im Zaum zu halten. Aber, verdammt noch mal, Skip, die Grundlage des Plans besteht darin, daß die Kilrathi sich wie Menschen benehmen und nicht wie Raubtiere. Solche eingeschränkten Maßnahmen ziehen bei ihnen nicht!«

»Nun, so wollen die da oben es aber – Plan Orange 5.«

»Scheiße«, fluchte Turner. »Bei den Katzen heißt es alles oder nichts! Dieses halbgare Gehampel machen die nicht mit!«

»Vergiß nicht, alter Freund, daß wir ein Wahljahr haben. Keiner von den Herrn Politikern möchte die Verantwortung für einen ausgewachsenen Krieg übernehmen. Nur Einzelschläge, das ist alles.«

»Mal ehrlich, glauben die wirklich, daß die verdammten Katzen uns deshalb um Gnade anwinseln?«

»Genau das. CIS behauptet steif und fest, daß die Kilrathi auch von anderen attackiert werden. Wenn wir sie zurückschlagen, geben sie Ruhe. Gehen wir dagegen zu hart vor, geht es richtig rund!«

»Ach, hör auf! Die geheimen Eichkater vom CIS wissen doch gar nicht, was Sache ist.«

»Keine Frage. Aber die Regierung hört auf sie.«

»Weil sie genau den Mist erzählen, den More und

die anderen Blödmänner hören wollen!« rief Turner. »Was sagt denn der Marine-Geheimdienst?«

»Deshalb hole ich dich ja an Bord, Alter. Selbst die Leute vom Marinegeheimdienst sind nicht mehr das, was sie mal waren. Ich möchte jemanden rekrutieren, der die Sache aus einem anderen Blickwinkel betrachtet. Und da kommst du ins Spiel. Ich möchte, daß du dir Speedwells Bericht anschaust. Du wirst sofort merken, was daraus hervorgeht, nämlich daß wir auf dem Holzweg sind. Und Speedwell hat recht.«

»Das kann doch jeder Idiot sehen«, erwiderte Winston. »Da gibt es eine ziemlich hohe Mauer, und die wollen nicht, daß wir darüber hinweg gucken!«

»Was aber nicht für die Kilrathi gilt!« erklärte Skip.

»Deswegen würde ich More am liebsten erwürgen. Unter uns, Winston – ich kam gerade aus einer Sitzung, bei dem auch More und einige andere Trottel zugegen waren. Kurz und gut, wir bekamen unsere Anträge für die drei Flottenträger und die sechs Fregatten nicht durch, die ich weiß Gott dringend benötige. Man sagte uns, wir sollen mit dem zurechtkommen, was wir haben. Vielleicht sollte ich mir ein Schild an den Arsch kleben, auf dem *Katzen, bitte kräftig zutreten!* steht. More hat sich nicht entblödet, mir zu erklären, daß die Kilrathi neue Kriegsschiffe als Provokation auffassen würden.«

»Du weißt so gut wie ich, daß dieser unsägliche Schwachsinn schon heute Abend über die Nachrichtensender geht! In weniger als einem Monat weiß es die gesamte Föderation. Natürlich haben die Kilrathi Lauschposten. Und genauso selbstverständlich senden wir diesen ganzen Müll unverschlüsselt ins All. Von der anderen Seite hören wir keinen Piep! Nichts als das Hintergrundrauschen. Ich frage mich schon seit einiger Zeit, ob nicht langsam mal einer von denen wach wird und erkennt, was dort geschieht! Ich möchte, daß du dir diesen Bericht anschaust und morgen mit mir darüber sprichst.«

Skip beobachtete Turners Reaktion, als er den Speicherwürfel auf seinen Schreibtisch legte und ihn mit einer Handbewegung dazu aufforderte, den Datenträger in den Ladeschacht seines Computers zu stecken. Einige hundert Seiten Text huschten über das Holofeld. Turner hielt die Darstellung nur gelegentlich an, um einen Abschnitt genauer durchzulesen.

Schließlich schaute er Skip wieder an.

»Ich gehe mal davon aus, daß mein Sommerurlaub damit gestrichen ist?« fragte Winston.

Skip lächelte. »Statt deinen Privatforschungen nachzugehen, könntest du ruhig mal für mich arbeiten!«

»Woran?«

»Zunächst einmal an deinem Äußeren! Ich möchte, daß du ein paar Raumstationen besuchst, um dir die Besatzung näher anzuschauen. Einfach nur, um wieder ein Gefühl für die Sache zu bekommen. Und danach ... Ach, ich schlage einfach vor, daß du dir ein paar vernünftige Zivilklamotten besorgst. Fällt mir schwer, das zu sagen, aber solange du da draußen bist, werden wir dich in unseren Büchern als nicht aktiv führen.«

Jetzt war Turner *wirklich* geplättet.

»Moment mal, Winston – wir wissen beide, daß sie die Akademie dichtmachen. Im Lauf des nächsten Jahres werden sie die Kurse auf zwölf Monate verkürzen. Mores Auftritt hatte seine Gründe. Er wollte sich aus Gehässigkeit das Trauerspiel anschauen. In Zukunft werden sie die Jungs direkt nach dem Abschluß zwölf Monate lang hierhin schicken, und das war's dann.«

»Herrje, Skip – damit geht eine Jahrhunderte alte Tradition über den Bach! Die fünf Jahre hier sind es doch, die einen Offizier ausmachen! Was diese Jungs zu Soldaten macht, das lernen sie hier.«

»Ja, aber More hat es sich nun mal in den Kopf gesetzt, die Mode seines Heimatplaneten zu Terraformen, und zwar auf unsere Kosten. Es ist die alte Frage, ob Gewehre oder Butter – und mit Butter will More seine Wahlmaschinerie fetten.«

»Mann, Skip, hätten wir nur vor ein paar Jahrhunderten unsere Hauptbasis auf seinem beschissenen Planeten errichtet, würde er uns heute den Hintern küssen!«

Winston seufzte. Obwohl er freiwillig aus dem aktiven Dienst ausgeschieden war, verspürte er ein wenig Neid, wenn er seiner Phantasie freien Lauf ließ und sich vorstellte, wie es wäre, Admiral zu sein. Oder Captain eines Raumschiffs, um ein anderes Beispiel zu nennen. Doch nach dem Verlust seiner Kampfgruppe war ihm der Gedanke zuwider, die Verantwortung für andere Menschen zu übernehmen. Jedenfalls nicht unter diesen Umständen. Aber wenn er jetzt akzeptierte, würde es sich wohl kaum vermeiden lassen.

»Wie dem auch sei, wir werden uns eine Tarnung für dich ausdenken müssen – vielleicht spielst du den Archäologen, oder einen fliegenden Händler.«

»O ja, ich wollte schon immer was mit dem Schwarzmarkt zu tun haben!« fauchte Turner.

Skip lächelte ihn an. »Nur gelegentlich.«

»Hör mal, Skip – ich glaube, daß du mich ein wenig überschätzt! Ich bin kein Spion.«

Skip blickte ihn aus zusammengekniffenen Augen an. »Ich glaube, du warst der Beste. Wenn ich es richtig einschätze, ist der gesamte Umfang deiner Fachartikel deutlich größer als all die Bücher, durch die sich deine Schüler wühlen müssen.«

»Hör doch auf mit dem Blödsinn!« erwiderte Winston genervt. »Mensch, ich kann mich nicht mal erinnern, wann ich zum letzten Mal eine Waffe in der Hand hatte, und schon gar nicht an die Ergebnisse meiner letzten Schießübung.«

»Aber an jedem Wochenende ballerst du mit antiken Feuerwaffen herum.«

»Das ist doch nur ein Hobby!«

»Das aber gewisse Fertigkeiten erfordert.«

»Du willst mich also unbedingt in den Kampf schicken, ja?«

»Sieh mal, Winston – wir rennen uns hier die Köpfe ein, ohne dabei wirklich voran zu kommen. Der Sicherheitsstandard in der Flotte ist völlig im Eimer. Speedwell glaubt sogar, daß wir einen Maulwurf in unseren Reihen haben. Also verlasse ich den üblichen Dienstweg. Ich brauche jemanden, der mehr Hirn hat als die anderen, und da dachte ich eben an dich!«

»So ein Blödsinn! Du glaubst doch nicht im Ernst, daß ich noch einmal den großen Krieger spiele? Vor den Rekruten da draußen erscheine ich ja noch halbwegs glaubhaft, aber im wirklichen Einsatz ... Vergiß es, Mann!«

Skip setzte wieder sein ominöses Lächeln auf und warf einen Blick auf das Bild, das die Szene aus der Schlacht um Midway zeigte.

»Mann, schon deine Vorfahren waren große Krieger!«

Turner starrte ins leere Glas und griff langsam zur Flasche, um es wieder zu füllen. Sein Blick schweifte zum Foto seiner alten Truppe. Dann betrachtete er das andere Bild. *Die Karten sind gemischt,* dachte er. *All die Jahre habe ich den jungen Leuten etwas über Mut, Ehre und Verantwortungsbewußtsein für die Kameraden erzählt. Und jetzt kommt dieser alte Furz und will, daß ich das Ganze in die Tat umsetze. Und kneifen gilt nicht.*

»Wenn ich mir dabei einen blutigen Arsch hole, bist du schuld!«

Skip grinste boshaft. »Dann wird Janet wohl dafür sorgen, daß mein Hintern auch nicht besser aussieht als deiner!«

Winston senkte den Blick. Über diesen einen Punkt wollte er nicht gern mit seinem alten Kameraden sprechen, auch nicht nach dreißig Jahren. Schließlich wußten beide, daß Janet sich zunächst für Winston interessiert hatte, bevor sie sich Skip zuwandte, auch wenn er nicht an einer Beziehung mit ihr interessiert war. Skip betete sie an, obwohl er genau wußte, daß Janet ursprünglich ganz andere Pläne hatte. Wäre alles nach ihren Vorstellungen gelaufen, wäre sie heute die Frau eines Professors, und nicht die eines Admirals.

Arme Janet. Sie hatte nie den Verlust ihrer beiden Söhne überwunden, die fünf Jahre zuvor dem Miaquez-Zwischenfall zum Opfer gefallen waren. Er betrachtete das Gesicht des Freundes und stellte fest, daß es dem wohl nicht anders erging. Die Kilrathi hatten behauptet, daß es ein Versehen war. Aber Janet würde ewig trauern ...

»Ich werde dir ein paar von den jungen Hüpfern mitgeben«, erklärte Skip, der wohl wußte, woran sein Freund gedacht hatte.

»Wen?«

»Ich dachte an Vance Richards.«

Turner nickte. »Guter Mann, war der beste seines Jahrgangs. Hat sogar vor einigen Jahren hier zur Aushilfe als Dozent gearbeitet, Flugtraining für Anfänger. Verdammt guter Pilot, genau wie sein Alter!«

Quentin Richards war einer der Kameraden, die sie

verloren hatten, ohne sie aus ihren Herzen zu verlieren. Es gehörte zu den alten Traditionen der Flotte, daß man die Familien der Gefallenen nicht im Stich ließ. Und so war der junge Richards bei der Marine freundlich aufgenommen worden.

»Eine Sekunde lang habe ich überlegt, ob ich dir Robert Singh als Assistenten zuweisen soll.«

Turner grübelte. Singh gehörte zum selben Jahrgang wie Richards und war eher ein Kopfmensch. *Kann immer noch darüber nachdenken. Aber da war doch noch etwas ...*

»Können wir das mit Singh für später aufheben?«

»Wieso?«

»Ich habe über etwas nachgedacht. Über diesen jungen Rekruten, der sich heute seine Laufbahn vermasselt hat. Du weißt ja, egal was wir von dem Jungen halten, More wird ihn sich vorknöpfen und ihm das Leben zur Hölle machen. Und wenn du den Jungen nicht in seinem Auftrag in die Pfanne haust, bist du selber wegen Insubordination dran.«

Skip grinste ihn an. »Abgemacht. Er gehört dir ... aber sag mal, wer ist der Bursche überhaupt?«

»Seltsamer Typ. Stammt aus einer steinreichen Familie mit englischem Stammbaum, so richtig vom Feinsten. Einer von denen war in grauer Vorzeit Konteradmiral. So ein richtiger Traditionstyp, diente sechs Jahre in der Flotte, um sich anschließend nur noch der Familie zu widmen. Hochintelligent, ein bißchen nervös vielleicht, was mir Sorgen bereitet, aber mutig wie ein Löwe und so loyal, daß man ihn fast als Fanatiker bezeichnen könnte. Er wäre der Jahrgangsprimus gewesen, wenn er seine Klappe halten könnte – hat sich mehr als einmal mit Leuten angelegt, die echten Bockmist gebaut haben, aber leider Gottes ein paar Streifen mehr auf der Uniform hatten als er.«

»Kommt mir irgendwie bekannt vor!« Skip grinste seinen Freund an, der selbst so manches Mal seine turnusmäßige Beförderung zunichte gemacht hatte, indem er mit scharfen Verstand die Handlungen seiner Vorgesetzten kritisiert hatte. »Nun denn. Wenn du mir morgen seine Akte auf den Tisch legst, will ich mal sehen, was ich tun kann. Irgendwie muß man dem Jungen ja helfen, schließlich hat er was gesagt, das für jeden Mann und jede Frau in der Flotte stehen könnte. Ich schäme mich sogar, weil ich es nicht *selber* gesagt habe.«

»Dann hätte man dich am Wickel statt den Jungen!« entgegnete Turner.

»O ja. Mein Gott, ich habe immer geglaubt, daß ich den Mund aufmachen kann, wenn ich erst mal an der Spitze bin. Statt dessen küsse ich einem Politiker den Hintern und bete, daß er uns nicht in den Abgrund treibt. Okay, der Junge gehört dir – aber paß gut auf ihn auf!«

»Du wirst ihn mögen, Skip. Vielleicht bringt er es eines schönen Tages so weit wie du. Heißt übrigens Geoffrey Tolwyn.«

2

BASIS DER FÖDERATION AUF MCAULIFFE STANDARDDATUM: 2634. 120

»Lieutenant Richards?«

Rekrut Geoffrey Tolwyn salutierte zackig, als der Lieutenant aus dem Cockpit seines Hurricane-Bombers stieg.

Die Bodenmannschaft begann sofort die Reifen zu inspizieren und die Treibstoffleitungen anzuschließen.

Richards entledigt sich seines Helmes und taxierte den jungen Rekruten mit seinen dunklen Augen.

Geoff erinnerte sich daran, daß er Richards schon einmal getroffen hatte; es mußte in seinem zweiten Jahr an der Akademie gewesen sein. Richards hatte ein Semester lang die Ausbildung der Piloten im Lehrfach Unterschallflug übernommen. Leider hatte Geoff nie das zweifelhafte Vergnügen gehabt, mit Richards in einer Maschine zu sitzen. Der Pilot war dafür bekannt, daß er aufmüpfige Anfänger so sehr in die Mangel nahm, daß nur wenige noch Lust verspürten, die Ausbildung zu beenden. Er wirkte deutlich älter, als Geoff es in Erinnerung hatte. In seinen Augenwinkeln entdeckte Geoff Krähenfüße, und sein Haar war trotz seines jungen Alters von sechsundzwanzig Jahren bereits grau.

Vermutlich war es der Preis, den man dafür bezahlte, daß man unter ständiger Lebensgefahr eine Maschine steuerte, die völlig veraltet und entsprechend anfällig war.

Richards starrte Geoff ein paar Sekunden an, bevor er den militärischen Gruß erwiderte.

»Ich soll mich bei Ihnen melden, Sir!« erklärte Geoff.

Vance nickte gelassen und wandte sich für einen Moment ab, um die Arbeit der Bodenmannschaft zu inspizieren.

»Paßt auf, wenn ihr die Treibstoffleitungen festschraubt – die Gewinde sind völlig runter«, rief er, bevor er sich wieder Geoff zuwandte. »Die Kiste gehört schon seit Jahren auf den Sperrmüll«, bemerkte er bissig.

Geoff kannte sich gut genug aus, um angesichts dieser Anmerkung keine dummen Fragen zu stellen. Er hatte ein paar Dutzend Runden in der zweisitzigen Version dieser Maschine hinter sich, und das Typenschild auf der vor ihm stehenden Hurricane bewies, daß diese Rostlaube tatsächlich zweimal so alt war wie er selbst. Und doch schlug sein Herz höher, weil diese Maschinen nun einmal alles waren, was die Flotte besaß. Natürlich war eine Hurrie *verdammt noch mal* nicht dasselbe wie eine Wildcat, ganz zu schweigen von einem Falcon-Bomber ...

Die Hurricane war ein Zwitter, diente als Bomber und Jäger und war dementsprechend nicht dafür ausgelegt, eine bestimmte Aufgabe mit Bravour zu erfüllen. Ursprünglich war sie als Begleitmaschine für die alten Gladiator-Bomber und die Sheridan-Luftlandepanzer entwickelt worden. Wenn sie von einer feindlichen Maschine angegriffen wurde, die etwa der Wildcat-Klasse entsprach, war sie genauso nützlich wie ein Treteimer. Stieß sie innerhalb der Atmosphäre eines Planeten auf eine Hawk — na, dann ebenfalls Gute Nacht. Aber die Piloten, die sich mit einer Hurricane abmühen mußten, hätten insgeheim ihren letzten Blutstropfen für sie gegeben, auch wenn sie ständig über die Unzulänglichkeiten der Maschine lästerten. Niemand legte sich härter ins Zeug als diejenigen, die sich mit einer katastrophal schlechten Maschine abgeben mußten. Niemand würde freiwillig einer Hurricane-Schwadron beitreten, aber wenn man den Betreffenden erst einmal rekrutiert hatte, gab er sein letztes, um seine Maschine unbeschadet aufs Landedeck zu bringen. Und schließlich und endlich würde keiner der Piloten seiner Schwadron den Rücken kehren, auch wenn man ihm die Beförderung in eine besser bestückte Einheit schmackhaft zu machen versuchte.

Richards ging zur Nase seiner Hurricane und öffnete eine der Ladebuchten, um an seinen Reisesack heranzukommen. Anschließend reichte er dem Chef der Bodenmannschaft seinen Helm und unterzeichnete die Übergabepapiere.

Mit einem zärtlichen Klaps verabschiedete er sich von seiner Maschine und bedeutete Geoff, ihm zu folgen.

»Sie sind also der Kerl, der More so richtig die Meinung gegeigt hat?«

Geoff schaute ihn an und nickte.

»Wahnsinn, mein Junge. Ihre Karriere ist im Eimer.«

Darauf hatte Geoff nichts zu erwidern. Er wußte wirklich nicht, was in ihn gefahren war. Eigentlich war er nur zufällig am Senator vorbeigekommen, als er für sich und seine Eltern Getränke vom Buffet holen wollte. Dabei hatte er etwas von dem Interview aufgeschnappt, und bevor er sich versah, hatte sein großes Maulwerk sich bereits selbständig gemacht. Das war schon immer sein Hauptproblem gewesen. Wenn es darauf ankam, konnte er sich so ziemlich aus jeder Situation herausreden, aber manchmal schaffte er es auch, sich durch seine Quasselei handfesten Ärger einzuhandeln. Trotzdem bereute er nicht, was er getan hatte. Schließlich diente jeder auf seine Weise der Flotte, und genau wie seine Kameraden stand er für die gemeinsame Sache ein und würde sich dafür möglicherweise eines Tages ins Jenseits ballern lassen. Vielleicht war die ganze Sache unüberlegt, aber immerhin war die Szene jetzt auf allen Nachrichtensendern zu sehen, wobei Sprecher der Opposition Geoffs Argumente stützten.

Bedauerlicherweise war jedoch keiner dieser Herren zugegen gewesen, als Admiral Spencer ›Skip‹ Banbridge ihn bei CICCONFEDFLT nach Strich und Faden zur Sau gemacht und anschließend abkommandiert hatte.

Banbridge war diesbezüglich wohl der gefürchtetste Offizier der Flotte, zumal die Bedrohlichkeit seiner Äußerungen durch seine körperliche Erscheinung verstärkt wurde. Er war etwas zu klein geraten, breitschultrig und wirkte, als wäre das Wort ›vierschrötig‹ eigens für ihn geprägt worden. Seine platte Nase hatte er sich in jungen Jahren eingehandelt, als er es im Boxen immerhin zum Champion der Mittelklasse brachte.

Ergänzt wurde dieses Bild durch sein Vokabular, gegen das selbst der Umgangston der Unterdeck-Besatzung eines Flottenträgers verblaßte. Erst nachdem Banbridge ihn zehn Minuten in die Mangel genommen hatte, bemerkte Geoff eine erste Wiederholung der Kraftausdrücke; eine wahrhaft beachtliche Leistung. Überdies war Banbridge so laut, daß man auf dem Korridor vermutlich jedes Wort mitbekommen konnte. Geoff war nicht wohl bei dem Gedanken, daß mit großer Wahrscheinlichkeit More oder zumindest einer seiner Mitarbeiter dort grinsend zur Kenntnis genommen hatten, wie es denen ergeht, die sich mit ihm anlegen.

»Egal, Tolwyn – kommen wir zur Sache! Wissen Sie, worum es hier überhaupt geht?«

»Sir?«

Richards setzte sich in Bewegung. Geoff folgte ihm über den Asphalt des Rollfelds. Der Himmel wurde fast zur Hälfte von der roten Riesensonne eingenommen, deren Licht alles mit einer blutroten Aura versah, was Geoff irgendwie als beunruhigend empfand. Die zweite Sonne war ein gelber Zwerg, der fast eine Milliarde Kilometer vom Planeten entfernt seine Bahn zog und nun am östlichen Horizont aufging. Die seltsamen Gesetzmäßigkeiten eines Doppelsternsystems bedingten, daß weitere vierzig Jahre vergehen würden, bevor die Bewohner des Planeten wieder eine Nacht erlebten. In der Galaxis machte das Gerücht die Runde, daß die Menschen von McAuliffe bereit wären, für den Anblick eines einzigen Sterns jemanden zu töten.

»Wissen Sie wirklich nicht, Tolwyn, weshalb wir hier sind?«

»Sir, ich bin erst einige Stunden vor Ihnen auf Johnson Island gelandet, mit dem Pendelschiff von der Erde. Ich hatte den Befehl, zwecks weiterer Instruktionen Kontakt mit Ihnen aufzunehmen, Sir. Das ist alles, was ich weiß – abgesehen davon natürlich, daß man mir gesagt hat, es ginge von hier aus weiter. Aber nicht wohin.«

Richards zuckte die Achseln. »Mir haben sie gesagt, daß wir unsere Instruktionen auf dem Flugdeck erhalten. Schauen wir mal.«

Geoff ging neben Richards an dem Zaun entlang, der am Rand des drei Kilometer langen Hauptrollfeldes errichtet war. Sie kamen an Hangars, Laderampen und Arbeitshallen vorbei, vor denen in ordentlichen Reihen Hunderte Raumfahrzeuge abgestellt waren.

Johnson Island war der Hauptstützpunkt der Flotte und bildete gleichzeitig die Basis für den Grenzposten zum Imperium der Kilrathi. Es war eine der größten von Menschen geschaffenen Einrichtungen dieser Art, die nur von den Raumhäfen der Erde übertroffen wurden.

Geoffs Augen leuchteten auf, als er die geballte Kampfkraft der Schwadronen von Hurricanes, Gladiators, Trident-Bombern und Hummer-Aufklärern betrachtete, die hier Flügelspitze an Flügelspitze standen.

Doch als er näher hinsah bemerkte er, daß da und dort ein Antriebsaggregat fehlte oder andere Teile entfernt worden waren. Manche Maschinen waren sogar aufgebockt, da sie keine Landeräder hatten.

Weit hinten entdeckte er sogar einige Modelle, die eindeutig in ein Museum gehörten, darunter ein paar uralte Minotaurs, die sicher mehr als hundert Jahre auf dem Buckel hatten.

»Tja«, sagte Richards, der vermutlich Gedankenlesen konnte, »ist schon ein ziemlicher Schrottplatz. Sieht auf den ersten Blick ganz ordentlich aus, damit Admiral Nagomo leichter seine Berichte türken kann, der immer in leuchtenden Farben strahlt und der behauptet, daß man diese Maschinen problemlos kampfbereit machen könne. Natürlich erwähnt er nicht, daß diese Behauptung nur auf ein Viertel der Kisten zutrifft, weil man die anderen ausschlachten müßte, um die notwendigen Ersatzteile zu beschaffen. Und so wedeln dein Kumpel More und seine Mitstreiter mit den Berichten herum und behaupten steif und fest, daß wir über mehr als genug Maschinen verfügen, die in Schuß sind.«

»Und wie sieht es oben aus?« fragte Geoff.

»Die siebte Flotte verbringt mittlerweile die Hälfte

ihrer Dienstzeit im Parterre, um Treibstoff, Ersatzteile und anderen Kram zu sparen. Derzeit liegen alle sechs Flottenträger oben im Dock.« Er deutete mit dem Zeigefinger in die Höhe. »Wenn die Katzen jetzt auf die Idee kämen, die große Schlacht einzuläuten, wäre der Krieg nach zwanzig Minuten entschieden. Zwischen hier und der Erde gibt es nicht einen einzigen einsatzbereiten Flottenträger.«

»Ich dachte, hier sei mehr los, weil doch wieder vom Krieg geredet wird.«

Richards lachte bitter. »Krieg? Davon kann nun wirklich keine Rede sein – *Streifendienst*, das wäre wohl treffender. Wir klappern den Grenzsektor ab, ärgern sie hier ein bißchen, verarschen sie dort ein bißchen, aber *bloß nicht provozieren!* Sind doch nur harmlose Kätzchen, die man nicht richtig zur Verantwortung ziehen kann für das, was sie ausfressen. Haben Sie nicht den Kommentar neulich gesehen, wo dieser Vid-Fuzzi erklärt hat, daß wir die Verantwortung für deren Verhalten tragen? Daß es sich lediglich um ein kulturelles Mißverständnis handelt, das man sicher schon bald auf diplomatischer Ebene aus der Welt schaffen wird?«

Richards Tonfall ließ erkennen, daß ihn die ganze Sache gewaltig auf die Palme brachte. Offiziell gehörten die Flottenträger nicht einmal hierher, und so beschränkte sich die Schlagkraft der Einsatztruppe 23 auf einen Gemischtwarenladen aus zwei heruntergekommenen Kreuzern nebst Geleitzug und einem alten Tender der Ranger-Klasse.

Geoff betrachtete den im Südosten stehenden Skyhook-Tower, der die Oberfläche des Planeten mit dem geostationären Orbit in rund dreißigtausend Kilometern Höhe verband. Es war einer der eindrucksvollsten Bauten der Föderation. Geoff kam sich für einen Augenblick wie ein Tourist vor, der mit offenem Mund den gigantischen Turm bewunderte, dessen monumentale Struktur sich mit zunehmender Höhe scheinbar zu einem Strich verjüngte und weit oberhalb der Planetenoberfläche im Nichts verlor. Im Norden der Raumbasis standen sechs Fusionsreaktoren, die zusammen über tausend Gigawatt bereitstellten.

Ein Großteil davon wurde für die Versorgung der Basisabschirmfelder benötigt oder über den Skyhook-Tower in die orbitalen Anlagen geleitet. Insgesamt war es die leistungsfähigste Anlage dieser Art, welche die Föderation besaß, und im Fall eines feindlichen Angriffs würde die Basis problemlos selbst die massivsten Attacken überstehen. Keine bekannte Waffe war in der Lage, diese Abschirmfelder zu durchbrechen.

Die Zusammenhänge zwischen defensiver und offensiver Kapazität waren schon seit Erfindung der modernen Kriegführung ein beliebter Streitpunkt der Strategen. Ein größeres Schiff verfügte zwangsläufig über leistungsfähigere Reaktoren und somit die notwendige Energie, sich einerseits durch starke Energieschirme zu schützen und andererseits Plasmawaffen mit großer Schlagkraft zu betreiben. Die Grenze wurde lediglich durch die Sprungfelder diktiert, die für die Gesamtmasse des Schiffes dimensioniert sein mußten.

Da die Reaktoren selbst innerhalb des Schirmfeldes lagen, war die Basis völlig geschützt – insofern die Reaktoren mitmachten. Deshalb war rund um die Basis ein beeindruckender Kordon von Waffensystemen installiert worden, das wiederum durch automatische Überwachungsanlagen und eine Antiterror-Einheit geschützt wurden.

Während Geoff darüber nachdachte, stellte er sich die Frage, ob die Erbauer dieser Anlage bemerkt hatten, daß die gigantischen Defensivmaßnahmen die Mobilität stark einschränkten. Er mußte an die Worte des alten Winnie von der Akademie denken, der einmal gesagt hatte, McAuliffe sei die Maginot-Linie des Weltraums. Trotzdem war Geoff von der Anlage so beeindruckt, daß er ihre Zerstörung für unvorstellbar hielt.

Kurz darauf betraten die beiden das Fluggebäude, dessen Eingang von zwei Marineinfanteristen bewacht wurde, deren Salut sie schweigend erwiderten.

Richards ging auf den Empfangstisch zu und reichte seinen Flugbericht ein. Im Gegenzug erhielt er einen Briefumschlag mit dem Siegel der Einsatzleitung der Föderationsflotte.

An einer Wand des Raumes stand ein Marineinfanterist, der sie mißtrauisch beäugte. In seinem Blick lag etwas, von dem sowohl Geoff als auch Richards unangenehm berührt waren. Vermutlich fragte sich der Grunzkopf, wie es sein konnte, daß ein junger Schnösel von der Akademie einem höheren Rang hatte als er. Schließlich setzte er so etwas wie ein Lächeln auf, schüttelte verwundert den Kopf und verließ den Raum.

Richards riß den Umschlag auf und überflog seinen Inhalt. Er seufzte.

Geoff schaute ihn an. Wo immer er hingehen wird, sagte er sich, werde auch ich hingehen müssen. Und wenn er jetzt ein dummes Gesicht macht, wird es mir gleich genauso ergehen. Richards' Miene verkündete, daß ihr gemeinsames Ziel garantiert nicht das Plätzchen war, an dem man seine Rente durchbringen will. Geoff fragte sich, was Richards verbrochen haben mußte, um an denselben Ort abkommandiert zu werden wie ein Rekrut, der für sein großes Maul bestraft werden sollte.

»Laß uns einen trinken gehen«, murmelte Richards geistesabwesend.

Geoff folgte ihm widerspruchslos. Eigentlich hätte er ihn gern ausgefragt, aber er wußte genau, daß es der falsche Zeitpunkt war. Richards würde es ihm schon sagen, wenn er es für notwendig erachtete.

Nachdem sie Richards Reisesack verstaut hatten, suchten sie das Offizierskasino auf. Richards wählte einen Tisch am Ende des Raumes und befahl Geoff, zwei Glas Bier zu holen.

Als Geoff mit den Getränken zurückkehrte, setzte er sich und wartete schweigend, was Richards zu sagen hatte. Doch der ließ sich ganz schön Zeit, nippte ab und zu an seinem Bier und starrte die Wände des Kasinos an.

»Von mir aus kannst du mir jetzt Löcher in den Bauch fragen«, sagte er schließlich.

»Habe schon nicht mehr damit gerechnet, daß Sie sich dazu entschließen«, erwiderte Geoff.

Auf Vances Gesicht erschien der Anflug eines Grinsens. »Nur zu!«

»Sir?«

»Ich heiße Vance – jedenfalls, wenn wir uns besaufen!«

Geoffs Stimmung verbesserte sich deutlich. Normalerweise war die Kluft zwischen Offizieren und Kadetten mindestens ein Lichtjahr breit, doch im Casino fielen die Mauern nur allzu schnell. Für ihn war diese Erfahrung jedoch neu, da er bis jetzt noch nie den Vorzug genossen hatte, sich mit einem Offizier zu duzen.

»Also, was liegt an, Vance?«

»Lies selbst.« Vance schnippte den Umschlag über die Tischplatte.

Es dauerte eine Weile, bis Geoff hinter dem üblichen Dickicht von Abkürzungen, Akronymen und Floskeln die eigentliche Botschaft entdeckte.

Der Befehl lautete schlicht und ergreifend, daß Geoff und Vance sich hier im Offizierscasino einfinden sollten, wo sie weitere Instruktionen erhalten würden.

»Seltsame Geschichte«, murmelte Vance. »Verdammt seltsame Geschichte. Vor einer Woche habe ich noch eine Schwadron geführt und hatte gute Aussichten, bald zum Lieutenant Commander aufzusteigen und meine eigene Ausbildungsstaffel zu bekommen. Keine roten Häkchen in meiner Akte, keine dämlichen Vermerke – die Zierde der ganzen Flotte! Und dann macht es *Rumms*, und ich soll meinen Hintern mit Überlichtgeschwindigkeit hierher bewegen. Keine Erklärungen, gar nichts. Typisch Flotte. Bei dir wußte ich natürlich sofort, daß man dich hierher geschickt hat, weil du jemandem in die Milch gestrullt hast. Aber bei mir? Ich wüßte nicht wem!«

»Sag mal, ist das nicht der alte Winston Turner da drüben?« fragte Geoff, der von seinem Platz aus die Eingangstür sehen konnte.

Vance warf einen Blick über die Schulter. »In der Tat, er ist es! Mann, der hat mir in meinem ersten Jahr vielleicht die Hölle heiß gemacht! Habe später herausgefunden, daß er ganz in Ordnung ist, aber als Ausbilder konnte er ein ganz schöner Kotzbrocken sein.«

Turner schaute sich im Casino um, bevor er sich etwas von der Bar holte und dann zielstrebig wie ein Raumtorpedo auf ihren Tisch zuhielt.

Die beiden standen auf, doch Turner hob die Hand

und meinte: »Ruhe bewahren und sitzen bleiben, Gentlemen!«

Geoff bemerkte, daß Turner einen kurzen Blick auf den Stellungsbefehl warf, während er sich setzte.

»Sir, ich vermute, daß Sie wegen dieser Sache ...«, er deutete auf den Stellungsbefehl »... hier sind?«

»Wieso, Mr. Tolwyn?« fragte Turner betont unschuldig.

»Nun, Sir – das ist doch alles ziemlich rätselhaft für mich, erst dieser komische Stellungsbefehl, und kaum sitzen wir fünf Minuten hier, da kommen Sie zur Tür herein.«

»Und was schließen Sie daraus?« fragte Turner.

»Als ich Sie zuletzt sah, Sir, war das auf der Erde, bei der Abschlußfeier. Als ich mit diesem ... äh, als ich dieses Problem hatte.« Er war heilfroh, in letzter Sekunde eine andere Formulierung verwendet zu haben. »Mir kam zu Ohren, daß Sie und ein Teil der anderen Professoren sich entschieden hätten, in den Vorruhestand zu gehen. Das fand ich ehrlich gesagt etwas seltsam.«

»Warum?«

»Nun, Sir – zufällig weiß ich, daß Sie gut mit Admiral Banbridge befreundet sind. Und ich weiß auch, wie Sie die Flotte verehren. Also habe ich mir gedacht, daß so ein Mann wohl bis zum Ende dabei bleiben will. Und jetzt tauchen Sie hier auf, fünfzehn Sprungpunkte von der Erde entfernt. Also gehe ich davon aus, daß Sie uns die Einsatzbefehle überbringen.«

Turner lächelte. »Mr. Tolwyn, Sie waren immer ein sehr aufmerksamer Student. Und es trifft zu, daß mein Erscheinen hier etwas mit Ihrer Mission zu tun hat.«

»Inwiefern, Sir?« fragte Vance.

»Ihr zwei untersteht jetzt meinem Befehl.«

Turner beobachtete ihre Reaktionen genau. Geoff, der sich während der gesamten Anreise berechtigterweise den Kopf darüber zerbrochen hatte, in welchem Höllenschlund er wohl enden würden, war bestimmt ein Stein vom Herzen gefallen, als Turner das Casino betreten hatte. Richards Reaktion war dagegen eine ganz andere. Schließlich konnte er als Offizier eine solche Versetzung nur als Disziplinarmaßnahme verstehen, was den jungen Lieutenant sichtlich verstörte.

Vance ruckte nervös auf dem Stuhl. »Sir, in der letzten Ausgabe von *Flotte und Verteidigung* fiel mir eine Randnotiz auf, in der über die Schließung der Akademie berichtet wurde. Dabei wurde Ihr Name in der Liste der Professoren aufgeführt, die in den Vorruhestand gehen. Da frage ich mich doch, wie wir Ihrem Befehl unterstehen können, wenn Sie im Ruhestand sind?«

Winston kicherte. »So schnell werdet ihr mich nicht los! Vielleicht ist Ihnen aufgefallen, daß bei meiner Vorruhestandsankündigung kein Datum abgedruckt war. Das liegt daran, daß ich noch einen Auftrag ausführen werde, und von allen in Frage kommenden wurden Sie beide dazu auserkoren, mir zur Hand zugehen.«

Geoff konnte nicht recht einordneten, ob er das als Kompliment auffassen sollte. Schließlich hatte er erst einen Tag, bevor es zu dem Zwischenfall mit Senator More kam, einen Stellungsbefehl zur Mondbasis Luna Orbiter fünf erhalten, wo er seine ersten Übungsflüge auf einem Wildcat machen sollte. Er bewunderte Admiral Turner aufrichtig, da ihm klar war, daß der Commander viel zu seiner eigenen Denkweise über die Flotte und ihre Mission beigetragen hatte. Erst durch ihn war Geoff sich der wirklichen Tragweite der

Probleme bewußt geworden, die durch die Streichungen bei der Flotte auf die Föderation zukamen. Obwohl er es bislang niemandem gesagt hatte, war ihm seit einiger Zeit immer öfter der Verdacht gekommen, daß er vielleicht schon bald eine größere Rolle in der Geschichte der Föderation spielen würde, als er bislang angenommen hatte.

Diese Überzeugung wurde jedoch ziemlich ins Wanken gebracht, als er nach der Konfrontation mit More die Erfahrung machte, daß ein derartig pathetisches Handeln von seinen Vorgesetzten strengstens geahndet wurde. *Und jetzt gehöre ich zum Begleittrupp eines Aussteigers.* Eigentlich hätte er sich angesichts dessen ziemlich mies fühlen müssen. Andererseits war Turner jedoch einer der respektiertesten Intellektuellen in der Flotte ... Aber eben keiner, den man in einen brisanten Kampfeinsatz schickte. Und dafür hatte Geoff doch so lange trainiert ...

»Sie sehen beunruhigt aus, Mr. Tolwyn«, sagte Turner mit sanfter Stimme.

»Nun, Sir, ich bin ein wenig neugierig, was auf mich zukommt«, beeilte Geoff sich zu antworten. Er deutete auf den Stellungsbefehl, der immer noch mitten auf dem Tisch lag. »Ich meine, das ganze ist doch reichlich ungewöhnlich.«

»Alles zu seiner Zeit, Geoff – zunächst möchte ich noch ein paar Fragen geklärt wissen, wenn es recht ist.«

Turner schaute Vance gelassen an.

»Wie ist es in Ihrer Schwadron gelaufen, Mr. Richards?«

»Sir?«

»Die Wahrheit! Nicht der Blödsinn, den ihr jungen Leute in Eure Berichte schreibt, damit man euch keine dummen Fragen stellt. Ich meine, was hinter den

Kulissen war. Das, was Sie wirklich empfanden, wenn Sie einmal genau über das Ganze nachgedacht haben.«

Vance grinste. »Haben Sie ein paar Wochen Zeit, Sir?«

»Wenn wir in die Details gehen wollen, wird es sicher so lange dauern, das ist mir klar. Aber geben Sie mir ernst einmal die Kurzfassung.«

»Nun, Sir, soweit es die Männer und Frauen in den fliegenden Kisten betrifft – die sind erste Sahne. Die Akademie und selbst die Provinzakademien weit draußen versorgen uns wirklich sehr gut. Alle sind durch und durch loyal – aber das muß man auch sein, damit man den ganzen Bockmist erträgt. Ich könnte mir keinen Einsatz vorstellen, bei dem ich Bedenken hätte, mit denen zusammenzuarbeiten.«

»Und das Bodenpersonal?«

»Im großen und ganzen dasselbe. Sie kennen doch den alten Spruch, *man muß halb bekloppt sein, um in die Flotte einzutreten, und total bekloppt, um dabei zu bleiben.* Eigentlich gibt es nur ein Problem: Wir verlieren zu viele gute Leute an die Handelsmarine und die kommerziellen Reedereien. Sie ziehen ihre sechs Jahre bei der Flotte durch und erhalten dort eine verdammt gute Ausbildung. Aber dann gründen sie eine Familie, und dadurch ändert sich alles. Und man kann es ihnen nicht mal verdenken, wenn sie sich abwerben lassen. Was uns bleibt, sind die alten Recken, die sich überhaupt nicht vorstellen können, irgendwo anders zu arbeiten als in der Flotte. Aber von der Arbeit verstehen die etwas, so daß sich dieser Aspekt weniger auf die Flotte auswirkt. Also, im großen und ganzen sind die Zustände schon in Ordnung.«

»Wie sieht es aber im Ernstfall aus?«

Vance atmete hörbar aus.

»Falls es jemals rummst, sitzen wir direkt auf der Granate.«

»Was meinen Sie damit?« fragte Turner mit leiser Stimme.

»Kommen Sie, Sir, Sie wissen genau, daß ich von den verdammten Katzen rede. Die warten doch nur darauf, daß sich eine günstige Gelegenheit ergibt.«

»Wieso glauben Sie das?«

»Das hat man doch bei der Sache mit den Varni gesehen«, meldete Geoff sich zu Wort. »Die Katzen tauchen im Grenzsektor auf und verhalten sich für einige Zeit völlig friedlich, bis sie genug über die anderen wissen. Und dann fangen sie einen Krieg an, mit einem Erstschlag, der dafür sorgt, daß alles in dreißig Tagen vorüber ist.«

»Das ist aber vierzig Jahre her«, entgegnete Turner. »Man sollte eigentlich meinen, daß sie es schon längst getan hätten, wenn sie wirklich darauf aus wären. Verflixt, bis vor fünf Jahren hatten wir nicht mal Kontakt zu ihnen, und seitdem haben wir keinen Mucks von ihnen gehört.«

»Daß sie es bisher nicht versucht haben, bedeutet nichts«, fuhr Geoff fort. »Erinnern Sie sich noch an das Gerücht, das vor einigen Jahren aufkam? Danach haben die Katzen angeblich eine Siedlung hinter der Grenze überfallen, bevor die demilitarisierte Zone eingerichtet wurde. Wenn das wirklich wahr ist, wissen sie eine ganze Menge über uns, da sie mehr als genug Zeit hatten, die Ausrüstung in der Siedlung auseinander zu nehmen. Und das Standardzeug, das die Kolonisten mit sich herumschleppen, besagt schon eine Menge über uns.«

Richards schüttelte den Kopf. »Mein Gott, es gibt mit Sicherheit Tausende nicht erfaßter Sternensysteme im Grenzsektor, und zig mal so viele in anderen Teilen der Galaxis. Solche Geschichten werden ständig neu erfunden.«

»Mag sein, aber ich glaube trotzdem, daß die Katzen gegen uns aufrüsten«, widersprach Geoff.

»Ihr Freund More würde Sie jetzt als paranoid bezeichnen«, sagte Turner mit spöttisch verzogenem Mund.

»Vielleicht ist Geoff paranoid, aber das heißt noch lange nicht, daß die Katzen nicht *doch* auf Krieg aus sind!« bemerkte Vance, der Geoffs Ansicht offenbar teilte. »Und wenn das der Fall ist, werden sie uns gewaltig den Arsch aufreißen.«

»Warum?«

»Sir, ich habe einige Ihrer Artikel gelesen und glaube deshalb, daß Sie es besser wissen müßten als wir!« sagte Vance.

»Vielen Dank für das Kompliment, aber ich war nun mal viele Jahre lang Akademiker und habe zwangsläufig ein gewisses Informationsdefizit, was diese Dinge betrifft. Zwar bilde ich junge Leute wie euch aus, erfahre aber wenig darüber, was ihr da draußen erlebt.«

»Sir, es ist immer dieselbe alte Geschichte. Es gibt nur sechs Flottenträger für den gesamten Sektor, und insgesamt neun für die gesamte Galaxis. Vor fünf Jahren, unter der alten Regierung, wurde der Antrag durchgebracht, weitere acht Träger zu bauen. Bekommen haben wir jedoch nur zwei. Einer ist die *Concordia*. Die anderen wurden nur halb fertiggestellt und befinden sich immer noch im Parkorbit von Luna.«

»Wenn man von der *Concordia* absieht, wurden alle zur Zeit verfügbaren Flottenträger vor meiner Geburt in Dienst gestellt. Ihr Zustand ist mehr als bedenklich. Sie werden von Klebeband und Spucke zusammengehalten. Obwohl die *Soryu* offiziell als einsatzbereit deklariert wird, ist sie eigentlich nicht mehr als ein fliegendes Ersatzteillager, mit dessen Teilen die anderen fünf Flottenträger in Schuß gehalten werden. Die Flotte liegt fast sechzig Prozent der Dienstzeit im Dock, um Kosten zu sparen.« Er deutete mit dem Zeigefinger nach oben.

»Soweit zu den Trägern«, bemerkte Turner, »aber was ist mit den Schlachtschiffen und den schweren Kreuzern?«

Vance zog verächtlich die Nase hoch. »Das ist ein anderes Glas Bier, Sir. Die haben noch nicht begriffen, daß der nächste Krieg hauptsächlich durch die Träger entschieden wird. Die Lametta-Greise verstehen eben nichts von ihrem Geschäft.«

Vance lag noch so einiges auf der Zunge, aber er hielt es für klüger, sich mit seiner Kritik ein wenig zurückzuhalten.

Winston grinste. »Ich kenne einen Lametta-Greis, der Ihnen für diese Bemerkung was auf die Zähne geben würde!«

»Ach, Sir – ich meine damit doch nur die Schlachtschiff-Admirale, die sich immer kräftig auf die Schulter klopfen, weil sie glauben, daß es im Ernstfall alles an ihnen hängt!«

»Bisher hat es das noch nicht gegeben, daß ein Träger erfolgreich gegen ein Schlachtschiff operiert hat«, gab Turner zu bedenken. »Vergessen Sie nicht, daß selbst Banbridge die meiste Zeit ein Schlachtschiff befehligt hat!«

»Was ist denn mit den Berichten über die Varni?« fragte Richards.

»Welche Berichte, Mr. Richards?«

Richards hätte sich am liebsten geohrfeigt. *Ich Idiot! Das unterliegt ja noch der Geheimhaltung!* Die Informationen über den Krieg zwischen den Varni und den Katzen war bislang noch nicht freigegeben und wurde bei der Flotte unter der Geheimhaltungsstufe 3 A geführt.

Doch Vance hatte vor einiger Zeit die Zugangscodes mehrerer Dateien mit niedrigerer Sicherheitstufe geknackt, in denen dieser Krieg am Rande erwähnt worden war.

Er überlegte krampfhaft, wie er sich herausreden sollte, als Turner sich vorsichtig umschaute und leise sagte: »Mr. Richards, glauben Sie bitte nicht, daß Sie der erste Kampfpilot sind, der sich als Hacker versucht hat. Außerdem steht in Ihrer Personalakte, daß Sie gern mit Computern herumspielen. Ich darf Ihnen verraten, daß der Geheimdienst nicht uninteressiert an Ihnen war, als Sie damals Ihren Abschluß machten. Speedwell hat sich deshalb sogar mit mir getroffen.«

Richards schüttelte ungläubig den Kopf.

»Ich bin Pilot, Sir, kein Analytiker. Computer sind mein Hobby, aber Fliegen ist meine Leidenschaft!«

Turner nickte. »Jeder dient der Flotte am besten, wenn er sich auf das beschränkt, was er am besten beherrscht.«

»Und das ist bei mir nun mal die Hurricane, Sir«, erwiderte Vance. Dann schaute er Turner mit zusammengekniffenen Augen an. »Sagen Sie mal, hier geht es doch nicht etwa um eine nachrichtendienstliche Sache, oder?«

Turner lächelte seltsam. »Nur Geduld, mein Sohn – falls es Sie beruhigen sollte, verrate ich Ihnen schon mal, daß Sie auch ein bißchen fliegen sollen. Soviel dazu, mehr folgt später. Aber Sie hatten gerade etwas Interessantes über die Probleme der Flotte erzählt, im Zusammenhang mit den Varni.«

»Es gibt da ...«, er hielt inne, um sich seine Worte genau zurechtzulegen. »Es gibt da so ein Gerücht. Demnach behaupten die Varni, sie hätten beinahe einen schweren Kreuzer der Kilrathi abgeschossen. Es hätte eigentlich klappen müssen, aber der Commander, der den Angriff koordinierte, wurde getötet, was dazu führte, daß der konzentrierte Angriff auf den Phasenschild beendet wurde.«

Turner nickte nachdenklich und kramte aus seiner Jackentasche eine Pfeife und einen Tabaksbeutel hervor.

Erst als die Pfeife qualmend zwischen seinen Lippen steckte, sagte er: »Je größer ein Schiff, um so größer ist zwangsläufig die Energieversorgung. Und damit steigt auch die Leistungsfähigkeit der Phasenschilde. Der Grenzwert wird ausschließlich von der erforderlichen Größe des Sprungfeldes bestimmt. Da ein Flottenträger aber nun mal relativ kleine Abfangjäger und Bomber als primäre Waffensysteme einsetzt, spricht das eindeutig gegen die Hypothese, daß er einem Schlachtschiff Paroli bieten kann.« Seine Stimme hatte, ohne daß er es selbst bemerkte, den Tonfall eines erfahrenen Dozenten angenommen. »Die kleinen Jäger verfügen schließlich nicht über genug Feuerkraft, um gegen einen Kreuzer von, sagen wir, fünfzigtausend Tonnen vorzugehen. Der wiederum kann aber so starke Schirmfelder erzeugen und soviel Energie in die Waffensysteme leiten, daß er rein theoretisch tausend Jäger zur Strecke bringen kann, ohne auch nur einen Kratzer davon zu tragen. Natürlich, wenn sich die Jäger alle auf ihn konzentrieren würden, sähe die Sache weniger gut für ihn aus, aber selbst in diesem Fall wäre immer noch das Hauptschiff da, dessen Flak die Jäger atomisieren könnte.«

»Sir, Sie haben doch selbst an der Panama-Simulation teilgenommen – vor zwölf Jahren, nicht wahr?« fragte Geoff.

»Und?«

»Nun, Sir – dabei wurde doch ein neuartiges Waffensystem simuliert, das so klein ist, daß es problemlos auf einem Bomber installiert werden kann, der von einem Flottenträger aus startet. Und mit dieser Waffe konnte man den Phasenschild knacken. Team Rot hat dadurch drei Schlachtschiffe verloren, wenn ich mich recht entsinne.«

»Ich war nur als Beobachter von der Akademie dabei«, entgegnete Turner und blies einen Rauchring zur Decke. »Es erstaunt mich wirklich, daß Sie, Mr. Tolwyn, genau wie Mr. Richards Ihre Freizeit damit verbringen, sich in militärische Computer einzuhacken. Der Bericht darüber ist bis heute nicht freigegeben, falls Ihnen das entgangen sein sollte. Aber Sie haben natürlich recht, die Träger haben die Schlachtschiffe aus dem Himmel geholt, bis die Schiedsrichter eingeschritten sind und den Angriff für nichtig erklärt haben. Deshalb heißt es auch in den offiziellen Berichten, daß die Roten die Schlacht gewonnen haben, weil der blaue Admiral seine Vorhut verheizte.«

»Und wie denken Sie darüber?«

»Ich war nur als Historiker zugegen. Es fällt nicht in meinen Bereich, darüber zu entscheiden.«

»Aber es hat Sie doch ein wenig erschüttert, nicht wahr, Sir?« bohrte Geoff weiter.

»Sagen wir mal, daß ich es zur Kenntnis genommen habe. Aber es war ja nur eine Extrapolation auf ein Waffensystem, das meines Wissen gar nicht existiert. Wobei ich wirklich nicht darauf wetten würde, daß unsere verrückten Techniker nicht irgendwann versucht haben, eine Waffe zu entwickeln, die den Phasenschild eines Schlachtschiffes knackt. Vielleicht würde ich sogar so weit gehen zu behaupten, es hätte einen Prototypen gegeben. Aber selbst wenn, müßte der Gegner nur die Frequenz des Phasenschildes ändern, um dem Leitsystem vorzugaukeln, der Torpedo habe den Schild bereits durchdrungen. Somit wird der Sprengsatz noch außerhalb des Phasenschilds gezündet – und das war's dann. Diese Tatsachen unterliegen nicht einmal der Geheimhaltung. Die einzige sichere Möglichkeit, ein Phasenschild zu knacken besteht darin, so lange mit möglichst vielen Waffen dort hinein zu hämmern, bis die Generatoren in die Knie gehen. Und dazu benötigt man dicke Schiffe mit verdammt dicken Kanonen – also Schlachtschiffe und keine Vergnügungskreuzer!«

»Und damit ist die Sache für Sie klar?« fragte Vance ungläubig.

»Sagen wir mal so ... für die Akademie ist es das Vaterunser!« Er senkte den Kopf und seufzte. »Soviel zur Akademie. Aber wenn wir einen praktischen Beweis hätten, könnten wir uns geneigt fühlen, unsere Meinung zu revidieren.«

»Ich frage mich wirklich, ob das auch für die Akademien auf Kilrathi zutrifft«, knurrte Richards.

»Nun, vielleicht wissen Sie es schon bald!«

»Sir?«

»Ich denke, daß Sie die nächsten Monate höchst interessant finden werden.«

»In welcher Beziehung, Sir?«

»Können Sie eine Wasp fliegen?«

Richards mußte lachen. »Das kann sogar unser junger Mr. Tolwyn hier!«

»Ich war der Klassenbeste im Unterschallflug,

Überschallflug und im transatmosphärischen Flug«, sagte Geoff beleidigt. »So eine antiquierte Erbsendose wie die Wasp fliege ich blind!«

»Na«, sagte Turner launig, »dann könnt ihr zwei euch darüber streiten, wer auf dem Pilotensitz hockt.«

»Sir, ich habe ein kleines Problem damit«, erklärte Richards. »Eine Wasp ist doch eigentlich ein Personenshuttle, kein richtiger Militärflieger. Hat nur ein einziges Waffensystem, damit man sich notfalls gegen Piraten zur Wehr setzen kann – obwohl ich das eher als Spielzeug sehe, damit man etwas zu tun hat, während sie einem den Hintern wegschießen. Und damit sollen wir arbeiten?«

»Ach!« Turner schlug sich mit der flachen Hand an die Stirn. »Fast hätte ich's vergessen!«

»Was denn?« fragte Vance.

»Euch zu sagen, daß ihr euch freiwillig für diese Mission gemeldet habt. Außerdem unterliegt sie natürlich strengster Geheimhaltung, aber das dürfte selbstverständlich sein, nicht war?«

»Haben wir eine Alternative?« fragte Richards.

»Mein Sohn, ich möchte ehrlich sein!« Turner zog an der Pfeife. »Ihr beide habt exakt dasselbe Problem: eine Klappe, die so groß ist, daß ein Schlachtschiff darin parken kann. Über Mr. Tolwyns diesbezügliche Qualitäten muß ich nichts sagen, es wird ja über alle Nachrichtensender verbreitet. Und Sie, Mr. Richards, haben sich einmal zu oft auf Ihre ungemein charmante Art bei Ihrem Wartungsoffizier über den Mangel an Ersatzteilen ausgelassen. Die ihm gegenüber geäußerte Hypothese, er leide an dem recht ungewöhnlichen medizinischen Syndrom einer direkten Verbindung zwischen dem zentralen Nervensystem und seinem Verdauungstrakt, halte ich für höchst bemerkenswert, aber ein wenig spekulativ. Insofern Sie diese einmalige Gelegenheit in den Wind schlagen, wird sich mit Sicherheit hier auf McAuliffe ein Schreibtisch finden lassen, an dem Sie den Rest Ihrer Dienstzeit verbringen dürfen. Bei Mr. Tolwyn wird das etwas schwieriger, weil man zuerst nach einem Ort suchen müßte, der so weit von der Erde entfernt ist, daß wir noch nicht einmal einen Namen für ihn haben.«

»Tolle Auswahl!« meinte Richards. »Na gut, ich mache mit!«

Geoff entschied sich, besser nichts zu sagen und nickte nur.

»Da ist noch eine Sache, die ich euch erklären muß. Die Geheimhaltungsstufe dieser Missionen ist ausgesprochen hoch. Kein Problem, ich habe bereits dafür gesorgt, daß ihr die entsprechende Freigabe habt. Habe schließlich ein paar Freunde ganz weit oben. Jedenfalls gehe ich davon aus, daß ihr die Klappe halten werdet.«

Von Turners jovialer Art war nicht mehr viel zu bemerken. Der leicht trottelig wirkende Professor hatte sich in einen eiskalten Geheimdienstler verwandelt. Geoff fand das geradezu erschreckend.

»Und wenn ich von Geheimhaltung rede, Gentlemen, dann gilt das bis zum jüngsten Tag. Was von nun an passiert, behaltet ihr für euch. Wenn ihr zurückkommt, wird niemand davon erfahren. Niemand! War das deutlich genug?«

»Ja, Sir!« riefen die beiden im Chor.

»Falls ihr die Mission versiebt und es trotzdem irgendwie schafft, zurückzukehren, solltet ihr immer daran denken, daß niemand wissen darf, was passiert ist. Falls ihr das vergessen solltet ...«, er machte eine Pause und überlegte sich, ob das, was er jetzt sagen wollte, nicht vielleicht ein wenig zu dramatisch sein könnte, »werdet ihr terminiert!«

Jetzt verschlug es den beiden doch die Sprache.

»Habt ihr kapiert, was ich gerade gesagt habe?«

»Ja, Sir!«

Turner lächelte und kramte aus seiner Hosentasche ein paar Münzen hervor, die er als Trinkgeld auf den Tisch legte. Dann stand er auf und bedeutete den beiden, ihm zu folgen.

3

HALLIN-SYSTEM, IMPERIUM DER KILRATHI
STANDARDDATUM: 2634.121

»Da kommt gerade ein zweites Schiff durch den Sprungpunkt!«

Hans Kruger, Schmuggler und Kopilot der *Phantom*, fühlte, wie seine Nackenhaare sich aufstellten. Er warf einen nervösen Blick auf die Kursanzeige, vor der sein Kumpel Kevin Milady hockte, der auch der stolze Eigentümer des Raumschiffs war.

Er sah einen zweiten roten Blip, der eigentlich nicht dorthin gehörte.

Und dann tauchte ein weiterer Blip auf ...

»Gib mir die Daten! Mach schon!« rief Milady hektisch.

Hans hämmerte den Abfragecode ein. Zuvor erschien auf einem der kleineren Bildschirme die Drahtgitter-Darstellung einer Kilrathi-Fregatte der *Targu*-Klasse.

»Leute, wir haben ein Riesenproblem!« rief Milady.

»Schieb mir mal die Daten rüber!« brüllte jemand von oben.

Hans hob den Kopf und schaute Igor an, ihren Navigator und Bordschützen. Igor grinste boshaft und spuckte ohne Vorwarnung schwarzen Tabaksaft in eine Kaffeetasse, die auf seinem Pult stand. Natürlich bekam Hans *zufällig* ein paar Tropfen ab.

Hans war stinksauer. Igor hatte ihn bereits aufs Korn genommen, als er auf Gainers Welt angeheuert hatte. Natürlich wußte er, daß es sich um einen Teil der blödsinnigen Einweihungsriten handelte, die in diesem Gewerbe üblich waren. Das Problem war nur, daß dieses eigentlich recht harmlose Spiel auf der *Phantom* eine tödliche Komponente hatte. Ein Zweikampf mit Igor wäre mit großer Sicherheit übel für Hans ausgegangen, aber an Bord dieses Schiffes bedeutete es mehr als eine schlimme Tracht Prügel. Igor würde ihm im besten Fall ein Ohr abschneiden, sein Gesicht mit dem Messer verunstalten oder ihm ein Auge ausstechen.

Im Extremfall würde er ihm die Kehle durchschneiden. Hans hatte sich das Leben auf einem Schmugglerschiff weiß Gott nicht einfach vorgestellt, aber Igors bedrohliches Verhalten ging doch weit über das hinaus, was er erwartet hatte.

Dummerweise gab es für ihn keine Alternative. Als gesuchter Mörder konnte er sich im Einflußbereich der Föderation nicht mehr blicken lassen. Die Tatsache, daß er in Notwehr gehandelt hatte, würden die Richter mit großer Wahrscheinlichkeit bezweifeln. Abgesehen davon war ohnehin kaum davon auszugehen, daß man ihm die Chance zugestand, die Sache vor Gericht zu bereinigen. In den einundzwanzig Jahren seines Lebens waren viele Dinge passiert, wobei er sich jedoch nur an wenige Ereignisse erinnerte, die man als halbwegs positiv einstufen könnte. Sein Vater war ein Säufer gewesen, der ihn frühzeitig aus dem Elternhaus vertrieben hatte. Statt an der Akademie der Flotte zu studieren, schlug er sich als Bergmann auf einem unwirtlichen Eisplaneten durch und träumte davon, eines Tages Kampfpilot zu werden. Doch bevor er das Mindestalter von achtzehn Jahren erreichte, heuerte er auf einem Handelsschiff an und arbeitete sich zügig in der Hierarchie des Handelsunternehmens Sarn nach oben, bis er als gerade Zwanzigjähriger seine Ausbildung als Kopilot abschloß.

Zu jenem Zeitpunkt waren seine Zukunftsaussichten ziemlich erfreulich, da Haffa Sarn ihn zunehmend wie einen Familienangehörigen behandelte. Was sich allerdings schlagartig änderte, als Hans einen von Haffas Söhnen in einem Streit um ein Mädchen tötete. Venela Sarn war ein brutaler Hurensohn, und Hans hatte es als seine Aufgabe betrachtet, ein Barmädchen zu schützen, das von Haffas Sohn auf höchst niederträchtige Art und Weise belästigt worden war. Daß Venela schließlich seinen Blaster gezogen hatte, um das Mädchen umzunieten, betrachtete sein Vater keineswegs als hinreichende Entschuldigung für Hans. Statt dessen hatte Haffa alles in Bewegung gesetzt, um ihn zur Strecke zu bringen.

So sah Hans sich gezwungen, auf dem erstbesten Schiff anzuheuern, und das war nun einmal die *Phantom* gewesen. Man hatte ihm nicht gesagt, wohin die Reise ging, und es dauerte eine Weile, bis er sich an den Dreck und den Gestank gewöhnt hatte, der noch vom letzten Kopilot stammte. Was keineswegs bedeutete, daß die Mannschaft dieses Schiffes wesentlich unsauberer war, als man es in dieser Branche gewohnt ist. Aber es ist nun einmal so gut wie unmöglich, in einem Raumschiff jedes Stück Haut, Gehirnmasse und alle sonstigen Überreste zu beseitigen, die ein Mensch hinterläßt, der von einer Salve hochbeschleunigter Projektile aus einem Massewerfer zerfetzt wird.

»He, Marilyn, was spielt sich da hinten ab?« Kevins Gebrüll sorgte dafür, daß Hans seine Wut auf Igor für einen Moment vergaß.

Hans warf einen Blick über die Schulter in den schmalen Gang, an dessen Ende Marilyn Langer saß, die neben ihrer Tätigkeit als Bordingenieur auch die Funktion des Heckschützen übernommen hatte. Sie hatte sich über das Zwillingsgeschütz gebeugt und starrte auf die Ladeanzeige der Massewerfer, was Hans die Gelegenheit verschaffte, sie einmal ausgiebig zu bewundern, ohne Gefahr zu laufen, ein ähnliches Ende zu nehmen wie sein Vorgänger.

»Jetzt habe ich vier von den Bastarden auf dem Schirm! Nähern sich mit allem, was die Triebwerke hergeben. Verdammt, die Katzen müssen ihre Maschinen frisiert haben, anders kann ich mir das nicht erklären!«

Hans konzentrierte sich wieder auf das vordere Leitpult.

»Ihr beschleunigt die zwei Fregatten hoch!« verkündete er. »Rendezvous in einer Minute siebenunddreißig Sekunden.«

Er schaute Kevin an, der ihn mit seinem gesunden Auge anblitzte und ein breites Grinsen aufsetzte.

»Na, damit sind wir wohl im Arsch, was?«

»Sieht nicht gut aus!« entgegnete Hans gepreßt.

»Das ist eben der Preis, den man irgendwann dafür zahlt, wenn man sich im Grenzsektor der Katzen rumtreibt!« meinte Milady grinsend. »Festhalten, Leute!«

Es traf Hans völlig unvorbereitet. Milady riß den Hebel für das Sammelfeld auf Null. Dieses Feld sammelte die im All umherschwirrenden Wasserstoffatome ein, um sie als Treibstoff zu verwerten, und sorgte gleichzeitig bei Atmosphärenflügen für den notwendigen Auftrieb. Hier im Vakuum des Alls kippte das Schiff natürlich nicht ab, als das Feld zusammenbrach, sondern verlor rapide an Geschwindigkeit, während Kevin es einmal um seine Hauptachse rotieren ließ und dann den Beschleunigungshebel voll durchdrückte, um gleichzeitig das Sammelfeld wieder hoch zu fahren.

Das ist doch völliger Irrsinn! schoß es Hans durch den Kopf. *Wir verlieren rapide an Geschwindigkeit.* Die Jäger würden sie in den nächsten Sekunden von der einen Seite angreifen, die Fregatten von der anderen!

Die Trägheitsdämpfer des heruntergekommenen Schiffes waren völlig überlastet, und Hans rang nach Atem, als die Beschleunigung ihm den Brustkorb zusammendrückte. Mindestens zehn G lasteten auf ihm und den anderen, und die Schiffshülle ächzte und dröhnte, als würde es sie jeden Augenblick zerreißen. Igor eröffnete die Schlacht mit einer Salve aus den Photonenwerfern. Auf was Igor gefeuert hatte, konnte Hans nicht sehen. Aber nun erschienen vier Lichtblitze auf dem Viewport, als die Katzen das Feuer zu erwidern begannen. Hans duckte sich instinktiv, als einer der Strahlen über das Cockpit hinwegsauste und am Steuerbordleitwerk den Phasenschild traf, der die Energie des Strahls zu einem Funkenregen zerstäubte.

»Loggt die Waffensysteme auf ihre Laser ein!« schrie Kevin.

Einen Moment später sah Hans, wie auf einem der Schirme des Waffenleitsystems vier rote Blips auftauchten. Einer lag jetzt unter dem Fadenkreuz, das sofort hektisch aufblinkte, um Feuerbereitschaft anzuzeigen. Igor schoß sich währenddessen manuell auf den Gegner ein, der ihnen beinahe das Leitwerk weggerissen hätte.

Und plötzlich waren sie da, tauchten aus dem Nichts auf wie ein Blitz, waren ganz nahe und riesengroß auf sämtlichen Viewports zu sehen, wo Sekundenbruchteile zuvor nur vier winzige Lichter zu sehen waren. Zwei Jäger rasten Steuerbord vorbei, während die beiden anderen direkt über sie hinwegflogen, einer davon so nahe, daß sein Phasenschild den der *Phantom* streifte.

Das Schiffes buckelte und geriet ins Trudeln.

»Kruger, du verdammter Idiot!« kreischte Marilyn von hinten. »Warum hast du Penner ihn nicht abgeknallt? Schieß, verdammt noch mal!«

Aber da war nichts mehr, auf das Hans hätte schießen können. Sein Blick zuckte zur Kursanzeige. Die Fregatten hatten mächtig aufgeholt und waren jetzt allenfalls noch zweitausend Klicks entfernt. Kevin gab wieder vollen Gegenschub und ließ das Schiff zur Seite wegtaumeln. Ihre Chance, den Sprungpunkt zur erreichen, hatte schon vor diesem Manöver bei weniger als Null gelegen. *Aber jetzt...*

»Noch zehn Sekunden bis zum Rendezvous!« brüllte Hans, der sich absolut nicht vorstellen konnte, was der Pilot mit dem Kurswechsel beabsichtigte.

In diesem Moment ertönte Igors Triumphgebrüll: »Nummer eins ist erledigt!«

Hans hob den Kopf und sah, wie Igor mit fiebrigem Blick auf seine Waffenkontrolle starrte. Der Tabaksaft lief ihm übers Kinn. Hans drehte den Kopf zur Seite, aber es war bereits zu spät ...

Aus dem Augenwinkel bemerkte er, wie es an der Backbordseite aufblitzte. Auf dem Viewport war eine sich schnell verflüchtigende Wolke von Trümmern zu sehen.

»Festhalten!« rief Kevin wieder. Das Schiff ruckte noch einmal um seine Hauptachse. Jetzt war es wieder auf den Sprungpunkt ausgerichtet; dann aber zog Kevin es nach ›unten‹ weg, so daß die beiden nun aus allen Rohren feuernden Fregatten über sie hinwegzogen. Laserstrahlen, Plasmatorpedos und Projektilsalven rasten wirkungslos ins Nichts, statt die *Phantom* in Stücke zu reißen.

Dann mußten sie aber doch ein paar Irrläufer einstecken, die das Schiff mit mörderischen Schlägen erschütterten. Der Phasenschild brach für einen kurzen Moment zusammen, so daß eine der Projektilsalven mit einem Funkenhagel glatt das Steuerbordleitwerk durchschlug. Nur ein wenig tiefer, und die Projektile hätten die Hülle der *Phantom* durchschlagen. Hans schoß die verrückte Frage durch den Kopf, ob er in diesem Fall erst an dem rapiden Druckverlust gestorben wäre, oder bereits vorher durch die Projektile – so wie sein Vorgänger. Er drehte seinen Kopf nach rechts und betrachtete den Helm und die Handschuhe, die er dort abgelegt hatte. Er seufzte. Dann streckte er die Hand nach dem Helm aus und setzte ihn auf.

»Mal ehrlich, Junge, wenn wir schon durchlöchert werden, würde ich es vorziehen, einen schnellen Tod zu sterben, statt den Katzen in die Klauen zu fallen!« rief Kevin.

Hans hatte schon einiges darüber gehört, was die Kilrathi mit ihren Gefangenen anstellten. Er fühlte sich versucht, den Helm wieder abzulegen.

»Da kommt einer von vorn!« meldete sich Marilyn, untermalt vom Stakkato ihres Zwillingsgeschützes. »Ha, ich hab' ihn erwischt, den Bastard!« Hans sah, wie der Jäger von ihnen wegtrudelte. Als er sich nach vorn lehnte, um das Display besser sehen zu können, schlug er mit dem Helm gegen den Bildschirm und verlor dadurch für einen Moment die Orientierung. Doch als das Fadenkreuz vor ihm aufblinkte, schoß eine Hand auf den Feuerknopf des Buglasers.

Volltreffer!

Der Jäger detonierte.

Hans schrie begeistert auf – das war verdammt einfach gewesen!

Wieder ging ein Ruck durchs Schiff. Eine Fontäne blauweißer Funken kam aus dem rechts von ihm angebrachten Bedienpult. Draußen sauste einer der

Angreifer vorbei. Igor versuchte fluchend, ihn in die Zielerfassung zu bekommen.

»Die Fregatten schließen auf!« rief Marilyn.

Hans warf wieder einen Blick auf die Kursanzeige. *Verdammt, wie kriegen die das nur hin?* Ein so großes Schiff brauchte für ein Wendemanöver einige Minuten, selbst wenn man den Trick mit dem Abwürgen des Sammelfeldes benutzte. Aber die Katzen hatten das Manöver bereits halb durchgeführt. Er beobachtete Kevin und erschrak, weil er im Gesicht seines Chefs zum erstenmal so etwas wie Nervosität entdeckte. Oder war es sogar Angst?

»Die müssen an ihren Kisten richtig was getan haben«, vermutete Kevin. »Aber keine Panik – wir springen, wenn es zu brenzlig wird!«

»Bei den derzeitigen Beschleunigungswerten sind sie in den nächsten vierzig Sekunden bei uns!« meldete Hans nach einem Blick auf die Dateneinblendung.

»Schnauze halten!« fauchte Kevin, während er sich umdrehte. »Marilyn, du kannst jetzt das Geschenk auspacken!«

»Schon passiert!« rief die Frau im nächsten Moment.

Hans schaute wieder Kevin an. Ich verstehe absolut nicht, was die vorhaben ...

»Wir haben gerade eine Nuklearmine abgeworfen«, erklärte Kevin. »Leider kosten die Dinger fast genauso viel, wie uns der ganze Ärger einbringt!«

»Eine Mine?« fragte Hans irritiert. »Verdammt, das ist doch ... Zivile Schiffe dürfen keine Minen mit sich führen! Das wird als schweres Verbrechen bestraft! Warum habt ihr mir nichts davon gesagt?«

»Warum? Wärst du dann vorher ausgestiegen? Kannst es ja immer noch.«

Hans schüttelte fassungslos den Kopf.

»Ich habe dir gerade den Hintern gerettet, mein Junge! Und jetzt halt den Mund und sieh zu, daß du die Fregatten eingeloggt bekommst!«

Während sie auf den Sprungpunkt zurasten, zeigten sich bereits auf der Kursanzeige die typischen Verzerrungen der Raumstruktur. Aber dann tauchte im Zentrum der Anzeige eine leichte Fregatte der Kilrathi auf – sie mußte erst gerade durchgekommen sein.

Im nächsten Augenblick wurden sie von zwei der verbleibenden Jäger attackiert. Ein Hagel von Projektilen fegte über die Oberseite der *Phantom*, und wieder war es das Steuerbordleitwerk, das etwas abbekam.

Auf dem Hauptschirm blitzte es erneut auf, und ein unangenehm weißblaues Licht erhellte das Cockpit.

»Es hat geklappt!« rief Marilyn. »Er schmiert ab! Der andere dreht bei – he, der Idiot ist auf das Dummy reingefallen!« Sie kicherte böse.

Hans' Finger huschten über die Tastatur, um eine vergrößerte Darstellung aufzurufen. Der Feuerball der Explosionen hatte sich schon längst aufgelöst, und die Kilrathi-Fregatte trudelte nun hilflos durch den Raum. Der Bug des Schiffes war völlig zerstört – eine schartige, qualmende Masse. Falls die Katzen nicht dazu übergegangen waren, getrennte Schirmfelder und Lebenserhaltungssysteme für die verschiedenen Sektionen des Schiffes einzubauen, waren die Überlebenden der Besatzung jetzt ebenfalls gut durchgebraten. Das zweite Schiff hatte einen völlig abseitigen Kurs eingeschlagen, weil der Kommandant auf das Täuschungsmanöver mit dem Dummy hereingefallen war, das einer echten Mine zum Verwechseln ähnlich sah, aber statt einem nuklearen Sprengkopf lediglich ein wenig radioaktiven Staub enthielt.

Von der verbleibenden Fregatte lösten sich drei rote Blips mit Kurs auf die *Phantom.*

»Die haben Hitzesucher abgefeuert!« Hans versuchte, die Furcht in seiner Stimme vor den anderen zu verbergen.

Im Kopfhörer seiner Sprechgarnitur war jetzt ein sehr tiefer Ton zu hören, während auf dem Defensivdisplay die Analysedaten für das feindliche Waffensystem flackerten.

»Die müssen uns ganz schön hassen, wenn sie's sich zweihundertfünfzigtausend Kredits das Stück kosten lassen, uns wegzupusten!« bemerkte Milady, der sich offensichtlich diebisch darüber freute, daß die Katzen eines ihrer teuersten Waffensysteme zum Einsatz brachten.

»Marilyn, drei Sucher – kriegst du das gebacken?«

»Kann's ja mal versuchen!«

»Verflucht, die machen wirklich ernst«, kommentierte Kevin mit einer Stimme, die zu Hans' Erstaunen eher blasiert als ängstlich wirkte. »Kruger, wirf das Konfetti ab, Intervall zwei Sekunden!«

Hans brauchte nicht einmal die zwei Sekunden, um den Knopf für den Abwurf des Störmaterials zu finden und fünfmal darauf zu hämmern. Kevin lenkte das Schiff in direktem Kurs auf den Sprungpunkt zu. Hans verzog den Mund zu einer Grimasse, als Kevin den Sprungantrieb aktivierte und somit zwangsläufig die Schubkraft verringerte. Sobald sie den Nexus erreicht hatten, würde das Sprungtriebwerk sie ein gutes Dutzend Lichtjahre weit weg bringen. Mit ein bißchen Glück würden sie auf der anderen Seite der Grenze landen, aber wenn der Eintrittswinkel nicht stimmte oder das Triebwerk nicht genug Leistung aufbringen konnte, war vorher nicht zu sagen, wo die Reise endete.

»Schild oder Triebwerk, beides geht auf keinen Fall!« bemerkte Hans. »Das funktioniert nicht!«

Kevin griff er zu einem Kippschalter und aktivierte damit die Felder. Nun wurden sie nur noch durch die Metallhülle des Schiffes vor dem geschützt, was die Kilrathi in ihre Richtung abfeuerten.

»Die ersten beiden Sucher kacheln gerade durch das Konfetti!« meldete Marilyn, wobei der Satz beinahe vom Hämmern ihres Geschützes übertönt wurde. Die Ballerei machte wenig Sinn, aber vermutlich hoffte sie, die Hitzesucher durch einen Zufallstreffer auszuschalten.

Igor versuchte währenddessen, ihnen die Jäger vom Leib zu halten, aber jetzt wurden sie auch von der leichten Fregatte unter Beschuß genommen, die sich direkt vor ihnen am Sprungpunkt positioniert hatte. Das Weltall verwandelte sich in ein Inferno sich kreuzender Lichtstrahlen, in deren Zentrum sich die *Phantom* befand.

Ich bin tot, ging es Hans durch den Kopf. Erstaunlicherweise empfand er keine Furcht, sondern fühlte sich vielmehr in die Lage eines Beobachter versetzt, der mit dem ganzen Spektakel da draußen nichts zu tun hatte. Ein wirklich seltsames Gefühl überkam ihn, als würde irgend etwas die Zeit unendlich in die Länge ziehen. Jede Sekunde wurde zu einer kleinen Ewigkeit. Er fragte sich, ob er vielleicht schon tot sei, da er keine andere Erklärung für dieses eigenartige Phänomen hatte.

Er schaute Kevin an, der mit weit aufgerissenen Augen auf den Viewport starrte, während sie sich der Fregatte näherten, die im Kreuzfeuer ihrer eigenen Laserstrahlen von den Buggeschützen kaum auszumachen war. *Der hat ja richtig Angst*, wunderte sich Hans.

Er war von dieser Feststellung fasziniert.

Als er für die Sarn gearbeitet hatte, war er mehr als einmal in eine brenzlige Situation geraten. Er erinnerte sich, daß seine jetzigen Gefühle denen nicht unähnlich waren, die er empfand, als er Sarns ältesten Sohn tötete. *Zieh die Waffe, mach einen Schritt zur Seite, um dem ersten Schuß des anderen auszuweichen, und dann gib ihm eins direkt zwischen die Augen.* Blut und Gehirnmasse fliegen durch die Gegend ...

Alles was um ihn herum geschah, nahm er jetzt mit ungeheurer Klarheit war. Kevin, dessen Hände die Kontrolle umklammerten, während er auf den Sprungpunkt zusteuerte; Igor, der fluchend sein Geschütz hin und her schwenken ließ, um die Angreifer abzuwehren; Marilyn, die wie eine Irre schrie und versuchte, die Hitzesucher auszuschalten. Selbst die Daten auf der Kursanzeige wirkten ungeheuer klar und realistisch. Die Sucher waren immer noch auf ihrer Fährte; es würden keine zehn Sekunden vergehen, bis die *Phantom* den Sprung machte. Die Fregatte produzierte einen Vorhang aus tödlichem Licht, doch Hans konnte sich des Verdachts nicht erwehren, daß die Kanoniere nicht allzu viel von ihrem Job verstanden. Schließlich hielten sie ihre eigenen Jäger davon ab, zur *Phantom* aufzuschließen und der ganzen Sache mit ein paar Salven aus den Massewerfern ein Ende zu bereiten ...

Eine Salve aus den Waffensystemen der Fregatte riß ihnen das Backbordleitwerk ab. Kevin ließ das Schiff nach unten abtauchen, um die Zielerfassung der Katzen auszutricksen, und riß es dann wieder nach oben auf den ursprünglichen Kurs. Ohne vorher zu fragen, hämmerte Hans auf den Knopf, der die Sammelfelder abschaltete. Damit war die Manövrierfähigkeit der *Phantom* gleich Null ...

»Was, verdammt noch mal ...?« brüllte Kevin wütend.

»Die schießen verdammt schlecht!« gab Hans seelenruhig zur Antwort. »So holen wir noch ein bißchen Geschwindigkeit raus!«

Gerade war auf der Kursanzeige zu sehen, wie der erste Hitzesucher einen Satz nach vorn machte. Dann aber wurde er von Marilyns Sperrfeuer zerrissen.

Damit haben wir ein paar Sekunden gewonnen, dachte Hans. Was sie aber nicht davor bewahrte, daß Nummer zwei und drei immer noch an ihrem Hintern klebten. Er sah, wie Nummer zwei einen Schlenker machte, um den Trümmern des ersten Hitzesuchers auszuweichen. Doch Nummer drei blieb zu seinem Erstaunen auf Kurs und fegte in die Trümmer hinein. *Rumms!* Damit verringerte die Anzahl der Hitzesucher sich auf einen.

Interessant, ging es Hans durch den Kopf. *Offensichtlich haben die Katzen einen dummen Programmierfehler gemacht. Sollte eigentlich nicht sein.*

»Zehn Sekunden bis zum Sprungpunkt!« meldete Hans, der jetzt wieder die Kursanzeige im Auge behielt.

Das seltsame Gefühl, die Zeit würde sich dehnen, verstärkte sich zunehmend. Er fand es bemerkenswert, daß er tatsächlich so etwas wie Spaß an der ganzen Sache hatte, was im völligen Widerspruch zu der panischen Angst stand, die er bei Ausbruch des Kampfes empfunden hatte. Er nahm sich vor, sich diese seltsame Veränderung der Gefühle ins Gedächtnis rufen, wenn ihm so etwas noch einmal passieren sollte. *Spaß, Freude – und ich fühle mich vollkommen ruhig und gelassen!* Vermutlich konnte nur die Gewißheit des Todes eine solche Pervertierung der Empfindungen herbeiführen.

Die Kilrathi-Fregatte schwenkte herum, wollte eine Breitseite auf den Gegner abfeuern. Aber er wußte, daß es dafür zu spät war, denn im nächsten Moment jagten sie bereits an der Fregatte vorbei.

Jetzt hatten sie den Punkt ohne Wiederkehr erreicht, an dem sich das Sprungfeld der *Phantom* in die Raumfahrtverzerrungen des Sprungpunktes einloggte.

Obwohl er nach wie vor alles um ihn herum mit ungeheurer Klarheit wahrnahm, verwischten sich die nächsten Augenblicke zu einem irrsinnigen Mahlstrom aus Zeit und Raum.

Er bemerkte noch, wie der letzte Hitzesucher die Beschleunigung erhöhte, was er als Beweis dafür ansah, daß die Katzen dieses Waffensystem mittlerweile mit einer Art Nachbrenner ausgerüstet hatten, der dem Torpedokurs vor Erreichen des Ziels zusätzlichen Schub gab, um die Verteidigungssysteme auszutricksen.

Marilyn schrie laut auf, als der Hitzesucher aufschloß ...

Hans sah, wie sich Kevins vorhin noch völlig starres Gesicht zu einem Ausdruck der Erleichterung verzerrte, als die Sprungphase begann.

Dann hörte er wieder Marilyns Stimme: »Habe den verdammten Bas ...«

Ein greller Lichtblitz, gefolgt vom dumpfen Knall einer Detonation. Obwohl sie den Torpedo noch erwischt hatte – ein unglaubliches Kunststück angesichts der hohen Beschleunigung –, war das Geschoß bereits zu nahe gewesen. Die Detonation hatte den hinteren Teil des Schiffes aufgerissen, in dem sich auch Marilyns Waffenkanzel befand ...

Mit voll aktivierten Schirmfeldern wäre es vermutlich nicht so schlimm ausgegangen. Aber so war die Besatzung der *Phantom* nur durch eine dünne Wand aus Durastahl vor der Detonation geschützt, die von den Trümmern des Torpedos durchfegt wurde wie ein Blatt Papier. Hans drehte sich mit einem Ruck um ...

... und wünschte sich, er hätte es nicht getan. Marilyns sterbliche Überreste waren über das gesamte Cockpit verteilt. Sein Kopf wurde nach hinten gerissen, als die Luft durch das Leck im Heck ausströmte und wie ein gewaltiger Staubsauger den Boden und die Wände von dem reinigte, was von Marilyn übrig war.

Er drehte sich zu Kevin herum. Ein Gefühl der Übelkeit überkam ihn, als er sah, daß der Pilot von einem der Trümmerstücke enthauptet worden war.

Und Igor ...

Der Schütze hing in der Waffenkanzel fest und versuchte zappelnd, sich zu befreien. Weiße Knochen bohrten sich durch den Stoff seines orangefarbenen Overalls; sein gesamter Unterleib war von den Splittern zerfetzt worden.

Hans bemerkte plötzlich, daß seine Hände eiskalt waren. Er senkte den Blick und sah, daß er die Handschuhe gar nicht trug. Sie lagen immer noch auf dem Pult auf der anderen Seite. Er streckte in einer eher unbewußten Bewegungen die Hand nach ihnen aus.

Fühlt sich seltsam an. Die Luft war völlig aus der Kabine des Raumschiffs entwichen, und seine Hände waren bereits fast ohne Gefühl, als wären sie eingeschlafen. Die Feuchtigkeit auf seiner Haut hatte sich längst verflüchtigt, verdampft im absoluten Vakuum. Wenn er die Handschuhe nicht sofort überstreifte ...

Zum Glück waren die Stutzen, die seine Handgelenke umschlossen, selbstversiegelnd, so daß der Rest seines Körpers nicht durch den Druckverlust gefährdet war. Bevor er den Clip des ersten Handschuhs schloß, hatte er den zweiten bereits übergestreift. Zwei oder drei bange Sekunden später konnte er endlich die Druckventile der Armstutzen öffnen und atmete erleichtert auf, als seine erstarrten Hände von warmer Luft umspült wurden.

Dann krachte etwas gegen seine Schulter. Erschrocken riß er den Kopf hoch.

Es war Igor, ohne Druckhelm. Sein Unterleib war eine verformte Masse aus Stoff, Blut, Eingeweiden und Knochen.

Im nächsten Augenblick fuhr das Sprungtriebwerk hoch. Wie immer beim Sprung drehte es Hans den Magen um, und ihn überkam ein widerwärtiges Schwindelgefühl. Trotzdem war es diesmal anders, da der den Vorgang mit einer kaum faßbaren Erleichterung registrierte. Alles schien sich jetzt in Zeitlupe zu bewegen, und als das Sprungtriebwerk die künstliche Schwerkraft desaktivierte, bewegte Igor sich mit verzerrtem Gesicht auf ihn zu.

Hans drehte sich unendlich langsam herum und sah durch den zertrümmerten Korridor, an dessen Ende kurz zuvor noch Marilyns Platz gewesen war, ein Muster aus kaltem Sternenlicht, das sich mit einem Schlag änderte, als das Raumschiff den Zielpunkt erreichte.

Igor knallte auf das Deck und schwebte dann wie ein wandelnder Toter auf Hans zu. Sein Mund war zu einem letzten, stummen Schrei halb aufgerissen, und seine Hände waren zu Klauen gespreizt. Hans begriff mit einem Schlag, daß Igor versuchen wollte, ihm den Helm vom Kopf zu reißen. Doch als die erstarrten Hände des Todgeweihten seinen Helm berührten, zuckte Hans nicht einmal zusammen. Er verspürte eine geradezu perverse Befriedigung über den grausigen Zustand seines Feindes und die Aussichtslosigkeit seines Vorhabens.

Er sah, wie Igors Augen ihre Farbe verloren, als sie zu Eis erstarrten. Das Innere seines aufgerissenen Mundes war mit einer Reifschicht bedeckt, und nun löste sich der zu Eis gewordene Tabakklumpen und segelte majestätisch durch die Kabine, während Hans spürte, wie Igors Schläge schwächer und schwächer wurden.

Das Blut in seinen Lungen müßte eigentlich kochen, überlegte Hans seelenruhig. *Und irgendwann erreichen die Bläschen das Herz ...*

Er dachte über das Ammenmärchen nach, daß Menschen ohne Raumanzug im Vakuum explodieren. *Quatsch!* Der Tod war weitaus subtiler, begann mit Feuchtigkeitsverlust und setzte sich mit dem Gefrieren der Augäpfel fort, bis schließlich die Lungen zu Eis erstarrten. Genaugenommen erstickte das Opfer, bevor es durch den Feuchtigkeitsverlust und die Kälte in eine erstarrte Mumie verwandelt wurde.

Während Igor zusammenbrach, legten sich seine Hände kraftlos um Hans' Hals. Hans wägte ab, ob es nicht doch besser sei, den Abgang des anderen mit dem Blaster zu beschleunigen.

Und dann tat Igor etwas, das Hans völlig überraschte. *Er lächelt mich an ...*

Mit letzter Kraft hob Igor die Hand und spreizte den Daumen nach oben, als wollte er Hans signalisieren, daß er ihn nun als Kameraden akzeptierte.

Damit bin ich wohl in den Club aufgenommen ...

Hans wandte sich wieder der Kursanzeige zu. Keine Verfolger, und auch niemand sonst war in der Nähe. Er fuhr den Schirm hoch und überflog die Daten.

Als er sah, daß die *Phantom* es bis in die demilitarisierte Zone geschafft hatte, atmete er erleichtert auf.

Hans fuhr das Sammelfeld hoch, da die Treibstoffanzeige auf Null stand. Bei der derzeitigen Geschwindigkeit der *Phantom* würde es einige Tage dauern, bis er auf diese Weise genug freie Wasserstoffatome eingesammelt hatte, um die Triebwerke anwerfen zu können. Das war eben das Hauptproblem mit der Wasserstoffsammelei – je schneller man sich bewegte, desto größer die Ausbeute. Freien Wasserstoff gab es genug, und mit einem ausreichend großen Sammelfeld konnte man nicht nur manövrieren, sondern auch zunehmend mehr Wasserstoff sammeln, bis man durch die ständig wachsende Geschwindigkeit die benötigten Reserven aufgebraucht hatte. Doch wenn die Speicher vollkommen leer waren und die Restgeschwindigkeit nicht allzu hoch, ging die Rechnung nicht auf. Im Ernstfall konnte es Tage, Wochen oder sogar Monate dauern, bis man eine Geschwindigkeit aufgebaut hatte, die in einer halbwegs vertretbaren Zeit zum Ziel führte. Er wußte genau, wenn die Katzen ihre Verfolgung fortsetzten, hatte er nicht den Hauch einer Chance.

Aber bislang sah es so aus, als würden sie sich mit dem derzeitigen Ergebnis ihrer Bemühungen zufriedengeben.

Hans kicherte nervös. Vermutlich hatten sie die Detonation des Hitzesuchers falsch interpretiert und waren davon ausgegangen, daß sie einen Volltreffer gelandet hatten. Er wunderte sich allerdings darüber, daß die Katzen das Wrack abgeschrieben hatten, statt die Überreste einzusammeln. Schließlich ließ man ein kostspieliges Sprungtriebwerk nicht einfach so liegen, auch wenn es wahrscheinlich reif für eine vollständige Überholung war. Also blieb im Grunde nur die Möglichkeit, daß eine der Katzen die Detonation als völlige Zerstörung interpretiert hatte. *Armer Kerl! Wenn seine Vorgesetzten sich später die Hochgeschwindig-*

keitsaufzeichnungen ansehen, die sie mit Sicherheit gemacht haben, möchte ich lieber nicht wissen, was sie mit dem Burschen anstellen, sobald sie entdecken, daß die Phantom unbeschadet durchgekommen ist.

Mehr oder weniger unbeschadet, verbesserte er sich. Er hoffte, daß möglichst viel Zeit verstreichen würde, bevor die Katzen dahinterkamen.

Erst als Hans aufstand, merkte er, daß ihm ziemlich flau war. Er vermißte die faszinierende Klarheit der Wahrnehmungen, die er vor dem Sprung erlebt hatte. Noch nie hatte er sein Leben so bewußt in allen Einzelheiten empfunden, und seine Seele sehnte sich nach den Erfahrungen dieser wenigen Sekunden. Hans begriff, daß es ähnlich war wie bei einem der Lotussüchtigen, die nicht mehr von dem Stoff loskamen, der ihnen eine völlig neue Sicht des Lebens verschaffte. Von nun an würde er sich immer wieder in Gefahr begeben und kein Risiko scheuen, und sei es noch so groß, um diese Erfahrungen aufs neue zu erleben.

Irgend etwas tief in seinem Innern hatte sich vollständig verändert. Ein kleiner Vorgeschmack darauf war ihm vergönnt gewesen, als er Sarn getötet hatte. *Diese Ruhe, diese Distanz zu allem, was um einen herum geschieht ...*

Aber damals war es nur ein winziger Augenblick der Klarheit gewesen, dem die Angst vor den Konsequenzen des Handelns folgte, die Furcht vor dem, was der Vater des Getöteten tun würde. Und so hatte er die Wahrnehmung nicht wirklich genießen können, nicht wirklich darüber nachdenken können, welche Offenbarung ihm in diesem Augenblick zuteil geworden war: Er hatte eine Grenze überschritten, und dieser Schritt war ihm bemerkenswert leicht gefallen.

Hans gelangte zu der Überzeugung, daß Kevin,

obwohl er sich so oft in derselben Situation befunden hatte, niemals dieses Stadium der Selbstkontrolle erfahren hatte. Er erinnerte sich noch an Kevins Augen, an den Blick, der Hans in den letzten Sekunden vor dem Sprung so fasziniert hatte.

Er betrachtete die kopflose Leiche, die vereisten Wunden, die zu einem Stalagmiten erstarrte Fontäne des Blutes, das aus der Halsschlagader hervorgeschossen war.

Hans beschloß, daß es an der Zeit war, den Schaden zu begutachten. Nachdem er eine Weile das schartige Loch am Ende des Korridors betrachtet hatte, kam er zu dem Schluß, daß es mit ein bißchen Glück möglich sein müßte, die Öffnung mit einem der für solche Fälle vorgesehenen aufblasbaren Reparaturkissen abzudichten. Außerdem würde es ihm wohl nicht erspart bleiben, die Hülle von außen auf Punktierungen zu untersuchen und diese gegebenenfalls mit Plastikmasse zu verschließen. Glücklicherweise führte der größtenteils vom Explosionsdruck des Torpedos vorgegebene Kurs der *Phantom* ins Leere – der Einflug in die Atmosphäre eines Planeten hätte dem Raumschiff zweifellos den Rest gegeben. Immerhin war der vordere Teil des Cockpits einigermaßen davongekommen, so daß gute Aussichten bestanden, die Steuerungssysteme wieder in Gang zu bringen.

Die Bestattung seiner Kameraden war das geringste Problem – *ab damit in den Weltraum und gute Reise!* Es waren nicht die ersten, die auf diese Weise zur ewigen Ruhe gebettet wurden. *Und sicher auch nicht die letzten.*

Immerhin mußte er sich jetzt nicht mehr mit dem fünfzigsten Teil des Erlöses zufriedengeben, den er beim Verkauf des Kilrathi-Durastahls erzielen würde, mit dem der Laderaum bis obenhin voll war. *Wenn man es genau nimmt, ist es sogar nach den Gesetzen der*

Föderation eine völlig legale Bergung, so daß mir die eine Hälfte des Erlöses zusteht, während die andere zu gleichen Anteilen zwischen der Regierung und dem ursprünglichen Eigentümer aufgeteilt wird.

Da letzterer aber nun mal in Folge der sich überschlagenden Ereignisse völlig kopflos geworden war …

4

IM ORBIT VON KILRAH
STANDARDDATUM: 2634.155

»Wir haben Tag X minus achtzig«, verkündete der Kronprinz und blickte mit einem bösartigen Grinsen die acht Klanführer an, die sich vor den Kommandanten der zweiten, fünften und sechsten Flotte aufgereiht hatten.

Das Gemurmel der Anwesenden verstummte schlagartig, als der Kronprinz das Zeichen gab, die Holo-Simulation zu starten.

»Das hier ist die Hauptbasis der Föderation auf McAuliffe, das primäre Ziel der Zweiten Flotte der Klaue, die ich persönlich führen werde!«

Er deutete auf die orangefarbene Darstellung eines Planeten, zunächst ganz klein, dann mit zunehmender Vergrößerung, bis sie fast die Hälfte des Raumes füllte.

»Ihr Orbital-Dock hat ausreichend Kapazitäten, um fast die Hälfte ihrer siebten Flotte aufzunehmen und ist über den Skyhook-Tower direkt mit der Planetenoberfläche verbunden.«

Das Hologramm zeigte jetzt die riesigen Orbitaldocks.

Jedes konnte ein Schlachtschiff aufnehmen und mit einer künstlichen Atmosphäre umgeben, was die Wartungsarbeiten ungemein erleichterte. Außerdem gab es nicht-atmosphärische Docks für Reparaturen im Innenbereich des Schiffes, sowie ein System aus mehreren hundert druckdichter Docks für kleinere Schiffstypen, Ersatzteillager und andere Einrichtungen, die über ein weitverzweigtes Tunnelsystem mit den Zentralbereichen des Skyhook-Towers verbunden waren. Die gesamte Konstruktion wirkte wie ein riesiges Spinnennetz, in dem die einzelnen Raumschiffe wie kleine, schwarze Metallkokons hingen.

»Ich weiß gar nicht, wie wir in den Besitz dieser Information gekommen sind«, bemerkte Admiral Nargth, der als zweiter Kommandant unter Führung des Kronprinzen die zweite Flotte führen sollte.

Der Kronprinz zog eine süffisante Grimasse. »Wir haben es von einem ihrer Nachrichtensender abgefangen!« antwortete er, worauf unter den Anwesenden heulendes Gelächter über die Dummheit des Feindes losbrach.

»Und was sagen die letzten Geheimdienstberichte dazu?« fragte Nargth zweifelnd. »Wir können doch nicht ausschließen, daß es sich um einen Trick handelt, um ein beabsichtigtes Täuschungsmanöver unserer Feinde!«

»Nein, es ist kein Trick. Diese Menschen sind eine Beute, die sich nicht bewußt ist, daß es Jäger gibt! In den Monaten, da wir uns auf den Krieg vorbereitet haben, sind diese Bilder endlose Male über ihre Sender gegangen. Außerdem werden sie durch Computerdaten bestätigt, die unser Geheimdienst von den Systemen des Planeten herunterladen konnte. Allerdings ist die gesamte Anlage mit einem äußerst leistungsfähigen Verteidigungssystem gesichert.«

Jetzt zeigte das Hologramm einen Strategieplan, auf dem die wichtigsten Punkte leuchtend orange markiert waren.

»Rund um die orbitale Basis sind mehr als vierzig Geschützbatterien installiert. Standardwaffen – Massewerfer, Laser und Plasma. Mindestens ein Dutzend der Batterien sind über den Skyhook-Tower fest mit der Oberfläche des Planeten verbunden, da sie über dort stationierte Fusionsreaktoren betrieben werden, die sie mit nahezu unbegrenzten Energiereserven versorgen. Außerdem gibt es mindestens fünfzehn Raketenabschußbasen, wobei etwa die Hälfte über Hochgeschwindigkeitsladesysteme verfügen, so daß sie mindestens sechzig Raketen in der Minute abfeuern können. Rechnen wir die Feuerkraft der Schiffe hinzu, handelt es sich insgesamt um ein beeindruckendes Abwehrsystem. Auf dem Teil der Planetenoberfläche, den sie als Johnson Island bezeichnen, stehen insgesamt sechs Fusionsreaktoren, mit denen die im Orbit stationierten Batterien betrieben werden und – weitaus wichtiger – die Abwehrschirme, mit denen die Basis geschützt wird, und zwar sowohl die orbitale Sektion wie auch die auf dem Planeten. Auch dort sind natürlich schwere Geschütze installiert.«

Mit einem Laserpointer deutete der Kronprinz nacheinander auf die Stellen im Hologramm, an denen sich die sechs Fusionsreaktoren befanden. Jedes Mal wurde eine Fotografie des entsprechenden Reaktors eingeblendet.

»Eine geradezu unglaubliche Anlage«, kommentierte Nargth.

Der Kronprinz ließ ein gurgelndes Kichern hören und wandte sich an die Klanführer, besonders an Vakka, der bislang geschwiegen hatte.

»Und trotzdem nicht unbesiegbar!« entgegnete Gilkarg.

»Herr, könntet Ihr das näher ausführen?« fragte Nargth nervös. »Wenn wir in das System hineinspringen, wird das nicht unbemerkt bleiben. Da wir aber nun mal einige Stunden benötigen, um vom Sprungpunkt aus den Planeten zu erreichen, haben sie genug Zeit, sich auf unseren Angriff vorzubereiten, die Schirme hochzufahren, ihre Raumschiffe zu bemannen und so weiter. Sie brauchen nur auf uns zu warten, um uns abzuschlachten!«

»Akzeptiert, aber das von Euch geschilderte Szenario ist völlig irrelevant, denn wir werden die neue Waffe zum Einsatz bringen!« erwiderte Gilkarg.

»Die befindet sich immer noch in der Testphase, Herr«, erklärte Vakka. »Von der Produktionsreife sind wir noch weit entfernt!«

»Es bleiben noch achtzig Tage, um diese Angelegenheit in den Griff zu bekommen«, erwiderte der Kronprinz mit Nachdruck. »Habt ihr es denjenigen, die die Tests und Produktion der Waffe durchführen sollen, nicht deutlich gemacht, daß nicht nur ihr Leben davon abhängt, sondern auch das ihrer Familien?«

Vakka nickte. Obwohl solche Methoden vom Imperator und anderen Klanführern befürwortet wurden, empfand er sie als unangebracht. Natürlich gehörten die meisten derjenigen, die an diesen Waffensystemen arbeiteten, nicht zum Blute Kilrahs – es handelte sich vorwiegend um Sklaven anderer Völker, um Opfer der unaufhaltsamen Expansion der Kilrathi. Wer vom Blute war, für den gab es nur eine Aufgabe: für die ihres Namens, ihres Klans und des Reiches zu kämpfen. Dabei wurde nur zu leicht vergessen, daß der Feldzug ohne die Sklaven gar nicht geführt werden konnte, da die Macht des Imperiums auf ihrer Arbeit basierte. Auch wenn es seelenlose Kreaturen waren, mußte man ihnen ein gewisses Maß an Hoffnung vermitteln und die Illusion, daß ihr Leben einen Sinn hatte. Tat man es nicht, bestand die Gefahr, daß ihre Arbeitsmoral auf ein Niveau sank, das sie für die Belange des Imperiums unbrauchbar machte.

Er hatte sich schon häufig eingeredet, daß seine Erwägungen ausschließlich auf pragmatischen Gesichtspunkten beruhten, die es klug erscheinen ließen, die Sklaven weniger brutal zu behandeln und nicht mit Todesdrohungen anzutreiben. Aber er wußte genau, daß seine Ansichten auch eine emotionale Komponente aufwiesen ... er bedauerte die eroberten Kreaturen. Bedauerte sie, weil sich einige von ihnen heldenhaft zur Wehr gesetzt hatten, aber dem Ansturm des Imperiums letztlich unterlagen, da ihr militärisches Potential sich nicht mit dem der Kilrathi messen konnte. Er zweifelte daran, ob es wirklich auf unbestimmte Zeit möglich war, ein Reich zu erhalten, das auf die andauernde Eroberung und Versklavung angewiesen war.

Mehr als ein Jahr hatte er auf einem Planeten verbracht, der von seinen menschlichen Bewohnern Fawcett's World genannt wurde. Es handelte sich um eine eroberte Kolonie der Menschen, in die man ihn im Zuge der Kriegsvorbereitungen entsandt hatte. Obwohl die Föderation seiner Ansicht nach ein dekadentes Konstrukt war, das zwangsläufig durch seine politischen Hintergründe geschwächt war, nahm er doch mit wachsendem Erstaunen zur Kenntnis, daß die Menschen und ihre Ideologie eine Lebendigkeit und seelische Tiefe in sich trugen, die ihn mit Achtung erfüllte. Falls es den Kilrathi nicht gelang, die Föderation in möglichst kurzer Zeit zu zerschlagen, war es gut denkbar, daß sie sich einen zähen und ungemein einfallsreichen Gegner ausgewählt hatten, der ihnen auf unbestimmte Zeit das Leben schwer machte.

»Gehen wir im schlimmsten Fall davon aus, daß es ihnen nicht gelingt, die Waffe in achtzig Tagen fertigzustellen. Sollen wir dann diejenigen exekutieren, die als einzige in der Lage wären, sie eines Tages zu produzieren?« fragte Vakka, ohne den Sarkasmus in seiner Stimme zu verbergen.

»Wenn es so ist, sollte es auch so geschehen«, erwiderte der Kronprinz kalt. »Kann der Test jetzt durchgeführt werden?«

Vakka nickte und deutete auf das Holofeld.

»Wann immer Ihr wünscht, Herr!«

»Dann laßt es mich sehen!«

Vakka zog eine Fernbedienung hervor und hielt sie an den Mund, um mit leiser Stimme den Befehl einzugeben. Das Holofeld zeigte jetzt nicht mehr die McAuliffe-Basis, sondern die ramponierte Schiffshülle eines Kreuzers der Butha-Klasse. Das Raumschiff wurde von einem Glitzern umgeben, das anzeigte, daß die Schirmfelder hochgefahren waren.

Das Bild teilte sich und zeigte nun auf der rechten Seite das Innere des Cockpits eines dreisitzigen Bombers der *Asjaka*-Klasse. Die Kamera war hinter der Schulter des Piloten angebracht und schwenkte nun auf den Bildschirm des Waffenleitoffiziers. Das Gemurmel der Besatzung war nicht zu verstehen, aber Vakka konnte sich gut vorstellen, wie nervös das Team sein mußte, da er sie darüber informiert hatte, daß der Test unter Beobachtung des Oberkommandos und im Beisein des Kronprinzen stattfinden würde.

Jetzt konnte man durch den vorderen Viewport des Bombers den Kreuzer sehen – zunächst war es nur ein schimmernder Punkt, kaum größer als die Sterne, aber schon kurz darauf konnte man die Zylinderform deutlich erkennen.

»Zielsucher und Phasenpeilung aktiviert«, verkündete der Waffenleitoffizier.

Die Kamera schwenkte zum Hauptschirm des Waffensystems, auf dem der Kreuzer mit seinen pulsierenden Schirmfeldern bereits zu sehen war.

»Phasenpeilung erfolgreich!« meldete der Waffenleitoffizier.

»Die Waffe hat sich eingeloggt!«

Der Pilot gab volle Schubumkehr, bis der Bomber gegenüber dem Kreuzer fast bewegungslos im Raum hing.

»Countdown startet jetzt«, sagte der Waffenleitoffizier. »Acht – sieben – sechs ...«

Vakka verzog amüsiert sein Maul, da er wußte, daß dieses Ritual bei einer automatischen Waffe vollkommen überflüssig war. Aber der Waffenleitoffizier wollte damit wohl die Dramatik des Augenblicks unterstreichen, eine übertrieben emotionale Regung, die Vakka aber in dieser Situation für durchaus verständlich hielt.

»... eins ... null ... Torpedo ist gestartet!« brüllte der Waffenleitoffizier begeistert.

Der Pilot gab vollen Schub, und der Bomber entfernte sich in einer engen Kurve von dem Kreuzer, während das Bild auf eine andere Kamera umgeschaltet wurde, die nun eine Nahaufnahme des Zielobjektes zeigte.

Während der Torpedo sich dem Schiff näherte, hielt Vakka den Atem an. Zwar waren ausreichende Tests mit verschieden starken Schirmfeldern durchgeführt worden, aber jetzt würde sich zum ersten Mal zeigen, ob die Waffe im Ernstfall auch die erhoffte Zerstörungskraft entfalten konnte. Obwohl sich der Kreuzer nicht aktiv gegen den Torpedo zur Wehr setzen konnte, war keineswegs auszuschließen, daß etwas schiefging. *Und wenn etwas schiefgeht, wird man zweifellos mich dafür verantwortlich machen!*

»... zwei – eins ...«

Erst jetzt bemerkte Vakka, daß der Waffenleitoffizier leise zu einem neuen Countdown angesetzt hatte. Im nächsten Augenblick war zu sehen, wie der Torpedo den Phasenschild des Kreuzers erreichte ... und dann ein greller Lichtblitz, die Detonation!

Es dauerte einige Momente, bis die Kamera die Hochgeschwindigkeitsaufnahme zurückgespult hatte und sie nun verlangsamt wiedergab. Vakka starrte auf das Hologramm und sah, wie der Torpedo das Schirmfeld berührte, ohne wirkungslos davon abzuprallen oder zu detonieren. Statt dessen glitt die Waffe einfach hindurch und schlug auf dem Durastahl des Kreuzers auf, um in dem gewaltigen Lichtblitz zu vergehen, den er bereits einige Sekunden zuvor schon einmal gesehen hatte.

Der Raum war vom zufriedenen Knurren der Anwesenden erfüllt, während auf dem Hologramm zu sehen war, wie die Außenhülle des Kreuzers von der Detonation aufgerissen wurde, bis das Schiff in der Mitte auseinanderbrach.

Vakka drehte sich zu den anderen um. Einige nickten ihm anerkennend zu, nur Nargth schüttelte den Kopf.

»Beeindruckend«, sagte er aus rein rhetorischen Gründen, »wenn man einmal bewußt übersieht, daß der Bomber die Waffe aus dem Stillstand abfeuern muß! Im Ernstfall hat der Gegner genug Zeit, ihn ohne Anstrengung zu zerstören!«

»Ich gebe zu, daß wir dabei einige Verluste in Kauf nehmen müssen«, erwiderte der Kronprinz. »Deshalb muß sichergestellt werden, daß die Bomber einen Teil des Geleitzuges schützen, während der Rest gleichzeitig gegen das Zielobjekt vorgeht, um vom eigentlichen Plan abzulenken. Wie gesagt, müssen wir Verluste hinnehmen, aber wir werden genug durchbekommen, um die Flotte zu zerschlagen!«

»Kann ich mit der Einsatzbereitschaft der Waffe rechnen?« fragte Nargth.

Vakka blieb nichts anderes übrig als zu nicken, obwohl er sich darüber im klaren war, daß es besser gewesen wäre, weitere Versuche zu machen. Doch hielt er es für klüger, den anderen zu verschweigen, daß sich bei den bisherigen Tests mindestens einer von drei Prototypen als Blindgänger erwiesen hatte.

»Es ist vor allem die Art des Abschusses, mit der ich Probleme habe«, gab Nargth weiter zu bedenken. »Ich meine, wenn wir sie von unseren Schlachtschiffen abfeuern würden, die über genug Feuerkraft und Defensiveinrichtungen verfügen, um den Feind währenddessen abzuwehren, würde ich das alles befürworten. Aber den Angriff von den Trägern aus zu starten ist völliger Wahnsinn!«

Der Kronprinz trat einige Schritte nach vorn und deutete auf das Holofeld, das immer noch das Bild des völlig zerstörten, brennenden Kreuzers zeigte. Er blendete auf ein Pausenbild um, das ein Sternenfeld irgendwo draußen an der Grenze des Imperium zeigte, um anzudeuten, daß der Test und damit auch die Diskussion über das weitere Vorgehen für ihn beendet waren.

»Für die vorgeschlagene Taktik sprechen zwei Gründe«, erläuterte der Kronprinz. »Erstens sind die Schirmfelder unserer Schlachtschiffe so stark, daß sie die Zielerfassung und Phasenanalyse des Torpedos stören würden. Natürlich könnte man die Felder herunterfahren, aber das würde das Schiff gefährden. Ich glaube nicht, daß ihr das während eines Gefechts für ratsam halten würdet, oder?«

Nargth knurrte und schüttelte den Kopf.

»Zweitens müssen wir zwei Sprünge ausführen, um von unserer Grenze bis nach McAuliffe zu kommen – einer bis zur demilitarisierten Zone, ein weiterer bis zur Basis des Feindes. Wenn wir eine Standardtaktik anwenden, wäre der Feind mindestens sechs Stunden vor unserer Ankunft bei McAuliffe gewarnt. Natürlich werden wir zunächst ihre Lauschposten in der demilitarisierten Zone ausschalten; ich habe dazu bereits einen entsprechenden Strategieplan entwickelt. Aber das Hauptproblem liegt bei unserer Ankunft im Zielsystem. Ihre Vorwarnzeit muß unbedingt auf zwei Stunden oder weniger reduziert werden – sechs Stunden sind zuviel! Gelingt uns das, sind wir an der Basis, bevor sie die Triebwerke ihrer Schlachtschiffe hochgefahren haben, so daß wir sie leicht zerstören können. Und genau aus diesem Grund werden wir die Träger einsetzen!«

Auf dem Holodisplay erschien nun eine Darstellung des Angriffsplans, den der Kronprinz ausgearbeitet hatte.

»Vor dem Angriff werden wir zwei zivile Schiffe losschicken, die als Schmuggler getarnt sind. Die Föderation hat in der Nähe des Sprungpunkts von McAuliffe eine Fregatte als Wachposten stationiert. Wir werden so tun, als ob die Schmuggler von unserer Flotte verfolgt werden und sich in dieses System gerettet haben. Die Mannschaften der beiden Schiffe werden sich ergeben, um an Bord der Fregatte zu gelangen.«

Der Kronprinz legte eine kleine Kunstpause ein.

»Sobald sie an Bord gelangt sind, werden sie eine Bombe zur Explosion bringen und auf diese Weise *Tagugar* begehen, um die Fregatte zu zerstören.«

Die meisten Anwesenden knurrten jetzt begeistert – für einen Krieger war es die höchste Ehre, einen Feind zu vernichten, indem er sein eigenes Leben opferte. Es erhöhte das Ansehen seines Klans. Wenn er sich freiwillig für ein solches Kommando meldete, wurde er in der Zeit bis zu seinem Einsatz von allen wie ein Halbgott behandelt. Jede Frau, die ein Junges von einem dieser Helden zu Welt brachte, genoß eine bevorzugte Behandlung, während der Nachkömmling mit den *Ka-tagu* geehrt wurde.

»Die sechs Träger der zweiten Flotte der Klaue werden mit Höchstgeschwindigkeit zum Sprungpunkt in der demilitarisierten Zone fliegen, um den Zeitpunkt ihres Eintreffens mit der Zerstörung der Fregatte zu synchronisieren. Wenn alles wie geplant verläuft, werden sie ohne jede Vorwarnung im McAuliffe-System eintreffen.«

»Sobald sie aus dem Sprungpunkt heraus sind, werden alle zur Verfügung stehenden Jäger und Bomber gestartet!«

Das Holofeld zeigte nun eine Simulation der ersten Angriffsphase, in der sich Hunderte kleiner Blips von den sechs Trägern lösten, die in der Nähe des Sprungpunkts von McAuliffe stationiert waren. In einer nun eingeblendeten Übersicht war zu sehen, wie die Blips auf den Planeten zurasten.

»Wir werden jetzt sehen, wie sich der strategische Vorteil des Einsatzes von Flottenträgern in diesem Fall auswirkt«, fuhr der Kronprinz fort. »Ihre Verteidigungsanlagen sind darauf ausgerichtet, daß ein potentieller Angriff mit schweren Schlachtschiffen erfolgt. Doch Schiffe entwickeln im besten Fall drei Viertel der Geschwindigkeit, die unsere neuesten Träger erreichen.«

»Was aber nichts an der Feuerkraft ihrer Anlagen ändert«, wandte Nargth vorsichtig ein.

»Ihr sprecht von einer der am besten verteidigten Basen der Föderation, deren Feuerkraft vermutlich nur von den Systemen übertroffen wird, mit denen sie ihre Zentralwelt ausgestattet haben!«

Der Kronprinz bedachte ihn mit einem verächtlichen Blick, bemühte sich jedoch, einen freundlichen Tonfall beizubehalten. »Wenn wir sie mit den

Schlachtschiffen angreifen, haben sie genügend Zeit, um ihre im Dock liegenden Schiffe kampfbereit zu machen. Nargth, Ihr dürft nicht vergessen, daß sie über insgesamt anderthalb mal so viele Schiffe verfügen wie wir. Wenn wir diesen Krieg gewinnen wollen, müssen wir ihre gesamte Flotte beim ersten Schlag zerstören – tun wir das nicht, sind wir dem Untergang geweiht.«

Der Kronprinz sah die anderen der Reihe nach an.

»Und wie sollen die Träger allein den Sieg erringen?« meldete Qazkar sich zu Wort, einer der Klanführer. »Das widerspricht doch allen kriegswissenschaftlichen Grundsätzen! Herr, wir verlassen uns hier auf eine völlig unbestätigte Theorie!«

»Keineswegs *völlig* unbestätigt«, entgegnete der Kronprinz. »Sie wurde bereits erfolgreich in einem Manöver erprobt, allerdings nicht von uns, sondern von der Föderation. Ihr habt alle den Bericht über dieses vor einigen Jahren durchgeführte Manöver gelesen, der die Aussagen eines der Gefangenen von Fawcett's World enthält. Der Kommandant ihres Flottenträgers war erfolgreich, weil er direkt mit Höchstgeschwindigkeit in das System hineinsprang und sofort seine Jäger und Bomber aussetzte. Durch die hohe Anfangsgeschwindigkeit beim Start erreichten die kleineren Maschinen den Zielpunkt weitaus früher, als es normalerweise der Fall gewesen wäre. Diese Taktik brachte die gesamte Verteidigung durcheinander. Unsere Angriffsfront wird die Basis des Feindes in weniger als einer Stunde nach dem Sprung ins System erreichen. Ihre Verteidigungsanlagen werden zu diesem Zeitpunkt noch nicht einsatzbereit sein, so daß wir bereits mit der ersten Welle die Oberfläche des Planeten erreichen können. Mit unseren neuen Torpedos können wir ihre Kraftwerke ausschalten, das zentrale Element des Verteidigungssystems von McAuliffe. Wenn die Reaktoren zerstört sind, brechen ihre Schirmfelder zusammen – und dann werden wir im Blut unserer Feinde waten!«

»Aber wenn unsere Schiffe mit einer so hohen Geschwindigkeit ins System eindringen«, wandte Qazkar ein, »müssen sie doch erst einmal herunterbremsen, um Kampfgeschwindigkeit zu erreichen. Wie soll das geschehen?«

Einige der anderen nickten beifällig.

»Alle Maschinen werden mit zusätzlichen Boostern ausgestattet, um ihnen beim Bremsmanöver zusätzlichen Gegenzug zu verschaffen. Wenn diese Zusatztriebwerke ausgebrannt sind, werden sie abgeworfen, da sie im Gefecht nur unnötigen Ballast darstellen. Zwar verringert sich die Zuladung an Munition ein wenig, aber das wird durch den strategischen Vorteil bei weitem ausgeglichen. Denn es geht hier um die Überraschung, um den Hinterhalt – ohne dies ist der *Jak-tu* undenkbar!«

»Eine Stunde«, wiederholte Nargth nachdenklich. »Da kann man schon viele Verteidigungsanlagen einsatzbereit machen.«

Der Kronprinz lächelte und warf Vakka einen bedeutsamen Blick zu.

»Ihr seit doch Experte für diese Menschen und ihre Verbündeten. Erklärt den anderen, welchen Grund ich außerdem hatte, den Termin für den Angriff vorzuverlegen!«

Vakka blieb einen Augenblick schweigend sitzen, bevor er sich erhob. *Ich muß zugeben, daß der Kronprinz ein wirklich gerissener Taktiker ist.* Auf der anderen Seite war ihm etwas unwohl, da kaum vorherzusehen war, wie die Menschen auf diese hinterhältige Idee reagieren würden.

»Die Menschen feiern am Datum unseres Angriffs den *Tag der Föderation*«, erläuterte Vakka. »Es handelt sich dabei um ein Jubiläum, mit dem die Gründung ihres derzeitigen Reiches gefeiert wird. So gut wie niemand schließt sich von den Feierlichkeiten aus, und wir können damit rechnen, daß viele ihrer Vorgesetzten und Führer um dieses Datum herum ein paar Tage frei nehmen.«

Der Kronprinz übernahm dann wieder das Wort. »Am Abend dieses Tages ist es allgemein üblich, große Mengen Alkohol zu sich zu nehmen. Unserer Erstschlag wird direkt am nächsten Morgen erfolgen, wenn die Besatzungen der meisten Schiffe noch schlafen oder betrunken sind. Wir werden sie völlig überrumpeln.«

Vakka fand, daß es an der Zeit war, seine Bedenken zu äußern.

»Könnte es nicht sein, daß sie sich wegen dieser Umstände mit weitaus größerer Wut zur Wehr setzen? Ich meine, sehen wir es einmal im übertragenden Sinne: würde man uns an *Tuhaga* angreifen, würde unsere Rache keine Grenzen kennen! Besteht nicht die Gefahr, daß die Menschen ähnlich reagieren?«

»Der Krieg wird bereits vorbei sein«, erwiderte der Kronprinz, »bevor sie die Gelegenheit dazu haben. Mit der Zerstörung ihrer Einsatztruppe auf der Basis McAuliffe steht uns der gesamte äußere Grenzsektor offen. Später am selben Tag werden unsere fünfte und sechste Flotte die Flanken der Föderation aufreißen, indem sie die Schlacht gegen Etruria und das Landreich eröffnen.«

»Dadurch werden sie gezwungen, ihre in der Nähe der Erde stationierte Reserveflotte abzukommandieren. Woraufhin wir unsere Streitmacht vereinen und direkt ins Herz ihres Reiches vordringen werden, das nur noch von wenigen Reservetruppen geschützt wird. Und damit ist der Krieg bereits entschieden.«

Der Kronprinz schaute die anderen der Reihe nach an und bemerkte zu seiner Zufriedenheit, daß selbst der alte Nargth allmählich an der Durchführbarkeit dessen zu glauben begann, was er ihnen soeben geschildert hatte.

»Die gesamte Flotte wird ab sofort ständig Manöver durchführen, um die Angriffspläne zu simulieren. Detaillierte Pläne zu den einzelnen Einsätzen werden rechtzeitig in die Computer der entsprechenden Schiffe geladen, einschließlich der Zielanalysen. Wenn unsere Flotte zum Angriff startet, herrscht strikte Kommunikationssperre.«

Er verschränkte seine Tatzen hinter dem Rücken. »Falls es keine weiteren Fragen gibt, schlage ich vor, daß ihr euch auf eure Schiffe zurückzieht.«

Der Kronprinz nickte den anderen zu, um sie zu entlassen. Dann verließ er den Raum, gefolgt von seinem Sohn und dem üblichen Tross von Vasallen, Beratern und Hofschranzen.

Einige der Klanführer und Admirale hatten sich entschieden, die Neuigkeiten noch eine Weile untereinander zu diskutieren. Bald hatten sich kleine Gruppen gebildet, die entweder leise miteinander stritten oder Einigkeit demonstrierten. Vakka sah, daß sein Sohn Jukaga auf ihn zuging.

»Es wird eine glorreichen Schlacht«, meinte Jukaga mit freudig erregter Stimme. »Man fragte mich, ob ich mit der ersten Angriffswelle fliegen will!«

Vakka nickte. »Wir werden sehen.«

Er bedeutete Jukaga zu schweigen, weil er hören wollte, was die anderen zu sagen hatten. Schon nach kurzer Zeit stellte er fest, daß die meisten den Plan unterstützten. Dies galt natürlich vor allem für jene

Barone, deren Klansitze an der Grenze zur Föderation lagen, da sie nun damit rechnen konnten, daß ihr Einflußbereich sich schon bald vergrößern würde. Aber auch die meisten anderen Klanführer lobten das Vorhaben des Imperators, da sie bei der Neuverteilung der Planetensysteme ebenfalls bedacht würden. Außerdem gab es Titel, Ruhm und Ehre zu erlangen – und das war alles, was zählte. Sie würden bis zum letzten Blutstropfen für diesen Imperator kämpfen, wie es auch ihre Vorfahren für einen anderen Despoten getan hatten.

»Was meint du, werden unsere Pläne aufgehen?«

Vakka schaute irritiert zur Seite, weil die Frage ihn aus seinen Gedanken gerissen hatte. Es war der alte Admiral Nargth, der sich genähert hatte. Vakka sprang auf und reckte sein Kinn, um dem Ranghöheren in einer uralten Geste schutzlos den Hals darzubieten. Obwohl Nargth nicht königlichen Geblüts war, genoß er doch ein hohes Ansehen, da man ihn in seiner langen Laufbahn mit Ehrungen überhäuft hatte. Schon im Krieg gegen die Varni, als er ein Jüngling war, hatte er sich hervorgetan. Später stieg er wie ein Stern in der Hierarchie Kilrahs auf, wie es nur selten bei einem der Fall war, der nicht dem Geschlecht des Imperators entsprang.

Vakka führte den Admiral zu einer abgelegenen Ecke des Raumes. Hinter dem Viewport sah er die zweite Flotte der Klaue, die aus acht schweren Schlachtschiffen, einem Dutzend schwerer und mittlerer Kreuzer, sechs Flottenträgern und einer fast unzählbaren Schar von Jägern und Bombern bestand. Gegenüber den Schlachtschiffen nahmen sich selbst die Träger wie Spielzeuge aus.

»Dieser Plan ist höchst unorthodox!« begann Vakka vorsichtig.

Obwohl er Nargth vertraute, durfte Vakka nicht enthüllen, wie sehr er den Kronprinz und dessen Blutlinie verachtete. Er war deshalb ein wenig frustriert, was er jedoch genauso wenig zugeben konnte. Außerdem war er es ja selbst gewesen, der das Geheimnis des Planspiels der Föderation aufgedeckt hatte. *Ich war es, der Fawcett's World fand und die Kolonie der Menschen studierte. Und deshalb bin ich zwangsläufig der Experte für dieses Volk.*

Ein Experte, auf den niemand hören wollte.

Bevor er Fawcett's World entdeckte, hatten die Kilrathi nichts davon geahnt, daß an den Grenzen ihres Reiches ein mächtiges Volk lebte. Ihre Expeditionen und Eroberungszüge richteten sich gegen das Zentrum der Galaxis, da sie davon ausgingen, daß die geringe Sternendichte und der daraus folgende Mangel an Sprungpunkten im Randbereich der Galaxis ein solches Unterfangen unwirtschaftlich machen würde. Man ging davon aus, daß dort schlicht und einfach weniger zu holen war als in der anderen Richtung.

Das alles hatte sich geändert, als er durch Zufall einen bislang nicht registrierten Sprungpunkt entdeckte und ihn aus schierer Abenteuerlust durchflogen hatte. Am anderen Ende stieß er auf die Menschen der Föderation – was früher oder später einfach geschehen *mußte,* weil es unvermeidlich war. *Genauso unvermeidlich wie dieser Krieg.*

Zunächst war er davon ausgegangen, daß die Menschen so dumm waren wie *Shata,* da sie es gestattet hatten, daß er und seine Krieger das Raumschiff völlig intakt übernehmen konnten. Ein Kilrathi hätte in dieser Situation freudig brüllend sein Leben gegeben und das Schiff mit allem, was an Bord war, in die Luft gesprengt. Doch die Menschen war eben anders, und so kam Vakka in den Besitz eines Computersystems, das die Navigationsdaten eines Raumsektors enthielt, der mehrere hundert Millionen Kubikparsek umfaßte – eine Beute unerhörten Ausmaßes, wie es sie noch nie gegeben hatte! Außerdem enthielten die Datenbanken auch noch Informationen über Schiffe, Städte, Raumbasen und vieles mehr ... Bilder von Kunstwerken, Literatur, Texte über Geschichte und Politik.

Was ihn jedoch am meisten überraschte war die Tatsache, daß diese gigantische Bibliothek nicht nur einmal existierte. Fassungslos nahm er zur Kenntnis, daß sämtliche größeren Schiffe der Föderation mit ähnlichen Datensystemen ausgestattet waren. Wie konnte ein Volk so wahnsinnig sein, seine Flanken offenzulegen, in dem es so sorglos mit so wichtigen Informationen umging? Wie konnten es die Menschen, die er gefangennahm gestatten, daß diese Daten in die Hände des Feindes fielen?

Bevor er den Planeten verließ, setzte er seinen alten Freund Harga als Gouverneur ein, da er wußte, daß Haga schon lange Begabung für derartige Aufgaben hatte.

Harga war immer schon ein merkwürdiger Typ gewesen, der bereits seit längerem die Neigung zur Jagd verloren hatte, die den meisten Kilrathi zu eigen ist. Vermutlich war die Schlacht bei *Karing* der Auslöser seines seltsamen Verhaltens gewesen, hatte er in diesem Konflikt doch alle seine Jungen verloren. Seitdem zeigt er eine Neigung zur Grübelei. Kurz nachdem Harga seinen Posten auf Fawcett's World eingenommen hatte, warnte er Vakka davor, die Gefahr zu unterschätzen, die von den Menschen ausging. Vakka empfand Hargas Behauptung, er habe sich sogar mit einem der Gefangenen angefreundet, als völlig unverständlich, hatte aber schließlich zugeben müssen, daß es etwas an den Menschen gab, das man achten, wenn nicht sogar bewundern mußte.

Und nun ziehen wir gegen diese Menschen in den Krieg. Seltsam, daß ausgerechnet ich, der zuerst auf dieses Volk stieß und ihre Kolonie eroberte, jetzt derjenige sein soll, der am wenigsten von diesem Krieg hält. Er war überzeugt davon, daß es im Imperium kaum jemanden gab, der die Menschen so gut kannte wie er. Andererseits beruhten einige Aspekte des Eroberungsplanes auf Informationen, die Vakka dem Kronprinzen zugetragen hatte.

Er schaute Nargth direkt in die Augen.

»Die Idee, von den alten Doktrin abzuweichen, für einen Überraschungsangriff keine Träger einzusetzen, ist keineswegs neu«, fuhr Vakka nach einer kurzen Pause fort. »Schon nach dem Krieg gegen die Varni haben wir es in Erwägung gezogen. Und im Hinblick auf die Entwicklung eines Torpedos, der einen Phasenschild durchdringen kann, erscheint diese Strategie nur logisch.«

»Trotzdem werden es die großen Schlachtschiffe sein, die das Gefecht entscheiden«, wandte Nargth ein. »Ich habe mein Leben der Flotte gewidmet. Und ich weiß, daß es ausschließlich die mächtigsten Schiffe sind, die den Sieg bringen. Außerdem enthält der Plan auch im weiteren einen gravierenden Fehler!«

»Und der wäre?«

»Er läßt die aggressive Impulsivität vermissen, die man zur schlagartigen Beendigung eines Krieges benötigt. Warum teilen wir die Flotte in drei Streitmächte auf, statt unsere Angriffskraft zu konzentrieren? Ja, es ist sicher nicht verkehrt, zuerst McAuliffe einzunehmen, aber warum schicken wir nicht gleichzeitig die beiden anderen Flotten ins Herz ihres Reiches, zur Erde und den anderen Zentralwelten?«

»Da eine solche Reise fast dreimal acht Tage dauern würde – wodurch die Feinde ausreichend Zeit hätten, ihren Gegenschlag vorzubereiten. Zudem befinden sich dort schwere Verteidigungsbatterien, was unsere Verluste dramatisch erhöhen würde.«

Nargth schüttelte seinen Kopf. »Die Familie des Imperators richtet ihre Aufmerksamkeit zu sehr auf die inneren Welten und den dort zu erwartende Reichtum. Eroberung und Sieg heißt jedoch, daß wir uns mit dem Feind konfrontieren und seine militärische Kraft vollständig zerschlagen müssen – mit Plünderungen allein ist es nicht getan! Also sollte folgerichtig auch die erste Flotte der Klaue zum Einsatz kommen!«

Vakka sah Nargth überrascht an.

»Du redest immerhin von der Flotte des Imperators, von der Leibgarde!«

Nargth schnaubte zynisch. »Ich rede von goldverzierten Spielzeugen, die nicht zum Einsatz kommen werden, obwohl sie uns einen gewaltigen Vorteil verschaffen würden!«

Vakka sah ein, daß Nargths Ansicht zumindest aus dem militärischen Blickwinkel durchaus ihre Berechtigung hatte. Es war nicht klug, die erste Flotte zurückzuhalten. Ein *Jak-tu* sollte eigentlich blitzschnell, brutal und unaufhaltsam durchgeführt werden. Die erste Flotte würde die dafür notwendige tödliche Feuerkraft garantieren. *Aber der Imperator würde seine Leibgarde niemals von Kilrah abziehen.* Seit die Expansion begonnen hatte, war der Heimatplanet der Kilrathi zwangsläufig dem Imperator zugefallen. Würde er die Flotte von Kilrah abkommandieren, würde einer seiner Rivalen vielleicht auf die Idee kommen, diese Gelegenheit für einen Umsturz zu nutzen. Natürlich widersprach dies völlig den Regeln des Blutschwurs, der die Klanführer zur Loyalität gegenüber dem Imperator verpflichtete. *Ein widerlicher Gedanke, aber es spricht vieles dafür, daß ich mir eine solche Gelegenheit nicht entgehen lassen würde,* dachte Vakka amüsiert. Doch er mußte zugeben, daß es durchaus sinnvoll war, die erste Flotte aus dem Gefecht herauszuhalten, da man nie ausschließen konnte, daß der Erstschlag scheitern würde. Für diesen ziemlich unwahrscheinlichen Fall empfahl es sich, über eine Reservestreitmacht zu verfügen, um die Heimatwelt vor dem Gegenschlag zu schützen, mit dem gewiß zu rechnen war.

»Gehen wir einmal davon aus, Admiral, daß die Torpedos funktionieren und der Überraschungsmoment auf unserer Seite ist – hältst du es für möglich, daß dies ausreicht, um den Krieg zu unseren Gunsten zu entscheiden?«

»Wenn ich ehrlich zu dir sein darf, das sind mir einige *wenns* zuviel!« antwortete der Admiral mit abwesendem Blick.

Vakka nahm zur Kenntnis, daß Nargth doch arge Zweifel an ihrem Sieg hatte.

Nargth schaute ihn nicht an, als er weitersprach. »Wir müssen ihnen direkt im ersten Moment den Hals aufreißen, bevor sie merken, was mit ihnen geschieht. Die Föderation ist ein großes Reich, viel größer als unseres. Wenn wir sie nicht mit dem Erstschlag töten, werden wir früher oder später unterliegen. Ansonsten glaube ich fest daran, daß wir den Krieg gewinnen werden.«

Vakka beobachtete den Admiral genau. Er zögert, glaubt eigentlich nicht an unseren Sieg. Aber nachdem beschlossen wurde, daß wir sie angreifen, ordnete er sich der Sache unter. Daß er nicht zum königlichen Geschlecht gehörte, war ein weiterer Grund für

Nargth, den Ansichten des Kronprinzen nicht zu widersprechen, zumindest nicht, wenn andere zugegen waren. Aber jetzt hatte er seine Befehle erhalten und würde sich genau wie jeder andere bemühen, die ihm zugewiesene Aufgabe möglichst gut zu erfüllen.

»Admiral, darf ich um einen Gefallen bitten?«

»Aber gewiß, Baron!«

»Es geht um meinen Sohn. Ich habe beschlossen, ihn mit einem Kurierschiff nach Fawcett's World zu schicken. Ich möchte, daß er diese Menschen kennenlernt.«

Nargth rümpfte angewidert die Nase.

»Ich habe einige von diesen Kreaturen unten in den Befragungsräumen des Palasts erlebt«, erzählte Nargth. »Wirklich ekelhaft. Was bezweckst du damit?«

Die Befragungsräume ... das Wort beschwor in Vakka unangenehme Erinnerungen herauf. Er hatte acht Menschen von Fawcett's World nach Kilrah geschickt, wo sie von den Spezialisten des Imperators befragt wurden. Man hatte ihnen jede militärische Information aus dem Gehirn gesaugt, bis nicht mehr aus ihnen herauszuholen war. Die Überlebenden waren nicht einmal mehr in der Lage, ihre Peiniger um die Gnade eines schnellen Todes anzuflehen. *Vielleicht leben noch einige von ihnen, jetzt, in diesem Moment, unter meinen Füßen, winselnde, verstümmelte Tiere ...*

»Ich möchte, daß er weiß, mit wem er es zu tun bekommt!«

»Warum?«

»Eines Tages wird er meinen Klan regieren. Ich möchte, daß er alles weiß, was er wissen muß.«

Nargth schüttelte den Kopf. Er hielt diese Idee für ziemlich exotisch – wozu sollte ein Baron sich den Kopf mit Wissen verstopfen, wo es doch wirklich

Wichtigeres für ihn zu tun gab? Aber da er Vakka mochte, beschloß er, ihm seine Meinung über diesen Unsinn vorzuenthalten.

»Er glaubt, daß es für ihn das richtige ist, beim Erstschlag dabei zu sein. Der Kronprinz hat es ihm angeboten.«

Daß der Kronprinz dies nicht aus reiner Gutmütigkeit getan hatte, lag auf der Hand. Jukaga war Vakkas einziger Sohn, und wenn er in der Schlacht umkam, war mit einem Zerfall des Klans zu rechnen, da es eine ganze Reihe von Verwandten gab, die sich in diesem Fall um die Nachfolge streiten würden. Dem Kronprinzen konnte das nur recht sein, da ein zerstrittener Klan weniger mächtig war als ein vereinter. Früher oder später würde Vakkas' Klan zunehmend unter den Einfluß der Krone geraten ...

»Du willst, daß er meinem Stab beitritt?« fragte Nargth. Sein Tonfall ließ Vakka spüren, daß Nargth sein Anliegen für unangemessen hielt. Von Jungfängen wurde erwartet, daß sie ihre Pflicht erfüllten und lernten, daß man auf dem Weg zu Ruhm und Ehre bereit sein muß, sein eigenes Blut zu opfern – selbst wenn man ein Abkömmling des Imperators war. Natürlich bestand die Möglichkeit, daß man diese gefährlichen Lehrjahre als abgeschlossen betrachtete, sobald man auf eine gewisse Erfahrung zurückblicken konnte. Was jedoch nicht hieß, daß man dieses Ritual völlig umgehen durfte.

»Wenn er von Fawcett's World zurückkehrt, Admiral, wird er über unersetzliches Wissen verfügen. Er wird ihre Sprache kennen – würde der Krieg nicht direkt vor unserer Tür stehen, hätte ich es gern gesehen, daß er ein ganzes Jahr dort verbringt. Aber selbst mit dem begrenzten Wissen, das er in der verbleibenden, kurzen Zeit sammeln kann, kann er dir in der Schlacht als Experte dienen. Und danach hat er noch genug Gelegenheit, sich die Krallen blutig zu machen. Aber ich denke, daß er zu Beginn des Krieges an deiner Seite stehen sollte, um dem Imperium auf diese Weise zu dienen!«

Und um nicht zu Schaden zu kommen, natürlich.

»Von mir aus«, brummte Nargth schließlich, wobei er sich nicht zu verbergen bemühte, daß er ein solches Verhalten nicht gut hieß.

Ein Diener trat an sie heran. Es war ein Varni, dessen Trommelfelle durchbohrt worden waren, damit er Gespräche der Anwesenden nicht mithören konnte. Vakka fühlte sich etwas unwohl in Gegenwart dieses Wesens. Er wußte, daß die Xenophobie seines eigenen Volkes so tief verwurzelt war, daß man durchaus von einer instinktiven Abscheu vor allem Fremden sprechen konnte. Wer nicht von ihrem Blut war, konnte nur *Ukta* sein oder *Bak*, Opfer oder feindliches Raubtier. Die Varni stammten von Reptilien ab, was in Vakka instinktiv eine Abwehrhaltung heraufbeschwor, obwohl ihre alten Feinde sich im Laufe ihrer langen Evolution in friedliebende Wesen verwandelt und eine sehr hohe Zivilisationsstufe erreicht hatten. *Obwohl sie früher Raubtiere waren wie wir, kommt Gewalt für sie nur im äußersten Notfall in Frage.*

Der Varni hielt den beiden ein Tablett hin, auf dem prachtvolle Pokale mit *Xark* standen, dem frischen Blut jener Tiere, von denen die Kilrathi sich ursprünglich vorwiegend ernährt hatten. Der Duft des Xark stieg Vakka in die Nase und sorgte dafür, daß seine Mähne sich aufrichtete. Viele Krieger seines Volkes trugen während des Kampfes ein mit Xark getränktes Tuch bei sich, um ihren Tötungsinstinkt zu schärfen.

Vakka wußte, daß der Xark seine Vorbehalte gegen die Strategie des Kronprinzen beseitigen würde.

Schon ertönten im Raum die Schlachtrufe der Klans, begleitet vom Hämmern der Fäuste auf Tische, Stühle und Wände. Als der Lärmpegel auf ein beinahe unerträgliches Maß angeschwollen war, schlug Vakkas Herz im Takt des Schlachtengesanges.

Ich kann mir später noch den Kopf zerbrechen, dachte er, *jetzt will ich erst einmal den Geschmack des Blutes auf den Lippen genießen und mich ganz dem lustvollen Gefühl des Jagdfiebers hingeben, des Wartens auf das erste Blut der Beute.*

5

IM HÖLLENSCHLUND, HAUPTSTADT DES LANDREICHS STANDARDDATUM: 2436.170

Hans Krugers Nerven waren aufs äußerste angespannt, als er den Schankraum betrat. Er beobachtete die Gäste genau und war darauf vorbereitet, daß einer von ihnen im nächsten Augenblick eine Waffe auf ihn richten würde.

Es war nun eine Woche vergangen, seit die *Phantom* mit letzter Kraft die orbitale Basis über dem Höllenschlund erreicht hatte. Es hatte Kruger einiges an Schmiergeld gekostet, die Registrierung des Schiffes zu beschleunigen und neue Eignerpapiere auf den Namen *Lazarus* zu beschaffen. Offiziell gehörte das Schiff nun ihm – aber das würden einige von Kevins Freunden sicher ganz anders sehen. Zunächst hatte er versucht, einige von ihnen zu bestechen, was aber nur dazu geführt hatte, daß immer mehr Leute auftauchten, die sich ihr Schweigen bezahlen lassen wollten.

Hans war noch immer ziemlich beunruhigt über das, was er beim Kampf gegen die Kilrathi durchgemacht hatte.

Erneut hatte er sich zur Wehr setzen müssen und sein Gewissen mit weiteren Morden belastet. Auch wenn es sich wieder um Notwehr gehandelt hatte, trug diese neue Tat dazu bei, daß er allmählich einen neuen Standpunkt in diesen Dingen entwickelte. Er war beunruhigt, weil auch diese Morde in einem Stadium völliger Entrücktheit geschehen waren. Noch hatte er sich nicht daran gewöhnt, daß ihm das Töten so leicht fiel und er weder körperlich noch seelisch Schaden daran nahm.

Vor den Kilrathi fürchtete er sich nicht, wohl aber vor den Killern, die ihm der alte Sarn auf den Hals gehetzt hatte. Früher oder später würde er einem von ihnen begegnen ...

Hans wandte seine Aufmerksamkeit den Gästen an der Bar zu, um nach den Leuten zu suchen, mit denen er sich verabredet hatte. Die Angelegenheit sah verhältnismäßig sauber aus; irgendein Idiot wollte unbedingt auf Schmugglerfahrt ins Reich der Kilrathi gehen. *Trotzdem konnte es eine Falle sein ...*

Sein größtes Problem war, daß er keine Vorstellung davon hatte, wie ein berufsmäßiger Mörder aussieht. *In den Vids tragen sie immer Hüte mit breiter Krempe, damit man ihre Augen erst sieht, wenn sie zuschlagen. Außerdem kann man es immer an der Musik merken, daß einer in der Nähe ist ...*

Unglücklicherweise war dies aber nun einmal kein Vid, sondern Hans' Leben, und wenn er Pech hatte, war dieser Spaß in wenigen Augenblick vorbei. *Wenn ich nur nicht so verdammt grün hinter den Ohren wäre!* Er bedauerte aufrichtig, daß Kevin nicht mehr am Leben war.

Zwar wäre Hans dann um einiges ärmer gewesen, hätte aber zweifellos dank Kevins reichhaltigem Erfahrungsschatz in solchen Dingen bessere Chancen gehabt, den Killern zu entkommen.

Schließlich bemerkte er drei Menschen, die seiner Ansicht nach diejenigen sein mußten, mit denen er sich hier verabredet hatte. *Das müßten sie eigentlich sein. Sie sehen ganz anders aus als der Abschaum hier.* Er ging langsam auf ihren Tisch zu.

»Mr. Jackson?«

Winston Turner war ziemlich verwirrt, als er sah,

wie jung der Eigentümer des Schiffes war. Er strahlte eine Nervosität aus, die fast körperlich spürbar war. Turner hatte dasselbe Gefühl unzählige Male in Gegenwart von Rekruten erlebt, wenn sie in den gefürchteten mündlichen Prüfungen standen. Viel interessanter fand er jedoch die Zwiespältigkeit, die dieser junge Mann ausstrahlte. Einerseits versuchte er ziemlich gekonnt, in seinem Auftreten Professionalität und Erfahrung zu suggerieren, wirkte andererseits aber auf seltsame Weise entrückt. Turner war diese Eigenschaft schon ziemlich häufig an jungen Piloten aufgefallen, die sich durch die Bank als äußerst krisenfest erwiesen hatten, da sie Informationen mit einer eleganten Beiläufigkeit zur Kenntnis nahmen und verarbeiteten — eine Lässigkeit, die es ihnen ermöglichte, ohne groß nachzudenken in fast allen Fällen die richtige Entscheidung zu treffen. Er war überzeugt, daß Vance Richards mit dieser Fähigkeit ausgestattet war, und wahrscheinlich auch der junge Tolwyn ...

Aber bei dem hier liegt die Sache etwas anders. Der hat es auf die harte Tour gelernt, davon bin ich überzeugt.

Winston bot Hans einen Stuhl an, und er setzte sich so, daß er die anderen Gäste im Auge behalten konnte.

»Es scheint Leute zu geben, die Sie nicht mögen«, sagte Turner mit freundlichem Interesse. »Wie war noch Ihr Name – Meyer, nicht wahr?«

Hans lächelte.

»Ich glaube, daß wir alle unsere Gründe haben, uns sehr genau zu überlegen, wem wir unseren richtigen Namen nennen und wem nicht. Hat nichts mit Ihnen zu tun! Gehen Sie einfach davon aus, daß ich paranoid bin.«

Turner nickte und schwieg für einen Moment. »Ihr

Schiff ist, wenn ich es richtig verstanden habe, mit einigen Extras ausgestattet?« fragte er schließlich.

»Das Beste, das man für Geld kaufen kann!« antwortete Hans stolz. »Die Triebwerke sind Reveberator 3000 C, und die Hülle wurde mit einer halbzölligen Schicht Durastahl verstärkt. Außerdem gibt es eine ausfahrbare Waffenkanzel mit einem Vierfach-Autotracking-Laser, und die Sprungtriebwerke wurden erst kürzlich generalüberholt.«

»Mit all den Änderungen haben sie aber einiges an Frachtkapazität verschenkt«, kritisierte Vance. »Das holen Sie auch mit den stärkeren Triebwerken nicht heraus, mein Lieber. Außerdem ist die E-Serie der Reveberator-Triebwerke schon einige Zeit am Markt ...«

»Hör mal, Kumpel«, entgegnete Hans ein wenig gereizt, »bei der Sache, die ihr vorhabt, hängt alles davon ab, daß ihr schnell genug hereinkommt, die Deals macht und danach wieder schnell genug herauskommt. Besser zehn Streifzüge mit ein paar Tonnen Fracht, die man abliefert, ohne sich Kratzer einzuhandeln, als zwanzig Tonnen Ware auf einmal an Bord nehmen und sich von den Katzen zu Klump schießen lassen, weil man keine Geschwindigkeit machen kann!«

»Akzeptiert«, erwiderte Turner, »schließlich spreche ich mit einem Mann, der diese Erfahrung erst vor kurzer Zeit gemacht hat, nicht wahr?«

Hans' Blick flackerte verunsichert durch den Raum.

»Ja, kann schon sein ...«, sagte er.

»Sie können mir nichts vormachen«, meinte Turner freundlich, aber bestimmt. »Ich kenne die Geschichte und habe mir Ihr Schiff bereits angesehen. Außerdem hat die Wartungscrew ein Video aufgezeichnet, als sie Ihnen das Schiff übergeben haben. Muß schon sagen –

kaum zu glauben, daß Sie das überlebt haben! Tut mir leid um Ihre Freunde.«

Es dauerte eine Weile, bis Hans das geschluckt hatte. *Wenn es tatsächlich ein Video gibt, ist es nur eine Frage der Zeit, bis die falschen Leute Wind davon bekommen. Und dann stecke ich bis zum Hals in der Scheiße ...*

»Mr. Kruger«, erklärte Turner, »ich glaube, daß wir Ihnen ein wirklich interessantes Angebot machen können. Ihrer Gesundheit zuliebe sollten Sie sich für einige Zeit nicht mehr im Höllenschlund blicken lassen. Sicher, einige Leute bewundern Sie, weil Sie es tatsächlich geschafft haben, sich mit den Kilrathi anzulegen und das Schiff alleine zurückzubringen. Aber wenn diese Informationen in die Hände der falschen Leute gelangen ... und damit meine ich vor allem den Chef einer sehr bekannten und mächtigen Speditionsfirma ...«

Turner ließ den Rest des Satzes unausgesprochen.

Hans war jetzt ziemlich beruhigt. *Diese drei Typen wollen mir nicht an den Kragen, sonst würde ich gar nicht hier mit ihnen sitzen, wo sie doch mehr als genug wissen, um sich das von Sarn ausgeschriebene Kopfgeld an Land zu ziehen.*

»Sagt mal«, fragte er vorsichtig, »ihr drei gehört doch nicht zum Landreich, oder? Euer Friseur hat bei der Föderation gelernt, das kann man nicht übersehen! Also, worum geht es? Ein kleiner Trip ins Katzenland, um ein bißchen herumzuschnüffeln?«

Turners Gesicht verhärtete sich merklich.

»Mein Sohn, du hast guten Grund, uns nicht alles zu erzählen – also kannst du dir sicher denken, daß wir auch unsere kleinen Geheimnisse haben! Belassen wir es dabei. Wir haben eine Ladung gotherianischer Glaskunstwerke zu verkaufen, auf die die Katzen bekanntlich ganz wild sind. Deshalb möchten wir gern ein Schmugglernest anfliegen – je weiter hinter der Grenze, desto besser. Für den Kapitän des Schiffes ist wie üblich die Hälfte des Profits drin!«

»Üblich sind fünfundsiebzig Prozent!« entgegnete Hans ruhig. »Seit die Katzen eine Fregatte verloren haben, ist hier die Hölle los, das treibt die Preise natürlich nach oben.«

Turner grinste ihn an.

»Und jetzt wollen Sie davon profitieren, daß Sie es waren, der die Katzen auf die Palme getrieben hat?«

Hans erwiderte das Grinsen. *Zwar habe ich die Fregatte nicht abgeschossen, aber weil derjenige, dem diese Ehre gebührt, nicht mehr unter uns weilt, aber profitieren möchte ich schon davon ...* obwohl er bezweifelte, daß der Trick mit der Nuklearmine noch einmal funktionieren würde, hatte er vorsichtshalber fünfzigtausend Kredits in eine neuen Mine investiert. Schließlich hatte er sich bei sehr vielen Leuten unbeliebt gemacht – die Föderation war nach wie vor hinter ihm her, während Sarn vermutlich ständig weitere Killer auf ihn hetzte und die Katzen ihn ebenfalls gern in die Krallen bekommen hätten. *Was macht es da noch aus, wenn ich auf Schmugglerfahrt gehe und dabei ein paar weiteren Kilrathi das Licht auspuste?*

»Also gut, fünfundsiebzig Prozent«, sagte Turner jetzt.

Hans nickte und streckte ihm die Hand entgegen.

»Hier im Landreich gibt es keine schriftlichen Verträge«, erklärte er. »Wer nicht sein Wort hält, wird hier nicht alt!«

Turner ergriff lächelnd seine Hand.

»Ich brauche zwölf Stunden für die Startvorbereitungen«, erklärte Hans. »Schaffen Sie Ihre Ladung an Bord, das Schiff steht immer noch im Dock 33.«

Hans stand auf und schaute sich noch einmal vorsichtig um, bevor er zur Tür ging.

Turner blickte ihm nach und beobachtete gleichzeitig die anderen Gäste, wobei er sich besonders auf diejenigen konzentrierte, die in den dunklen Nischen an der Längswand des Raumes saßen.

»Nun, Mr. Tolwyn«, sagte er, ohne Geoff dabei anzuschauen, »was halten Sie von ihm?«

»Ein bißchen ruppig, der Bursche. Aber was mich mehr beunruhigt, Sir, ist die Tatsache, daß er ziemlich grün hinter den Ohren zu sein scheint.«

Richards kicherte. »Das kannst du sicher bestens beurteilen!«

Tolwyn sagte nichts, aber man konnte ihm deutlich ansehen, daß er vor Wut kochte.

»Ich stimme Ihnen zu, Mr. Tolwyn!« Turner war nicht daran gelegen, daß die beiden sich in die Haare gerieten. Nach wie vor glaubte er daran, mit diesen Männern eine gute Wahl getroffen zu haben, soweit es ihre Fähigkeiten als Piloten und Assistenten betraf. *Ansonsten aber sind die beiden wie Katz und Maus, oder besser: Katz und Hund.*

Seiner Ansicht nach war diese offen zur Schau gestellte Rivalität völlig überflüssig und unangebracht. »Eigentlich schade, daß er es nicht bis auf die Akademie geschafft hat. Geoff, wahrscheinlich hätte er mit Ihnen zusammen den Abschluß gemacht, überlegen Sie mal!«

Geoff zuckte die Achseln. »Hat er aber nicht. Also, wen interessiert es?«

Turner schüttelte den Kopf. »Sie sehen das aus der falschen Warte, Geoff. Er hat durchaus das Zeug dazu, nur besitzt er eben nicht die Staatsbürgerschaft der Föderation.«

»Na und? Das ist doch kein Hinderungsgrund. Wir

haben schon häufig Leute dabeigehabt, die nicht aus der Föderation kamen!«

Turner blickte ihn ernst an. »Wenn es um Politik geht, mein Sohn, haben Sie offenbar ziemlich naive Vorstellungen! Jeder unserer Senatoren hatte das Recht, zwei Studenten seiner Wahl zu protektionieren, und die meisten der verbleibenden Plätze gehen an die Söhne und Töchter ehemaliger Absolventen, die in Ausübung ihres Dienstes gestorben sind. Natürlich gibt es eine gewisse Anzahl von Studenten, die wir aufgrund ihrer Qualifikation aufnehmen. Aber die Externen stehen weit hinten an, und die Auswahlkriterien sind geradezu lachhaft, da unsere Politiker das Ganze als eine Demonstration unserer hochgelobten demokratischen Prinzipien ansehen. Mr. Kruger hatte nie eine wirkliche Chance, hineinzurutschen. Eine schlimme Sache. Ich kann mich noch daran erinnern, daß ich seinen Antrag vor mir liegen hatte, als ich im Auswahlkomitee saß. Er hätte einen guten Offizier abgegeben, davon bin ich überzeugt. Aber Sie haben durchaus recht, Mr. Tolwyn – wie es derzeit um ihn steht, ist er ziemlich grün hinter den Ohren.«

»Aber warum heuern wir ihn dann überhaupt an?« fragte Richards.

»Sein Schiff ist verdammt gut ausgerüstet. Genau das richtige Schiff für ein Streifzug hinter die Grenze. Außerdem ist mir ein grüner Junge wie er lieber als ein alter Hase, der riecht, wo es langgeht!«

»Ich weiß nicht ...«

»Gentlemen, vergessen Sie nicht, daß die Föderation in dieser Galaxis sehr unbeliebt ist. Schließlich ist es unsere Flotte, die den Schmugglern das Leben schwermacht, und ich verwette meinen Arsch, daß die Hälfte der Leute in diesem Raum bereits mindestens einmal eine Ladung an uns verloren hat. Außerdem stellen Sie sich die berechtigte Frage, weshalb wir nicht den Katzen die Hölle heiß machen, statt uns mit Schmugglern herumzuschlagen, die der Föderation letztlich nicht schaden. Berücksichtigte man das alles, besteht die Gefahr, daß ein erfahrener Schmuggler unseren Auftrag zwar annehmen würde, aber nur, um uns draußen irgendwo mit vorgehaltenem Blaster dazu zu animieren, einen kleinen Weltraumspaziergang zu unternehmen – ohne Raumanzug, versteht sich.«

Tolwyn warf einen Blick auf die anderen Gäste, als ob er herausfinden wollte, welcher von ihnen sich so verhalten würde, wie Turner es beschrieben hatte.

Turner stand auf. »Also, ich schlage vor, daß wir uns jetzt um die Fracht kümmern.«

Während Geoff hinter ihm herlief, fiel ihm auf, daß Turner sich ungewöhnlich langsam auf den Ausgang zubewegte. Als er die Tür erreicht hatte, geschah etwas, das Geoff völlig überraschte.

Turner drehte sich mit einer ungemein geschmeidigen Bewegung um. *Mein Gott, wo hat er denn den Blaster her?*

In diesen Momenten ertönte auch schon das dumpfe Geräusch eines Schusses. Geoff drehte sich wie betäubt um und sah gerade noch, wie einer der Gäste seinen Blaster aus der kraftlos gewordenen Hand fallen ließ und zusammenbrach.

Geoff schaute Turner an, der in diesem Augenblick eine Seite seiner Persönlichkeit offenbart hatte, die er nie bei ihm vermutet hätte. *Und ich dachte immer, er sei eher ein Theoretiker. Aber offensichtlich war das nicht der erste Kerl, den er umgenietet hat!* Geoff wußte, daß Turners Erfahrenheit der Beweis dafür war, daß er lange Jahre im aktiven Einsatz gedient hatte.

Turner hatte den Arm angewinkelt, um den Lauf

der Waffe zur Decke zu richten. »Noch jemand, der Partei für die Sarn ergreifen möchte?«

Anscheinend nicht.

»Barkeeper, haben Sie die Waffe gesehen, die dieser Mann bei sich trug?«

Der Barkeeper lehnte sich vorsichtig über den Tresen, um die Leiche sehen zu können. Dann sagte er, an Turner gewandt: »Ja, ich sehe sie.«

»Und Sie haben auch gesehen, daß er die Waffe gegen mich zog?«

Der Barkeeper nickte.

»Zwei andere Zeugen!«

»Ich hab's auch gesehen«, sagte ein Mann, der direkt neben der Tür stand, worauf der direkt neben ihm Stehende nickte und meinte: »Ich auch!«

»Dann ist diese Angelegenheiten nach den Gesetzen des Landreichs bereinigt«, erklärte Turner. Einige andere Gäste nickten zustimmend.

Turner griff mit der freien Hand in eine Tasche und zog ein Portemonnaie heraus, um es Geoff zuzuwerfen.

»Nimm zweihundert raus und leg sie auf den Tresen. Das sollte für den Schaden und die Beerdigung reichen.«

Auf dem Weg zum Tresen kam Tolwyn an der Leiche vorbei. Das faustgroße Loch in der Brust des Mannes befand sich genau dort, wo eben noch sein Herz geschlagen hatte. Der scharfe, an rostiges Eisen erinnernde Geruch des Blutes stieg ihm in die Nase. *Das ist das erste Mal, daß ich den gewaltsamen Tod eines Menschen miterlebt habe.* Was natürlich nicht ganz der Wahrheit entsprach, da er oft genug dabei gewesen war, wenn einer seiner Mitstudenten während des Trainings verunglückte. *Aber das kann man nicht damit vergleichen. Man sieht nur die Maschine, die explodiert oder am Boden zerschellt.* Er hatte bislang geglaubt, ein ziemlich abgeklärtes Verhältnis zum Tod zu haben, aber wenn man es zum erstenmal aus nächster Nähe erlebt ...

Kein blank polierter Sarg, kein Duft nach Blumen und Kränzen. Statt dessen der Gestank des Blutes und der Anblick verbrannten Fleisches.

Er spürte die Angst der anderen Gäste, die Turner und seine beiden Assistenten für harmlose Typen gehalten hatten, leichte Beute für einen entschlossenen Kopfgeldjäger. Aber nun war vielen Anwesenden klar, daß sie die drei genauso falsch eingeschätzt hatten wie der Tote. Und manchem unter ihnen war ziemlich mulmig, weil er es im Grunde nur einem Zufall verdankte, daß er jetzt nicht selbst dort auf dem Boden lag.

Turner drehte sich um und setzte seinen Weg zur Tür fort. *Ganz anders als in den Vids, wo der Held mit dem Rücken zuerst den Raum verläßt ...*

Turner verschwendete keinen weiteren Blick an die Schmuggler, Diebe und gedungenen Mörder, denen er nun den Rücken zukehrte.

»He, hast du das gesehen?« zischte er Vance zu.

Richards nickte nur.

»Kaum zu glauben, daß das wirklich der alte Winnie Turner war«, bemerkte Geoff. »Mann, ich habe immer geglaubt, daß der so gefährlich ist wie ein Rekrut im ersten Jahr!«

»Du bist eben ein Idiot«, entgegnete Richards leichthin. »Hast du denn noch nie von den Geschichten gehört, die man über ihn erzählt?«

»Du meinst das Gefasel über diesen Sondereinsatz?« fragte Geoff ungläubig. »Hör mal, doch nicht Winnie!«

Dann aber merkte er, wie sehr diese Ansicht dem

widersprach, was er soeben erlebt hatte. »Verdammt, ich habe immer geglaubt, er wäre so 'n Professorentyp!«

Er starrte Turner hinterher und schüttelte fassungslos den Kopf.

»Unglaublich.«

Turner war froh, daß die beiden sein Grinsen nicht sehen konnten. Er hatte von Anfang an gewußt, was der Killer der Sarn vorhatte. Allerdings fragte er sich, wieso Kruger ihn nicht bemerkt hatte. *Der Junge ist wirklich ziemlich grün!* Vermutlich hatte der Killer Kruger nur deshalb nicht direkt bei dessen Betreten der Bar erschossen, weil er hier kein Feuergefecht riskieren wollte, dessen Folgeschäden möglicherweise größer waren als das zu erwartende Kopfgeld. Aber beim Hinausgehen hatte der Killer offenbar an Turners Blick bemerkt, daß dieser erkannt hatte, was er plante. *Hat wohl die Nerven verloren ...*

Turner fluchte leise. *Das war nicht gut, jetzt haben wir vermutlich die Sarn gegen uns aufgebracht.*

Fawcett's World

Während er durch das Freigelände lief, beobachtete Jukaga nar Vakka die Menschen, die hinter dem elektrisch geladenen Zaun standen. *Ihr Gestank – unerträglich!* Er wußte den Geruch der Fremden nicht einzuordnen. Seine Instinkte pendelten unentschlossen hin und her, ob er sie als Beute oder Rivalen einstufen sollte. Obwohl er sich dessen nicht bewußt war, trug es sehr zu seiner Verwirrung bei, daß diese Wesen seine neugierigen Blicke erwiderten, statt sich passiv und devot zu verhalten, wie er es eigentlich erwartete. *Sie flüstern, unterhalten sich vermutlich über mich ...*

Er versuchte, sich die Holos in Erinnerung zu rufen, die er auf Wunsch seines Vaters studiert hatte. Das eine oder andere Wort ihrer Sprache hatte er im Kopf behalten, und früher oder später würde einer von ihnen vielleicht etwas sagen, das er verstand.

»So ein häßliches Kätzchen!«

Jukaga fuhr zornig herum, konnte aber nicht entdecken, wer von den Menschen ihn so tödlich beleidigt hatte.

Er vernahm ein grollendes Kichern.

»Ich sehe, daß du ein wenig ihre Sprache verstehst!«

Harga, der beste Freund seines Vaters, blickte Jukaga amüsiert entgegen.

»Wieso unternimmst du nichts dagegen?« fragte Jukaga sichtlich erbost.

»Was sollte ich denn deiner Meinung nach dagegen unternehmen?« erwiderte Harga. »Denjenigen ausfindig machen, der es gesagt hat, um ihn zu töten? Würde ich das tun, Jukaga, gäbe es auf dem ganzen Planeten keinen Menschen mehr!«

Jukaga blickte den Statthalter seines Vaters scharf an. »Ich verstehe nicht, wieso mein Vater die Menschen nicht vernichtet!«

»Aus Neugierde vielleicht«, antwortete Harga, während er Jukaga mit einer Geste aufforderte, im Schatten des mächtigen Ulannabaumes Platz zu nehmen, den man eigens von der Heimatwelt importiert hatte, um der Landschaft des fremden Planeten eine vertraute Note zu geben.

Jukaga ließ sich auf der seidenen Decke nieder, die Harga unter dem Baum ausgebreitet hatte, und nahm von dem älteren die Tasse mit dem Begrüßungsgetränk entgegen. Obwohl Harga nicht von der Blutlinie des Imperators abstammte, hatte er sich als ausgezeichneter Krieger unter Vakkas Führung verdient gemacht, so daß Jukaga ihn mit großer Höflichkeit behandeln mußte, auch wenn es ihm noch so schwer fiel. *Außerdem ist er nun mal der beste Freund meines Vaters.*

Jukagas Blicke schweiften wieder über den Zaun, hinter dem sich die Menschen aufhielten. Die meisten von ihnen beschäftigten sich bereits wieder mit ihren Feldarbeiten.

Jukaga konnte nicht umhin, der gesamten Szenerie etwas Angenehmes abzugewinnen, während er die blaugrauen Berge am Horizont betrachtete und die kühle Brise über sein Fell streifen ließ. *Wenn nur dieser Gestank nicht wäre!*

»Ich mag diesen Ort«, meinte Harga. »Hätte nie gedacht, daß ich eines Tages Herr über einen eigenen Planeten werde. Gefällt mir viel besser, als an der Seite deines Vaters zu stehen. Wie geht es ihm überhaupt?«

Jukaga begann, den neusten Hofklatsch zu kolportieren, bevor er Harga von der bevorstehenden Schlacht berichtete. Harga nahm die Kanne, um ihnen nachzuschenken.

Er schüttelte den Kopf. »Ist schon merkwürdig, während des Krieges hierzubleiben. Aber vermutlich hat dein Vater recht – ich kann ihm hier besser dienen als an der Front!«

Wieder betrachtete Jukaga die Menschen.

Das kann er doch nicht ernst meinen! Wie kann es besser sein, den Sklavenaufseher zu spielen, statt in die Schlacht zu ziehen?

Harga lächelte Jukaga plötzlich an, als könnte er dessen Gedanken lesen.

»Weißt du eigentlich, warum dein Vater dich hierher geschickt hat?«

»Er sagte nur, daß ich mich mit dir treffen soll. Nun ja, schließlich und endlich gehört dieser Planet zum Besitz meiner Familie. Das ist doch Grund genug, denke ich.«

Harga lächelte wieder ominös. »Die Bedeutung dieser Welt ist weitaus größer, als du es dir vorzustellen vermagst. Du weißt vermutlich, daß dies der Ort ist, an dem wir zum erstenmal den Menschen der Föderation begegnet sind?«

»Ja.«

»Nun, offenbar weiß die Föderation nicht einmal, daß es diesen Planeten und diese Menschen hier gibt. Der Weltraum ist so groß, und die Verbindungen zwischen den Sprungpunkten so unvorhersehbar, daß man kein System zu erkennen vermag, wenn man viel mehr als acht mal acht Sprünge an einem Stück hinter sich gebracht hat. Es gibt viele Kolonien der Föderation, die als verschollen gelten. Das trifft auch auf die Menschen hier zu, die nur aufgrund eines Fehlers hier landeten. Vermutlich hat die Föderation das Raumschiff und seine Insassen längst als bedauerlichen Unfall abgeschrieben und man wäre überrascht zu erfahren, daß diese Leute noch leben. Kurz nachdem sie hier eintrafen, wurden sie vom Klan deines Vaters überfallen. Hätte er damals in seiner Weisheit nicht anders entschieden, hätten seine Krieger sie samt und sonders getötet.«

Ich begreife Harga nicht – wie kann ein Krieger mit einer solchen Reputation gleichzeitig daran interessiert sein, Bücher zu lesen? Doch trotz dieser Widersprüche empfand Jukaga Bewunderung und Sympathie für den älteren, der ihn lange Zeit unterrichtet hatte.

»Dein Vater wußte von Anfang an, daß es zu einem Krieg mit den Menschen kommen würde. Aber er ahnt auch, daß die Dinge sich anders entwickeln könnten, als der Imperator vermutet«, erklärte Harga. Er hob die Tatze und deutete auf die Felder.

Jukaga konnte sich nicht vorstellen, was Harga damit andeuten wollte. »Sie arbeiten, wie ganz normale Sklaven.«

Harga blickte ihn eindringlich an. »Sie arbeiten, um sich mit Nahrung zu versorgen.«

»Wo ist der Unterschied? Sklavenarbeit bleibt Sklavenarbeit!«

Jukaga bemerkte plötzlich, daß jemand hinter ihm stand. Er fuhr herum und spreizte instinktiv die Klauen.

Es war ein Mensch, der sich ihm von der windabgewandten Seite unbemerkt genähert hatte. Der Mensch schaute ihn neugierig an, bevor er sich an Harga wandte und höflich den Blick senkte.

»Harga, mein Gebieter, du hast nach mir gesandt?« fragte der Mensch.

Jukaga nahm verblüfft zur Kenntnis, daß dieses fremde Wesen in seiner Sprache gesprochen hatte, auch wenn er die Worte hoch und ungewohnt säuselnd aussprach.

»Abram, ich möchte dich zum *Jirak* einladen.«

»Ich fühle mich zutiefst geehrt«, entgegnete der Mensch, bevor er zu dem kleinen Holzkohlebrenner ging, auf dem die Kanne stand. Während er sich einschenkte, benahm er sich zu Jukagas Erstaunen so selbstbewußt, als wäre er ein Gast, der jederzeit kommen und gehen kann, wie es ihm beliebt, und der den zeremoniellen Kräutertrank zu sich nahm, als wäre er einer von ihnen.

Harga lachte leise über Jukagas Empörung.

»Wie kann er es wagen?« fauchte Jukaga.

»Weil man mich dazu eingeladen hat«, erwiderte Abram und sah Jukaga dabei mit festem Blick an.

Harga schnurrte vor Vergnügen und schlug sich auf die Schenkel.

»Baron Jukaga denkt, daß ich meinen Verstand verloren habe«, erklärte Harga kichernd dem Menschen.

»Nach dem, was ich von dir weiß, wundert mich das nicht«, entgegnete Abram leise.

»Was weißt du überhaupt über uns?« brüllte Jukaga ihn an, der kurz davor stand, seine Geduld zu verlieren und sich auf den Menschen zu stürzen, um ihm die Kehle zu zerreißen.

»Oh, eine Menge. Eine ganze Menge«, antwortete der Mensch. »Ich habe euer *Ikgara Kutgaga* gelesen, den Stammbaum der Klans studiert und kenne auch die Geschichte der Acht. Und darüber hinaus vermute ich, daß es bald Krieg zwischen euch und der Föderation geben wird.«

Jukaga blickte den Menschen mit weit aufgerissenen Augen an. Das *Ikgara* war die heilige Historie der Klans, in der die Erlebnisse der Stammväter bis zurück zum Anbeginn der Zeiten niedergeschrieben war.

»Erinnert mich ein bißchen an unser Bhagavad Gita und auszugsweise auch an die Genesis«, führte Abram aus. »Derartige kulturelle Gemeinsamkeiten sind schon ein bißchen rätselhaft, nicht wahr?«

»Abram ist ein sogenannter Doktor«, erklärte Harga. »Ein Lehrer, genauer gesagt. Er war einer der Anführer der Kolonie.«

Abram nickte und seufzte.

»Wir sind wohl ein bißchen weit vom Schuß gelandet. Wenn es euch nicht gelungen wäre, uns völlig zu überraschen, hätten wir dafür gesorgt, daß unsere gesamten Aufzeichnungen zerstört werden. Wahrscheinlich hätte ich sogar das Schiff in die Luft gejagt – mit uns allen an Bord.«

Seine Stimme klang plötzlich kalt und hart. Jukaga war überrascht, zu welch düsterem Zorn dieser Mensch fähig war.

»Gut, daß es Vakka und ich waren, die euch fanden. Nicht auszudenken, was gesehen wäre, wenn einer der anderen Klans euch entdeckt hätte.«

»Fragt sich nur, für wen es gut war.« Abram schüttelte den Kopf. »Nicht für uns, wohl aber für deinen Klan, der auf diese Weise in den Besitz unserer Daten gelangte. Du hast doch einige Gefangene auf eure Heimatwelt bringen lassen, nicht wahr? Mir fiel auf, daß es ausnahmslos Angehörige der Flotte waren. Was ist mit ihnen geschehen?«

Harga schwieg.

»Ich glaube, sie alle wurden getötet, nachdem man sie gefoltert hat, um an ihr militärisches Wissen heranzukommen!« sagte Abram überzeugt.

»Warum läßt du es zu, daß er sich so unverschämt verhält?« fragte Jukaga im geheimen Dialekt des Imperialen Hofes.

Harga winkte ab.

»Gib dir keine Mühe, er versteht die meisten unserer Dialekte ziemlich gut.« Er zögerte. »Ich betrachte ihn als eine Art Freund, wenn dir das als Erklärung genügt, Jukaga.«

»Als Freund?« rief Jukaga fassungslos.

»Ja, so könnte man es wohl bezeichnen«, sagte Abram. »Wobei ich anmerken möchte, daß meine Tage wahrscheinlich gezählt sind. Sobald der Krieg beginnt, habt ihr keine Verwendung mehr für uns. Ich glaube, daß ihr euer kleines Testlabor hier vernichten werdet, und wir Laborratten werden getötet. Ich kann mir nicht vorstellen, daß ihr eine andere Möglichkeit habt.«

»Ich habe Baron Vakka bereits mitgeteilt, daß du

unter meinem persönlichen Schutz stehst!« erklärte Harga peinlich berührt.

Abram lachte.

»Weißt du, Harga, ich mag dich wirklich! Irgendwie erinnert mich das an die Geschichten von den alten Kriegern auf der Erde, den Samurai des Tokugawa-Shogunats. Sie waren perfekt trainierte Tötungsmaschinen, aber es gehörte zu ihrer Ausbildung und ihren Pflichten, sich auch in der bildenden Kunst, der Musik und der Dichtkunst auszukennen. Ich würde mir wünschen, daß ihr Katzen alle so wärt. Verdammt, vielleicht wären wir dann ganz gut miteinander zurechtgekommen.«

»Katzen?« fragte Jukaga.

»So bezeichnen sie uns in ihrer Umgangssprache«, erklärte Harga. »Es handelt sich um eine Gattung von Haustieren, die mit uns einige Gemeinsamkeiten aufzuweisen scheint!«

»Haustiere?« brüllte Jukaga empört, was bei Abram und Harga einen Heiterkeitsanfall hervorrief.

»Harga, ich sehe in dem Ganzen hier keinen Sinn«, erklärte Jukaga mit kalter Stimme.

»Ich werde versuchen, dir meine Ansicht nahezubringen«, erwiderte Harga, der nun sehr ernst klang. Obwohl Jukaga von höherem Blut war als er, brachten es seine Verdienste als Lehrer mit sich, daß er den jungen Baron von oben herab behandeln konnte. *Wenn er es nicht selbst begreift, werde ich es ihm wohl einbleuen müssen.*

»Bald schon werden wir gegen die Föderation in den Krieg ziehen.«

Jukaga konnte nicht fassen, daß er den geheimen Plan offen vor einem der Feinde diskutierte. Der Mensch schien nicht einmal überrascht zu sein, so daß Jukaga Anlaß zu der Vermutung hatte, daß er schon einige Zeit davon gewußt hatte. *Hat Harga es ihm gesagt? Oder ist er von selbst darauf gekommen?*

»Wenn der Kronprinz wirklich meint, diesen Krieg in acht oder von mir aus auch acht mal acht Tagen beenden zu können, ist er ein ausgemachter Narr! Hätte er sich die Mühe gemacht, einige Zeit mit diesen Menschen zu verbringen, dann wüßte er jetzt auch, was dein Vater und ich längst wissen. Dieser Krieg wird sich über Generationen hinziehen, und so wirst auch du, Jukaga, eines Tages als Klanführer daran teilnehmen. Dein Vater will, daß du weißt, was auf dich zukommt.«

Harga hob eine Tatze und deutete auf Abram, der gerade an seinem Tee nippte.

»Wenn ich darüber nachdenke, wer du bist«, sagte Abram zu Jukaga gewandt, »ist es eigentlich meine patriotische Pflicht, dich zu töten.«

»Versuche es doch!« fauchte Jukaga aggressiv.

Abram lachte leise.

»Ich bin ein alter Mann, und du würdest mir ohne große Anstrengung den Hals umdrehen. Ich bezweifle, daß es unter hundert Menschen auch nur einen gibt, der einen unbewaffneten Zweikampf mit einem eurer Krieger überleben würde. Also versuche ich es gar nicht erst.«

»Mensch!« rief Jukaga, der nun doch ein gewisses Interesse für dieses Wesen empfand. »Wenn du das alles zu erkennen vermagst, wie kannst du unter diesen Umständen dann noch an deinem Leben hängen?«

Abram lächelte. »Du redest von Selbstmord? Das verstößt gegen meine religiösen Prinzipien. Außerdem liebe ich das Leben, selbst unter diesen Umständen.«

»Warum?« Jukaga konnte nicht verstehen, wie

irgend jemand noch den Mut hatte zu leben, wenn er genau wußte, daß die Freiheit unerreichbar für ihn war.

»Nun, ich möchte einfach wissen, wie das Ganze ausgeht. Harga und ich haben eine Übereinkunft getroffen. Als unser Schiff in eure Hände fiel, wußtet ihr bereits so ziemlich alles über uns, was euch von Nutzen sein könnte. Es ist schon erstaunlich, wieviel sich im Laufe der Zeit in den Speichern eines Computers ansammelt, wenn man den Datenbestand nicht ständig bereinigt, was aber kaum jemand wirklich tut. Mit dem Computer wart ihr bereits an achtzig oder vielleicht sogar neunzig Prozent dessen herangekommen, was ihr wissen wolltet. Unsere Stärken und Schwächen, wenn man so will. Also haben Harga und ich beschlossen, von diesem Zeitpunkt an nur noch freundlich miteinander zu plaudern. Ein *quid pro quo,* sagt man in einer unserer antiken Sprachen. Bei euch heißt es *Huma ta Humas,* soviel ich weiß.«

Wieder war Jukaga überrascht, weil der Mensch eine weitere alte Sprache des Hofes zitiert hatte.

»Wieviel hast du ihm noch gesagt?« fragte Jukaga mit mißtrauischem Blick.

Harga lachte. »Jukaga, wenn man hier draußen allein unter Fremden lebt, fernab von der eigenen Kultur, in der Bildung mit Mißtrauen und Verachtung begegnet wird, kann es sehr erheiternd sein, sich mit einem gebildeten Fremden zu unterhalten. So kann man sich ganz nett die Zeit vertreiben, glaub mir!«

Abram lächelte und nickte zustimmend.

»Natürlich haben wir für unsere Gespräche einige Regeln aufgestellt«, erklärte der Mensch. »So meiden wir militärische Themen, obwohl ich es kommen sehe, daß wir uns durch den Lauf der Dinge dazu veranlaßt fühlen, in Zukunft von dieser Vereinbarung abzuweichen. Ich weiß, daß Harga mich in gewisser Weise ausspioniert, aber ich betrachte ihn auch als Freund, mit dem ich durch unsere Gespräche meine Zeit sinnvoll verbringen kann. Soweit es mich selbst betrifft – nun, ich habe die verrückte Hoffnung nicht verloren, daß ich den Krieg überlebe und eines Tages berichten kann, wie es mir hier ergangen ist, und was ich in dieser Zeit herausbekommen habe.«

»Und das wäre ...?« fragte Jukaga gespannt.

»Daß ihr den Krieg verlieren werdet«, sagte Abram mit gleichmütigem Gesicht.

»Wieso?« fragte Jukaga, der sich beim besten Willen nicht vorstellen konnte, woraus der Mensch diese Überzeugung bezog.

»Ihr kennt uns nicht«, behauptete Abram. »Oh, natürlich habt ihr unsere Navigationsdaten, kennt unsere Sprungpunkte, den Aufbau unserer Schiffe und wißt, über welche Waffensysteme wir verfügen. Diesbezüglich seid ihr gut gerüstet, zweifellos. Aber das sind keine Geheimnisse, da unsere Gesellschaft diesbezüglich ziemlich offen ist, während solche Dinge bei euch nur bestimmten Personenkreisen zugänglich sind. Ginge es nur um militärische Belange, würdet ihr aus dem Krieg als Sieger hervorgehen.«

Wieder setzte er sein geheimnisvolles Lächeln auf. »Aber ihr kennt das nicht, was wir hier verbergen.« Er deutete auf sein Herz.

Jukaga fühlte sich seltsam berührt, da die Kilrathi glaubten, daß sich an dieser Stelle des Körpers der Sitz der Seele befindet. Er fragte sich, ob Abram diese Geste von den Kilrathi übernommen hatte, um ihn zu verwirren. *Oder besteht die Möglichkeit, daß sie uns doch irgendwo ähneln?*

»Ich bin überzeugt, daß ihr uns mit einem *Jak-tu*

überrumpeln wollt, einem Blitzangriff aus dem Hinterhalt. Sicherlich ist das eine gute Strategie, wenn man als Jäger gegen ein Beutetier vorgeht – möglichst schnell zuschlagen, weil kaum die Gefahr besteht, daß man dabei selbst zu Schaden kommt. Aber bei uns wird das nicht funktionieren.«

Jukaga fand es sehr bedenklich, daß dieser Mensch ihre Absichten in einem solchen Maße durchschaut hatte.

Er blickte Harga an, der immer noch höchst amüsiert wirkte. *Nein, Harga hat uns nicht verraten. Dieser Mensch ist von selbst darauf gekommen!*

»Sprich weiter!«

Abram zögerte für eine Sekunde.

»Seltsam. Wenn ich hier entspannt sitze und mit euch Katzen rede, dann vergesse ich manchmal, daß ihr unsere Feinde seid, daß wir bald gegeneinander in den Krieg ziehen, und daß sich jedes meiner Worte nachteilig für mein eigenes Volk auswirken könnte. Aber was soll's. Ihr seid einfach nicht flexibel genug, um derart subtile Vorteile auszunutzen!« Er setzte ein Lächeln auf und nickte Harga zu. »Anwesende schließe ich natürlich davon aus.«

»Fahre fort.«

»Wir haben einen seltsamen Ehrenkodex. Zwei Menschen begegnen einander und kämpfen miteinander, wobei einer von beiden vielleicht getötet wird. Aber es gibt die Regel, daß du deinen Gegner immer nur von vorn erschießt, aber nie von hinten. Ich weiß, daß diese Regel in unserer Vergangenheit nicht immer eingehalten wurde, aber wenn sie gebrochen wird, bringt uns das ziemlich in Rage. Ihr betrachtet ein *Jaktu* als ehrenhafte Handlung, aber wir sehen es als einen Akt der Feigheit an, als einen schäbigen Angriff aus dem Hinterhalt.«

Jukaga sprang auf. *Das Maß ist voll! Mein Volk der Feigheit zu bezichtigen ...*

»Setz dich wieder hin!« befahl Harga mit kalter Stimme. »Laß ihn reden.«

Abram blickte Jukaga direkt in die Augen. Der Kilrathi hatte das Gefühl, daß dieser Mensch mit dem Gedanken spielte, ihn so lange zu provozieren, bis er ihn tötete. Doch war es erstaunlicherweise gerade diese entschlossene Haltung, die Jukaga dazu bewegte, sich zusammenzureißen.

»Vielleicht liegt es tief in den Wurzeln unserer beiden Völker verborgen«, fuhr Abram fort. »Ihr stammt von Raubtieren ab, während wir vermutlich aus Kreaturen hervorgehen, die einst Beutetiere jener Raubtiere waren, die in der Vorzeit auf unserem Planeten lebten.«

Jukaga blickte den Menschen verwundert an. *Er gibt also zu, daß sie Beute sind? Warum schämt er sich dann nicht seiner Abstammung?* Jukaga blickte Harga an, der seine Gedanken wohl erkannt hatte, anscheinend aber nicht bereit war, selbst darauf einzugehen.

»Habe ich dir nicht gesagt, daß du hier viel lernen kannst?« meinte Harga.

»Habe ich dein Interesse geweckt?« fragte Abram, an Jukaga gewandt.

Jukaga begriff nun, daß der Mensch überhaupt kein Verständnis dafür hatte, wie sehr er sich soeben in seinen Augen erniedrigt hatte. *Die Gedankengänge dieses Volkes sind seltsam. Wenn er in mancher Hinsicht nicht verstehen kann, wie wir denken – könnte es dann sein, daß dies auch umgekehrt gilt? Könnte es sein, daß sie Dinge tun, mit denen wir niemals rechnen würden?*

In Jukaga wuchs eine neue Erkenntnis heran, ein Gedanke, der sich langsam nach vorn drängte, ohne daß er jetzt schon ermessen konnte, welche Konsequenzen daraus erwachsen würden. Nun schaute er Abram mit anderen Augen an – mit einem Blick, der sich kaum von dem unterschied, den er bei Gesprächen mit seinesgleichen aufzusetzen pflegte.

»Erzähle mir mehr.«

»Also, wie ich schon sagte – vermutlich erweckt ihr in uns so etwas wie einen Urinstinkt. Und euch ergeht es nicht anders. Sobald ihr mit uns konfrontiert werdet, wird euer Jagdinstinkt geweckt.«

Abram schwieg für einen Moment, während Jukaga fasziniert überlegte, ob diesem Menschen gerade wieder etwas Interessantes einfiel.

»Und euer Angriff aus dem Hinterhalt ruft bei uns Reaktionen hervor, die wir nicht steuern können, weil wir uns ihrer nicht bewußt sind. Natürlich gehören auch die Angst dazu, Panik, blankes Entsetzen. Ich gebe zu, daß ich diese Empfindungen im Moment kaum kontrollieren kann – wenn ich hier sitze und deine ausgefahrenen Klauen sehe, schreit alles in mir, daß ich die Flucht ergreifen soll!«

Jukaga schaute verwirrt auf seine Tatzen. *Tatsächlich, er hat recht!* Er zog die Klauen wieder ein, weil es ihm aus irgendeinem Grund unangemessen erschien, diese Menschen ungewollt zu bedrohen.

»Weißt du, für uns Menschen gibt es Schlimmeres als den Tod. Zum Beispiel den Gedanken, daß unsere Kinder zu Schaden kommen könnten.«

»Diesbezüglich unterscheiden wir uns nicht von euch«, erwiderte Jukaga, der sich ein wenig daran störte, daß das hochinteressante Gespräch eine Wendung zum Banalen zu nehmen schien. *Das gilt doch für jede Kreatur! Selbst die niedersten Wesen sorgen sich um ihren Nachwuchs.*

»Nein, so habe ich das nicht gemeint«, entgegnete Abram. »Unsere größte Angst ist die, bei lebendigem

Leibe verschlungen zu werden. Nicht einfach nur getötet, sondern aufgefressen zu werden. Klauen, Krallen, Fänge, die uns das Fleisch von den Knochen reißen. Selbst der mutigste Mensch fürchtet einen solchen Tod. Beantwortest du mir eine Frage?«

Jukaga hob die Tatze, um sein Einverständnis zu bekunden.

»Freßt ihr die auf, die ihr im Zweikampf besiegt?«

Jukaga schwieg.

Abram zwang sich zu einem Lächeln.

»Eure Gedanken, eure Sitten, eure Rituale sind geprägt vom Gefühlsspektrum fleischfressender Raubtiere. Und jetzt sage mir, warum ihr *Jak-tu* praktiziert.«

»Was?«

»Bei der Jagd – warum praktiziert ihr dabei *Jak-tu*?«

»Um die Beute mit einem Schlag zur Strecke zu bringen!«

Abram schüttelte den Kopf.

»Nein, dahinter steckt viel mehr. Denn wenn ihr eure Beute nicht mit dem ersten Schlag tötet, ihr nicht das Genick brecht, wird sie wild um sich schlagen. Selbst wenn sie schließlich stirbt, besteht die Gefahr, daß sie euch in ihrer Todesangst verletzt, vielleicht sogar tötet. Und das ist der Kern meiner Überlegungen«, fuhr Abram leise fort. »Ihr glaubt, daß wir schwach sind. Das trifft durchaus zu, wenn ihr uns als Individuen betrachtet. Vielleicht trifft es auch zu, wenn man die militärische Schlagkraft zugrunde legt. Aber wie dem auch sei, wir werden uns mit dem Mut der Verzweiflung gegen euch wehren. Ihr solltet uns nicht mit den Varni vergleichen, das wäre ein tödlicher Fehler, auch wenn die Varni uns zwanzig Millionen Jahre in der Evolution voraus sind. Aber bei *uns* ist es noch gar nicht so lange her, da haben wir uns mit Stöcken und Steinen gegen Raubkatzen zur Wehr gesetzt, die um einiges größer waren als ihr. Am Ende des Krieges wird euer Imperium in Schutt und Asche liegen.«

Die beiläufig Art, in der der Mensch dies gesagt hatte, ließ Jukaga erschauern.

»Dein Vater weiß es schon lange«, erklärte Harga. »Er wollte, daß du es ebenfalls erfährst, bevor du in die Schlacht ziehst.«

»Dein Vater ... strömt sein Blut mächtig?« fragte Abram.

»Sein Blut ist dick«, antwortete Jukaga, bevor er bemerkte, daß der Mensch auch diese subtile Floskel beherrschte, die nur unter engen Freunden und Vertrauten üblich war.

Abram kicherte.

»Ich mag deinen Vater irgendwie, schließlich verdanken wir ihm alle unser Leben. Für euer Volk ist er schon ziemlich ungewöhnlich. Er denkt hiermit«, er deutete auf seinen Kopf, dann auf sein Herz, »statt damit.«

Abram leerte seine Tasse und griff zur Kanne, um allen dreien nachzuschenken.

»Also wird es Krieg geben«, stellte Abram fast beiläufig fest.

»Ja!«

»Ich habe gehört, daß die Föderation ebenfalls Kriegsvorbereitungen trifft.«

Jukaga schaute ihn überrascht an.

»Es gibt keinen Grund, diesbezüglich Geheimniskrämerei zu betreiben«, erklärte Harga. »Dein Vater hat mich über die von unseren Lauschposten beschafften Informationen ständig unterrichtet.«

Jukaga blickte den Menschen unruhig an.

»Es mußte zwangsläufig zu Zwischenfällen kommen«, meinte Abram. »Der Beschluß eures Imperators, keinen offiziellen Kontakt zur Föderation zu unterhalten, ist von eurer Denkweise aus betrachtet sicher richtig. Aber wir empfinden es als ziemlich verwirrend, wenn nach den ersten zufälligen Kontakten mit einer fremden Rassen keine formelle Kontaktaufnahme erfolgt. Wir haben es als Affront empfunden. Darüber hinaus sind die meisten unserer militärischen Kommunikationskanäle nicht verschlüsselt, so daß ihr keine Probleme hattet, jederzeit über unsere Truppenbewegungen informiert zu sein. Und unsere Sprache habt ihr ja dank der Datenbänke unseres Schiffes schnell erlernen können.«

»In der Tat gibt es Berichte über einen begrenzten Schlag seitens der Föderation«, gab Jukaga vorsichtig zu.

Abram lachte. »Das sieht uns ähnlich. Darin liegt übrigens ein weiterer wesentlicher Unterschied zwischen unseren Völkern. Unsere Militärs glauben, wenn sie euch ordentlich was auf die Nase geben, würde das ausreichen, um euch zurückzutreiben. Diese Idioten!«

Jukaga erkannte, daß Abram offenbar keine Reue oder Furcht empfand, wenn er seine höchsten militärischen Führer auf das schlimmste beleidigte. Für einen Kilrathi hätte eine solche Äußerung den Tod bedeutet.

»Sie glauben, daß ihr nach einem begrenzten Erstschlag genug habt und hoffen, daß wir dann Frieden schließen können, ohne große Verluste in Kauf genommen zu haben. Was für ein Schwachsinn!«

Jukaga nickte nachdenklich.

Harga seufzte und blickte Abram intensiv an. Der Mensch erhob sich.

»Ich würde es gern sehen, wenn du dich weiter mit

Jukaga unterhältst. Er wird nur wenige Tage hier verweilen, und ich möchte diese Gelegenheit nutzen.«

»Wie du es wünschst«, erwiderte Abram.

»Es wird auch für dich ziemlich interessant werden, glaube ich. Wenn ich nicht irre, dürfte Jukaga großes Interesse an eurem Sun Tzu entwickeln, und auch an Machiavelli.«

»Zwei ausgezeichnete Denker. Allerdings frage ich mich, ob ich ihre Ideen wirklich mit jemandem diskutieren sollte, der eines Tages eine wichtige Rolle in eurer militärischen Führung übernehmen wird!«

Harga streckte ihm freimütig seine Tatzen entgegen. »Das haben wir doch alles schon beredet, mein Freund. Da es nun mal in euren Computern stand, ist es wohl kein Geheimnis mehr. Und soweit es den Imperator betrifft, sind diese Texte auf völlige Ignoranz gestoßen. Aber Jukaga hier, der hat das Zeug dazu, diese Dinge anders zu sehen.«

»Oder das Zeug dazu, unsere eigenen Waffen gegen uns zu wenden?« erwiderte Abram sarkastisch. »Du weißt doch, man soll seine Freunde kennen, aber seine Feinde sollte man noch besser kennen!«

»Ich sehe das anders«, erklärte Harga. »Vielleicht rettet es eines Tages beide Völker, wenn wir genug von einander wissen!«

»Ich werde darüber nachdenken«, entgegnete Abram, drehte sich ohne jedes Grußwort um und ging.

»Er macht mir große Sorgen«, meinte Jukaga leise.

»Das ist gut. Dein Vater mag ihn sehr. Nein, *mögen* ist das falsche Wort — *bewundern,* das trifft es eher.«

»Er bewundert einen Sklaven?«

»Nein«, widersprach Harga mit Nachdruck. »Nicht einen Sklaven. Einen Gegner, dem man mit Respekt begegnen muß, weil sein Verstand sich mit dem unseren messen kann. Bei uns ist es nicht üblich, Verstand zu bewundern, wir halten mehr von Kraft und Mut. Das Denken überlassen wir unseren Sklaven, etwa wenn es um die Herstellung und den Betrieb unserer Maschinen geht. Abram hat mir erzählt, daß es in der Geschichte der Menschheit durchaus einige Klans gab, die sich diesbezüglich ähnlich verhalten haben wie wir. Kannst du dir vorstellen, was mit ihnen geschehen ist?«

»Sie wurden ... vernichtet«, meinte Jukaga, der plötzlich ahnte, worauf das Ganze hinauslief.

Harga nickte und ergriff Jukagas Tasse, um nachzuschenken. Dann lehnte er sich zurück und starrte Jukaga seltsam an.

»Dein Vater und ich sind Freunde des Blutes. In der Schlacht von Turing im Krieg gegen die Varni hat er mir das Leben gerettet. Ich erinnere mich noch heute an den Tag, als du auf die Welt kamst, und welche Freude, welchen Triumph er verspürte. Ich war der Lehrer und merkte schnell, daß deine Intelligenz die deines Vaters bei weitem übertrifft — und der war ein sehr kluger Mann. Ich selbst hatte niemals Junge, und deshalb, Jukaga, liegen alle meine Hoffnungen bei dir.«

Jukaga senkte den Blick. Ihm fiel nichts ein, das er angesichts dieser Ehrenbezeugung hätte sagen können.

»Deshalb bat ich dich, auf meine Worte zu hören. Ich bete zu den Göttern, daß ich mich irre und daß du eines Tages über die fehlgeleiteten Ansichten eines alten Narren lachen kannst.«

»Du glaubst also, daß wir den Krieg verlieren?« fragte Jukaga.

»Ich glaube, daß dieser Krieg sich zu einem Desaster entwickeln wird. Dein Vater hat versucht, den

Kronprinzen und den Imperator zu warnen, aber sie wollten nicht auf ihn hören. Die Varni besaßen nur zehn Welten, und obwohl sie uns erstaunlich viel Widerstand entgegensetzten und sich als gefährliche Gegner entpuppten, konnten wir sie vernichtend schlagen. Aber die Föderation besteht aus Tausenden Planetensystemen. Man *kann* nicht an all diesen Orten gleichzeitig zuschlagen.«

»Der Plan des Kronprinzen ist brillant!« wandte Jukaga vehement ein.

Harga schüttelte kichernd den Kopf. »Denke mal an Xags vierte Maxime, oder hast du sie schon vergessen?«

»Jeder noch so raffinierte Angriffsplan ist veraltet, sobald der erste Kontakt mit dem Feind stattfindet«, zitierte Jukaga die Worte aus den acht Grundregeln, die Xag, ein in der Zeit des ersten Imperiums lebender Krieger niedergeschrieben hatte.

»Da ist eine wichtige Sache, die der Kronprinz außer acht gelassen hat. Jukaga – vergiß bitte nicht, was ich dir gleich sagen werde . . .«

Es war mehr als ungewöhnlich, daß ein junger Krieger auf diese Weise von einem älteren um etwas gebeten wurde. Jukaga war entsprechend gespannt, was er zu hören bekommen würde.

»Die Menschen besitzen *Kaga,* den Geist des Kriegers. Man braucht sich nur über ihre Geschichte zu informieren. Es gibt Ereignisse genug, die das beweisen. Eines Tages, Jukaga, wird es vielleicht in deiner Verantwortung liegen, den Lauf des Krieges zu bestimmen. Ich bitte dich, beobachte die Menschen gut. Lerne aus ihrer Literatur, höre ihre Musik, studiere ihre Geschichte. Es wird deine Ansichten ändern, und du wirst die Notwendigkeit erkennen, ihre Gedanken nachvollziehen zu können, da dies für den Sieg unerläßlich ist. Aber vielleicht wird noch mehr geschehen, wenn du dich erst einmal mit ihnen befaßt hast. Vielleicht empfindet du eines Tages Sympathie für sie, auch wenn dieser Gedanke heute noch völlig unverständlich für dich sein mag.«

Harga warf einen Blick auf die Felder und die dort arbeitenden Menschen. Eine kleine Gruppe hatte sich um Abram geschart und bombardierte ihn mit neugierigen Fragen, während sie ab und zu einen Blick auf Harga und Jukaga warfen.

»Du weißt, daß der Hof den Befehl an mich ergehen ließ, sie alle zu töten«, sagte Harga leise.

Jukaga wunderte sich, weil er diese Tatsache mit durchaus gemischten Gefühlen zur Kenntnis nahm, wo er doch kaum eine Stunde zuvor noch davon überzeugt gewesen war, daß dieser Befehl die einzige sinnvolle und kluge Maßnahme darstellte. *Was hat sich geändert? Ich habe lediglich mit einem von ihnen gesprochen, mit ihm Tee getrunken, mich von seinen Gedanken inspirieren lassen.*

»Der Befehl des Imperators gilt hier nichts«, sagte Jukaga vorsichtiger. »Dieser Planet unterliegt vollständig unserer Zuständigkeit!«

»Aber sobald der Krieg beginnt, wird hier eine militärische Basis eingerichtet«, erwiderte Harga. »Die Sprungpunkte in dieser Gegend haben durchaus einen gewissen strategischen Wert, und der Imperator will diese Welt deshalb gegen eine andere eintauschen.«

»Willst du das auch?«

Harga lächelte wehmütig.

»Die Imperator befiehlt ...« Er beendete den Satz nicht.

»Ein seltsamer Mensch ist das, ein guter Freund, daran zweifle ich nicht eine Sekunde. Wir werden sehen, was geschieht. Ich vermute, daß er bereits weiß, welche Pläne bestehen – schließlich hat er zugegeben, daß er von geborgter Zeit lebt, seit wir ihre Kolonie erobert haben. Er bezieht seinen Lebenswillen nur noch aus der Neugierde, was den Ausgang des Geschehens betrifft. Wir haben viele Nächte hier gesessen und uns gegenseitig aus der Geschichte unserer Völker erzählt. Es ist schon seltsam, welche Gemeinsamkeiten bestehen, auch wenn wir eigentlich nicht viel gemeinsam haben. Deshalb hat dein Vater dich hierhin geschickt. Nütze die Zeit mit Abram, vielleicht ist er der einzige Mensch, den du jemals näher kennenlernen wirst. Denn wenn der Krieg beginnt, werden wir uns nur noch gegenseitig abschlachten und keine Gelegenheit haben, miteinander zu reden.«

Harga schloß die Augen. Erst jetzt bemerkte Jukaga, wie alt der beste Freund seines Vaters geworden war. Seine Mähne war fast weiß, und wo sich einst stahlharte Muskeln befunden hatten, wirkte sein Körper nun weich und beinahe aufgedunsen.

Harga öffnete die Augen wieder und blickte Jukaga intensiv an. Seine Stimme klang abwesend und kraftlos, als würde er bereits aus dem Jenseits zu ihm sprechen.

»Ich befürchte, der Kronprinz wird wenig mehr erreichen, als einen schlafenden Riesen zu wecken!«

6

ERDE – HAUPTQUARTIER CICCONFEDFLT STANDARDDATUM: 2634.181

»Senator More! Wie schön, Sie zu treffen.«

Skip Banbridge zwang sich zu einem Lächeln, als der Senator mit dem Gebaren eines Königs sein Büro betrat, als würde es ihm gehören.

Skip setzte sich und griff nach seinem Kaffeebecher. *Wenn du meinst, daß ich dir auch eine Tasse anbiete, bist du auf dem Holzweg, Freundchen.*

»Ihr Pressekommentar gestern, in dem Sie behauptet haben, ich würde die Fertigungsanlagen für die Wildcat-Jäger allein aus politischen Motiven blockieren, verletzt alle politischen Spielregeln!«

Sieh an, er legt sofort los, ohne zunächst die üblichen Floskeln herunterzuleiern!

»Ich habe lediglich gesagt, daß wir in dieser Angelegenheit politische Betrachtungen außer acht lassen sollten. Wir bewegen uns auf eine Krise zu. Deshalb sollten wir die Fertigstellung der Anlagen vorantreiben.«

»Entweder mein Wahlbezirk oder keiner, Admiral. Drücke ich mich deutlich genug aus?«

»Senator – Ihr Wahlbezirk liegt nur zwei Sprungpunkte vom Krisengebiet entfernt!«

»Welchem Krisengebiet?«

Skip seufzte. »Die Kilrathi, Sir. Wir rechnen mit einer Kriegserklärung!«

»Was Ihnen natürlich gar nicht in den Kram paßt!« fauchte More.

»Sir, wir tappen völlig im dunkeln. Wir wissen nur, daß es sie dort draußen gibt und daß sie so xenophob sind, daß es die Grenzen unseres Vorstellungsvermögens sprengt! Ansonsten wissen wir rein gar nichts.«

»Sie haben Angst, nicht wahr?« zischte More. »Ich dachte eigentlich, daß die Jungs von der Flotte so richtig wild auf eine Schlacht sind!«

Skip hatte alle Mühe, sich zu beherrschen.

»Sir, so Gott will, wird es bei einer begrenzten Auseinandersetzung bleiben. Aber das können wir beim derzeitigen Stand der Informationen noch nicht sagen. Wir wissen nicht Konkretes über die anderen. Wenn wir ihre Grenzen überqueren, wissen wir noch nicht einmal, wo der nächste Sprungpunkt liegt. Es könnte Jahre dauern, bis wir auf eine ihrer Flotten stoßen. Und da ich nun mal nichts von Glücksspiel halte, bin ich zugegebenermaßen skeptisch.«

»Heißt das, Sie wollen einer Auseinandersetzung völlig aus dem Weg gehen? Wozu stellen wir euch denn Trillionenbeträge bereit? Für den teuersten Kinderspielplatz der Galaxis?«

Skip ruckte aus dem Stuhl hoch und beugte sich nach vorn.

»Selbst wenn es nur zu einer begrenzten Auseinandersetzung kommt, werden junge Leute dabei ihr Leben lassen! Und wenn wir die Zeichen falsch interpretieren, werden wir noch weit mehr verlieren – es ist doch völlig egal, ob das nun aus übertriebener Zurückhaltung geschieht oder aus übertriebener Aggressivität!«

»Wollen Sie damit sagen, daß wir ihre Übergriffe einfach ignorieren sollen?«

Skip schüttelte den Kopf und ließ sich wieder in den Stuhl zurückfallen.

Dieser Kerl ist ein echtes Arschloch! Erst streicht er uns die Mittel, bis wir uns kaum noch bewegen können, und dann will er uns ohne triftigen Grund dazu zwingen, einen massiven Angriff zu führen! Er war sich durchaus im klaren darüber, daß sich tief in ihm eine unüberwindliche Abneigung gegenüber solchen Politikern verbarg, die keine militärische Laufbahn hinter sich hatten, oder zumindest bereit waren, sich mit den Problemen der Flotte auseinanderzusetzen. *Und die, die am lautesten die Kosten für die Verteidigung an den Pranger stellen, sind die ersten, die uns auffordern, unsere Leute in den Tod zu schicken*!

Skip zwang sich, sachlich darüber nachzudenken, wie er dem Senator beibringen konnte, wo das eigentliche Problem lag. *Wie erkläre ich ihm, daß es sich hier nicht um einen begrenzten Konflikt handelt, sondern um den potentiell größten Krieg unserer Geschichte?* Er wurde sich bewußt, daß More bei Erwähnung dieser Hypothese sofort ein politisches Argument aus dem Ärmel ziehen würde, das er vermutlich nicht widerlegen konnte.

»Es geht mir um die Zuteilungen«, erklärte More mit gefährlich leiser Stimme. »Ich möchte, daß die Fabrikationsanlagen in meinem Bezirk errichtet werden – oder *nirgendwo*!«

»Das ist Wahnsinn! Strategisch wichtige Anlagen dürfen keinesfalls im Grenzbereich errichtet werden. Sie gehören auf eine der Zentralwelten! Um Himmels willen, Mann, begreifen Sie das denn nicht? Es geht im Ernstfall ums nackte Überleben!«

More stand auf und schlug mit beiden Fäusten auf den Schreibtisch.

»Ich kann es nicht mehr hören! Diese Bevorzugung der Zentralwelten zeigt doch einwandfrei, auf wessen Gehaltsliste sie stehen! Wissen Sie was, Admiral? Ich habe die Schnauze voll. Von nun an werde ich mich darauf konzentrieren, Ihnen den Hals zu brechen! Ich werde so viele Untersuchungausschüsse einberufen lassen, daß Sie den Rest Ihrer Dienstzeit damit zu tun haben! Von jetzt an sollten Sie sich vorsehen, denn irgendwann kriege ich Sie!«

Banbridge stand jetzt ebenfalls kurz davor, zu explodieren.

»Verdammt, Senator, wann hören Sie endlich auf, wie ein Provinzpolitiker zu denken und werden Ihrer Verantwortung als Vertreter der Föderation gerecht? Morgen wird der Senat die Kriegserklärung abgeben, und damit habe ich ein Orange 5 am Hals! Wenn wir schon in den Krieg ziehen, dann richtig und nicht halbherzig, wie es manche von euch am liebsten hätten!«

»Das könnte euch so in den Kram passen«, brüllte More. »Ein *richtiger* Krieg! Das ich nicht lache! Wissen Sie was, Banbridge? Sie sitzen schon so lange auf Ihrem Stuhl, daß Sie gar nicht gemerkt haben, was die Uhr geschlagen hat! Heute führt man einen Krieg mit dem Kopf und nicht mit dem Preßlufthammer! Wir werden das Problem ganz elegant lösen, sozusagen mit dem Skalpell! Bevor die Katzen es bemerken, haben wir einige ihrer Schiffe abgeknallt, und dann wissen sie, daß man mit uns keine Spielchen treiben kann! Sie ziehen sich zurück, und wir haben Ruhe. Der Weitblick von euch Militärs reicht nur bis zum Ende eurer Kanonen! Ihr solltet mal auf die Kollegen vom Außenministerium hören, die packen das richtig an! Wenn die den Katzen eine ordentliche Tracht Prügel verabreichen, dann verschafft ihnen das den notwendigen Respekt, und sie werden sich hinter ihre Grenze verpissen. Aber was sie vorhaben, ist ein Desaster, das auf Kosten der Zivilbevölkerung ihre Existenzberechtigung zementieren soll!«

»Die Katzen haben längst einen Angriffsplan, wir

aber nicht!« brüllte Banbridge zurück. »Dank ihrer Einstellung werden sie uns überrollen!«

»Ihr Verhalten läßt den nötigen Respekt vermissen, Mr. Banbridge! Jetzt reicht es endgültig. Das wird Sie Ihre Karriere kosten!«

Verdammt, warum ist Winston nicht hier? Der würde dem Kerl zeigen, wo es langgeht! Weiß nicht, wie er es anstellt, aber der schafft es immer wieder, sich aus solchen Geschichten herauszumogeln! Skip wußte, daß er jetzt eigentlich hätte klein beigeben müssen, aber seine Wut war so groß, daß er die Konsequenzen in Kauf nahm.

»Senator, wenn wir damit beginnen, die Leichensäcke einzufliegen, dann bete ich zu Gott, daß Sie nachts die Augen der Mütter vor sich sehen, die um ihre verlorenen Kinder weinen!«

»Sie sind erledigt, Banbridge! Ich erwarte die Zusage, daß die Fabriken auf meinem Planeten eingerichtet werden – sofort!«

More trat einen Schritt zurück und blickte Banbridge fordernd an.

Skip verspürte große Lust, dem Senator an die Gurgel zu gehen. Das Schlimme war, daß er den Verdacht hatte, More würde die Krise völlig unbeschadet überstehen und vermutlich noch davon profitieren. *Es ist immer das gleiche mit diesen Typen, sie schieben die Verantwortung von sich und stehen nachher besser da als vorher. Mir kommt die Galle hoch, wenn ich daran denken muß, daß er das Leben von Tausenden meiner Leute für seine Karriere aufs Spiel setzt. Und wenn es wirklich passiert, wird er nicht einmal Reue empfinden. Es geht ihm nur um die Macht ...*

»Verschwinden Sie aus meinem Büro!« schnauzte Skip. »Raus, sofort!«

More grinste ihn bösartig an. »Ich habe gehofft, daß

Sie so reagieren. Sie stehen mir bei dieser Kampagne ohnehin nur im Weg, und jetzt haben Sie sich selber ans Messer geliefert!«

Er drehte sich auf dem Absatz um und verließ das Büro.

Banbridge blickte durch die offene Tür und sah, wie More von seinem Begleittrupp in Empfang genommen wurde. Erst als die Tür sich wieder automatisch geschlossen hatte, gab er dem Verlangen nach, eine Reihe von Verwünschungen loszulassen, die selbst seinem ältesten Vertrauten die Schamröte ins Gesicht getrieben hätten. Schließlich nahm er seinen Kaffeebecher und feuerte ihn an die Wand. Keine drei Sekunden später hörte er, wie sich hinter ihm die Tür öffnete.

Ein junger Lieutenant aus seinem Stab steckte besorgt die Nase in den Raum.

»Verschwinde!« brüllte Skip ihn an.

Der junge Mann blieb erschrocken stehen.

»Sir, soll ich das da beseitigen?« Er deutete mit der Hand auf den braunen Fleck an der Wand.

Skip hatte nun doch ein schlechtes Gewissen. Er atmete tief durch.

»Geht schon klar, mein Sohn. Lassen Sie mich bitte allein!«

Skip suchte das kleine Badezimmer auf, das zu seinem Büro gehörte, um Papierhandtücher zu holen. Er gehörte nicht zu der Sorte von Offizieren, die ihren Dreck von den unteren Mannschaftsgraden beseitigen ließen. Also säuberte er Wand und Boden und sammelte die Überreste des Kaffeebechers auf, um sie zusammen mit den Papierhandtüchern in den Papierkorb zu werfen.

Als er wieder hinter dem Schreibtisch saß, hatte er sich einigermaßen gefangen. *More wird mir das Leben zur Hölle machen, soviel steht fest.* Er konnte nur hoffen, daß er immer noch im Sattel saß, wenn die Krise ihren Anfang nahm. Offenbar wollte More dafür sorgen, daß Kolensky seinen Posten als CIC übernahm. *Keine schlechte Wahl, wenn man darüber hinwegsieht, daß er der Opposition in den Arsch kriecht.* Außerdem vermutete er, daß Kolensky nicht genug Einfühlungsvermögen und Vorstellungskraft besaß, um die Flotte zu führen. *Verdammt, Orange 5 ist auf seinem Mist gewachsen, und vermutlich glaubt er sogar daran!*

Er beugte sich über sein Datenterminal, um Speedwells neueste Berichte zu lesen. Es hatte sich eine Menge getan, aber wenn man es genau nahm, hatte sich das Bild dadurch keineswegs verdichtet. Den Kilrathi war es offensichtlich gelungen, alle Löcher dicht zu machen. Bislang hatte es einen begrenzten Informationsfluß in beiden Richtungen gegeben, aber damit war es wohl vorbei. Einige Quellen kolportierten das Gerücht, jemand habe einem Grenzposten der Kilrathi mit einer Nuklearmine den Schwanz versengt, aber Genaues war darüber nicht in Erfahrung zu bringen. *Begreift More denn nicht, daß dieses Vorgehen eindeutig beweist, daß die Katzen nicht an der Aufnahme diplomatischer Beziehungen interessiert sind?* Als ›Gegenbeweis‹ hatte das Außenministerium ein paar sentimentale Zeilen über die Völkerverständigung verfaßt.

Warum hört eigentlich niemand auf die Varni, die uns ja genug über die Brutalität der Katzen berichtet haben? Killer sind das!

Er hielt den Mangel an Informationen für höchst bedenklich. *Was, zum Teufel, haben die vor? Und wo, verdammt noch mal, treibt Winston sich herum?* Natürlich war ihm klar, daß er über den Verbleib seines Freundes nichts wissen *konnte*. Schließlich hatten sie das so vereinbart. Aber er befürchtete nun doch, daß er seinen alten Kameraden in einer höchst ungünstigen Situation an die Front geschickt hatte.

Schwarzes Loch 299, Imperium der Kilrathi

Geoff Tolwyn fühlte sich wieder etwas besser.

»Wir sind raus. Haltet die Augen auf!«

Geoff betätigte die Pedale, um die Waffenkanzel herumschwenken zu lassen. Direkt in der Nähe des Schiffes bekam er keine Peilung, was ihn ziemlich beruhigte. Weiter draußen meldete das Sonarsystem einige Trümmerstücke, die vermutlich von einem leichten Transporter stammten. Etwas anders sah es jedoch auf dem Überlichtradar aus, der in einiger Entfernung Millionen weiterer Blips anzeigte, Trümmerstücke der unterschiedlichsten Raumschiffe.

»Das sind mit Sicherheit mehr als fünfzig Wracks«, vermutete Geoff.

»Dann ist wohl was dran an den Gerüchten!« erwiderte Hans.

Geoff senkte den Kopf, um Hans anzuschauen, der auf dem Pilotensitz neben Richards saß. *Verdammt, immer kriegt er die guten Jobs!*

Hans hatte keineswegs übertrieben – die *Lazarus* war schon eine ziemlich heiße Maschine. Nur die Trägheitsdämpfer ließen deutlich zu wünschen übrig, da sie bei jedem Beschleunigungsmanöver erst einmal in die Knie gingen und volle zehn G durchließen, bevor sie sich mit den Triebwerken synchronisiert hatten.

Hans hatte das Raumschiff soeben durch einen

Sprungpunkt geflogen, der angeblich zu einem Schmugglerstützpunkt innerhalb des Kilrathi-Imperiums führte, der in unmittelbarer Nähe des Ereignishorizonts eines schwarzen Lochs lag. Hier gab es keine Planeten, was in gewissen Grenzen garantierte, daß die Kilrathi hier nicht auftauchen würden. Also hatte sich diese Gegend zu einem Treffpunkt für Schmuggler und Individuen entwickelt, die sich aus ganz persönlichen Gründen nicht innerhalb der Grenzen der Föderation oder des Imperiums blicken lassen konnten.

Geoff schwenkte die Waffenkanzel noch einmal herum, um sich das schwarze Loch anzusehen. Eigentlich gab es natürlich nichts zu sehen, da alles im Bereich des schwarzen Lochs hinter dem Ereignishorizont verschwand, aber in seinem Randbereich bemerkte er ein schimmerndes Lichtband, das aus Partikeln bestand, die durch die Gravitation beinahe auf Lichtgeschwindigkeit beschleunigt wurden.

Geoff hatte ein mulmiges Gefühl im Magen. Die Schwerkraftfluktuationen in der Nähe eines schwarzen Lochs waren berüchtigt. Selbst wenn man wie die *Lazarus* fünf Milliarden Klicks Abstand zum Ereignishorizont hielt, bestand die Gefahr, in den Mahlstrom hineingezogen zu werden. Nach den Vorschriften der Flotte der Föderation durfte man ein schwarzes Loch nur bei der Verfolgung eines gegnerischen Schiffes anfliegen.

Eines der Hauptprobleme lag darin, daß die Sprungpunkte über beträchtliche Strecken zu wandern pflegten, und zwar nach einer bislang nicht ergründeten Zufallsfunktion. Dabei war es durchaus denkbar, daß ein Sprungpunkt hinter dem Ereignishorizont verschwand ... wer das Pech hatte, einen solchen Punkt anzuspringen, wurde in weniger als einer Millionstel Sekunde in das schwarze Loch hineingezogen, um für immer zu verschwinden.

»Jetzt wird es spaßig!« verkündete Hans. Geoff lehnte sich nach vorn, um zu beobachten, wie der Pilot eine Codesequenz eingab, für die er angeblich im Höllenschlund tausend Kredits unter dem Tisch weitergereicht hatte.

Hans drückte eine Taste, um die Sequenz als Burst loszuschicken, und lehnte sich zurück.

»Entweder empfangen wir gleich eine Begrüßungssequenz, oder wir müssen zusehen, daß wir schleunigst Land gewinnen. Also, bleibt an euren Stationen!«

Nach einigen bangen Minuten erschien ein blauer Blip auf Hans' Bildschirm.

»Tolwyn, logg uns darauf ein und führe dann eine Kursberechnung durch!«

Geoff konnte auf seinem eigenen Bildschirm erkennen, daß das Signal aus dem äußeren Perimeter des schwarzen Loch kam, gefährlich nahe am Ereignishorizont. Er aktivierte die Fangeinrichtung, worauf der Computer begann, die Quelle des Signals zu triangulieren. Es dauerte weitaus länger, als er gedacht hatte, was ihm deutlich vor Augen führte, wie unsicher die Navigation in der Nähe eines schwarzen Lochs war.

Schließlich flackerte das Ergebnis über den Bildschirm, doch Geoff hielt sich an die Standardvorschriften der Flotte und ließ die Berechnung zur Sicherheit ein zweites Mal durchführen, wobei er gleichzeitig eine manuelle Überprüfung durchführte, um sich zu vergewissern, daß sich nirgends ein Fehler eingeschlichen hatte. *Sonst können wir den Tag rot im Kalender anmalen ...*

»Wir sind eingeloggt!« verkündete er schließlich.

Dann aktivierte er vorsichtshalber die automatische Feinderfassung, bevor er seinen Sicherheitsgurt löste und aus der Waffenkanzel kletterte. Als er unten stand, grinste Hans ihn aufmunternd an.

»Gut gemacht, Geoff!«

Tolwyn erwiderte das Lächeln, obwohl er in diesem Moment darüber nachdachte, daß es eigentlich Turner hätte sein müssen, der diese wichtige Aufgabe durchführte.

Hans befreite sich ebenfalls von seinen Sicherheitsgurten und stand auf. »In fünf Stunden docken wir an. Ich werde die Zeit nutzen, um mir eine Mütze Schlaf zu gönnen. Turner und Tolwyn, ihr übernehmt die erste Wache. Richards, du kannst dich von mir aus ebenfalls hinhauen!«

Er öffnete das Schott, das in die untere Ebene des Schiffes führte, wo die Kajüte lag. Als das Schott sich wieder hinter ihm geschlossen hatte, blickte Geoff Turner fragend an. *Ich kann nicht verstehen, wieso Sie sich von einem Typen wie Kruger herumkommandieren lassen ...*

Turner lächelte ihn gelassen an. »Es ist sein Schiff, also hat er das Sagen!«

»Ich halte ihn für ein aufgeblasenes Arschloch«, stellte Vance in sachlichem Tonfall fest.

»Aber als Pilot ist er nicht schlecht – liegt meiner Einschätzung nach eigentlich genau auf deinem Niveau, Richards!«

Vance sah ihn säuerlich an, sagte jedoch nichts.

»Außerdem hat er recht, Vance«, meinte Geoff, »du solltest dir ebenfalls ein wenig Schlaf gönnen!«

Turner nickte. »Genau! Wenn wir erst mal da sind, müssen wir ständig in Wachbereitschaft bleiben. Wir werden uns in Zweierteams abwechseln. Das ist ein ziemlich gefährlicher Ort, also möchte ich, daß ihr aufpaßt! Nimm eine Biorhythmus-Pille, Vance, und leg dich hin!«

»Mach ich, Sir!«

Richards löste seine Sicherheitsgurte und begab sich anschließend ebenfalls auf die untere Ebene des Schiffes.

»Was ist mit mir, Sir?«

»Geoff, wenn wir da reingehen, dann möchte ich, daß du dir den *Sir* endgültig verkneifst, ja?«

Geoff war von dieser Idee alles anderer als begeistert, sah aber ein, daß es nicht anders gehen würde.

»Verstanden, Winston. Aber sag mal, was sollen wir eigentlich hier? Ich habe mir auf dem ganzen Flug darüber den Kopf zerbrochen, aber bis jetzt weiß ich nur, daß wir so tun sollen, als ob wir Schmuggler wären ...«

Winston kicherte. »Hast du schon mal ein Puzzle zusammengesetzt, ohne das Bild auf der Schachtel zu kennen?«

Geoff schüttelte den Kopf.

Das war wirklich eine Freizeitbeschäftigung, die ihm nicht lag.

»Genau darum geht es hier. Wir wissen nicht einmal, welche Form das Puzzle hat! Wir werden hier ein Teilchen finden, dort ein zweites, da ein drittes und so weiter. Und allmählich ergibt sich dann vielleicht ein Gesamtbild der Lage. Ich werde euch beiden da unten freie Hand geben. Dabei solltest du aber nicht vergessen, daß der Höllenschlund im Vergleich zu dem, was dich dort erwartet, ein Kinderspielplatz ist. Dort gibt es zumindest den Kodex ...«

»Den Kodex?«

»So bezeichnen die Leute vom Landreich die Regeln, nach denen sie leben. Niemand stellt dort Fragen, niemand steckt seine Nase in die Geschäfte anderer Leute, aber wenn man einmal etwas versprochen hat, steht man auch zu seinem Wort. Außerdem klaut man einem anderen aus dem Landreich nicht das Schiff und verbündet sich auch nicht mit Außenseitern gegen ihn.«

»Deshalb haben Sie den Kerlen in der Kneipe also seelenruhig den Rücken zugewandt, nachdem Sie den Killer erschossen haben?«

Turner grinste verschmitzt. »Es war ein fairer Kampf. Keiner von denen hätte auch nur einen Finger gekrümmt, wenn er mich hinterrücks erschossen hätte, da ich nun mal ein Außenseiter bin. Aber wenn er versucht hätte, Hans auf diese Weise zur Strecke zu bringen, hätten die anderen ihn weggeblasen! Ist schon ein seltsamer Verein – die schießen sich im Duell gegenseitig die Rübe weg, aber wehe, wenn einer von der Föderation oder gar eine Katze versucht, gegen ihre Spielregeln zu verstoßen, oder ihnen Vorschriften zu machen, oder Steuern aufs Auge zu drücken.«

Er verzog nachdenklich das Gesicht.

»Aber wo wir jetzt hingehen, ist jeder auf sich selbst gestellt, ob er nun ein Mensch ist, eine Katze oder sonst was. Am besten vergißt du alles, was man dir über den Geheimdienstkram beigebracht hat – das ist blanke Theorie für die Hansel in Lackschuhen, die für den zivilen Geheimdienst arbeiten. Halt Augen und Ohren offen, sonst wirst du die ganze Chose nicht überleben. Misch dich unter die Leute, spendiere ihnen ab und zu einen Drink, halte selbst die Klappe und hör zu, was sie zu sagen haben. Und vergiß bitte die alte Regel, daß man seinen Blaster sichert, wenn man ihn am Gürtel mit sich herumschleppt!«

Geoff fuhr sich mit der Hand über die Bartstoppeln. Seit Beginn ihrer Mission hatten er und Vance sich auf Turners Geheiß nicht mehr rasiert, und jetzt, nach vier Wochen, kam er sich vor wie ein Penner.

Seine kurze Tunika und sein Overall waren völlig verdreckt, und sein linker Arm fühlte sich taub an, weil das Holster mit dem Blaster ihm das Blut abschnürte. Am Schaft seines rechten Stiefels trug er einen zweiten, kleineren Blaster. *So kleidet sich wohl der Gauner von Welt,* zumindest nach dem, was Winston behauptet hatte.

»Keine Sorge, du siehst schon ziemlich echt aus! Deshalb habe ich ja dich und Richards ausgesucht – die Jungs vom Geheimdienst sind zwar Spitze, sehen aber so echt aus, daß es schon wieder auffällt. Richard und dich werden sie dagegen für Frischlinge halten, mit denen man sich nicht abgibt, weil es sich nicht lohnt. Natürlich kann ich nicht ausschließen, daß irgend jemand auf die Idee kommt, aus reinem Sportsgeist auf euch anzulegen. Aber für Spione wird euch keiner halten, da bin ich sicher.«

»Vielen Dank für das Vertrauen, Sir ... äh, Winston«, erwiderte Geoff, bevor ihm bewußt wurde, daß die Worte seines Vorgesetzten nicht unbedingt als Kompliment zu verstehen waren.

Turners Blick verhärtete sich.

»Deine Schulzeit ist vorbei, Tolwyn – das hier ist deine erste Mission! Entweder kehren wir mit dem zurück, was wir beschaffen sollen, oder wir kommen gar nicht wieder. Ich bin davon überzeugt, daß uns ein massiver Angriff seitens der Kilrathi bevorsteht, und wir werden dafür das Beweismaterial beschaffen. Mach deine Sache gut, mein Sohn, es hängt eine Menge davon ab. Wenn du zurückkommst, bist du entweder ein Held oder tot – die Wurst, um die es geht, besteht nur aus diesen beiden Zipfeln und nichts dazwischen. Verstanden?«

Geoff blickte Turner verblüfft an. Der geniale Theoretiker hatte sich in einen stahlharten Agenten verwandelt, dessen Auftreten nichts mehr von der kompromißlosen, aber gemütlichen Art des Dozenten erahnen ließ.

Er wußte, daß Turner insgeheim einen Narren an ihm gefressen hatte, weil er von ihm in all den Jahren auf der Akademie immer mit geradezu väterlicher Nachsicht behandelt worden war. Aber damit war es jetzt vorbei. Turner würde ihn wie eine heiße Kartoffel fallen lassen, wenn er den Erfolg der Mission gefährdete ... *selbst wenn ich nur einen unbeabsichtigten Fehler mache!*

Doch erstaunlicherweise verspürte er angesichts dieser Wandlung keine Angst. Vielmehr stärkte diese Erkenntnis sein Selbstbewußtsein und gab ihm das Gefühl, eine wirklich wichtige Rolle zu spielen. *Irgendwo habe ich die ganzen Jahre auf der Akademie geahnt, daß das Leben dort eine Fiktion ist ... nicht wirklich.* Selbst die Tatsache, daß einige seiner Kameraden beim Training umgekommen waren, erschien ihm damals unwirklich.

Und jetzt steckte er mitten im wahren Leben, mitten im Krieg ...

CONFEDERATION NEWS NETWORK
Bericht aus dem Büro des Präsidenten der Föderation
STANDARDDATUM: 2634.186

Heute Abend um 18 Uhr GMT gab der Präsident in einer Ansprache bekannt, daß eine militärische Auseinandersetzung zwischen der Föderation und dem Imperium der Kilrathi bevorsteht. Einheiten des Sonderkommandos dreiundzwanzig sind im Rahmen einer Strafexpedition in den zum Einflußbereich des Imperiums gehörenden Facin-Sektor vorgedrungen, in dem die Kilrathi laut Information des Oberkommandos der Föderation Stützpunkte unterhalten, von denen aus in jüngster Zeit wiederholt militärische Vorstöße in das Gebiet der Föderation unternommen wurden.

Auf eine Anfrage von Journalisten hinsichtlich des Umfangs der geplanten Operationen erklärte der Präsident, daß diese strategischer Natur seien und eine unbegrenzte militärische Konfrontation um jeden Preis vermieden werden sollte. Im einzelnen führte er aus, daß die Föderation nicht beabsichtigt, eine – Zitat – ›Vernichtungsschlacht heraufzubeschwören, die auf beiden Seiten nicht wiedergutzumachende Folgen nach sich ziehen könnte‹.

Auf Anfrage der anwesenden Pessevertreter ging der Präsident auch auf die Hintergründe der militärischen Aktionen ein. Demnach ist die Regierung davon überzeugt, daß es sich bei den Grenzüberschreitungen um Aktionen rivalisierender Klanführer handelt, die keineswegs auf ausdrücklichen Befehl des Imperators durchgeführt wurden. Der Gegenschlag wird sich deshalb auf die Sektoren beschränken, aus denen die Grenzüberschreitungen erfolgten. Der Präsident hob in diesem Zusammenhang noch einmal ausdrücklich hervor, daß die Föderation eine unbeschränkte militärische Auseinandersetzung unbedingt ver-

meiden will und ein Kommuniqué dieses Inhaltes bereits auf einem offenen Kanal ausgestrahlt wurde, der von den Kilrathi ständig überwacht wird. Zum Schluß drückte der Präsident seine Bereitschaft aus, den Gegenschlag unverzüglich zu beenden, sobald die Kilrathi sichtbare Anstrengungen unternehmen, die Grenzüberschreitungen zu unterbinden.

Nun zum Sport. In einem spektakulären Finalkampf hat der Außenseiter Aju Akbar heute morgen den Föderations-Meistertitel im Schwergewichtboxen errungen. Nach nur drei Runden schickte er seinen Gegner, den Titelverteidiger Steven Bower …

Treffpunkt der Schakale

»Mein Gott, was ist denn das?« fragte Geoff. »Sieht aus wie ein fliegender Treteimer!«

»Kümmere dich lieber um die Waffen!« schnauzte Hans von unten.

Geoff hätte ihm gern ein paar passende Takte gesagt, aber das war nun wirklich nicht der richtige Zeitpunkt. Er beobachtete die Vielzahl von Schiffen, die an der Außenhülle des zylinderförmigen Erzcontainers angedockt hatten. Einige davon sahen ziemlich vertraut aus. Turner hatte ihm während des Fluges die verschiedenen Raumschifftypen beschrieben, die von den Kilrathi benutzt wurden. Geoff entdeckte einige Kreuzer der *Tugar*-Klasse, die fast bis zur Unkenntlichkeit mit leistungsfähigen Triebwerken modifiziert waren, die mit Sicherheit nicht aus einer der Fabriken der Föderation stammten. Etwas abseits der anderen Schiffe bemerkte er einen *Valiant*-Zerstörer, dessen Heck gegen ein geradezu monströses Triebwerk ausgetauscht worden war, das vermutlich von einem schweren Kreuzer oder sogar einem leichten Schlachtschiff stammte. Bei den verbleibenden Schiffen konnte er allenfalls Mutmaßungen über ihren Ursprung anstellen.

Zwar gelang es ihm manchmal, dieses oder jenes Teil zu identifizieren, aber da das Sammelsurium von Aggregaten und Aufbauten augenscheinlich aus vielen Jahrhunderten der Raumfahrttechnik und von den verschiedensten Völkern zusammengetragen war, fehlten ihm die Kenntnisse, ihre Herkunft zu bestimmen.

Dann entdeckte er die beiden mächtigen Vierfachgeschütze, die vorn und hinten an dem Container angebracht waren. *Die sind jetzt auf uns gerichtet,* stellte er nüchtern fest.

Wenn ich auch nur einen Blitz sehe, werde ich aus allen Rohren feuern, nahm er sich vor.

Er hörte, wie Hans dem Funker des Stützpunktes die Codeworte mitteilte und hoffte inbrünstig, daß man sie im Höllenschlund nicht übers Ohr gehauen hatte ...

Doch schließlich beschleunigte Hans die *Lazarus,* bis sie weniger als hundert Meter von der Seite des Containers entfernt waren. Geoff betrachtete die Schiffe, an denen sie vorüberflogen, darunter einige Transporter der Kilrathi und ein altes Schiff der Wu, das jemand vor langer Zeit mit dem Emblem der Imperialen Klaue bemalt hatte. Die Farben blätterten bereits ab, was Geoff als Beweis dafür wertete, daß das Schiff schon lange nicht mehr unter dem Befehl des Imperiums stand.

»Den Kahn haben die offensichtlich regulär gekauft«, staunte Turner. »Man kann immer noch die Registernummern lesen, seht mal!«

Ob das schon ein Teil des Puzzles ist? Geoff nahm sicherheitshalber die Vidcam zur Hand, um einige Sequenzen festzuhalten, darunter auch eine Nahaufnahme der Registernummern, besser gesagt der seltsamen Krakeleien, die laut Winston die Kennzeichnung des Schiffes darstellten.

»Das ist unsere Landebucht«, sagte Hans.

Geoff warf einen Blick durch den Viewport auf der Steuerbordseite und entdeckte auf der Außenhülle des Containers neben einem dort angedockten glänzend schwarzen Schiff eine kreisrunde Öffnung, die Hans nun ansteuerte, indem er die *Lazarus* zunächst mit kurzen Impulsen bei vollem Gegenschub herunterbeschleunigte und anschließend mit den Steuerdüsen längsseits brachte.

Geoff nickte anerkennend, als der Pilot das Koppelmanöver beendete, da er außer einem leichten Zittern nichts davon spürte.

»Habt ihr eure Waffenklar gemacht?« fragte Hans, während Geoff aus der Kanzel nach unten kletterte. »Vergeßt bitte nicht, daß man euch in kleine Stücke zerschneiden wird, wenn ihr Hohlmantelgeschosse oder andere Hochgeschwindigkeitsprojektilwaffen bei euch tragt. Die mögen es nicht, wenn man Löcher in die Schiffshülle schießt!«

Geoff tastete nach der Waffe, die unter seiner Achselhöhle befestigt war. Die Mündungsgeschwindigkeit des Blasters betrug weniger als dreihundert Meter pro Sekunde, und das Projektil zersplitterte beim Aufprall auf das Ziel. Mit einer solchen Waffe hatte Winston den Killer der Sarn erschossen. *Hinterläßt ein verdammt dickes Loch.* Geoff lief ein Schauer über den Rücken.

Hans stieß die Ausstiegsluke auf und verließ als erster das Schiff. Als Geoff die Luft aus dem Inneren der Station entgegenschlug, wurde ihm schlecht. Offenbar waren die Lebenserhaltungssysteme entweder reichlich unterdimensioniert oder wurden nicht ausreichend gewartet. Die Luft stank nach menschlichem Schweiß, Erbrochenem und anderen, weniger angenehmen Dingen, aber er bemerkte auch einen moschusartigen Geruch, den er zunächst nicht einordnen konnte. Dann aber kam ihm mit einem Schlag die Erkenntnis: *Das stammt sicher von den Katzen ...*

Und dann sah er zum ersten Mal einen Kilrathi aus nächster Nähe. Die Katze überragte ihn um mehr als einen halben Meter, und die mächtigen Schultern hoch über ihm schienen den schmalen Gang fast zur Gänze auszufüllen. Geoff betrachtete die aus Durastahl gefertigte Rüstung und den knallroten Helm, der das Gesicht des Wesens fast vollständig verbarg, so daß die orange leuchtenden Augen bedrohlich wie kleine, boshaft glitzernden Sterne über ihm schwebten.

»Ich begrüße euch im Auftrag von Gar«, schnarrte die Katze in kaum verständlichem Englisch, »dem Eigentümer dieses Stützpunktes. Eure Fracht?«

Hans behielt den Kilrathi genau im Auge. Liebend gern hätte er das auf seinem Rücken hängende Sturmgewehr auf ihn gerichtet.

»Kristall- und Glaswaren«, sagte Hans kurz angebunden.

»Die Steuer beträgt zehn Prozent des Frachtwertes, zahlbar bei Ankunft«, leierte der Kilrathi herunter. »Als Gegenleistung erhalten Sie vollen Zugang zu allen Handels-und Freizeitbereichen des Stützpunktes. Außerdem wird Schutz für ihr Schiff und ihre

Fracht garantiert. Wenn Sie damit nicht einverstanden sind, müssen Sie wieder ablegen.«

Hans nickte langsam.

Hinter der Katze tauchten jetzt einige Menschen und ein Varni auf, die alle silberne Halsbänder trugen und mit Null-G-Einheiten ausgestattet waren.

»Geoff, führe sie zum Frachtraum. Die ersten beiden Container habe ich für die Steuer reserviert.«

Geoff hätte Hans nur zu gern gesagt, daß er kein Recht hatte, ihn herumzukommandieren. Aber er wußte, daß ein solches Verhalten nicht nur unangebracht, sondern auch gefährlich gewesen wäre. Also ging er zum Schiff zurück, gefolgt von dem Sklaventrupp. Er öffnete die Luke und blieb daneben stehen, während die Sklaven begannen, die Container abzutransportieren.

Sie halten sich Sklaven, das ist doch nicht zu fassen. Er hatte schon des öfteren gehört, daß im Grenzsektor verlassene Schiffe angetroffen wurden, wobei das Gerücht kursierte, daß Passagiere und Besatzung mancusianischen Piraten zum Opfer gefallen sein sollten, die seit einiger Zeit einen schwunghaften Handel mit menschlichen Sklaven betrieben.

Jetzt traten der Varni und einer der Menschen mit dem ersten Container durch die Frachtluke, und Geoff preßte den Rücken gegen die Schiffswand, um sie vorbei zu lassen. Kurz darauf schleppten zwei Menschen den zweiten Container heraus.

»Wartet mal«, flüsterte Geoff.

Der erste von ihnen blieb stehen und sah zu Geoff hoch.

»Wo kommst du her?«

Der Mann schüttelte den Kopf und wollte sich wieder seiner Arbeit zuwenden.

»Komm schon, du kannst mir vertrauen! Vielleicht

kann ich jemandem etwas von dir ausrichten, deiner Familie oder so? Sag schon, wo kommst du her?«

Der Mann seufzte, schüttelte den Kopf und machte den Mund auf.

Mein Gott, die haben ihm die Zunge herausgeschnitten! Geoff wurde übel. Er wartete ab, bis die beiden das Schiff verlassen hatten. Dann atmete er tief durch und folgte ihnen, während er spürte, wie ein Gefühl der ohnmächtigen Wut in ihm aufwallte.

Der Kilrathi überprüfte gerade die Anzeigen der Null-G-Einheiten.

»Den Rest wiegen wir später. Ich hoffe für euch, daß alles stimmt. Gar mag es nicht, wenn man ihn zu bescheißen versucht.«

»Keine Sorge, bei uns ist alles im grünen Bereich«, erwiderte Hans gelassen. »Sag mal, wo kriegt man hier was zu trinken?«

»Immer langsam«, knurrte der Kilrathi. »Erst mal muß ich euch die Regeln erklären.«

Hans nickte genervt, als hätte er bereits tausendmal erlebt, was er jetzt über sich ergehen lassen mußte.

»Wir übernehmen nicht die Verantwortung für Verletzungen oder Todesfälle, und auch nicht für Diebstähle innerhalb dieses Stützpunkts. Wer die Hülle durch Schüsse beschädigt, egal ob beabsichtigt oder nicht, stirbt. Das gilt für die gesamte Crew. Wenn eine Patrouille des Imperiums auftaucht, geben wir Alarm, aber danach ist jeder sich selbst überlassen.«

Damit war die Predigt des Kilrathi beendet und er trat zur Seite, um sie durchzulassen.

Hans nickte und griff in die Brusttasche seiner Tunika, um eine Platinmünze im Wert von fünfhundert Kredits hervorzuziehen. Er warf sie dem Kilrathi zu, der sie geschickt auffing und ihn eine Sekunde später anerkennend angrinste, als er den Wert der Münze erkannt hatte.

Geoff schüttelte fassungslos den Kopf. *Das ist mehr, als ich in zwei Monaten verdiene!*

Andererseits hatte er früher nie begriffen, wie überhaupt jemand Probleme mit Geld haben konnte. Die Familie Tolwyn besaß große Anwesen in England und auf den Shetland-Inseln, verfügte über hohes gesellschaftliches Ansehen und erstklassige Kontakte zu Industrie und Politik – finanzielle Probleme gehörten bei den Familiendiners nicht zu den Tischgesprächen. Doch als er in die Akademie eintrat und ihm der Zugriff auf sein ›Taschengeld‹ – *zehntausend Kredits pro Jahr, unvorstellbar!* – gesperrt wurde, hatte er nur allzu schnell begriffen, welchen Stellenwert das Geld im Alltag der Menschen besaß.

»Ich gehe davon aus«, sagte Hans leise zu dem Kilrathi, »daß mein Schiff gut bewacht wird! Wenn ich zurückkomme, ist noch einmal dasselbe drin.«

Der Kilrathi stieß ein begeistertes Knurren aus und funkelte Hans aus seinen orangenen Augen erfreut an.

Die Crew durchquerte nun den Hauptkorridor, wobei Geoff im Vorübergehen den Kilrathi beobachtete, der seine Blicke nicht ohne Neugierde erwiderte. *Der haßt uns, Bestechung hin oder her!* Er verspürte das beinahe unkontrollierbare Verlangen, Hals über Kopf die Flucht vor diesem Wesen zu ergreifen. *Mensch, ich hatte doch nie Probleme mit den Firekka, Varni, Hagarin, Wu und all den anderen, denen ich auf der Akademie begegnet bin! Sicher, bei den Varni war es ein bißchen anders, die stammen ja von Reptilien ab, und ihre Giftzähne ... da sieht man sich schon vor, auch wenn sie ja für ihre Friedlichkeit bekannt sind.*

Aber bei den Katzen saß die Abneigung deutlich

tiefer, beruhte vermutlich auf einem Urinstinkt, den er nicht kontrollieren konnte. Er spürte, wie sich ihm die Nackenhaare aufstellten, als er der Katze den Rücken zuwandte. *So, als ob irgend etwas in mir damit rechnet, daß er sich jetzt von hinten auf mich stürzt, mir seine Zähne ins Genick schlägt und mir dann mit den Klauen die Eingeweide herausreißt.*

Er fragte sich, ob der Kilrathi in diesem Augenblick seine Vision teilte, seine Empfindungen nachvollziehen konnte, nur eben aus einer anderen Warte. Eins war Geoff jetzt sonnenklar – die Karten waren gemischt, die Rollen verteilt. *Die Katzen sind Jäger und wir ihre Beute.*

Am Ende des Korridors war der Gestank geradezu überwältigend. Winston drehte sich zu ihm um und setzte ein sarkastisches Grinsen auf.

»Ein interessantes Plätzchen, nicht war, Geoff?« flüsterte er.

»Wie meinst du das?«

»Ganz allgemein«, erwiderte Winston nachdenklich. »Die haben einfach einen alten Erzcontainer hierhin manövriert, druckdicht gemacht – und fertig ist der Laden! Auch die Position ist absolut ideal. In der Nähe eines schwarzen Lochs treibt sich niemand freiwillig herum, vor allem keine Patrouillenschiffe. Und sollten die Katzen doch hier auftauchen, setzt man sich einfach ab und schiebt den Container über den Ereignishorizont, womit alle Beweise vernichtet sind. Wirklich gut durchdacht.«

Sie hatten den Korridor bereits verlassen und liefen nun durch den Sektor der Station, den man fast als ›Basar‹ bezeichnen konnte. Links und rechts von ihnen befanden sich kleine Nischen, in denen die Händler ihre Waren ausstellten. Außerdem gab es natürlich einige Lotushöhlen und zudem eine Vielzahl von Bordellen, die den sexuellen Interessen jeder Spezies gerecht wurden. Diverse Kneipen gab es natürlich auch, und er betrachtete mit wachsendem Ekel jene stockbetrunkenen Gäste, die ihren Rausch auf dem schmutzigen Boden ausschliefen. *Wischt denn hier niemand die Kotze weg?*

Er betrachtet kurz den Stand eines Waffenhändlers, dessen Waren samt und sonders gegen sämtliche multilateralen Abkommen verstießen.

»Das ist wirklich unfaßbar!« flüsterte Geoff empört.

Turner lachte leise.

»Jahrelang haben wird gewußt, daß es die Katzen gibt, aber es kam nie zu einem offiziellen Kontakt. Doch hier draußen, weit hinter unseren Grenzen, hat es schon vor langer Zeit Handelskontakte zwischen uns und den Kilrathi gegeben. Manchmal bin ich davon überzeugt, daß es besser wäre, würden wir diese Leute hier ins Außenministerium setzen. Unsere Diplomaten sollten sich wirklich einen anderen Job suchen!«

»Wieso haben wir den Laden hier nicht schon längst infiltriert?« fragte Geoff und sprang im nächsten Moment zur Seite, um nicht von einem betrunkenen Wu umgelaufen zu werden, der an ihm vorbei torkelte und seinen riesigen Mund aufriß, um sozusagen im Vorbeigehen einige Kilo seines Mageninhaltes zu erbrechen.

»Weil es ihn vor sechs Monaten vermutlich noch gar nicht gab«, erwiderte Turner auf Geoffs Frage. Er verzog das Gesicht zu einer Grimasse. »Außerdem hat es noch niemand geschafft, sich so weit hinter die Grenze vorzuwagen und uns einen halbwegs ausführlichen Bericht über die Zustände hier zu übermitteln. Die Kilrathi auf diesem Stützpunkt sind selbst Gesetzlose, die aus irgendeinem Grund von ihrem Klan verstoßen wurden und für die es den Tod bedeuten würde, wenn sie zurückzukehren versuchen. Dasselbe gilt natürlich auch für die Menschen, wie für unseren Freund Hans. Vermutlich duldet das Imperium die Existenz dieser Einrichtung, weil hier gewisse Informationen zusammenlaufen. Aber das hier ist der letzte Außenposten – weiter hinein lassen die niemanden. Also, Geoff, wir bewegen uns in der Grauzone zwischen Föderation und Imperium. Du solltest es genießen«, versetzte Turner.

Er blieb einen Moment stehen, weil Hans sich gerade die Auslagen eines Waffenhändlers anschaute.

»Von hier hat er sich also die Nuklearmine beschafft!« murmelte Hans nachdenklich, während er sich wieder zu den anderen gesellte.

»Vielleicht solltest du erst mal bei mir bleiben«, meinte Winston zu Geoff. »Zumindest bis du einigermaßen mit den Regeln hier vertraut bist!«

Da bin ich aber froh! Geoff beschloß, nicht von Winstons Seite zu weichen, bevor der es ihm ausdrücklich befehlen würde. Sein alter Professor hatte sich von einer ganz anderen Seite gezeigt, seit sie im Höllenschlund die Bekanntschaft des Killers gemacht hatten. *Der kennt sich wirklich aus, also bleibe ich besser in seiner Nähe!*

»Aber sobald du hier einigermaßen den Durchblick hast, schickt ich dich ins Rennen, mein Lieber!« erklärte Winston mit erhobenem Zeigefinger. »Dann steckst du dir ein wenig Kleingeld in die Taschen, um den Leuten einen ausgeben zu können. Kannst auch ruhig mal in einen von *diesen* Läden hier«, er deutete auf den Eingang eines Bordells, »gehen, vielleicht weiß das eine oder andere Mädchen etwas.«

Geoff war von dieser Idee alles andere als erbaut.

Wenn Rebecca das herausfindet, bin ich geliefert! Seine Verlobte stammte schließlich aus einer der besten britischen Familien, deren Stammbaum selbst dem Königshaus zur Ehre gereicht hätte. Natürlich waren sie sich nicht zufällig begegnet, sondern im Rahmen eines Planes, den seine Eltern zusammen mit denen seiner zukünftigen Frau ausgeheckt hatten. Aber im Laufe der Zeit hatte sich doch etwas zwischen den beiden jungen Menschen entwickelt. Geoff versuchte sich vorzustellen, was Rebecca ihm erzählen würde, wenn er sie mit einer Krankheit anstecken würde, die man sich allen Gerüchten zum Trotz nicht an einer Klobrille zuziehen kann. Ganz abgesehen davon, daß die *Schwarze Fäule* nicht unbedingt der angenehmste Weg war, seinem Leben ein Ende zu setzen ...

Plötzlich ertönte ein Chor von begeisterten Zurufen, worauf die Menge sich schlagartig in Bewegung setzte, da sich anscheinend alle für die Ursache des Tumults interessierten. Geoff wurde mitgerissen und fand sich bald darauf vor dem Eingang eines Amphitheaters wieder, in dem sich ein vollkommen außer Kontrolle geratener Mob aufhielt. In der Arena sah er zwei Männer und einen Kilrathi, deren Kampf offensichtlich gerade in die heiße Phase überging. Auf dem Boden lag ein zweiter Kilrathi reglos in seinem eigenen Blut.

Verwirrt beobachtete Geoff den Kampf, während ein Varni hinter ihm einen donnernden Schrei ausstieß, als der Kilrathi einem der beiden Männer mit seinem Säbel die Kehle durchschnitt und im letzten Moment der Klinge seines anderen Gegners ausweichen konnte.

»Du feuerst den Kilrathi an?« fragte Geoff den Varni ungläubig.

»Habe fünfzig Kredits auf ihn gesetzt!« erwiderte der Varni stolz.

»Worum geht es denn überhaupt?«

»Gerechtigkeit! Die Katzen haben behauptet, daß sie von den Menschen beraubt wurden. Also hat Gar entschieden, es nicht privat zu regeln, sondern in einem öffentlichen Kampf. Gar arrangiert die Wetten, und die Gewinner bekommen das Schiff der Verlierer. Eine saubere Lösung, und alle sind glücklich!«

Geoff schüttelte den Kopf, weil er nicht begreifen wollte, daß ein Varni den Kilrathi zujubelte. Er drehte sich zu Turner um und bemerkte zu seinem Entsetzen, daß der Professor einen Wettschein gekauft hatte.

Winston grinste und zuckte die Achseln. »Wenn du in Rom bist ...«

Geoff drehte sich mit indigniertem Gesicht zu Vance um, der nicht weniger irritiert wirkte als er selbst. Er rückte näher an ihn heran.

»Das ist doch der pure Wahnsinn hier!« brüllte er Vance ins Ohr.

Die Menge johlte, als der Mann in der Arena einen Ausfall machte und mit seinem Schwert den Unterarm des Kilrathi aufschlitzte. Der Kilrathi wechselte sein Schwert sofort in die andere Tatze und stieß einen heiseren Schrei aus, in dem Geoff sowohl Schmerz als auch unbändige Wut zu erkennen glaubte.

»Hör mal, Vance«, meinte Geoff, »ich weiß nicht, wie du darüber denkst, aber ich halte diese ganze Mission mittlerweile für völligen Wahnsinn!«

»Das habe ich von Anfang an gedacht«, erwiderte Vance, »von Anfang an!«

7

KILRAH
STANDARDDATUM: 2634.195

»Mein Vater, es ist soweit!«

Der Kronprinz kniete vor dem Thron, während der Imperator langsam den Raum durchschritt. Obwohl sie allein waren, mußten gewisse Konventionen gewahrt bleiben.

Der Imperator atmete rasselnd aus und bewegte seinen geschundenen Körper auf die mitten im Raum stehende Polsterbank zu, um sich dort mit quälender Langsamkeit niederzulassen. Als er es endlich geschafft hatte, winkte er Gilkarg zu, worauf dieser sich an seiner Seite niederließ.

»Ich habe die Berichte über die letzten Manöver zur Kenntnis genommen«, sagte der Imperator, dem offensichtlich daran gelegen war, gleich auf den Punkt zu kommen. »Sie werden deinem Plan nicht gerecht.«

Er hielt Gilkarg einen Ausdruck der Manöverberichte kurz vor das Gesicht und ließ ihn anschließend mit einer verächtlichen Geste zu Boden gleiten.

»Die Ausfälle bei den Torpedos sind alarmierend. Sowohl die Simulationen als auch die Manöver sprechen dafür, daß du bei dem Erstschlag fast die Hälfte deiner besten Piloten verlieren wirst. Diese Verluste sind nicht so leicht wettzumachen.«

Gilkarg lag auf der Zunge, dem Imperator zu erklären, daß allein er es war, der diesen Umstand zu verantworten hatte. *Die Flottenträger wurden sträflich vernachlässigt, pro Jahr schließen weniger als hundert Kampfpiloten von fünfhundert ihre Ausbildung ab. Fast die*

Hälfte der Rekruten stirbt im Training, während von den Überlebenden der überwiegende Teil die Prüfungen nicht besteht oder aus den verrücktesten Gründen disqualifiziert wird.

Natürlich berief der Imperator sich darauf, daß nur die besten und härtesten Männer das Zeug hätten, siegreich gegen die Piloten der Föderation anzutreten. *Aber es spricht doch nichts dagegen, gleichzeitig eine ausreichende Reserve aufzubauen! Statt dessen kreidest du mir die potentiellen Verluste an, deren Ausgleich du selbst unterbunden hast.*

»Vater, hast du mit Nargth gesprochen?«

»Er glaubt nach wie vor, daß die Schlachtschiffe die Front anführen sollten. Was deinen Bombereinsätzen ja nicht entgegensteht. Die können schließlich auch später durchgeführt werden, wenn die Flottenträger am Zielpunkt eintreffen. Wir reden hier über eine Verzögerung von gerade mal zwanzig Minuten, vergiß das nicht!«

»Jede Minute ist von grundlegender Bedeutung für meinen Plan!«

Der Imperator starrte ihn an. Gilkarg wußte, daß er am Ende dieses Gesprächs mit einem unwiderruflichen Befehl konfrontiert werden würde, den er kritiklos zu befolgen hatte.

»Einigen wir uns auf einen Kompromiß.« Gilkarg seufzte. »Zwei Flottenträger, gefolgt von drei Schlachtschiffen, und dann die verbleibenden Flottenträger. Ist das deiner Ansicht nach akzeptabel?«

Der Imperator dachte einen Moment über den Vorschlag nach. Dann nickte er.

»Was ist mit den Torpedos?«

»Es sind genug vorhandenen, also fallen die Fehlfunktionen nicht so sehr ins Gewicht.«

»Sollten wir sie nicht mit einem Selbstzerstörungsmechanismus versehen? Es wäre nicht gut, wenn der Feind einen Blindgänger in die Hand bekäme.«

»Stimmt, und zwar aus zwei Gründen, Vater: Erstens würde es zu lange dauern, diese Modifikationen durchzuführen. Schließlich beginnt die Aktion bereits in drei Tagen, also hätten wir viel zu wenig Zeit, zumal noch Tests durchgeführt werden müßten, ob der Mechanismus auch wie erwartet funktioniert. Der zweite Grund ist der, daß zu befürchten ist, daß der Feind einen Weg findet, die Selbstzerstörung zu aktivieren. Sollte das zu Beginn der Aktion stattfinden, wäre das für unsere Flotte ein Desaster! Ich versichere dir – wenn wir erst einmal mit McAuliffe fertig sind, wird es dort kein einziges einsatzfähiges Schiff der Föderation mehr geben! Also machst du dir unnötig Sorgen.«

»Diese Hoffnung teile ich durchaus. Aber meinst du, daß ihre Verluste wirklich so groß sein werden?«

»Mein Vater, genau darin liegt der Grund, warum wir bisher noch nicht auf ihre Kriegserklärung reagiert haben. Bislang haben wir fünf oder sechs Raumbasen verloren und insgesamt vier Systeme, aber da wurden sie nur mit veralteter Technik konfrontiert und machen sich deshalb ein völlig falsches Bild von unserer Wehrkraft. Ihre Hauptflotte steht weiter bei McAuliffe, und ihre militärischen Führer sind vollkommen von ihrer abschreckenden Wirkung überzeugt. Ihre eigene Kriegserklärung führte dazu, daß sie sich nun in dem Glauben wiegen, wir würden keine große Gefahr darstellen.«

»Und du bist immer noch von deinem bevorstehenden Sieg überzeugt, mein Sohn?«

»Genauso wie du, als du die Schlacht gegen die Varni führtest!«

Der Imperator zog verächtlich die Luft ein und

beugte sich vornüber, um sein rechtes Knie zu massieren.

Vor vielen Jahren war der Kommandostand seines Flaggschiffs bei einer Selbstmordaktion eines Piloten der Varni beschädigt worden, und dabei hätte er beinahe sein rechtes Bein verloren. Die Kunst der Ärzte hatte einen Teil des Gliedes retten können, aber das meiste davon bestand nun aus Kunststoff und Durastahl.

»Wir haben sie unterschätzt«, meinte er leise. »Oh, es war natürlich von Anfang an klar, daß wir siegen würden. Aber sie haben gut gekämpft, besser als wir es uns vorgestellt haben, fast so gut, daß man sie als *Chakta* betrachten müßte.«

Gilkarg teilte die Ansicht seines Vaters nicht. *Chakta, die es verdienen, den Kriegertod zu sterben, statt versklavt zu werden? Nein, das sah er nicht so.*

Der Imperator zögerte. »Dein Plan, von McAuliffe aus direkt zur Erde vorzudringen, birgt große Gefahren!«

»Aber wir müssen den Erstschlag fortsetzen!«

»Gewiß. Aber wäre es nicht sinnvoller, zuerst die Außenwelten zu erobern, wo es gewaltige Ressourcen gibt und Milliarden potentieller Sklaven? Du würdest der Erde die Versorgung abschneiden, aber wenn du direkt zu deren Innenwelten vordringst, besteht die Gefahr, das du die gesamte Flotte verlierst. Natürlich könnten wir uns immer noch mit der ersten Flotte verteidigen, aber es würde ihnen die Möglichkeit eröffnen, uns weit hinter die derzeitigen Grenzen zurückzutreiben!«

Gilkarg knurrte. Er schloß diese Hypothese völlig aus.

»Stoß ihnen das Messer direkt ins Herz!« fauchte er erregt. »Die Außenwelten einzunehmen, ergibt keinen

Sinn. Wir müssen ihnen das Herz herausreißen, dann gehört der Rest uns von selbst!«

»Das können wir immer noch entscheiden, wenn der Schlag gegen McAuliffe gelungen ist!« erwiderte der Imperator.

»Mein Vater – ich habe an diesem Plan gearbeitet, seit wir erfahren haben, daß es die Föderation der Menschen gibt. Jeder einzelne Punkt ist viele Male überdacht worden. Sie sind mehr als wir, und ihre militärische Schlagkraft könnte durchaus größer sein als unsere. Und deshalb müssen wir sie mit *Jak-tu* in die Knie zwingen und ihnen sofort die Kehlen durchschneiden, bevor sie sich von diesem Erstschlag erholt haben!«

»Was dir mit der Einnahme der Außenwelten gelingen würde!«

»Aber wenn ich die Innenwelten ungeschoren lasse, werden sie weiter gegen uns kämpfen!«

»Du willst alles auf einmal, und deshalb setzt du alles auf eine Karte«, stellte der Imperator sachlich fest.

Der Kronprinz blickte seinen Vater überrascht an. *Er wird alt und sentimental, der Mut verläßt ihn! Natürlich hat er viele Dinge gesehen und ist durch sein Alter weise geworden, aber dabei hat er das Gespür dafür verloren, daß es Augenblicke gibt, in denen der Krieger alles riskieren muß, weil er sonst vor sich selbst kein Krieger mehr ist.*

»Wie ich bereits sagte«, fuhr der Imperator fort, »wir sollten es nach McAuliffe noch einmal überdenken.«

Gilkarg wußte, daß er noch mehr verlieren würde, wenn er jetzt widersprach. Also senkte er das Haupt, um sein Einverständnis zu bekunden.

»Es gibt noch etwas«, sagte der Imperator.

»Und was?«

»Es wäre denkbar, daß sie unsere Absichten durchschauen.«

»Wie sollten sie das?« fragte der Kronprinz beunruhigt. *Wie sollten sie einen Überraschungsangriff erahnen?*

»Einige der Spione, die wir in den Grenzsektor geschickt haben, berichteten von Gerüchten, nachdem es einer Einsatztruppe der Föderation gelungen sein soll, eines unserer Systeme zu infiltrieren.«

»Das ist absurd! Sie haben es wiederholt versucht und sind jedesmal gescheitert!«

»Den Berichten zufolge war die Sache diesmal etwas anders. Der Kommandant der Truppe befehligte vor vielen Jahren ein Sonderkommando, das ausschließlich dem Befehl ihres obersten Militärführers unterstand. Es wird behauptet, daß es sich bei diesem Mann um einen engen Vertrauten ihres Militärführers handelt, um seinen besten Freund! Nun ist dieser Mann seit einiger Zeit verschwunden, und mit ihm ein junger Pilot, der kurz zuvor einen ihrer Senatoren beleidigt hatte. Beide wurden zuletzt im Landreich gesehen, und wir haben Anlaß zu der Vermutung, daß sie sich jetzt innerhalb der Grenzen unseres Reiches befinden. Diese Information stammt von einem Mitglied des Stabes des Senators und wurde von einem bezahlten Informanten beschafft, den wir mit einem Flüchtlingstreck der Varni bei ihnen einschleusen konnten. Wie gesagt, bei diesem Agenten handelt es sich um den engsten Freund ihres ranghöchsten Admirals. Deshalb glaube ich, daß dieses Gerücht durchaus zutreffend sein könnte.«

Gilkarg schwieg. *Hochinteressant!* Er kannte den Varni-Spion und wußte, daß der sich bislang als sehr zuverlässig erwiesen hatte. *Und wieso sollte sich das ändern? Immerhin wurde seine Familie unter dem Imperia-*

len Palast festgehalten! Eine unzutreffende Information, und sie wurde getötet. Also glaube ich kaum, daß der Spion leichtfertig Falschinformationen weitergibt.

Er hatte die Berichte über den Militärführer gelesen und wußte, daß dessen Funktion durchaus mit seiner eigenen vergleichbar war. *Andererseits fließt in seinen Adern kein königliches Blut, weshalb es mir völlig unverständlich ist, warum sie ihn für eine so wichtige Position ausgewählt haben.* Er kam zu dem Schluß, daß diese Fehlentscheidung ein weiterer Beweis für die Dekadenz dieses Volkes war. Trotzdem deuteten die Berichte an, daß dieser Mann über eine außergewöhnlich hohe Intelligenz und Befähigung für seinen Posten verfügte, so daß es wenig ratsam schien, die Angelegenheit als lächerliche Idee eines unfähigen Gegners abzutun.

Was kann dieser Agent im schlimmsten Fall herausbekommen? überlegte Gilkarg. Die Verlagerung des Standorts der sechsten Flotte war für sich betrachtet harmlos, aber wenn es den Menschen gelang, die zwangsläufig kursierenden Gerüchte über den Grund der Truppenverschiebung richtig zu interpretieren, würde es ihm wohl nicht schwerfallen, zwei und zwei zusammenzuzählen. Schließlich waren sämtliche Reserveeinheiten einberufen worden, darunter auch solche, die bereits mehr als vierzig Dienstjahre hinter sich hatten. Zudem war der Handelsverkehr innerhalb des Imperiums fast zum Erliegen gekommen, da man sämtliche verfügbaren Schiffe in den Dienst gepreßt hatte, um eine ausreichend starke Nachschubflotte aufzubauen.

Gilkarg wurde in diesem Moment bewußt, daß er den Schwachpunkt seines eigenen Planes gefunden hatte. *Aber was sollte ich anderes tun? Der Imperator hat ja nicht auf meinen Vorschlag reagiert, eine entsprechende*

Anzahl von Transportsschiffen für diesen Zweck in Auftrag zu geben. Bereits jetzt war es auf einigen Welten zu Versorgungsproblemen gekommen, was dem menschlichen Agenten vermutlich nicht entgehen würde. Und soweit es das Ablenkungsmanöver betraf, die Schlacht im Facin-System, war kaum zu übersehen, daß sie von der Seite der Kilrathi nur halbherzig angegangen wurde.

Verdammt, das setzt weitere Gerüchte in Umlauf, und damit erhöht sich die Gefahr, daß der Bericht ihres Agenten unsere Aktion gefährdet. Erst gestern hatte er den Commander einer Fregatte exekutieren lassen, weil dieser Narr einer Hure nach einer heißen Nacht erzählt hatte, daß der große Schlag wohl unmittelbar bevorstände. Glücklicherweise arbeitete die Kurtisane für den militärischen Sicherheitsdienst, so das die Quelle des ›Gerüchts‹ unverzüglich ausgemerzt werden konnte. Jeder Geheimnisträger innerhalb der Flotte wußte nun, was ihm blühte, wenn er nicht dichthielt. *Aber das hätte ihnen eigentlich auch vorher klar sein müssen.* Schließlich war dieser Commander bereits der vierte, der aus diesem Grunde exekutiert worden war ...

Gilkarg fühlte sich plötzlich ziemlich unwohl.

»Wir werden diese Menschen finden und ihnen das Fleisch von den Knochen reißen«, verkündete er markig. »Und als Warnung werde ich dem Kommandanten ihre Schädel schicken!«

Wie alle Kilrathi hatte er eine tiefe Abneigung gegen Spione und andere Gegner, die ihren Kampf aus dem Untergrund betrieben. Selbst wenn sie auf seiner Seite kämpften, waren sie ihm höchst suspekt und wurden dementsprechend behandelt.

Der Imperator seufzte und erhob sich.

»Ich glaube nicht, daß wir uns in diesem Leben

noch einmal sehen werden, mein Sohn! Bring uns den Sieg nach Hause! Uns steht der größte Krieg bevor, den wir jemals ausgefochten haben. Wenn du siegreich bist, wird dein Ruhm noch größer sein als der meine. Aber solltest du scheitern ...«

Der Kronprinz stand ebenfalls auf und verbeugte sich, während sein Vater bereits auf die Tür zu humpelte.

Doch kurz bevor er sie erreicht hatte, drehte er sich noch einmal zu seinem Sohn um.

»Dein Sohn, Prinz Ratha – ich stimme mit dir überein, daß man ihn hart anfassen muß. Trotzdem solltest du es vermeiden, ihn zu großen Gefahren auszusetzen. Denn wenn dir etwas passiert, muß er deine Rolle übernehmen, weil dein jüngster Fang noch nicht die Reife erlangt hat ...«

Gilkarg blieb noch eine Zeitlang im Raum stehen und starrte auf die Tür, hinter der sein Vater verschwunden war.

Was will er damit zum Ausdruck bringen? Könnte es wirklich sein, daß er nicht an meinen Sieg glaubt?

Die Erde – Hauptquartier der Flotte der Föderation
STANDARDDATUM: 2634. 203

»Schön, dich zu sehen, Joshua. Nimm dir einen Kaffee und setz dich.«

Admiral Banbridge trat hinter seinem Schreibtisch hervor und schenkte sich Kaffee nach, bevor er sich auf seinem komfortablen Ledersessel niederließ und Joshua Speedwell erwartungsvoll anschaute.

»Gibt es etwas Neues?«

»Ja, wir haben sie aus Gamma drei, dem Facin-Sektor zurückgedrängt.«

»Und?«

»War keine große Sache. Die Verluste hielten sich in Grenzen. Sechs Jäger und Bomber müssen wir als Totalverlust abschreiben, eine Fregatte wurde zusammengeschossen, ist aber noch zu retten. Ungefähr hundert Marineinfanteristen wurden getötet oder verletzt. Dem stehen ein Zerstörer und zwei Transportschiffe entgegen – wie üblich haben wir keine Gefangenen gemacht, sie haben ihre Basis selbst gesprengt. Ist irgendwie dumm gelaufen. Die meisten unserer Leute haben wir bei dieser Selbstmordaktion verloren und dadurch, daß sie die ganze Gegend vermint haben.«

»Ich frage mich, was wir noch tun müssen, bis sie sich endlich zur Wehr setzen!« kommentierte Banbridge.

Speedwell schüttelte nachdenklich den Kopf. »Bislang widerspricht das Ganze vollständig dem, was wir über sie wissen. Unsere Analysten vermuten, daß sie das Facin-System nicht als Teil ihrer Heimat betrachten, und daß die Gerüchte über Rivalitäten innerhalb ihrer Führungsspitze eine mögliche Erklärung dafür bieten, warum es nicht zu einem massiven Gegenschlag kommt. Aber so richtig glaubt niemand an diese Erklärung.«

»Und was meinst du?«

»Also, wenn du meinen Bauch fragst, sollten wir uns vorsehen – die ganze Sache stinkt bis zum Himmel!«

Banbridge nippte vorsichtig an dem heißen Kaffee. Das Treffen mit dem Präsidenten und dem strategischen Komitee war verheerend ausgegangen. *Sie haben aus meiner Rede nur das gehört, was ihnen in den*

Kram paßt! Und dementsprechend war auch der Abschlußbericht des Komitees ausgefallen: die Kilrathi seien ein Papiertiger, deren Schlagkraft es absolut nicht rechtfertige, den Verteidigungsetat zu erhöhen. Die bisherigen Scharmützel hätten gezeigt, daß die Truppen der Föderation auf ihrem gegenwärtigen Stand dem Gegner marginal überlegen wären, so daß es vollkommen unnötig sei, die Reserve zu aktivieren. *Und schon gar nicht vor den Wahlen ...*

»Aber wir haben nichts Substantielles vorzuweisen«, erklärte Joshua. »Hast du meinen Bericht über das Beta-Team gelesen?«

Skip nickte und seufzte. Wie üblich würden sie die Verluste als bedauerliche Unfälle während des Trainings deklarieren. Diesmal war es ein ganzes Schiff gewesen, das sie hinter die Grenze zum Imperium der Kilrathi geschickt hatten, um dort einen Lauschposten einzurichten.

»Das ist bereits das dritte Team, das wir in diesem Quartal verlieren!« meinte Joshua, während er verbittert in seinen Kaffeebecher starrte. »Diesmal hat es auch die Tochter von Akiko Kurosawa erwischt, dem Captain der *Gibraltar.* Dreißig gute Männer und Frauen – das ist verdammt hart, Skip!«

»Wie kam es dazu? Hat unser Nachrichtendienst geschlampt?«

»Ich habe schon vor einigen Monaten in allen Berichten darauf hingewiesen, daß die Katzen den Grenzverkehr bis ins Detail kontrollieren, ohne daß man viel davon merkt. Zur Tarnung durchsuchen sie sogar die Schmuggler – bis zu einem gewissen Maße, versteht sich. Bislang haben wir davon natürlich auch profitiert, weil Informationen von nachrichtendienstlichem Wert in beide Richtungen die Grenze überquert haben. Aber ich möchte nur zu gern wissen, wie viele Lauschposten sie durch diese Taktik innerhalb unserer Grenzen erfolgreich installieren konnten. Erst gestern haben wir wieder einen ausgeräumt, im Nanking-System.«

»Gefangene?«

Joshua schüttelte den Kopf. »Nein, wie üblich. Eines von meinen Gegenspionage-Teams fing das Signal auf, aber als wir in dem System eintrafen, haben sie wieder einmal den roten Knopf gedrückt.«

Skip hämmerte mit der Faust auf den Tisch. »Das ist doch völlig sinnlos, verdammt noch mal! Seit Wochen schon befinden wir uns im Krieg, aber wir wissen immer noch nicht, was sie eigentlich vorhaben!« Er öffnete eine Schublade. *Brauche dringend etwas stärkeres als Kaffee.*

Er zeigte Joshua eine Flasche Scotch, aber der hatte anscheinend kein Interesse. *Nerven hat er. Ich verstehe nicht, wie er das durchsteht, ohne kirre zu werden!*

»Wirst du das ans Komitee weiterleiten?«

Skip schüttelte den Kopf. »Ich habe den Präsidenten informiert, wie es im Gesetz steht. Den Rest erspare ich mir.«

»Und wie hat der Präsident reagiert?« fragte Joshua interessiert.

Skip zog wütend die Nase hoch. »Wie er reagiert hat? Er war besorgt, aber nicht wegen der potentiellen Gefahr, sondern wegen seiner Wähler! Die Friedenspartei hat in der letzten Zeit reichlich zugelegt und steht kurz davor, die größte Fraktion zu bilden. Gesetzt den Fall, es kommt soweit, wird er seinen Stuhl für More räumen müssen. Natürlich könnte er hingehen und die Sache an die große Glocke hängen, so wie wir sie sehen. Aber dann würde natürlich ein Aufschrei durch die Opposition gehen – *Präsident unterstützt den totalen Krieg, um die Wähler für sich zu gewinnen* – du kannst dir die Schlagzeilen vorstellen! Momentan hat More einfach die besseren Karten, weil wir keine Beweise für unserer Behauptung haben – jedenfalls keine, die er anerkennen würde. Wir können ihm ja schlecht erklären, daß wir bereits hundert Leute verloren haben, obwohl es von offizieller Seite noch keine Kriegserklärung gibt. Stell dir mal vor, das wäre wirklich der Hit: Die Katzen beschweren sich bei unserer Regierung für unsere Übergriffe. Dann haben sie uns beide wirklich am Wickel.«

»Moment mal, da sagst du was!« erwiderte Joshua. »Wieso haben sie es nicht breitgetreten? Die Katzen, meine ich? Das heißt doch, daß sie ebenfalls Interesse daran haben, daß der Konflikt nicht publik wird! Sieh es doch mal anders herum, Skip. Wenn sie wirklich unschuldig wären und wir ihnen trotzdem dauernd eins auf die Mütze geben, würden sie doch irgendwann protestieren, oder? Was meinst du, Skip?«

»Könnte was dran sein. Paß auf, schick doch einfach ein neues Team raus, um nach weiteren Lauschposten zu suchen! Oder besser gleich drei Teams, damit die Sache zügig vorangeht!«

»Skip, du weißt doch genau, was dabei herauskommt! Die Grenze ist völlig dicht, da kann ich meinen Leuten genauso gut sagen, sie sollen sich direkt selbst in den Kopf schießen! Das ist ein Himmelfahrtskommando!«

Skip nickte. »Das weiß ich, aber die haben nun mal einen Vertrag unterzeichnet, in dem klipp und klar stand, daß sie mit so etwas rechnen müssen.« Er zögerte, weil er genau wußte, daß er in diesem Moment eine Meinung vertrat, gegen die er sich in einer anderen Situation vehement zur Wehr gesetzt hätte. »Wir müssen mehr darauf achten, daß sie uns nicht in die Karten schauen können! Wenn ich die

Truppen in Alarmbereitschaft versetze, reißt mir die Presse den Kopf ab, und der Präsident auch. Aber es spricht nichts dagegen, daß ich den maßgeblichen Leuten Bescheid sage, damit sie Augen und Ohren offen halten und beginnen, für alle Fälle schon mal Trainingsmunition zu bunkern. Wie sieht es denn mit der Einrichtung weiterer Lauschposten aus?«

»Bin gerade dabei, sechs neue bauen zu lassen, aber vergiß nicht, daß die pro Stück runde hundert Millionen kosten!«

»Hau das Geld dafür auf den Kopf, Joshua! Wir *müssen* ihre strategischen Funkverbindungen anzapfen, und am liebsten wäre mir, wenn du mehrere Einheiten über die Grenze schickst, am besten fünf oder sechs Sprungpunkte hinein ins Imperium, damit wir endlich mal Informationen aus erster Hand erhalten, direkt von ihrem Heimatplaneten!«

Speedwell schüttelte den Kopf.

»Wir werden sie verlieren, genau wie die anderen! Diese Antennen sind einfach zu groß, lassen sich viel zu leicht orten!«

Skip seufzte, da er schon vor langer Zeit die Entwicklung neuer Empfangsgeräte propagiert hatte, die wesentlich kleiner sein sollten als die bisherigen. Derzeit waren die Lauschposten nicht viel kleiner als ein ausgewachsenes Schlachtschiff, obwohl ihre Reichweite nur wenige Lichtjahre betrug.

»Was ist mit der Flotte bei McAuliffe?« fragte Speedwell. »Warum mobilisieren wir die nicht und verlagern sie in die Zentralsysteme, statt sie dort draußen nutzlos Wache schieben zu lassen?«

»Weil sie Bestandteil von Orange 5 sind«, knurrte Skip verbittert. »Sie sollen die Außenwelten schützen, um Übergriffe während der Konflikte im Facin-System abzuwehren. Wenn wir die Flotte von

McAuliffe abkommandieren, um die Innenwelten zu verteidigen, liefern wir More ein weiteres schlagkräftiges Argument – als ob er nicht schon genug davon hätte! Selbst wenn ich persönlich das Kommando zu so einer Aktion gebe, würde der Präsident sein Veto einlegen, weil er damit eine Menge Wählerstimmen verliert. Das wäre ein gefundenes Fressen für More!«

Joshua wirkte sehr nachdenklich.

»Sag mal, Skip«, meinte er nach einer Weile vorsichtig, »wann werden die wohl zum großen Angriff blasen?«

»Wenn ich bei den Kilrathi was zu sagen hätte, würde ich bis nach den Wahlen warten. Sollte die Friedenspartei siegen, müssen sie nur kurze Zeit warten, bis die Abrüstungsvorschläge realisiert sind – dürfte nicht allzu lange dauern, da wir schon durch die Kürzung der Gelder weitgehend lahmgelegt wären. Wenn sie ein paar Jahre Geduld haben, ist nicht einmal mehr die Rede von einem Krieg, weil sie dann einfach hereinspazieren und den ganzen Laden okkupieren können, ohne daß wir etwas dagegen unternehmen könnten.«

»Erinnerst du dich daran, was ich in diesem Zusammenhang schon tausendmal vorgeschlagen habe, Skip?« fragte Joshua. »Wir müssen lernen, so zu denken wie die Katzen. Dabei solltest du aber nicht außer acht lassen, daß sie das Prinzip einer demokratischen Wahl gar nicht nachvollziehen können. Die Tatsache, daß wir diesen Zirkus überhaupt veranstalten, legen sie uns als Führungsschwäche aus!«

Skip lehnte sich zurück und betrachtete den Terminkalender auf seinem Schreibtisch.

»Mag ja sein, aber ich würde es jedenfalls direkt nach der Wahl versuchen!«

Joshua kniff die Lippen zusammen. *Moment mal, das kann doch nicht sein ... oder?*

»Sag mal«, meinte er leise, »was hältst du denn vom *Tag der Föderation*? Wäre doch ideal für ihre Zwecke, da die Hälfte unserer Truppenmitglieder übers Wochenende beurlaubt ist, wenn's in diesem Jahr nicht anders läuft als sonst.«

»Das halte ich nicht für unmöglich, aber auch nicht für sehr wahrscheinlich!« erwiderte Skip nachdenklich. »An einem solchen Tag anzugreifen ... Joshua, die müssen doch wissen, daß sie in diesem Fall unsere Bevölkerung gegen sich aufbringen, so daß wir keine Schwierigkeiten haben dürften, selbst den krassesten Gegenschlag im Komitee durchzubringen. Schließlich handelt es sich um das wichtigste Fest der Menschheit, als würden Weihnachten, Ramadan und das Laubhüttenfest auf einen Tag fallen.«

»Aber es gibt in unserer Geschichte durchaus Präzedenzfälle, Skip. Denk mal an Washington, der so die Entscheidung im amerikanischen Unabhängigkeitskrieg für sich beeinflussen konnte. Dasselbe haben die Araber 1973 gemacht, Yom Kippur, du kennst den Fall doch! Und die Neujahrsoffensive der Mongolen 2082, das war ebenfalls dieselbe Taktik!«

Jetzt war Skip doch beunruhigt. *Könnte es sein, daß er recht hat? Aber das ist doch eigentlich viel zu subtil für die Katzen, die verhalten sich doch sonst ganz anders ...*

»Können wir unseren Leuten den Urlaub streichen, Skip?«

»Wenn wir das tun, kriegt der Präsident einen Schlaganfall – sieben Tage vor den Wahlen. Der dreht völlig durch! Schließlich sind Truppenangehörige auch Wähler, vergiß das nicht! Wir kippen damit eimerweise Wasser auf Mores Mühlen!«

»Skip«, sagte Joshua, der plötzlich sehr ernst wirkte,

»bitte sieh wenigstens zu, daß ein Teil der Truppen in Alarmbereitschaft versetzt wird!«

Skip schwieg, weil er gerade an Winston denken mußte, der nicht wissen konnte, was Joshua und er soeben herausgefunden hatten. *Verdammt, ich habe meinen besten Freund auf ein Himmelfahrtskommando geschickt. Okay, er wußte ja, worauf er sich eingelassen hat! Aber damit konnte niemand rechnen ...* Er kämpfte gegen das Gefühl an, etwas getan zu haben, das ihn bis ins eigene Grab verfolgen würde.

»Joshua, ich fürchte, es läßt sich kaum vermeiden, daß wir den Erstschlag führen.«

Joshua nickte. »Dann laß uns zusehen, daß noch genug von uns übrigbleiben, um eine zweite Runde einläuten zu können!«

Kilrah

Als sein Sohn den Raum betrat, spürte er, daß sich etwas in ihm verändert hatte. *Vielleicht sind es ja nur die üblichen Kleinigkeiten,* dachte Vakka amüsiert, *die das Erwachsenwerden mit sich bringt. Aber ich müßte mich sehr irren, wenn das allein die Erklärung wäre.*

»Mein Blut erwärmt sich bei deinem Anblick, und ich danke den Göttern, daß du heil zu mir zurückgekehrt bist«, sprach er zu Jukaga.

Jukaga zog es vor, zu schweigen.

»Heraus damit!« forderte Vakka ihn freundlich auf.

»Heraus womit?« erwiderte Jukaga mit unschuldiger Miene.

»Wenn du ein langes Leben führen willst, mein Sohn, dann solltest du lernen, deine Gefühle vor

Freund und Feind zu verbergen! Wenn etwas deine Seele berührt, dann behalte es in dir, statt es laut herauszuschreien!«

»Vater, es geht um etwas, das Harga über dich gesagt hat.«

»Der gute, alte Harga – wie geht es ihm überhaupt?«

»Er zerbricht sich unnötig den Kopf über den bevorstehenden Krieg. Offensichtlich glaubt er nicht daran, daß wir siegen werden. Vollkommen unverständlich!«

»Und verräterisch obendrein, nicht wahr?« erwiderte Vakka sarkastisch. »Schließlich unterwirft er sich nicht dem Willen und Glauben des Imperators!«

Jukaga senkte den Kopf. »Er hat sich gegen den Krieg ausgesprochen und meinte zu mir, ich solle mit dir darüber sprechen, weil mir das völlig neue Aufschlüsse verleihen könnte. Ich erinnere mich, was du vorgebracht hast, vor der Messerprobe der Klanführer. Aber anschließend steckte auch dein Messer neben den ihren. Was soll ich davon halten, Vater?«

»Setz dich, Jukaga!«

Jukaga ließ sich zögernd neben seinem Vater auf dem Boden nieder.

»Was hast du bei deinem Aufenthalt auf Fawcett's World gelernt?«

»Nun ... Es ist nicht leicht, die Menschen und ihre Verbündeten zu beurteilen«, begann Jukaga. »Wenn ich in ihrer Nähe bin, ist mir unwohl. Ich mag sie nicht. Sie sind schwach, und ihr rohes Fleisch sieht widerlich aus. Und ihr Gestank ...«

Vakka kicherte. »War das alles?«

»Nein«, erwiderte Jukaga zögernd. »Dieser Abram ... er ist irgendeine Art ...«

»Eine Art Freund?«

Jukaga schüttelte den Kopf. »So würde ich es nicht bezeichnen. Er ist schließlich nicht vom Blute. Aber andererseits ... er hat etwas für sich.«

»So etwas wie ... Intelligenz, Weisheit ... Würde?« schlug Vakka vor.

Jukaga nickte. »Das ist es wohl!«

»Dann hast du die Zeit dort gut genutzt«, bemerkte Vakka erfreut. »Schließlich weißt du jetzt etwas, das niemand außer uns gewahr haben will. Etwas, daß unser Imperium vielleicht schon bald in seinen Grundfesten erschüttern wird!«

Jukaga beschloß, daß er zu diesem Thema nichts zu sagen hatte. *Jedenfalls nichts, was dem widersprechen würde, was Abram mir erklärt hat.* »Bevor ich den Planeten verließ, hat Harga mir die Übersetzungen einiger ihrer Bücher gegeben.«

»Hast du auch das Buch dieses Menschen Sun-Tzu gelesen?«

»Ja, mein Vater. Es erscheint mir sehr bemerkenswert, daß er in seiner Weisheit zu Gedanken kam, die sich durchaus mit denen Xags vergleichen lassen. Vieles an ihrer Literatur berührt mich auf seltsame Weise. Die Poeten ihres ersten weltweiten Krieges zum Beispiel, die keinen Hehl aus ihrer Abneigung gegen den Krieg machen und sich darüber beschweren wie alte Weiber. Aber trotzdem haben sich viele von ihnen mit dem Krieg beschäftigt, auch in positiver Weise.« Er schwieg für einen Moment. »Und doch erscheinen sie mir so schwach, daß ich nicht richtig daran glauben kann, daß sie eine Beute darstellen, deren Unterwerfung ehrenvoll ist.«

Wieder mußte Vakka kichern. »Beurteile deinen Feind nicht anhand der Stärke seines Armes, sondern anhand der Klugheit seines Geistes – so hat es Xag doch einst gesagt, nicht war? Ich glaube jedenfalls, daß mein alter Freund dir eine Tür aufgestoßen hat, hinter der etwas vorgeht, was dich zutiefst berührt!«

»Sprichst du von Harga?«

»Nein, ich spreche von Abram. Als ich dort mit ihm dunkle Nächte hindurch sprach, gab es Momente, in denen ich das Gefühl hatte, mich mit einem unserer eigenen Ältesten zu unterhalten. Wenn er sich an der Wind abgewandten Seite befand, so daß ich seinen Geruch nicht wahrnehmen konnte, war diese Vision so stark, daß ich sie wie eine Offenbarung hinnehmen mußte.«

Vakka senkte sein Haupt. »U*nd es begab sich, daß ich ihn zuerst sah, und so tötete ich ihn, statt daß er mich tötete.*«

»Vater, was meinst du damit?«

»Oh, ich zitiere nur einen von ihnen, der sich benahm wie ein altes Weib, um es einmal mit deinen Worten ausdrücken.«

»Harga hat mir erzählt, daß diese Menschen bald getötet werden!«

Vakka schaute Jukaga forschend an. »Und stört dich das? Ich dachte, du magst sie nicht ... ich dachte, daß du sie nicht einmal als lohnende Beute erachtest.«

»Aber das steht doch nicht im Widerspruch zueinander«, sagte Jukaga, der sich mittlerweile so fühlte, als ob er sich für irgend etwas zu entschuldigen hatte. *So ein Unsinn.* »Andererseits könnte man bei Abram vielleicht eine Ausnahme machen ...? Er mag sich noch als nützlich erweisen.«

»Ja, darüber könnte man nachdenken.«

»Vater, was meinst du – werden wir den Krieg gewinnen?«

Vakka lachte bitter. »Wen interessiert das wirklich, mein Sohn? Wir leben für den Krieg, das ist nun mal unsere Natur; es liegt in meinem Blut und deshalb auch in deinem. Denk nur an die Ehrungen, die mir zuteil wurden, als wir gegen die Varni kämpften. Ich erwarte nun dasselbe von dir – für die Ehre sollst du kämpfen, nicht allein für den Sieg! Denn wenn wir nicht gegen die anderen kämpfen, werden wir uns eines Tages gegen uns selbst wenden. Und wenn erst die große Gefahr aus dem Herzen der Galaxis kommt, rettet unser Imperium nur die Einigkeit, die wir besitzen, weil wir alles bekämpfen, was fremd ist!

Soweit es jedoch diesen Krieg betrifft, sage ich dir nur, daß ich nicht an ihn glaube. Es ist der falsche Krieg, der falsche Ort, der falsche Zeitpunkt. Ich habe dich auf den Planeten der Menschen geschickt, damit du einen Vorgeschmack darauf bekommst, mit wem wir uns diesmal angelegt haben. Wenn du eines Tages so alt bist, wie ich es jetzt bin, wirst du den Krieg an meiner Stelle fortführen – diesen Krieg gegen die Menschen der Föderation von der Erde! Vorausgesetzt natürlich, daß du dann noch am Leben bist ... vorausgesetzt, daß es unser Imperium dann noch gibt.«

Jukaga riß das Maul auf, um etwas auf diese unerhörte Prophezeiung zu erwidern. Aber dann überlegte er es sich anders.

»Ich weiß, daß du dich meiner schämst. Aber vielleicht denkst du eines Tages anders, wenn du dich daran erinnerst, was ich dir jetzt sagen werde: Dieser Krieg ist nicht das, was du dir darunter vorstellst. Er dient allein den Interessen des Imperators. Denk nur daran, daß die erste Flotte nicht zum Einsatz kommt, so daß es ausschließlich die Klans sind, die in die Schlacht ziehen. Natürlich wird es die Flotte des Imperators sein, die hinterher die Fahnen des Imperiums in den versengten Boden der eroberten Planeten steckt. Aber das Blut, mit dem die Erde dieser Planeten getränkt ist, ist das der Klans, und nicht das des Imperators, der dafür Ruhm und Ehre erntet.«

»Vater, warum wird die Front dann vom Kronprinzen und seinem Sohn angeführt?«

»Jukaga, glaubst du wirklich, daß der Imperator sich einen Dreck darum schert, wenn die beiden dabei zu Tode kommen? Es gibt andere Nachkommen, die er mit anderen Konkubinen gezeugt hat. Wenn die beiden in der Schlacht umkommen, wird er sie als Volkshelden unsterblich machen und dadurch selbst großen Ruhm erlangen, weil er sein eigenes Blut für den Krieg opferte. Doch wenn sie zurückgeschlagen werden, wird er ihnen allein die Verantwortung zuschieben, weil es noch viele andere gibt, die darauf warten, von ihm gefördert zu werden.«

»Ich kann es nicht glauben!« rief Jukaga empört. »Du sprichst immerhin vom Imperator!«

»Werde endlich erwachsen, Jukaga!« fauchte Vakka. »Vergiß deine kindischen Vorstellungen, wie es in diesem Leben zugeht, und nimm die Dinge so, wie sie wirklich sind. Es geht dem Imperator ausschließlich um Macht. Ruhm und Ehre sind für ihn nur ein Werkzeug, um andere dazu zu manipulieren, seine Macht zu stärken. Früher einmal, da galt es noch etwas, wenn man von der Jagd mit blutigen Krallen zurückkehrte, um sich von seinem Klan feiern zu lassen. Aber heute? Was bringt es dir denn ein, wenn du in einem Gefecht ein Schiff der Föderation zerstörst?«

Jukaga wußte nichts darauf zu antworten.

»Wer profitiert davon? Du zerstörst ein Schiff, aber es ist nicht deine Macht die wächst, sondern die des Imperators. Natürlich hängt man dir Orden an die Brust und lobt dich, und die Konkubinen rennen dir in Scharen nach. Aber soweit es um Macht geht ... Wir, die Klanführer, erhalten neue Welten als Bestechung und neuen Reichtum als Belohnung. Aber wenn dir schon eine ganze Welt gehört, was willst dann mit einer zweiten? Du stärkst nur den Imperator und riskierst dabei dein Leben!«

Vakka seufzte und lehnte sich zurück.

»Denk einmal darüber nach, mein Sohn. Aber nun zieh erst mal in den Krieg. Und falls du siegreich sein solltest, dann denke einmal darüber nach, wer den größten Nutzen davon hat.«

Vakka deutete mit einer Handbewegung an, daß Jukaga entlassen war. Der stand nun auf und verbeugte sich.

»Wasch deine Krallen im Blut deiner Feinde. Und solltest du nicht zurückkehren, mögen Lobgesänge auf dich erklingen!«

Damit war das Verabschiedungsritual beendet. Jukaga entspannte sich.

»Ich bin erzürnt, Vater, daß du mich aus der Schlacht heraushalten willst. Wie soll ich mich bewähren ...«, er zögerte, »wenn es nur meine Aufgabe sein soll, Botenjunge für Admiral Nargth zu spielen?«

»Studiere weiterhin die Literatur dieser Menschen«, schlug Vakka vor. »Das richtige Wort zur richtigen Zeit kann einer fast verlorenen Schlacht durchaus noch die entscheidende Wende geben. Wenn du dies vermagst, wirst du weit mehr erreichen als jemand, der sein Leben in einer Schlacht aufs Spiel setzt.«

»Wie du befiehlst, Vater!« entgegnete Jukaga verbittert. Er drehte sich auf dem Absatz um und verließ den Raum.

Vakka verzog amüsiert das Maul, als die Tür hinter ihm zuschlug. *Jetzt kann ich einigermaßen sicher sein, daß mein Sohn die Schlacht überlebt.* Er fand es recht bemerkenswert, daß er sich einen Dreck darum scherte, wie die anderen sich das Maul zerrissen, weil er versuchte, Jukaga zu schützen. *Erkennt außer mir denn keiner, daß der Imperator diesen Krieg als Vorwand benutzt, um möglichst viele von uns aus dem Weg zu räumen? Daß er auf diese Weise Macht über weitere Klans erhält?*

Vakka war ziemlich zufrieden mit sich, hatte er doch dafür gesorgt, daß sein eigener Klan mit größter Wahrscheinlichkeit nicht in die Hand des Imperators übergehen würde. Jetzt konnte er sich anderen Fragen zuwenden. Zum Beispiel seinem Plan, der Teil eines größeren Plans war, den er ungeheuer interessant fand, obwohl es gewisse Aspekte darin gab, die ihm Unbehagen bereiteten. *Aber wenn es funktioniert, wird der ganze Wahnsinn vorzeitig ein Ende finden. Es mag ja sein, daß der Krieg mit der Föderation unvermeidbar ist – aber falls es so sein sollte, müssen wir den Feind besser kennen, die Schwächen seiner Anführer aufdecken und ihre politische Macht unterminieren.* Der Kronprinz sah nur die direkte Konfrontation und vergaß dabei, daß es weitaus subtilere Möglichkeiten gab, diesen Feind zu bezwingen. *Natürlich beschreite ich damit einen Weg, den unser Volk bislang nicht kannte – einen Weg, Krieg auf verschiedenen Ebenen zu führen.*

Sein Plan nahm allmählich Form an, was ihn zunehmend faszinierte, andererseits aber auch erschreckte.

Kurz darauf empfing Gilkarg einen seiner Adjudanten.

»Herr, wir haben Grund zu der Vermutung, daß es der Föderation gelang, eine weitere Gruppe von Spionen in unser Reich einzuschleusen.«

»Was belästigst du mich damit?« fragte Gilkarg mißmutig.

»Herr, uns fiel ein gewisser Umstand auf, der es

vielleicht ratsam erscheinen läßt, eine andere Verfahrensweise in Erwägung zu ziehen. Einer unserer Informanten hat aus unserer Basis im Jigada-System etwas Interessantes gemeldet.«

Jetzt war der Kronprinz doch neugierig. Das Jigada-System war der letzte Versorgungsstützpunkt auf dem geplanten Kurs der sechsten Flotte.

»Offenbar gibt es dort einen instabilen Sprungpunkt, was sich bislang unserer Kenntnis entzog. Wir haben diesen Bereich abgeriegelt, weil er direkt in die Nähe eines Schwarzen Lochs führt.«

»Beschafft mir ein Holo von diesem System, dann werde ich mir Gedanken über diese Angelegenheit machen.«

Das ist ein völlig neuer Aspekt, der eine wohl überlegte Entscheidung von mir verlangt, von der weitere, ebenso wichtige Entscheidungen abhängen.

Der Kronprinz wußte, daß er diese Angelegenheit mit größter Vorsicht behandeln mußte.

8

GARS ETABLISSEMENT
STANDARDDATUM: 2634.218

»Jetzt sind wir schon über einen Monat hier«, brummte Vance genervt. »Wie lange soll der Scheiß noch so weiter gehen?«

Geoff starrte trübe in seine Tasse. Ihm war schon vor einigen Tagen bewußt geworden, daß dieser Ort, den seine Bewohner ›Die Grube‹ nannten, seinen Tribut bei ihm einforderte.

Vielleicht war es der krasse Gegensatz zu seiner Zeit auf der Akademie, wo Disziplin und Ordnung herrschten. *Zwei Dinge, von denen man hier vermutlich noch nie etwas gehört hat. Keine Befehle, nicht einmal von Turner.* Ihr Vorgesetzter hatte sich schon kurz nach ihrem Eintreffen abgesetzt, so daß die beiden seitdem auf sich gestellt waren. Geoff fand es recht witzig, daß Vance danach nicht von seiner Seite gewichen war. *Aber vermutlich sieht das aus seiner Warte ganz anders aus ...*

»Irgendwie erinnert mich die ganze Sache an die Lernkurve beim Fliegen«, erklärte Vance mit der geballten Überzeugungskraft eines Recken, der vieles gesehen hat und alles besser weiß. »Wenn du die ersten drei Flüge hinter dir hast, steigen deine Überlebenschancen ins Unermeßliche. Der Haken liegt eben darin, daß du die ersten drei Flüge überstehen mußt.«

Bereits an ihrem zweiten Tag waren sie in ihre erste Kneipenschlägerei verwickelt worden, als ein Kilrathi und ein echsenhäutiger Jarma versucht hatten, Vance die Brieftasche abzunehmen. Die Katze hatte jetzt eine Pfote weniger, dank eines gezielten Schusses aus Geoffs Blaster. Soweit es den Echsenmann betraf ... Nun, in der ›Grube‹ kursierte seitdem das Gerücht, daß die glorreichen Sieger seine Leiche an einige Hagganer verkauft hatten, die Jarmafleisch bekanntlich als besondere Delikatesse betrachten. *Eigentlich ziemlich ekelhaft, aber sie haben immerhin fünfzig Kredits dafür geboten – wer kann da schon nein sagen?*

Die Freundschaft zwischen Geoff und Vance hatte sich durch diesen Zwischenfall gefestigt, auch wenn Vance dies niemals öffentlich zugegeben hätte, daß er dem anderen sein Leben verdankte. Vielmehr erklärte er seinem Freund, daß sich schon sehr bald eine Gelegenheit ergeben würde, bei der er ihm diese Gefälligkeit gutmachen würde.

Geoff betrachtete weiter den Inhalt seiner Tasse und ignorierte den Kilrathi, der sich auf dem nächsten Barhocker niederließ.

Natürlich rechnete er damit, daß sich der einpfotige ›Stumpie‹, wie der von Geoff verstümmelte Kilrathi nun allgemein genannt wurde, an ihm rächen würde. Aber dieser Kilrathi hier war offenbar keiner von Stumpies Kumpeln. *Der wirkt irgendwie nervös, sein Fell sträubt sich ... aber wie es aussieht, ist er wohl nicht auf einen Kampf aus.*

Andererseits waren die Kilrathi nun einmal ihre Feinde.

Seit einiger Zeit hatte das Gerücht von einem bevorstehenden Krieg auch die Grube erreicht, und ein paar Stunden lang sah es wirklich so aus, als ob die erste Schlacht dieses Konflikts im Inneren des Erzcontainers ausgetragen würde. Aber dann hatte der Eigentümer des Etablissements vor seinen verehrten Gästen eine Ansprache gehalten, was sehr selten vorkam. Er wies darauf hin, daß es ziemlich dämlich sei, sich gegenseitig umzubringen, wenn man einer Zukunft entgegensehen konnte, in der sich das Geschäft der anwesenden Unternehmerschaft blühend entwickeln würde. Seitdem wurden die dunklen Seiten des Krieges geflissentlich ignoriert.

Geoff entschied, daß es an der Zeit war, die Katze unverschämt anzustarren. *Wenn er was zu sagen hat, dann soll er es jetzt tun.*

Nach einer Weile verlor er jedoch die Geduld und sagte in beiläufigem Tonfall: »Zum ersten Mal hier, ja?«

Er kam bereits recht gut mit dem seltsamen Gemisch aus schlechtem Englisch und vermutlich ebenso verstümmeltem Kilrahto zurecht, mit dem sich die meisten hier in der Grube verständigten.

Die Katze fauchte, eine ganz typische Reaktion auf Menschen, die sie selbst vermutlich nicht einmal bemerkte. Geoff bleckte seine aufeinander gepreßten Zähne, um dem Kilrathi zu zeigen, daß er ihn nicht als Feind betrachtete.

»Schon oft hier gewesen«, erwiderte die Katze.

Lügner. So wie du dich ständig umschaust, würde ich meinen Hintern darauf verwetten, daß du zum ersten Mal hier bist.

Geoff hob zwei Finger in Richtung des Barkeepers, der kurz darauf zwei Becher vor ihnen abstellte. Die Katze blickte Geoff überrascht an, als dieser ermunternd auf den vor ihm stehenden Becher deutete.

»Möge das Blut unserer Feinde den Boden tränken«, sagte Geoff und hob seinen Becher, um dem Kilrathi zuzuprosten.

»Möglicherweise reden wir von deinem Blut«, erwiderte die Katze, bevor sie den Becher an den Mund hob und einen kleinen Schluck probierte, um anschließend den gesamten Inhalt hinunterzustürzen.

Geoff bestellte eine zweite Runde.

Er hatte es längst aufgegeben, nachzuhalten, wieviel Geld er hier bislang schon auf den Kopf gehauen hatte. Da Turner ihn ermuntert hatte, jedem potentiellen Informanten einen oder auch mehrere Drinks auszugeben, konnte er sich in keiner Kneipe mehr blicken lassen, ohne daß er von irgendeinem Penner angequatscht wurde.

Geoff war heilfroh, daß Turner freiwillig die Aufgabe übernommen hatte, gewisse Orte innerhalb der Grube aufzusuchen, in die er sich nicht getraut hätte. Sein alter Professor klapperte die Lotushöhlen und Puffs ab, als hätte er sein Leben lang nichts anderes getan.

Den beiden jungen Männern hatte er erzählt, daß dies eben Teil einer perfekten Tarnung sei, doch Geoff mußte jedesmal grinsen, wenn er daran dachte, daß diese Unternehmungen aus der Kasse der Flotte bezahlt wurden.

Stellt sich nur die Frage, ob das, was dabei herumkommt, die Investition von ein paar tausend Kredits wert ist. Bislang waren sie nur auf Kleinigkeiten gestoßen, von denen jede für sich betrachtet ziemlich bedeutungslos war. Aber in ihrer Gesamtheit gaben sie doch Anlaß zur Beunruhigung. Der Strom von Schiffen, die das Imperium verließen, hatte sich zu einem Rinnsal verdünnt, was einen nicht unmaßgeblichen Einfluß auf die Verhältnisse in der Grube hatte. Binnen kürzester Zeit schossen die Preise für Waren aus dem Imperium in den Himmel, während die Güter aus der Föderation und den Grenzwelten deutlich an Wert verloren.

Turner vertrat die Ansicht, daß dieser Vorgang

einen gewissen nachrichtendienstlichen Stellenwert besaß, da der Rückgang des Güterverkehrs aus dem Imperium zweifelsfrei bewies, daß dort irgend etwas am Kochen war. Nur war das Ganze keineswegs so überzeugend und klar, daß es Banbridge etwas genutzt hätte.

Geoff bemerkte zu seiner Zufriedenheit, daß sich das Fell des Kilrathi neben ihm wieder etwas gelegt hatte.

»Hast du gute Ware?« fragte er.

»Keine Ahnung, gehöre zur Besatzung«, erwiderte der Kilrathi.

»Wir haben gotherianische Kristallwaren.«

Die Katze blickte ihn interessiert an.

»Dock einundsiebzig. Sag meinem Freund Hans, daß ich dich geschickt habe, dann macht er dir vielleicht einen guten Preis.«

»Du gehörst zur *Phantom*?«

Geoff verzog keine Miene. *Verdammt, woher weiß der das?*

»Nee, zur *Lazarus*.«

Die Katze knurrte amüsiert.

»Habe euer Schiff gesehen, als ihr angedockt habt. Hat jetzt andere Flügel und eine andere Panzerung, aber es ist doch dasselbe alte Schiff!«

»Tut mir leid, Kumpel, aber da liegst du falsch!«

Geoff berührte mit seinen Knie das von Vance, um ihm mitzuteilen, daß möglicherweise Ärger im Anflug war.

»Die *Phantom* hat eine Fregatte zerstört«, stellte die Katze sachlich fest.

»Habe davon gehört«, meldete Vance sich nun zu Wort, während er seinen Barhocker herumrückte und ihn näher an Geoff heranzog. »Muß ganz schön geknallt haben, nachdem, was ich gehört hab'. Leider ist der einzige Typ, der das Ganze überlebt hat, im Höllenschlund an ein paar Kerle geraten, die ihn mit einigen zusätzlichen Nasenlöchern versehen haben. Schade, hätte ihn zu gern mal kennengelernt.«

Die Augen der Katze funkelten sarkastisch.

»Sagtest du vorhin nicht, ihr hättet gotherianisches Kristall?« meinte er zu Geoff gewandt.

»Nur vom allerfeinsten«, erklärte Vance.

»Kann ich es mir mal ansehen? Jetzt gleich?«

Vance nickte, worauf die Katze eiligst ihren dritten Drink leerte und aufstand. Geoff übernahm die Führung während Vance der Katze den Vortritt gab, um allen Eventualitäten vorzubeugen.

Kurz darauf durchquerten sie den Hauptkorridor des Containers. Ohne weiter darüber nachzudenken, trat Geoff über eine Leiche hinweg, die in ihrem eigenen Blut auf den Boden lag. An derartige Anblicke hatte er sich bereits seit geraumer Zeit gewöhnt. Während er vorsichtig mit der rechten Hand in seine Hosentasche griff, um sich davon zu überzeugen, daß der dort versteckte kleine Blaster noch vorhanden war, beobachtete er die Leute, die an ihm vorbeigingen.

Hans hatte ihnen erst vor ein paar Tagen erzählt, daß ihn ein Informant vor einem Killer der Sarn gewarnt hatte, der mit einem Schiff aus dem Jab-System eingetroffen sei. Geoff hatte sich das Schiff angeschaut und über die drei mächtigen Triebwerke gestaunt, gegen die sich der Rest des Schiffes geradezu zwergenhaft ausnahm. Zwar konnte er nichts Auffälliges daran entdecken, ermahnte sich aber trotzdem zu größter Vorsicht.

Schließlich hatten sie sich ihren Weg durch die stinkende, laute Meute gebahnt und erreichten den Seitengang, der zu ihrem Dock führte. Hans und Turner standen hinter einem kleinen Tisch, auf dem sie ihre Waren ausgebreitet hatten.

Die Katze baute sich vor dem Tisch auf und griff sofort nach einem schweren Kollier aus buntem Glas. Aus irgendeinem unverständlichen Grund waren die Kilrathi völlig in diesen Talmi vernarrt.

Jetzt hob der Kilrathi sich den Schmuck vor die Augen, doch Geoff bemerkte, daß er nicht die funkelnden Glasstücke anschaute, sondern Turner, der seinen Blick ruhig erwiderte.

»Preis?«

»Fünfzig Kredits für das, was du da in der Hand hast!« antwortete Turner.

Der Kilrathi nickte und legte den Schmuck wieder auf den Tisch, um aus der linken Tasche eine Münze im Wert von fünfundzwanzig Kredits hervorzuholen und sie auf die Tischplatte zu knallen. Hans wollte protestieren, als der Kilrathi bereits in die rechte Hosentasche griff und eine zweite Münze hervorholte, die er Turner direkt in die Hand drückte.

Turner nahm die Münze entgegen und war ziemlich gespannt, was jetzt kam.

»Ein fairer Preis, *Commander*«, sagt die Katze leise. Dann machte er auf dem Absatz kehrt und ging zum Ausgang, bevor die anderen sich von ihrer Überraschung erholt hatten.

»Geoff, Vance – folgt ihm!« befahl Turner.

Die beiden kamen seinem Befehl sofort nach, doch als sie den Korridor erreicht hatten, wurde ihnen der Weg von einem halbtonnenschweren Wu versperrt, der stockbetrunken durch den Gang schwankte.

Plötzlich waren Schüsse zu hören.

Verdammt, eine Automatik, ging es Geoff durch den Kopf, während Vance ihn zu Boden riß.

Direkt vor ihnen kreischte der Wu laut auf und stolperte rückwärts durch den Gang, getroffen von sechs oder sieben Schüssen. Geoff starrte die blutigen Löcher auf der Brust an, während der Wu wie in Zeitlupe zusammenbrach.

Geoff robbte an die Leiche heran, um sich Deckung zu verschaffen.

Dann aber sah er ein paar Meter vor sich einen toten Kilrathi, dessen blutüberströmte Hand sich im Todeskampf um ein Knäuel aus Blech und buntem Glas verkrampft hatte.

»Das war es dann wohl!« rief Geoff. »Laßt uns verschwinden, aber zügig!«

Vom anderen Ende des Korridors waren weitere Schüsse zu hören, aber Geoff konnte nicht erkennen, was da hinten vor sich ging, weil jemand eine Nebelgranate gezündet hatte. Während sie durch den Korridor krochen, fegten die Schüsse über ihre Köpfe hinweg, und Geoff meinte mehr als einmal zu hören, wie die Leiche des Wu getroffen wurde.

Der arme Kerl. Wäre er nicht gewesen, hätte es uns mit Sicherheit erwischt ...

Erst jetzt fiel Geoff auf, daß sich außer ihnen niemand mehr im Korridor aufhielt. *So leer wie unsere Missionskirche hier.* Aber dann bemerkte er Turner, der mit erhobener Waffe am Eingang ihres Docks stand und ihn erleichtert anschaute.

»Ich dachte schon, es hätte euch erwischt!« meinte er, als sie bei ihm ankamen.

»Wer immer der Kerl war«, meinte Geoff atemlos, »jetzt ist er tot!«

»Die Katze?«

Geoff nickte.

Turner vorzog verärgert das Gesicht. Dann entdeckte er in einer Nische in der Mitte des Korridors den Kilrathi, der für ihren Dockbereich zuständig war.

»Was geht hier vor?« brüllte Turner ihn an.

»Ich kann nichts dafür. Ihr steht weiter unter meinem Schutz, wie vereinbart!«

Turner wollte noch etwas sagen, als plötzlich das markerschütternde Geräusch einer Alarmsirene ertönte.

»Die Imperialen! Wir werden angegriffen!« kreischte die Katze, während der Korridor sich schlagartig mit Menschen und anderen Wesen füllte, die es anscheinend alle darauf anlegten, daß ihr Schiff als erstes abdockte.

Hans legte die Hand auf Turners Schulter. »Wir müssen sofort verschwinden!«

Turner nickte und bedeutete Vance und Geoff, sich in das Schiff zurückzuziehen. Dann sah er den Kilrathi, der die Dockaufsicht führte. Mit rücksichtslosen Schlägen seiner Tatzen bahnte er sich den Weg durch den Mob, um zu Turner und den anderen durchzukommen.

»Was ist mit meinen fünfhundert?« brüllte er.

Turner blieb stehen und richtete den Blaster auf den Kilrathi, während er mit der linken Hand in die Tasche griff, um eine schwere Platinmünze hervorzukramen und sie der Katze zuzuwerfen.

»Ich hoffe, du überlebst das hier nicht, Mensch!« rief der Kilrathi breit grinsend, nachdem er die Münze geschickt aufgefangen hatte. »Dein Gestank dreht mir den Magen um!« Dann machte er kehrt und verschwand in der Menge.

Turner erreichte die Deckung des Raumschiffs gerade noch rechtzeitig. Als er die Luke hinter sich zuzog, prallten die ersten Hochgeschwindigkeitsprojektile gegen die Schiffshülle. Auf der Innenseite bildeten sich Dellen, in deren Zentrum die Farbe absplitterte.

»Machen wir, daß wir wegkommen!« brüllte Turner.

Hans hockte bereits auf dem Pilotensitz und fuhr die Maschinen hoch.

Wieder schlug eine Salve neben der Eingangsluke ein. Dann trat eine kurze Ruhepause ein, gefolgt von einem tiefen Dröhnen.

»Verdammt, jetzt setzen sie Blaster ein, um zu uns durchzukommen!« rief Turner. »Sind die Triebwerke immer noch nicht klar?«

Geoff schaute Hans über die Schulter und sah, wie auf dem Hauptschirm die Bandanzeige der Triebwerke langsam hochkletterte.

Erst jetzt erkannte er, daß Kruger einen Fehler gemacht hatte. Statt die Maschinen mindestens alle acht Stunden hoch zu fahren, um sie startbereit zu halten, waren sie in den letzten vierundzwanzig Stunden kalt geblieben. *Jetzt muß er einen Kaltstart durchführen, und das dauert ewig ...*

Das Schiff neben ihnen hatte bereits abgelegt und tauchte die *Lazarus* in eine Wolke aus heißen Triebwerksgasen. Dann gab der Pilot offensichtlich vollen Schub, worauf der vordere Viewport der *Lazarus* in ein Flammenmeer getaucht wurde.

»Du Arschloch!« brüllte Hans. »Ich habe die Kiste gerade erst lackieren lassen!«

Hans öffnete die Drosselklappen der Steuertriebwerke.

Im selben Augenblick wurde das Schiff durch eine Explosion erschüttert. Hans ließ die *Lazarus* um hundertachtzig Grad rotieren. Geoff sah, wie drei Katzen den hoffnungslosen Versuch unternahmen, die sich schließende Luftschleuse zu erreichen.

Draußen im Vakuum herrschte das nackte Chaos, weil Hunderte von Schiffen gleichzeitig wegzukommen versuchten. Wieder krachte es, diesmal über ihnen. Geoff beobachtete auf dem Monitor zwei Schiffe, die kollidiert waren. Das größere war fast auf der gesamten Seite aufgerissen und sprühte aus mehreren Lecks Treibstoff ins Weltall. Ein ganzes Stück von ihnen entfernt prallten gerade drei Schiffe gegeneinander und wurden in einer gigantischen Explosion zerfetzt.

»Geh nach oben, Tolwyn!« rief Hans. »Turner, du übernimmst den hinteren Waffenleitstand! Knall jeden ab, der uns zu nahe kommt!«

Draußen waren jetzt Lichtblitze zu erkennen, da andere Kommandanten auf die gleiche Idee gekommen waren.

Geoff kletterte in seine Waffenkanzel und fuhr den Zielcomputer hoch. Zahllose Blips zuckten über den Schirm.

»Wo sind eigentlich die Imperialen?« fragte Hans.

Geoff schaltete die verschiedenen Frequenzen durch, bis er den Überlichtradar des Containers gefunden hatte.

Er verkleinerte die Darstellung, bis die Blips der anderen Raumschiffe zu einer kleinen Wolke in der Mitte des Bildschirms zusammenschmolzen. Am Rand waren jetzt acht Blips zu sehen, die er auf den Holoschirm gab, um eine dreidimensionale Darstellung zu bekommen.

»Die sind durch den Sprungpunkt gekommen, den wir auch benutzt haben«, bemerkte Geoff.

»Paß auf, da kommt einer von rechts!« rief Hans.

Geoff riß das Geschütz herum und unterdrückte den instinktiven Zwang, sich unter dem leichten Transporter wegzuducken, dessen angeflanschte Triebwerke unter der Belastung glühten, während er auf sie zuschoß. Das Schiff war so nahe, daß Geoff den

Wu auf dem Pilotensitz sehen konnte, der seinen Mund zu einem Fluch aufriß. Geoff nahm ihn genau ins Fadenkreuz, beschloß jedoch, ihm noch eine Sekunde Zeit zum Ausweichen zu lassen, bevor er abdrücken würden. Im letzten Moment riß der Wu den Steuerknüppel zurück, so daß sein Schiff im steilen Winkel über sie hinwegflog.

Jetzt bemerkte Geoff ein anderes Schiff, das von oben mit Kollisionskurs auf sie zukam.

Aber Hans ließ das Schiff nach vorne springen und gleichzeitig einen Viertelkreis durchführen, weil die Unterseite des Wu-Schiffes ihre Leitwerke abzurasieren drohte. Und dann krachte es wieder, als das Wu-Schiff mit dem von oben auf sie zufliegenden kollidierte.

»Wie viele Imperiale?« fragte Turner knapp.

Geoff blickte auf den Bildschirm.

»Auf dem Scanner der Grube sehe ich acht. Sie haben bereits Fahrt aufgenommen ... Warte mal, sieht aus wie ein Kreuzer und vier Jäger.«

Turner grunzte ratlos.

»Was tun wir jetzt, Hans?«

»Wir sehen zu, daß wir hier lebend rauskommen!« erwiderte Hans hastig. »Was sonst? Paß lieber auf, wir haben ein Schiff am Hals, einen Kilrathi-Schmuggler!«

Geoff riß sein Geschütz herum. Jetzt sah er den Container, von dem sich die letzten Schiffe zu lösen versuchten, während der Stützpunkt mit seinem eigenen, gigantischen Hecktriebwerk auf das schwarze Loch zusteuerte. Der Überlichtradar des Containers brach zusammen, weil die gesamte Leistung offensichtlich in das Triebwerk geschickt wurde. Geoff fragte sich, wieviel Tausende noch an Bord waren, die schon bald erfahren würden, was passiert, wenn man den Ereignishorizont überschreitet.

Dann sah er das schnittige Kilrathi-Schiff, aus dessen Buggeschütz sich jetzt ein Blitz löste. Geoff hörte im Kopfhörer seiner Sprechgarnitur ein tiefes, pulsierendes Brummen. Hans gab vollen Gegenschub und ließ die *Lazarus* auf der Mittelachse wenden, um auf Kollisionskurs mit dem Gegner zu gehen.

»Was, zum Henker, tust du da?« schrie Geoff.

Weniger als eine Sekunde später krachte der gegnerische Torpedo gegen den Bugschild der *Lazarus*. Doch statt zu explodieren, prallte das Geschoß ab und trudelte durch den Raum.

»Hast du es erst jetzt kapiert, Tolwyn?« fragte Vance in sarkastischem Tonfall.

Na klar. Wir waren zu nahe an ihrem Schiff, so daß die Sicherheitssperre ihres Hitzesuchers den Zünder abgeschaltet hat. Peinlich, daß ich nicht daran gedacht habe ...

Geoff wendete das Geschütz, um es auf ihren Verfolger zu richten, der nun aus allen Buggeschützen auf sie feuerte.

Der Phasenschild am Heck der *Lazarus* glühte bereits unter der Belastung, und Geoff feuerte wild auf das Cockpit des Gegners.

Erst jetzt wurde ihm bewußt, daß dies hier keine Simulation war, sondern ein echtes, tödliches Gefecht. Selbst wenn er keinen Fehler machte, war es gut möglich, daß er nur noch wenige Sekunden zu leben hatte. Das andere Schiff war weitaus größer und vermutlich auch schwerer bewaffnet. *Hoffentlich halten die Schirme durch ...*

»Geoff, gib weiter Dauerfeuer auf das Cockpit!« befahl Hans. »Versuche Ausweichmanöver nach Backbord in fünf Sekunden, vier Sekunden – Vance, blockiere ihre Funksignale! Zwei Sekunden ...«

Geoff deaktivierte den Zielcomputer und richtete sein Geschütz manuell aus, ohne den Feuerknopf loszulassen. *Verdammt, ich glaube nicht, daß er ausweichen will ... er hat es darauf abgesehen, uns zu rammen!*

»... führe Ausweichmanöver durch!«

Während Hans das Schiff mit vollem Schub und unter Abschaltung der Sammelfelder nach Backbord abkippen ließ, richtete Geoff sein Geschütz neu aus. Aus der Unterseite der *Lazarus* löste sich eine Splitterbombe, die weniger als einen Lidschlag später in das Cockpit des Kilrathi-Schiffes krachte. Geoff schaffte es tatsächlich, für einen kurzen Augenblick das Innere des Cockpits zu sehen, bevor eine gewaltige Feuerwalze den Leib des gegnerischen Schiffes aufzufressen begann.

Wieder riß Hans das Schiff herum, so daß es ins Schleudern geriet und mit vollem Schub auf den Container zuflog, der weiter Kurs auf das schwarze Loch nahm.

»Behaltet die anderen im Auge!« sagte Hans, dessen Stimme ausgesprochen gelassen wirkte.

Geoff ließ die Waffenkanzel kreisen, aber offensichtlich waren die anderen derzeit hauptsächlich damit beschäftigt, sich in Sicherheit zu bringen. Zwar hielten einige der Schiffe etwa denselben Kurs bei wie sie, schienen aber keine Lust auf eine Konfrontation zu haben, nachdem sie beobachtet hatten, was mit dem Kilrathi-Schiff geschehen war.

»Geoff, schau mal nach, ob es alternative Sprungpunkte gibt!«

Geoff ließ die Waffenkanzel sicherheitshalber noch einmal kreisen, bevor er dem Befehl nachkam. Im Bereich des schwarzen Lochs gab es mehr als ein Dutzend Sprungpunkte außer dem, den sie bei ihrem Anflug auf den Container benutzt hatten. Aber der kam ohnehin nicht in Frage, und genauso wenig die beiden, die ihm am nächsten waren. Geoff überflog die Daten der anderen Sprungpunkte. *Die vier hier sind nicht erfaßt ... Vermutlich führen sie direkt ins Imperium. Na, dann gute Nacht ...*

Die meisten der anderen Schiffe machten sich nun für den Sprung bereit, wobei Geoff sich nicht des Eindrucks erwehren konnte, daß sie zumeist einfach den nächstgelegenen Sprungpunkt anflogen, ohne großen Wert darauf zu legen, wo sie landeten. *Hauptsache weg ...*

»Geoff? Worauf wartest du, verdammt noch mal!«

Er senkte den Kopf und sah zwischen seinen Knien Turner, der ihm mit einer Geste bedeutete, herunterzukommen. Geoff stand auf und rutschte die Leiter hinunter.

»Na, was hast du dir einfallen lassen, Tolwyn?« fragte Hans.

»Die drei am nächsten gelegenen Sprungpunkte kommen nicht in Frage. Fünf führen sonstwohin, weit außerhalb des Imperiums oder der Föderation. Vier würden uns in das Gebiet der Katzen bringt, aber ich weiß nicht, wo wir genau herauskämen.«

»Statten wir den Katzen einen Besuch ab!« schlug Turner vor. »Jede Wette, daß sie alle einigermaßen brauchbaren Sprungpunkte abgeschirmt haben, und ich habe ehrlich gesagt keine Lust, es mit einem ihrer Empfangskomitees zu tun zu bekommen!«

Hans drehte seinen Sessel herum und blickte Turner scharf an. »Die lassen es sich ganz schön was kosten, ein Schmugglernest auszuheben«, meinte er mit unverhohlenem Mißtrauen.

»Wegen der Schmuggler haben die den ganzen Aufwand ja auch nicht betrieben«, erwiderte Turner ruhig.

Hans grinste ihn wissend an. »Jede Wette, daß die hinter euch her waren.«

Turner nickte.

Hans seufzte. »Ich habe es geahnt. Jetzt gurke ich tatsächlich im Auftrag des Geheimdienstes der Flotte durchs All und lasse mir für die Föderation die Birne wegschießen, verdammt!«

Er dachte kurz nach. »Scheiße, bis jetzt habe ich sechstausend Minus gemacht. Das Ganze ist ein einziges Desaster auf der ganzen Linie!«

Turner kicherte. »Wenn du schön weiter mitmachst, kriegst du fünfzigtausend, wenn wir das Ganze hinter uns haben!«

Hans wiegte nachdenklich den Kopf.

»Worum geht es überhaupt?«

»Wir glauben, daß es bald Krieg gibt.«

Hans schnaubte verächtlich. »Wenn es einen Krieg geben soll, dann frage ich mich wirklich, was das hier sein soll?«

»Das nennst du Krieg?« Turner zog eine Grimasse. »Ich meine einen richtigen Krieg, nicht eine billige Schlägerei wie das hier. Die Katzen sammeln ihre Truppen, und wir möchten gern wissen, wohin die Reise gehen soll – und zwar so früh wie möglich, damit wir ihnen einen angemessenen Empfang bereiten können. Deshalb hat man uns losgeschickt.«

»Verdammt, Turner – das hätte ich dir auch so erzählen können, dazu hätten wir den Höllenschlund gar nicht verlassen müssen! Seit Monaten sind schon Gerüchte im Umlauf. Jeder im Landreich weiß Bescheid!«

»Daß du Bescheid weißt ist eine Sache, aber bei uns gibt es auch noch einen Präsidenten und einen Senat, denen man alles möglichst genau erklären muß und denen wir Beweise vorlegen müssen, bevor sie ihren Arsch bewegen. Deshalb habe ich mich auf die Socken gemacht, so einfach ist das.«

Hans zog die Luft ein. »Das kannst du auch einfacher haben – lade deinen dämlichen Präsidenten und seinen Senat auf eine feuchtfröhliche Rundreise durchs Grenzgebiet ein, dann werden sie von selbst auf die Idee kommen, daß man den Katzen was auf die Pfoten geben muß, bevor es zu spät ist! Die Politniks haben keine Ahnung, weder von ihrem Fach noch von der Geschichte. Daß Xerxes Athen und Sparta verwüsten konnte, hat er in erster Linie dem Laberköpfen zu verdanken, die ihre Truppen nicht zusammengezogen haben, obwohl die Spatzen es bereits von den Dächern pfiffen, daß eine Invasion bevorsteht. Bei euch in der Föderation läuft offensichtlich die gleiche Nummer ab. Und jetzt sind wir es, die Prügel dafür beziehen sollen!«

Geoff schaute Hans überrascht an. *Nicht zu fassen! Der Kerl hat tatsächlich Bildung ...*

Hans grinste ihn an.

»Wenn du meinst, daß ihr Bügelfalten von der Akademie die einzigen seid, die ab und zu mal ein Buch lesen, dann unterschätzt du die doofen Schmuggler, mein Junge!«

Turner schien vor Lachen beinahe zu platzen, und Geoff wurde puterrot.

»Holst du mir mal die Daten von dem Schiff, das wir eben abgeschossen haben, auf den Bildschirm«, bat Turner schließlich.

Hans drückte ein paar Tasten, und Turner beugte sich über das Pult.

»Ich will verdammt sein, wenn das nicht ein Schiff ihres Geheimdienstes war«, meinte Turner nach einer Weile.

»Wieso?«

Turner griff in seine Tasche und zog eine Fünfundzwanzig-Kredit-Münze hervor, um sie Hans zu zeigen. Auf einer Seite war mit Klebeband ein Speicherchip befestigt.

»Die haben einen Maulwurf in ihren Reihen, und das wissen sie auch. Die ganze Aktion galt vermutlich ihm und uns, aber sie haben es so angelegt, daß sie im gleichen Zug das Schmugglernest ausheben. Ist vermutlich nur eine Frage der Ökonomie, haha. Nur haben sie nicht damit gerechnet, daß das Auftauchen der Flotte ein solches Chaos auslöst, daß der ganze schöne Plan in die Hose geht. Wäre allerdings auch denkbar, daß sie es nur auf uns abgesehen haben und der Maulwurf rein zufällig genau zu dem Zeitpunkt loslegte, als sie hier auftauchten. Wie dem auch sei, jetzt haben sie uns im Visier!«

Turner wandte sich an Vance. »Was meinst du, haben die es noch geschafft, Rückmeldung zu machen, bevor du ihre Signale blockiert hast?«

Vance druckste herum. »Ein Teil ist wahrscheinlich noch rausgegangen, konnte es nicht verhindern. Zwei Sekunden später waren die ohnehin tot.«

»Jetzt mal Klartext!« forderte Turner scharf.

Vance seufzte. »Ich denke, daß sie die Identifikation noch durchgeben konnten. Damit müssen wir wohl leben ...«

Turner verzog das Gesicht. »Hoffen wir nur, daß wir diesen kleinen Fehler *überleben*!«

Währenddessen kontrollierte Hans auf der Kursanzeige die Berechnungen, die Geoff vorhin durchgeführt hatte.

Wie Perlenschnüre hatten sich die Schiffe der anderen Schmuggler vor dem Sprungpunkt aufgereiht. Plötzlich brach eine der Reihen auf, weil die einzelnen Schiffe nach allen Seiten davonstrebten. Keine Sekunde später kam ein unkodierter Funkspruch durch.

»... Schiffe! An alle Schiffe! Die Imperialen blockieren den Sprungpunkt Delta. An alle Schiffe ... An alle ...«

Das kreischende Signal eines Störsenders beendete die Durchsage.

»Ihr mutet mir wirklich viel zu«, beklagte sich Hans bei Turner.

»Das hast du dir doch bereits denken können, als wir miteinander ins Geschäft gekommen sind!« erwiderte der ältere.

»Na ja, ich war euch ja was schuldig, wegen des Killers. Äh, nicht, daß ich nicht allein mit dem fertig geworden wäre! Ich hatte diesen Hundesohn bereits bemerkt ...«

Hans schwieg, weil er erkannte, daß ihm das niemand so richtig abnahm.

Turner lächelte amüsiert und wandte sich wieder der Kursanzeige zu, auf der nun das gesamte System zu sehen war, wobei die Sprungpunkte blau hervorgehoben wurden. Eine Minute lang studierte er das Ganze sehr konzentriert und griff dann zum Joystick, um das Fadenkreuz über einen der Sprungpunkte zu bringen, der direkt rechts vom Rand des Ereignishorizontes lag. Er drückte eine Taste, worauf der Computer einige mögliche Kursverläufe berechnete und als feine, punktierte Linien in die Darstellung einblendete.

»Wir fliegen direkt über den Ereignishorizont und benutzen seine Anziehungskraft als Schleuder, um ihn zu umkreisen und dann unmittelbar wieder in diesen Sprungpunkt einzufliegen.«

»Ein ziemlich haariges Manöver«, kommentierte Vance. »Verdammt, wenn wir auch nur den kleinsten Fehler machen, hüpfen wir über den Rand. Dort gibt es garantiert gewaltige Fluktuationen, die wir nicht vorausberechnen können. Ziemlich riskant das Ganze!«

»Außerdem fliegen wir in irgendeinen Bereich des Imperiums. Weiß der Kuckuck, wo wir landen. Möglicherweise wissen nicht einmal die Kilrathi selbst, wo der Sprungpunkt hinführt!« gab Hans zu bedenken.

»Aber genau deshalb rechnen die nicht damit«, entgegnete Turner. »Ich glaube kaum, daß die gleichzeitig ein Dutzend Sprungpunkte abschirmen. Viel zu viel Aufwand! Sie werden sich auf die wahrscheinlichsten Punkte konzentrieren, also sollten wir einen unwahrscheinlichen nehmen ...«

»Schade, daß wir nicht ein Dutzend von den anderen dazu breitschlagen können, sich uns anzuschließen!« murmelte Hans grinsend.

»Wieso?« fragte Geoff.

»Weil ich dann versucht hätte, zusammen mit den anderen den Imperialen den Hintern zu versohlen«, erklärte Hans.

»Spinn doch nicht, die haben immerhin einen Kreuzer dabei!« meinte Vance.

»Na und? Die Kilrathi halten sich immer an ihre Spielregeln – aber wir nicht! Wir treten sie in den Arsch und lassen sie Vakuum atmen!«

Vance lachte und schüttelte den Kopf, doch Geoff bemerkte, daß Turner den Piloten mit einer Miene anschaute, die unter anderem so etwas wie Bewunderung ausdrückte.

»Die Sache mit dem Schiff vorhin, das hast du wirklich gut auf die Reihe gekriegt!«

Hans nahm das Kompliment kommentarlos entgegen.

»Alles klar, wir nehmen diesen Sprungpunkt. Leute, das wird eine ganz heiße Nummer – ihr solltet euch anschnallen, bevor wir den Ritt auf dem Gravitationsfeld machen! Die Trägheitsdämpfer der guten alten *Lazarus* sind völlig im Eimer, also wird es ein wenig rütteln, das läßt sich nicht vermeiden!«

Geoff wollte gerade wieder in die Waffenkanzel klettern, als Turner ihn ansprach.

»Geoff, du hast vorhin ein paar prima Salven abgegeben. Wirklich perfekter Feuerschutz, besser kann man es nicht machen.«

»Was glaubst du, wer der Maulwurf war?«

»Keine Ahnung, verdammt. Dummerweise haben sie ihm ja einige zusätzliche Nasenlöcher verpaßt, bevor wir ihn fragen konnten. Möglicherweise war es sogar einer von unseren Doppelagenten, den wir schon längst abgeschrieben hatten. Hier an der Front weiß man nie, wer noch aktiv ist und wer nicht. Vielleicht war das Ganze auch nur ein Täuschungsmanöver. Egal, wenn wir erstmal hier raus sind, werde ich mir mal ansehen, was der Speicherchip dazu zu sagen hat.«

Geoff kletterte in die Waffenkanzel und gurtete sich an. Auf dem Monitor sah er das Schimmern des Ereignishorizonts, ein lichtschluckendes Monstrum, mit dem sie schon bald nähere Bekanntschaft machen würden. Er wußte, daß die Anwendung einer Gravitationsschleuder schon bei normalen stellaren Objekten äußerst riskant war und extrem genau Berechnungen erforderte. Bei einem schwarzen Loch gab es keine genauen Formeln; es war vielmehr eine Sache des Instinktes, in welche Richtung man die Variablen verschob, um die Unwägbarkeiten des Mahlstroms einzukalkulieren.

Mit einem Schlag wurde ihm bewußt, daß die Verantwortung für die gesamte Mission und auch für das Leben seiner Freunde allein in seiner Hand lag. *Ich habe die Berechnung durchgeführt. Nicht Hans, nicht Vance, und auch nicht Winston, der es eigentlich am besten wissen sollte.* Am meisten wunderte er sich darüber, daß die beiden jüngeren Männer nicht protestiert hatten, als Winston ihm diese Aufgabe überantwortete.

Er beschloß, seine Berechnungen noch einmal zu überprüfen. *Und noch einmal, und noch einmal ...*

Er war gespannt, was sie im Reich der Katzen erwarten würde.

9

KILRAH
STANDARDDATUM: 2634. 220

Als das grelle Alarmsignal ankündigte, daß der Sprung unmittelbar bevorstand, schnallte Jukaga sich im Sitzplatz an. Er spürte deutlich die Anspannung der anderen Mitglieder des Stabes, die sich nun ebenfalls auf das Ereignis vorbereiteten. Als Jukaga seinen Gurt noch einmal überprüfte, stimmte einer von ihnen ein Kampflied an, in das die anderen bald einfielen.

Jukaga hob den Kopf, um einen Blick auf den Hauptschirm zu werfen. An der Backbordseite entdeckte er nach einiger Suche einen roten Punkt, die Sonne seines Heimatplaneten. Kurz darauf wurde der Stern von der gewaltigen Hülle des Schlachtschiffes *Kitagki* verdeckt, als dieses hinter ihnen aufschloß.

Es waren fast hundert Schiffe, die sich vor dem Sprungpunkt versammelt hatten. Leichte Fregatten, Zerstörer, Truppentransporter, Kurierschiffe, Beobachter, Tanker, Versorgungsschiffe, Minenleger und überschwere Landepanzer. Mehr als ein Tag würde vergehen, bevor all diese Schiffe den Sprungpunkt passiert hatten. Die Tatsache, daß er sich nun an Bord des Flaggschiffs der Flotte befand, hatte zumindest einen Vorteil: Er würde zu den ersten gehören, die den Schauplatz dieses Krieges erreichten. *Und wenn wir erst einmal dort sind, werden uns die anderen Schiffe folgen und das Schicksal teilen, das uns dort erwartet.*

Allerdings gab es eine ausgesprochenen mächtige Vorhut, die bereits einige Zeit vor ihnen in den Sprungpunkt eingeflogen war. Genau genommen gehörte diese Flotte also keineswegs zur ersten Angriffsfront, die vom Kronprinzen persönlich geführt wurde und die sechs Flottenträger einschloß, die kriegsentscheidend zum Einsatz gebracht werden sollten. Jukaga dachte nicht gerne daran, da ihm die Anwesenheit auf dem Flaggschiff zumindest die Illusion bewahrte, auf ehrenvolle Weise an dieser Auseinandersetzung teilzunehmen.

Jukaga seufzte. *Es hilft nichts, ich komme mir immer noch wie ein Feigling vor. Ich sollte auf dem Flottenträger* Ukshika *Dienst tun, hinter dem Steuerknüppel eines Jägers sitzen und als einer der ersten mit dem Feind in Berührung kommen. Statt dessen muß ich mich damit abfinden, in diesem Krieg nicht mehr zu sein als Nargths Lakai.* Er verbesserte sich: *einer von Nargths vielen Lakaien. Einer, den die anderen hier für einen Feigling halten, weil sie nicht wissen können, daß es mein Vater war, der verhinderte, daß ich mich in diesem Krieg bewähren darf.*

Allmählich kamen ihm sogar gewisse Zweifel daran, daß die Verdächtigungen der anderen völlig unberechtigt waren. Es war ja nicht so, daß er sich vor dem Kampf fürchtete. Aber er hatte nun doch den Verdacht, daß *dieser* Feind sich nicht so einfach durch Gewalt in die Knie zwingen ließ. *Es wäre fatal zu glauben, daß man einen Feind mit den üblichen Mitteln bezwungen hat, wenn dieser sich davon ganz und gar nicht beeindrucken läßt und den Krieg nicht als verloren betrachtet, nur weil wir einen großen Teil seiner Flotte vernichtet haben ...*

Der Sprungalarm ging in einen pulsierenden, quäkenden Ton über, um kurz darauf zu verstummen. Die Bildschirme auf der Brücke flackerten auf und zeigten kurz ein verzerrtes Bild, bevor sie ganz ausfielen, als das Schiff in den Sprungpunkt eintauchte. Jukagas Magen machte einen Satz nach oben, als das künstliche Schwerefeld für einen Augenblicke versagte. Während das Schiff die Raumfalte durchkreuzte, hatte er das Gefühl, hochgerissen zu werden wie eine Beute in den Klauen eines Jägers. *Seltsam, daß man sich in diesem Augenblick den Lauf der Zeit nicht mehr vorzustellen vermag.* Für die Chronometer des Schiffes verging nicht einmal der Bruchteil einer Sekunde, da der Prozeß des Sprunges im technischen Sinn keine Zeit beanspruchte. *Und doch sagen mir meine Sinne etwas anderes; sie gaukeln mir vor, daß in diesem Augenblick unendlich viel passieren kann. Daß ich miterleben muß, wie ich aufgrund einer falschen Berechnung über das gesamte Universum verteilt werde, Milliarden von Jahren dem sich ausdehnenden Rand dieses Universums nachjage, bis es im letzten Moment wieder kollabiert. Ein Tod, der unendliche lange dauert. Selbst wenn alles andere tot ist, weil die Quellen des Lebens, die Sonnen, erkaltet sind, werde ich noch am sterben sein ...*

Er wußte, daß es andere gab, die dieses Schicksal bereits ereilt hatte. Vermutlich waren es nicht viele, da es nur sehr selten vorkam, daß ein Schiff während des Sprungs verloren ging. Manchmal kam nur eine Wolke von Trümmern am Zielpunkt an, aber es gab auch Fälle, in denen ein Schiff einfach im Nichts verschwand. Jukaga wußte, daß auch die anderen an Bord des Flaggschiffs von ähnlich makabren Gedanken geplagt wurden. Es passierte nie beim ersten Sprung, und auch nicht beim zweiten, weil der Vorgang so faszinierend war, daß man nicht dazu kam, darüber nachzudenken. Aber je mehr man sich daran gewöhnte, desto bewußter erlebte man dieses Geschehen, und damit begannen die endlosen Alpträume, die von mal zu mal schlimmer wurden.

Wieder machte Jukagas Magen einen Satz. Er hob den Kopf und betrachtete den Hauptbildschirm.

Geschafft.

Der Navigator hatte sich bereits über sein Pult gebeugt, um die Koordinaten zu überprüfen. Jukaga beobachtete nervös die fremden Sternbilder, die jetzt auf dem Bildschirm zu sehen waren. Dann zog die Kamera weit auf, und er sah zwei der sechs Flottenträger.

»Sprung erfolgreich durchgeführt«, verkündete der Navigator. Während auf der Brücke des Flaggschiffs Jubelrufe ertönten, löste Jukaga seine Gurte, um aufzustehen.

Wir haben Kilrah verlassen und fliegen dem Sieg entgegen.

Ein paar Millionen Kilometer entfernt studierte der Kronprinz soeben eine Depesche, die gerade erst als Rafferimpuls hereingekommen war.

»Flaggschiff hat den Sprung erfolgreich durchgeführt«, verkündete der Radaroffizier.

Er betrachtete den Hauptschirm, auf dem das Flaggschiff zu sehen war, das soeben beidrehte, um Platz für die nachfolgenden Schiffe zu machen. *Verfluchtes Pech!* Er hatte insgeheim gehofft, daß Nargths Schiffe nicht mehr auftauchen oder zumindest in einem ganz anderen Sternensystem landen würden, so unwahrscheinlich dies auch war.

Gilkarg wandte sich an den Adjudanten, der ihm die Depesche überreicht hatte. »Laß mir das Herz des Kommandanten überbringen, der für das Scheitern dieser Mission verantwortlich ist«. Er deutete auf die Depesche. »Sein erster Offizier soll das Kommando übernehmen. Das Schiff ist unbedingt zu verfolgen und aufzubringen!«

Der Adjudant nahm die Depesche entgegen und entfernte sich mit ängstlichem Blick.

Gilkarg starrte die Mitglieder seines Stabes wütend an und hob die Tatze, um ihnen anzudeuten, daß sie den Raum verlassen sollten. Ihre Begeisterung über den gelungenen Sprung schmolz unter sein erzürnten Blicken augenblicklich dahin.

Als er hinter sich ein Geräusch hörte, drehte er sich abrupt um. Es war Ratha, sein Sohn, der als einziger bei ihm geblieben war.

»Es muß einen Verräter geben«, fauchte Gilkarg. »Wer würde es wagen ...?«

»Ich weiß es nicht. Einer unserer Botschafter hat herausgefunden, daß sie einen Spion in unser Gebiet eingeschleust haben. Also habe ich ein Bataillon der sechsten Flotte mit dem Auftrag losgeschickt, diesen Spion zu suchen und ihn gefangenzunehmen, oder, falls das nicht gelingt, unter Einsatz aller vertretbaren Mittel unschädlich zu machen. Als das Einsatzkommando im Zielgebiet eintraf, konnten sie eine verstümmelte Mitteilung auffangen.«

»Eine Mitteilung? Von wem?«

»Auch das können wir nicht sagen!« erwiderte Gilkarg zornig. »Er wurde einen Augenblick später getötet, und wir wissen nichts über ihn oder seine Funkbotschaft – oder über den Maulwurf! Mit anderen Worten, wir wissen rein gar nichts! Wer immer dafür verantwortlich ist, sollte sich jetzt schon verkriechen ...« Gilkarg schwieg plötzlich, weil er nicht genug Phantasie besaß sich vorzustellen, welches gräßliche Schicksal er für den Schuldigen vorsehen würde.

»Und der Spion?«

»Ein Mensch mit geradezu erstaunlichen Fähigkeiten! Darg, der Kommandant des Bataillons, hat die Falle zu schnell zuschnappen lassen! Eine einwandfreie Mißachtung meiner Befehle, die lauteten, den Spion nach Möglichkeit gefangenzunehmen und anschließend das Schmugglernest zu zerstören, bevor wir den Erstschlag einleiten.«

Gilkarg hämmerte mit der Faust an die Wand.

»Sie haben das Sprungmanöver zu früh durchgeführt! Dadurch wurde eine Panik ausgelöst, so daß der Spion unsere Leute töten und anschließend fliehen konnte. Und«, er schüttelte ungläubig den Kopf, »zu allem Unglück hat er bei seiner Flucht zufällig einen Sprungpunkt gewählt, der direkt dorthin führt, wo sich unsere sechste Flotte für den Angriff auf das Landreich gesammelt hat!«

Am Sprungpunkt zum Schwarzen Loch des Systems 299

Turner versuchte Ruhe zu bewahren. »Du solltest uns augenblicklich wieder hier herausbringen!«

Seit dem Sprung waren erst wenige Minuten vergangen, in denen sie das unbekannte System mit dem Überlichtradar erkundet hatten. Plötzlich hatte der Computer Alarm gegeben, weil sie in die Peilung eines Wachschiffes geraten waren. Eigentlich hätten sie sofort abdrehen müssen, aber da ihnen der Rückweg versperrt war, blieb ihnen nichts anderes übrig, als weiter zu ergründen, wie ernst die Lage in diesem System war.

Auf dem Bildschirm waren rund ein Dutzend roter Blips zu sehen, die sich um den einzigen Sprungpunkt zum Planeten des Systems gruppiert hatten. Einige hatten sich bereits aus dem Verband gelöst, um Kurs auf die *Lazarus* zu nehmen.

»Am besten schickst du einen Peilimpuls aus«,

schlug Turner vor. »Konzentrierte Ausstrahlung auf die Blips dort. Ich möchte eine möglichst genaue Auswertung.«

Geoff gab die Daten in den Computer ein und drückte anschließend die Ausgabetaste.

Die Innenbeleuchtung der *Lazarus* fiel für einen Moment aus, als sämtliche Energie aus dem Bordkraftwerk in die Senderanlage umgeleitet wurde, um mit maximaler Leistung einen Peilimpuls auszustrahlen.

»Wir sollten allmählich etwas unternehmen«, bemerkte Hans nervös. »Das Wachschiff schließt auf!«

»Halte die Position und laß die Phasenschilde noch für eine Weile unten!« erwiderte Turner. »Ich brauche eine möglichst genaue Auswertung.«

Geoffs Augen richteten sich zunächst auf den Hauptschirm und dann auf die Darstellung des voraussichtlichen Kursverlaufs des Wachschiffes, von dem sich kurz darauf ein kleinerer Blip löste.

»Die haben einen Hitzesucher abgefeuert!« verkündete Vance düster.

Wieder ertönte in Geoffs Kopfhörer der vertraute Suchton, während der Torpedo sich näherte. Er beobachtete weiter den Radarschirm, auf dem jetzt ein Strom neuer Daten erschien.

»Habe ihn in der Peilung!« rief Geoff.

»Ich lege jetzt los!« meldete Hans. »Haltet euch fest, es könnte holprig werden!«

Turner saß noch nicht wieder auf seinem Platz, als Hans die *Lazarus* zur Seite riß und aus allen Ladebuchten Störmaterial und Infrarotbarken abwarf, um den Feind in die Irre zu führen. Für einen Moment sah es so aus, als würde der Hitzesucher sich dadurch nicht täuschen lassen; dann aber machte er einen Schlenker, um eine der Barken zu verfolgen, die eine

Wärmesignatur abstrahlte, die der der *Lazarus* zum verwechseln ähnlich war.

Kurz darauf flackerte ein Lichtblitz über den Hauptschirm, als der Torpedo und die Barke in einer Explosion vergingen.

Geoff bereitete sich innerlich auf das bevorstehende Gefecht mit dem Wachschiff vor.

»Wo willst du denn hin?« brüllte Turner Hans fassungslos an.

»Genau dahin, wo wir hergekommen sind!«

Geoff war nicht weniger erstaunt als Turner, daß Hans ins System zurückspringen wollte, in dem die ganze Misere begonnen hatte. Aber dann hörte er, wie Turner laut auflachte.

»Unglaublich, aber damit werden die garantiert nicht rechnen!« rief er begeistert. »Obwohl sich natürlich die Frage stellt, wie wir mit dem Umstand zurechtkommen, daß wir es dort mit einer ganzen Flotte zu tun haben!«

Geoff entschied sich spontan dafür, das Feuer auf das Wachschiff zu eröffnen, ohne erst den entsprechenden Befehl abzuwarten. Offenbar war der gegnerische Kommandant völlig ratlos, nachdem er erkannt hatte, was sie vorhatten.

Bald darauf versprühte Geoffs Geschütz tödliches Dauerfeuer, während sich das Wachschiff mit vollem Schub näherte. Eine Salve aus dem Zwillingsgeschütz klatschte auf den hinteren Phasenschild der *Lazarus*, der unter der Belastung aufglühte. Einige der Projektile des Massewerfers durchschlugen den Schirm und hämmerten einen bedrohlichen Rhythmus auf die Durastahl-Hülle des Raumschiffs.

Vance wich den Geschützen eher unbeabsichtigt zur Backbordseite hin aus, als er den Anflugwinkel der *Lazarus* stabilisierte. Sie wurden noch von einer letzten Salve erwischt, die ihnen beinahe das Heck zerriß, während das Schiff bereits in den Sprungpunkt eintauchte.

Geoff war von der Explosion geblendet, als er begriff, daß das Sprungmanöver bereits begonnen hatte. Kaum hatte er den unendlich kurzen und doch unendlich lang wirkenden Moment überstanden, da wurde er bereits heftig durchgeschüttelt, als die *Lazarus* den Zielpunkt durchkreuzte.

Er wollte sich gerade entspannt zurücklehnen, als ein gewaltiger Ruck durch das Schiff ging. Auf der Steuerbordseite bemerkte Geoff kurz einen Feuerwall, aus dem sich um alle drei Raumachsen trudelnd ein anderes Raumschiff löste.

Dann begann auch die *Lazarus* wie wild zu rotieren, so daß auf allen Schirmen nur noch die mit aberwitziger Geschwindigkeit kreisende Sternentapete des Weltalls zu sehen war ...

Verdammt, wir haben eins ihrer Schiffe gerammt!

Einige Sekunden später sah er, daß Hans eines der Steuertriebwerke hochfuhr, um das Raumschiff zu stabilisieren. Die Trägheitsdämpfer fielen vorübergehend aus, worauf Geoffs Magen endgültig die weiße Flagge zeigte und seine letzte Mahlzeit halb verdaut preisgab.

O Gott, ist mir schlecht ...

Der Computer zeigte die Rotationswerte an, und bald schon verringerte sich der eine deutlich, um sich schließlich auf dem Nullwert einzupendeln. Es dauerte nicht lange, bis auch die zweite Rotationsachse stabilisiert war, so daß das Schiff nur noch eine halbwegs erträgliche Kreisbewegung durchführte.

Geoff bemerkte, daß eines der gegnerischen Schiffe in bedrohliche Nähe kam. Er wollte das Geschütz einrichten, aber die Kreisbewegung machte ihm so sehr zu schaffen, daß er sich beinahe ein zweites Mal übergeben mußte.

Schließlich endete die Karussellfahrt, und Geoff sah nun ein halbes Dutzend Kilrathi-Schiffe auf dem Hauptschirm, die sich dem Sprungpunkt näherten. Gerade verschwand das erste in dem typischen Lichtblitz, der jedes Sprungmanöver begleitet.

So bringt das nichts, die sind alle außer Reichweite. Er aktivierte den Unterlichtradar, um genauere Daten über die gegnerischen Schiffe zu bekommen.

Offensichtlich hatten zwei von ihnen Torpedos auf die *Lazarus* abgefeuert, obwohl die Distanz viel zu groß war, um das Schiff ernsthaft in Gefahr zu bringen.

»Verdammt, Geoff – du hast mich vollgekotzt!« wetterte Vance.

Geoff blickte seinen Freund an, der sich wütend die Flecken vom Anzug wischte.

Hans kicherte und schaute nach oben.

»Du erinnerst mich an jemanden!«

»Was meinst du damit?« fragte Geoff beleidigt.

Hans zog es vor, keine Antwort zu geben.

»Was war das eben überhaupt?« fragte Geoff schließlich.

»Wir sind direkt nach dem Sprung mit irgend jemandem kollidiert, der auf Gegenkurs war«, erklärte Turner. »Ist eigentlich ein Wunder, daß wir es überstanden haben! Das waren sicher mehr als zwanzig G!«

Turner schaute Hans an und nickte ihm zu. »Gut gemacht, mein Junge!«

Hans zog es vor, auf das Kompliment nicht weiter einzugehen.

»Sie werden mindestens eine halbe Stunde brauchen, um uns einzuholen«, meinte er. »Aber wenn sie sich nicht allzu dumm anstellen, werden sie es schaffen. Also steht uns noch einiges bevor!«

»Ich schlage vor«, meinte Turner, »daß wir noch einmal den Ereignishorizont anfliegen und dasselbe Manöver durchführen, um ins nächste System zu verschwinden!«

»Du nimmst mir die Worte aus dem Mund. Stellt sich nur die Frage, mit welchen Sprungpunkt wir es versuchen?«

»Ist egal, Hauptsache, daß sie ihn nicht am anderen Ende dichtgemacht haben. Ich will nach Hause.«

»Geoff, mach nochmal einen Scan vom gesamten System«, befahl Turner. »Und denk an die Sicherheitskopien, für den Fall, daß unser Hauptcomputer den Geist aufgibt!«

Er warf Geoff ein Handtuch zu, wobei er sich ein Grinsen nicht verkneifen konnte.

Geoff wischte sich das Gesicht ab und vermied es, Vance anzusehen.

»Das war bestimmt dieser unsägliche Fraß in der Grube«, sagte er zu seiner Entschuldigung.

Die anderen zogen es vor zu schweigen.

Nachdem er das Handtuch in den Abfallschacht geworfen hatte, ließ er sich die Daten anzeigen und sicherte sie anschließend in einem Speicherwürfel, den er kurz darauf Turner reichte. Der benötigte eine ganze Weile, um sich ein halbwegs zutreffendes Gesamtbild dessen zu verschaffen, was ihnen bevorstand.

Kein Wunder, die Bilder sind derart verschwommen, daß man sich kaum einen Reim darauf machen kann.

»Jetzt hätte ich gern eine von unseren neuen A-23 zur Hand«, seufzte Turner. Schließlich schaute er Geoff an.

»Zwei Schlachtschiffe, vermutlich *Yar*-Klasse, zwar

nicht das neuste Modell, aber durchaus ernst zu nehmen. Eine ganze Schwadron Kreuzer, eine Riesentüte voll kleinerer Schiffe, und mindestens zehn schwere Raumlander.«

Er hielt für einen Augenblick den Atem an.

»Das ist eine Invasionsflotte, jede Wette! Ich gehe davon aus, daß die auf dem Weg ins Landreich sind. Außerdem finde ich es sehr bemerkenswert, daß sie keine Träger mitführen, sondern nur Kreuzer.«

Geoff betrachtete schweigend das Bild, das Turner auf den Schirm gegeben hatte.

»Ich habe den dummen Verdacht«, kommentierte Turner, »daß wir unsere Mission soeben erfolgreich beendet haben. Das Problem besteht jetzt nur noch darin, lange genug am Leben zu bleiben, um es weitererzählen zu können. Hans, wie nahe kommen wir an den Ereignishorizont heran, ohne verschluckt zu werden?«

Hans setzte ein Pokergesicht auf. »Wie nahe hättest du es denn gern?«

»So nahe, daß sie davon überzeugt sind, daß wir es nicht geschafft haben. Wir lassen das Schiff um alle Achsen flattern, damit sie denken, es wäre außer Kontrolle geraten. Und dann verschwinden wir einfach im Sprungpunkt, ohne daß sie es bemerken. Hier schwirren ja jede Menge Trümmer durch die Gegend, weil sie doch einiges bei dem Angriff auf den Container kaputtgeschossen haben. Es reicht völlig aus, wenn sie nur im ersten Moment daran glauben – das würde uns genug Zeit geben, um uns über den nächsten Sprungpunkt abzusetzen.«

Hans aktivierte die Steuerdüsen, bevor Turner seine Erklärung beendet hatte. Sofort begann die *Lazarus* zu trudeln. Geoff sah sich vorsichtig um und schluckte.

»Hast dir wirklich einen idealen Zeitpunkt für die Abschlußprüfung ausgesucht!«

Geoff blickte Turner an, der ihn breit angrinste.

»Was meinst du damit?«

»Daß du die einmalige Gelegenheit hast, eine steile Karriere zu machen, von der man in Friedenszeiten nur träumen kann. Wenn es richtig rund geht, ist es durchaus denkbar, daß du schon in sechs Monaten zum Kapitän aufsteigst!«

So großartig diese Aussicht auch sein mochte, Geoffrey Tolwyns Begeisterung hielt sich sehr in Grenzen ...

Hauptquartier der Flotte

Streng geheim – Kopie eins von eins
An: COM7FLT McAuliffe, Basis Alexandria
von: CICCONFEDFLT

Diese Mitteilung ist rein interner Natur und muß sofort nach Kenntnisnahme vernichtet werden. Eine Kopie verbleibt in meinem privaten Besitz, um gegebenenfalls zu einem späteren Zeitpunkt mögliche Mißverständnisse auszuräumen.

Betrachten Sie diesen Brief als Warnung vor einem bevorstehenden Angriff. Wie ich noch einmal hervorheben möchte, handelt es sich nicht um einen politisch sanktionierten Auftrag, sondern um einen Befehl, den allein ich zu verantworten habe.

Heute morgen habe ich meine Bedenken gegenüber dem Präsidenten geäußert, der sich aus politischen Gründen nicht dazu bereit erklären wollte, sie zum

Gegenstand einer offiziellen Information seitens des Oberkommandos der Flotte zu machen. Deshalb habe ich mich dazu entschlossen, Sie auf diesem Weg eigenverantwortlich zu informieren. Aus Sicherheitsgründen kann diese Mitteilung nicht per Impuls an Sie ergehen, sondern wird Ihnen per Kurier zugestellt, auch wenn daraus angesichts meiner im folgenden vertretenden Ansichten eine merkliche und möglicherweise fatale Verspätung Ihrer Kenntnisnahme resultiert.

Ich möchte Ihnen nahelegen, die siebte Flotte unverzügliche von McAuliffe abzukommandieren und zu den Zentralwelten zu schicken. Ich schlage vor, daß Sie diese Aktion als Manöver kaschieren und die Flotte in Kampfbereitschaft versetzen, bis Sie einen anderslautenden Befehl von mir erhalten. Alle Beurlaubungen sind sofort zu widerrufen und die Schiffe voll zu bewaffnen. Während der Flottenverschiebung ist Alarmstufe Zwei beizubehalten. Bei Begegnungen mit feindlichen Schiffen ist sofort das Feuer zu eröffnen, Bereitschaft zur Kontaktaufnahme wird nicht beachtet. Dies betrifft besonders unsere Wachschiffe, die im Bereich der demilitarisierten Zone patrouillieren.

Meine Entscheidung beruht nicht auf unwiderlegbaren Beweisen, sondern auf Erfahrungen und meinem persönlichen Gespür für drohende Konflikte. Ich hätte mir gewünscht, zur Bestätigung einen neuen Lauschposten einzurichten, der tiefer in das Imperium der Kilrathi eindringt, als es uns bisher möglich war.

Bedauerlicherweise sehe ich mich nun zu diesen schweren Schritt gezwungen, weil bereits die Einrichtung eines solchen Lauschpostens auf politischen Widerstand stößt, so daß jeder in eine solche Aktion verwickelte Offizier einschließlich meiner selbst ohne politische Rückendeckung handeln würde.

Ich möchte Sie abschließend darauf aufmerksam machen, daß Commander Winston Turner, insofern Sie Kontakt mit ihm haben sollten, mit höchster Priorität zu behandeln ist und sämtliche von ihm ergehenden Mitteilungen unverzüglich an mich überstellt werden.

Diese Mitteilung sollte Sie nach allem menschlichen Ermessen vor dem Tag der Föderation erreichen, so daß es möglich sein müßte, sämtliche Beurlaubungen mit sofortiger Wirkung zu widerrufen, um vollständige Verteidigungsbereitschaft zu erreichen. Ich bedaure sehr, Ihnen und Ihren Truppen auf diese Weise einen Festtag zu verderben, denen Sie alle mit großer Sicherheit im Kreis Ihrer Familien und Freunde verbringen wollten. Doch wenn wir das Fest der Föderation auch in den nächsten Jahren begehen wollen, ist unverzügliches Handeln zum Schutz der Föderation anzuraten.

Banbridge – CICCONFEDFLT

Skip las den Ausdruck des Briefes noch einmal durch. Dann hob er sein Glas und ließ einen großen Schluck Scotch durch seine Kehle laufen.

Er fluchte leise. Das war nun überhaupt nicht seine Art, die Flotte zu leiten. Er faltete den Brief sorgfältig zusammen und steckte ihn in den durch eine Beschichtung gegen Scans gesicherten Umschlag, um diesen dann mit seinem Siegel zu verschließen und in eine rote Depeschenhülle zu stecken. In einer Stunde würde ein mit Ersatzteilen beladenes Schiff Houston mit Kurs auf McAuliffe verlassen. Natürlich wäre es besser und effizienter gewesen, die Mitteilung per Translicht-Impuls zu verschicken, aber die Sendeanlage auf McAuliffe war bereits seit einigen Tagen ausgefallen, was nicht unbedingt Anlaß zu besonderer Sorge gab, da sie schon öfter derartige Probleme mit den beiden Sonnen gehabt hatten, deren unberechenbare Protuberanzen den Funkverkehr unmöglich machen konnten.

Aber selbst wenn die Anlage funktioniert hätte, wäre es wenig ratsam gewesen, eine so wichtige Mitteilung auf diesem Weg zu versenden. Schließlich konnte man nicht völlig ausschließen, daß die Katzen auch den aktuellen Code geknackt hatten. *Wir müssen einfach davon ausgehen, daß sie genauso schnell dazulernen wie wir.*

Erst gestern hatte er erfahren, daß die Katzen schon wieder ein Sonderkommando aufgespürt hatten, das im Auftrag des Geheimdienstes das Imperium infiltrieren sollte. Unglücklicherweise war die Angelegenheit publik geworden, da die Agenten es nicht mehr geschafft hatten, ihr Schiff zu sprengen. *Arme Schweine.* Die Katzen hatten über einen freien Videokanal das Geständnis eines der Agenten ausgestrahlt.

Die Flut der Reporter, die ihn vor dem Büro des Präsidenten begrüßt hatten, bereitete im heute noch Magenschmerzen. Kapierte denn keiner von denen, daß sie indirekt die Katzen unterstützten?

Er nahm noch einen Schluck Scotch und wandte sich dann dem zweiten Brief zu, der auf seinem Schreibtisch lag. *Ein Abschiedsgesuch, wie melodramatisch!* Aber er hoffte irgendwie, daß dieser Schritt einige Politiker dazu bewegen würde, sich die Sache noch einmal durch den Kopf gehen zu lassen. Außerdem war es für den Präsidenten nicht gut, wenn die ganze Sache auffliegen würde, während Banbridge noch in Amt und Würden war. Skip erinnerte sich an Mores schneidende Bemerkung, der Präsident wisse ja, wie er mit dem Militär zu verfahren habe, besonders in Zeiten, in denen delikate diplomatische Probleme im Vordergrund standen.

Verdammt, ich werde noch zum Säufer! Das war jetzt schon der dritte Scotch. Er nahm sich fest vor, diesen nicht so schnell herunterzukippen wie die beiden vorherigen. *Ich sollte mir nichts vormachen, ich wäre besser als Kommandant auf einem Schiff aufgehoben als auf diesem Posten mit seinen politischen Winkelzügen.* Besonders in der gegenwärtigen Lage, die er als widerwärtig empfand.

Gerade hatte Speedwell wieder einen Bericht eingereicht, den Skip eigentlich am Morgen dieses Tages mit dem Präsidenten durchgehen wollte. Die Signalabteilung war nach Analyse diverser privater und kommerzieller Mitteilungen zu dem Schluß gekommen, daß Wirtschaft und Handel innerhalb des Imperiums gerade eine sehr ungewöhnliche Wendung erfahren hatten. Unter anderem war der Handel in den Grenzwelten um mehr als neunzig Prozent zurückgegangen. Gerüchten zufolge war es sogar auf einer Welt nach einer Sonneneruption zu einer Hungersnot gekommen, nachdem die gesamte Ernte vernichtet worden war. Obwohl das Imperium in solchen Fällen nicht gerade für schnelle, unbürokratische Hilfe bekannt war, war das Verhalten diesmal geradezu bemerkenswert, da man nur ein einziges Hilfsschiff geschickt hatte, das einige wichtige Persönlichkeiten an Bord nahm und anschließend wieder verschwand. In den darauffolgenden Wochen und Monaten waren Millionen verhungert, und Notsignale wurden stereotyp mit der Behauptung abgewiesen, das Imperium verfüge nicht über entsprechende Transportkapazitäten. Schließlich hatte der Geheimdienst eine Funksendung von den betroffenen Planeten abgefangen, in der das Militär um Hilfe gebeten wurde.

Das Signal war nur für kurze Zeit zu empfangen, und vieles sprach dafür, daß jemand den Sender zerstört hatte. Etwa zu dieser Zeit wurde auch berichtet, daß der Planet seit kurzem von einem Zerstörer umkreist wird.

Wäre es denkbar, daß die Katzen ihre eigenen Leute rücksichtslos abknallen, weil sie etwas zu verbergen haben? Aber was kann so wichtig sein, daß es solche Maßnahmen rechtfertigen würde? Speedwell hatte keinen Zweifel daran aufkommen lassen, daß der Vorgang in der geschilderten Weise tatsächlich stattgefunden hatte. Er ging davon aus, daß sämtliche Kapazitäten für einen Militärschlag unbekannter Größenordnung zusammengezogen wurden, wobei man ungefähr die Dimension des Ganzen anhand des Umstandes ermessen konnte, daß die Aktion auch zivile Schiffe umfaßte. Ein Schmuggler hatte berichtet, daß die Katzen in der Nähe eines Stützpunkts in der demilitarisierten Zone sechs oder sieben ihrer eigenen zivilen Schiffe abgeschossen hätten, die als Geleitzug dienten. Das Seltsame daran war, daß die Schiffe von einer Fregatte des Imperiums ohne Vorwarnung zerstört wurden.

Offenbar hatte der Kommandant der Fregatte kein Interesse an dem hohen Kopfgeld, das das Imperium für jeden gefangengenommenen Schmuggler bezahlte, so daß man sich wirklich fragen mußte, welche Motivationen sich dahinter verbargen. Die Antwort auf diese Frage lag eigentlich auf der Hand: Jemand hatte den ausdrücklichen Befehl erteilt, Kilrathi-Schmuggler sofort zu erschießen, da man in ihnen

– keineswegs zu Unrecht – ein potentielles Sicherheitsrisiko sah.

Was natürlich kein Beweis dafür ist, daß sie tatsächlich einen massiven Angriff planen. Es waren alles bloß kleine Bausteine in einem großen Puzzle, dessen Gesamtbild nur ersichtlich ist, wenn man sie vom militärischen Standpunkt aus bewertet. *Aber es reicht verdammt noch mal nicht aus, um dies einem Politiker oder einem Journalisten klarzumachen.*

»Wir müssen bis nach der Wahl warten«, hatte der Präsident zu ihm gesagt. »Wenn die Anzeichen dann immer noch dafür sprechen, können sie von mir aus Alarmstufe zwei geben und die Reserve mobilisieren. Aber stellen sie sich einmal vor, wir ziehen die neunte Flotte bereits vor den Wahlen vom Sirius ab – dann könnte es gut sein, daß Sie Ihre Befehle in Zukunft von More entgegennehmen!«

Skip starrte auf sein Abschiedgesuch. Dann fluchte er laut und sprang auf, um den Brief in den Schredder zu stecken.

Noch zwölf Tage bis zum Fest der Föderation, dachte er, während sein Abschiedsgesuch zerschnitzelt wurde. *Lieber Gott, hoffentlich können wir diesen Tag in Frieden begehen.*

Lieutenant Anderson schaute auf die Uhr. Heute herrschte ungewöhnlich wenig Verkehr auf dem Raumlandeplatz von Houston. Anderson war bereits mit seinen Gedanken bei Nancy, mit der er sich für heute Nachmittag verabredet hatte. Der Alte hatte ihm vorher gesagt, daß er den Nachmittag zu seiner freien Verfügung haben würde, was Anderson durchaus zu würdigen wußte. Doch als er pünktlich wie die Uhr in Banbridges Büro eingetroffen war, mußte er volle drei Stunden warten, bis der Alte ihm endlich die Kuriertasche überreicht hatte. Nancy war stocksauer und hatte ihren Pager abgeschaltet, als Anderson sie zum drittenmal angerufen hatte, um sich für seine Verspätung zu entschuldigen.

Moment mal ... ihm fiel ein, daß Nancys Apartment an der nächsten Straßenecke lag.

Er überlegte nicht lange und scherte aus dem Verkehr aus, als er nach kurzer Suche einen freien Parkplatz sah.

Kurz darauf stand er atemlos vor ihrer Tür und klopfte an. Keine Antwort. Er fluchte und versuchte es noch einmal, mit demselben Ergebnis.

Als er wieder im Wagen saß und das Ende der Hauptstraße erreicht hatte, bemerkte er, daß die Traverse zum Raumlandeplatz wegen eines Unfalls gesperrt war. Sein Navigationssystem teilte ihm mit, daß die schnellste Umleitung über den Frachthafen führte, der von hier aus am besten über die Altstadt zu erreichen war. Dieser kleine Ausflug würde ihn weitere siebzehn Minuten kosten ...

Macht nichts, immer noch in der Zeit! dachte Lieutenant Anderson.

Dummerweise fand in der Altstadt an diesem Tag das Fest der deutschstämmigen Bürger statt, womit weder Anderson noch das Navigationssystem gerechnet hatten.

Als er endlich am Raumlandeplatz eintraf, teilte die junge Frau am Schalter ihm bedauernd mit, daß er den Abflug des Kurierschiffs um genau eine Minute und zwanzig Sekunden verpaßt hatte.

Anderson starrte auf die Kuriertasche und spürte, wie sich in seinem Magen ein Klumpen bildete. *Wenn ich das dem Alten erzähle, macht der mich vor allen zur Sau* ... das nächste Schiff würde erst in sechs Stunden abfliegen, und damit reduzierte sich Andersons Chance auf Null, sich bei Nancy mit einem Blumenstrauß zu entschuldigen und sie zum Abendessen auszuführen.

Scheiße. Anderson gelangte zu der Überzeugung, daß er wahrscheinlich der größte Pechvogel in der Flotte sein mußte.

Womit er in gewisser Weise recht hatte, da seine Pechsträhne an diesem Tag anhielt, was er allerdings erst viel später erfahren würde. Als er sechs Stunden später die Depesche an den Kommandanten des Pendelschiffes übergeben hatte und eilig zu Nancys Apartment zurückfuhr, um zu kitten, was zu kitten war, konnte er nicht ahnen, daß der Pendler aufgrund eines Defekts an der Treibstoffleitung erst am Transferhafen eintreffen würde, als das Kurierschiff nach McAuliffe bereits unterwegs war. Was mit einer Verspätung von einer Minute und zwanzig Sekunden begonnen hatte, sorgte dafür, daß die Depesche mehr als vierundzwanzig Stunden zu spät auf McAuliffe eintraf.

Während die Depesche in einem Transportbehälter der ersten Klasse zu ihrem Bestimmungsort gebracht wurde, gewann die Streitmacht der Kilrathi kostbare Zeit zum Anflug desselben Zieles.

10

IM HÖLLENSCHLUND – METROPOLE DES LANDREICHS STANDARDDATUM: 2634. 226

Geoff war so erschöpft, daß er schon seit einiger Zeit unter einem Zitterkrampf litt. Er senkte den Kopf und betrachtete seinen Overall. *Ist das jetzt der, den ich vollgekotzt habe, oder der andere?* Schwer zu sagen, nachdem man mehrere Wochen in ständiger Alarmbereitschaft lebte. Er strich sich übers Kinn und staunte, wie die Bartstoppeln sich binnen so kurzer Zeit zu einem Gewächs verdichtet hatten, das sein Gesicht völlig anders aussehen ließ. Doch am meisten wunderte es ihn, daß sie überhaupt noch am Leben waren.

Geblendet vom harten Licht der Sonne des Höllenschlunds kniff er die Augen zusammen, als er bei seinem Rundgang durch die *Lazarus* am vorderen Viewport vorbeikam. Als Hans ihm gesagt hatte, sie würden mit dem arg lädierten Schiff in die Atmosphäre eines Planeten einfliegen, war es beinahe zu einer handfesten Auseinandersetzung gekommen, da Geoff es als schieren Wahnsinn betrachtete, nach allem, was sie durchgemacht hatten, ihr Glück so sehr herauszufordern. Schließlich fehlte das obere Ende ihres Steuerbordleitwerks, und da sie außerdem nicht wissen konnten, welche Schäden die Rahmenkonstruktion der *Lazarus* bei den wahnwitzigen Manövern am Ereignishorizont des schwarzen Lochs davongetragen hatte, erschien ihm ein Atmosphärenflug einfach zu riskant. Auf dem Rückweg zum Höllenschlund hatte es noch einige wilde Schießereien gegeben, die dem

Zustand des Schiffes ebenfalls nicht unbedingt förderlich waren.

Geoffs Hoffnung, daß Turner sich auf seine Seite schlagen würde, hatte sich nicht erfüllt. Winston hatte Hans' Vorschlag sogar begrüßt, da sie auf diese Weise ohne große Verzögerung auf dem Planeten landen konnten.

Gerade wartete Geoff darauf, was Turner über die Schäden zu melden hatte. Der Außenhülle des Schiffes war nicht mehr anzusehen, daß sie erst kurz vor der letzten Reise komplett überholt und neu lackiert worden war. Teilweise war die Durastahl-Panzerung vom Sperrfeuer bis auf die aus Titan gefertigte Innenhülle weggebrannt worden.

Die obere Hälfte des Steuerbordleitwerks war durch die Kollision am Sprungpunkt sauber wie mit einem Skalpell abgetrennt worden – ein faszinierender Anblick.

»Weißt du was, Geoff – du siehst wirklich beschissen aus!«

Tolwyn drehte sich um und starrte Vance böse an.

»Du«, meinte sein Freund mit ehrlichem Blick, »ich wollte dir noch sagen, daß du wirklich gute Arbeit geleistet hast. Besonders bei der Sache mit der Fregatte, die den letzten Sprungpunkt bewacht hat. Das war klasse!«

Geoff lachte und schlug Vance auf die Schulter.

»Seid ihr bald soweit?«

Es war Turner, der gerade zusammen mit Hans das Cockpit betreten hatte.

»Mit fünfzigtausend ist noch nicht mal der Schaden gedeckt«, brummte Hans.

»Wenn es die Föderation in einem Monat noch gibt, kannst du mir die Rechnung schicken! Und verlaß dich drauf, ich werde dafür sorgen, daß sie bezahlt wird. Aber jetzt sollten wir uns beeilen, Blucher wartet sicher schon auf uns.«

Geoff blieb hinter Turner und bemühte sich, wieder die Haltung einzunehmen, die man vom Adjudanten eines hohen Offiziers erwartete. Er fand es schon ziemlich seltsam, daß Johann Blucher, der Präsident des Landreichs, sich mit ihnen treffen würde. *Und das allein aufgrund eines Anrufs von Turner, der nicht einmal eine halbe Minute gedauert hat!* Zwar wurde das Landreich von der Föderation politisch nicht anerkannt, so daß es sich eigentlich nicht um einen offiziellen diplomatischen Besuch handelte. *Für unsere Politiker ist Blucher nur der Anführer einer Bande von Schmugglern, Piraten und Mördern.* Trotzdem war Geoff wegen seines Äußeren sehr beunruhigt und versuchte hektisch, den wochenalten Dreck unter seinen Fingernägeln wegzuknibbeln, während er Turner über den von der Sonne erhitzten Asphalt des Rollfeldes folgte.

Ein paar hundert Meter von ihnen entfernt hoben gerade zwei Abfangjäger vom Typ Gotha ab, die bereits kurz nach dem Liftoff ihre Nachbrenner auf vollen Schub umschalteten und wenige Sekunden darauf die Schallmauer durchbrachen. Geoff wurde vom Doppelknall beinahe von den Füßen gerissen. Vance grinste ihn an und legte eine Hand an die Stirn, um den Jägern hinterher zu schauen.

»Mist, wenn ich das auf Johnson Island ausprobiert hätte, wäre ich mindestens für einen Monat in den Bunker gegangen!«

»So ist das eben in der Föderation«, kommentierte Hans, »Tausende vollkommen blödsinnige Regeln!«

Kurz darauf erreichten sie ein kleines Gebäude, vor dem ein Wächter stand, der mit einem Sturmgewehr bewaffnet war. Er nahm ihre Ausweise entgegen und beschäftigte sich mit jedem höchstens drei Sekunden, bis er überzeugt davon war, daß sie tatsächlich diejenigen waren, die sie zu sein vorgaben.

»Immer die Treppe runter bis zum ersten Büro auf der rechten Seite. Sie werden bereits erwartet.«

Geoff wollte der Ton des Wächters gar nicht gefallen, aber er hielt den Mund und folgte Turner die Wendeltreppe hinunter, die sie tief unter das Gebäude führte. Bald standen sie vor einer Tür aus Durastahl, die ihnen ohne weitere Überprüfung von einem anderen Wächter geöffnet wurde.

»Turner, alter Hundesohn!« rief der Mann, der sie erwartete, bevor der Ton der zuschlagenden Tür verklungen war. Er war ausgesprochen groß und hager. Winston ergriff seine Hand, und die beiden begrüßten sich lachend und schulterklopfend wie alte Freunde, wobei sie sich gegenseitig mit Schimpfwörtern titulierten, die den Politikern der Föderation wohl völlig unbekannt waren.

»Mann, wie lange haben wir uns nicht mehr gesehen? Seitdem du dich hinter deinen Schreibtisch an der Akademie verkrochen hast, oder?«

»Ich hatte es satt, für Idioten wie dich meinen Hintern zu riskieren!« erwiderte Winston lachend. Wieder wurden Schultern geklopft und Schimpfwörter ausgetauscht.

Geoff war peinlich berührt – er hätte nie erwartet, daß der alte Winnie so tief in die Niederungen der angelsächsischen Sprache abzutauchen vermochte.

Schließlich stellte Turner seine drei Kameraden vor, was Geoff in die Verlegenheit brachte, darüber nachzudenken, ob es korrekt sei, den Präsidenten einer von der Föderation nicht offiziell anerkannten Nation mit militärischem Salut zu grüßen.

Schließlich entschied er sich dafür, auf Nummer sicher zu gehen.

Blucher nahm seinen Salut mit einem kurzen Nicken zur Kenntnis.

»Sie sind also der neue Eigentümer der *Phantom*?« fragte er Hans.

»*Lazarus,* meinen Sie wohl.«

Blucher lachte. »Natürlich, schließlich hieß sie auch mal *Flotter Furz* und davor wohl *Hoppetosse,* wenn ich mich recht entsinne! Kelly war eigentlich ganz in Ordnung. Schade um ihn.«

»So geht's nun mal im Leben«, erwiderte Hans gelassen.

»Übrigens ist auf Ihren Kopf ein Preis von Zehntausend ausgesetzt, falls Sie das noch nicht wissen!«

»Sarn?«

»Ja. Diese Mistkerle haben mir das fünffache angeboten, wenn ich den Mund halte. Nicht zu fassen, wie dämlich die sind! Egal, ich dachte mir, daß Sie es wissen sollten. Noch ein Tip: Geben Sie auf die Jungs acht, die mit dem Ugati-Schiff gekommen sind!«

»Danke.«

Die beiden unterhielten sich noch einige Minuten über die Sarn, bevor Blucher sie schließlich in sein Büro führte.

Geoff schaute sich überrascht um. Er war erstaunt, wie spartanisch der Raum eingerichtet war. Außer einem ziemlich heruntergekommenen Sofa und drei verschlissenen Sesseln gab es keine weiteren Sitzgelegenheiten, und Blucher lud sie mit einer Handbewegung ein, darauf Platz zu nehmen, während er sich an einem Kühlschrank zu schaffen machte, dessen asthmatisches Rasseln davon zeugte, daß er seiner Aufgabe nur noch mit letzter Kraft nachkam.

»Ihr mögt es doch kalt, ja?«

»Nichts lieber als das«, erwiderte Turner dankbar, ohne sich dafür zu interessieren, ob die anderen diesbezüglich die gleichen Bedürfnisse hatten wie er. Blucher stellte fünf Bierflaschen auf den Tisch und nahm eine davon wieder an sich, bevor er sich auf dem freien Stuhl am schmalen Ende des Tisches niederließ. Er drehte den Schraubverschluß auf und feuerte ihn in eine Ecke des Zimmers.

»Johann, das hier mußt du dir unbedingt ansehen.« Winston zog einen Speicherwürfel aus der Brusttasche seiner Montur und schob ihn über den Tisch. Blucher nahm ihn in die Hand und betrachtete ihn eine Sekunde lang, bevor er aufstand und damit zu seinem Schreibtisch ging, auf dem ein Computer stand.

Nachdem er den Würfel in den Ladeschacht gesteckt hatte, studierte er einige Minuten lang intensiv die Daten, ohne dabei ein Wort zu verlieren.

»Wo seid ihr auf diese Schweinepriester gestoßen?« fragte er schließlich, ohne den Blick vom Monitor zu nehmen.

»Das war so eine Sache. Offiziell war es ein Sprungpunkt mit der Bezeichnung Epsilon, der aus dem System herausführte, in dem die *Grube* stationiert war. Als die Katzen am Sprungpunkt Alpha auftauchten und den Laden aufgemischt haben, den wir auch zum Einflug ins System nutzten, sahen wir uns gezwungen, uns über Epsilon abzusetzen, weil sie alle anderen Fluchtlöcher dichtgemacht hatten. Du wirst dir vorstellen können, wie überrascht wir waren, als wir am anderen Ende herauskommen und dieser Flotte begegnen. Natürlich haben wir sofort gemacht, daß wir wieder wegkommen!«

»Die Grube, so so. Habe dort früher selbst gelegentlich Handel betrieben. Was ist mit Gar passiert? Hat er rechtzeitig die Kurve gekriegt? Gar war ein verdammt feiner Kerl, aber er hätte seinen Großvater verkauft, wenn der Preis in Ordnung gewesen wäre. Erstaunlicherweise waren seine Geschäftspraktiken verhältnismäßig sauber. Er hat seine Zusagen durchweg eingehalten.«

»Nun«, sagte Hans, »der Container steckt jetzt hinter dem Ereignishorizont – ob Ihr Freund es geschafft hat, wissen wir nicht!«

»Ach«, erwiderte Blucher mit einer gelassenen Handbewegung, »da mache ich mir keine großen Sorgen, der hat schon ganz andere Dinge überstanden! Übrigens seid ihr im Sektor 42-33 Beta herausgekommen, falls es euch interessiert. Falls ihr Navigationsdaten braucht, ich habe die Karten auf dem Rechner.«

Hans schaute Blucher mißtrauisch an.

»Ich dachte, von dem Sektor gibt es überhaupt keine Karten?«

Blucher grinste. »Kommt darauf an, wen man fragt. Es gibt noch tausend andere Sektoren, für die ich Karten besorgen kann. Kostet natürlich eine Kleinigkeit. Sagen wir ... hunderttausend pro Karte. Natürlich nur, wenn Sie privat dort irgendwelche Absichten haben. Für die Föderation beträgt der Preis mindestens eine Million.«

Turner kicherte. »Wenn sie wüßten, daß es die Karten gibt, würden sie das Geld zweifellos dafür ausgeben. Gut zu wissen, wo ich sie herbekomme. Vielleicht können wir die Preise noch etwas nach oben jockeln, um meine Pension aufzubessern.«

»Deine Zeit an der Akademie hat dir wohl das Gehirn verwässert, was? Irgendwie tickst du nicht mehr richtig – was man schon daran sehen kann, daß du deinen Arsch riskierst und das mieseste Loch dieser Galaxis anfliegst, ohne deinen alten Kumpel Johann vorher zu fragen, ob er dir nicht eine Karte davon besorgen kann! Statt dessen schnappst du dir ein paar grüne Jungs und macht einen auf Kolumbus. Ich war schwer beleidigt, als ich davon gehört habe!«

Turner winkte ab. »War doch nur ein privater Trip, keine offizielle Sache. Tut mir leid, daß ich es dir nicht selber gesagt habe, aber es wußten eh schon zu viele Leute davon.«

»Na ja, was soll's«, entgegnete Blucher gutmütig. »Weißt du eigentlich, daß die Katzen sich da ein geradezu ideales System ausgesucht haben? Elf bekannte Sprungpunkte, die Hälfte davon direkt ins Imperium, einer in die demilitarisierte Zone zwischen euch und dem Imperium, während die anderen irgendwo weit draußen hinführen, mitten in die Pampas, wo weder die Föderation noch wir oder die Katzen Interessen angemeldet haben. Genau der richtige Ort, um eine große Streitmacht zusammenzuziehen.«

Turner erzählte Blucher nun, was sie sonst noch auf ihrer Reise erlebt hatten, wobei er sich natürlich vorwiegend an jene Dinge hielt, die für den Präsidenten des Landreichs möglicherweise von Bedeutung waren. Währenddessen ließ Blucher die von ihnen gesammelten Daten vom Computer bearbeiten. Obwohl das Büro ausgesprochen schäbig eingerichtet war, verfügte der Präsident über einen der modernsten Rechner, der in kürzester Zeit aus den miserablen Videos das letzte Quentchen an verwertbaren Informationen herausholte und die Qualität so aufpolierte, daß selbst ein professioneller Kameramann vor Neid erblaßt wäre.

»Das meiste ist Schnee von gestern, stammt noch aus dem Varni-Krieg. – Wo ist das neue Zeug?«

»Das haben sie vermutlich gut versteckt«, erwiderte Turner überflüssigeweise.

»Sind vor allem die dicken Dinger hier, die mir Sorgen machen«, meinte Blucher. »Schau dir das mal genau an. Das sind schwere Landepanzer. In jeden paßt eine ganze Brigade Marineinfanteristen. Mann, Winston – das ist kein Manöver, das ist ein dicker Rumms, den die da vorbereiten. Normalerweise bleibt die Marine immer schön nahe bei Kilrah, damit sie dem Imperator jederzeit den Hintern retten kann. Wenn die abkommandiert werden, dann bedeutet das, daß man sie als Raumlandetruppe einsetzen will.«

Er deutete auf ein anderes Schiff. »Sieh dir das hier mal an. Und jetzt«, er holte ein anderes Bild aufs Display, »der passende Strahlungsabdruck dazu. Das Ding ist bis unter die Kiemen mit Nuklearwaffen vollgepackt, jede Wette! Und das paßt gut zu den Landepanzern – erst bombardieren sie die Verteidigungsanlagen weg, und dann nehmen sie den Planeten ein.«

Jetzt konnte Geoff sich nicht mehr zurückhalten.

»Sir, wie kommt es, daß Sie das wissen, nicht aber der Geheimdienst der Flotte?«

Blucher und Turner blickten ihn überrascht an.

»Sag mal«, wandte der Präsident sich an seinen alten Freund, »in welchem Tanzschuppen hast den denn aufgegabelt?«

Geoff wäre am liebsten aufgestanden und gegangen, bemerkte aber rechtzeitig Turners scharfen Blick.

»Laß dir was erzählen, mein Sohn«, sagte Blucher geduldig, »soweit es die Föderation betrifft, könntest du dich genauso gut in einem anderen Universum aufhalten statt hier, denn offiziell wissen sie nicht mal, daß es uns gibt. Wir bewegen uns deshalb natürlich außerhalb ihrer Gesetze und haben auch nicht die Absicht, ihren ganzen blödsinnigen Regelkram mitzumachen – Steuern, Gesetze, der ganze Schwachsinn, der mehr kostet, als er bringt. Mit den Katzen hatten wir schon lange Kontakt, bevor eure Politiker auf die glorreiche Idee kamen, der Bevölkerung mitzuteilen, daß es die Kilrathi gibt. Und die Katzen sind nun einmal keine Waisenknaben, da gibt es ebenfalls eine ganze Menge, die außerhalb der imperialen Gesetze leben. Wer von seinem Klan verstoßen wurde, entehrte Krieger und Leute, denen das Imperium völlig gleichgültig ist. Wir treiben mit ihnen Handel, und manchmal schießen wir auch aufeinander. Aber deshalb interessiert es uns absolut nicht, welche strategischen Dummheiten die Föderation durchziehen will. Ist deine Frage damit soweit beantwortet?«

Absolut nicht. Geoff hätte zu gern noch weiter gebohrt, da es seiner Meinung nach absolut nicht einzusehen war, daß das Landreich über Informationen von höchster strategischer Bedeutung verfügte, die der Föderation nicht zugänglich waren. Aber ein weiterer scharfer Blick Turners genügte, um ihn von weiteren Fragen abzubringen.

Der Präsident studierte noch einige Minuten lang die Abbildungen der verschiedenen Schiffe und meinte dann zu Turner: »Habt ihr noch etwas Wichtiges?«

Turner zögerte, griff dann aber entschlossen in die Tasche und zog eine kleine Schatulle hervor, in der sich ein hauchdünner Datenchip befand.

»Sieh an«, kommentierte Blucher mit Kennermiene, »ein Katzenchip!«

»Allerdings. Könnt ihr die Dinger auslesen?«

»Zeig mal her!«

Eigentlich war Turner nicht bereit, diesen Chip aus der Hand zu geben.

»Keine Panik, ich weiß genau, wie man damit umgehen muß!« sagte sein Freund gelassen.

Turner reichte ihm den Chip, worauf Blucher den Rufknopf an seinem Pager drückte. Wenige Sekunden später öffnete sich die Tür, und ein junger Offizier steckte den Kopf ins Zimmer.

»Ich brauche eine Katzenkiste, Modell fünf. Sofort!«

Es dauerte nicht einmal eine Minute, bis der Offizier mit einem kleinen Datensichtgerät zurückkehrte, das offensichtlich von den Kilrathi hergestellt worden war. Er stellte es auf dem Schreibtisch des Präsidenten ab und verließ wieder den Raum.

Blucher öffnete den Deckel des Datensichtgeräts, worauf der Holoprojektor sich von selbst einschaltete. Dann steckte er den Chip in den dafür vorgesehenen Schlitz an der Seite des Geräts und drückte verschiedene Tasten. Kurz darauf zeigte das Holofeld das Bild eines Dokuments.

Blucher fluchte und hämmerte auf den Tasten des Datensichtgeräts herum, aber es war offensichtlich das einzige, das auf dem Chip gespeichert war.

»Sonst ist tatsächlich nichts drauf«, meinte er zu Turner, der aufgestanden war, um sich das Dokument näher anzuschauen. Geoff reckte ebenfalls den Hals und sah, daß es sich um ein altes, handgeschriebenes Pergament handelte. Oben war ein Symbol zu sehen, eine rote Klaue, die etwas kleiner noch einmal am unteren Ende des Textes abgedruckt war. *Vermutlich als Unterschrift.*

»Das ist ein offizielles Kommuniqué des Imperiums, direkt vom Imperator«, flüsterte Turner verwundert. »Ich habe schon ein paar davon gesehen, der übliche diplomatische Kram. Aber das hier sieht aus, als wäre es eine interne Mitteilung.«

Er schaute Blucher mit hoffnungsvollem Blick an.

»Hast du jemanden, der Katzinesisch kann?«

»Dauert einen Moment«, erwiderte Blucher so gelassen, als handelte es sich um die selbstverständlichste Sache der Welt. Er öffnete seinen Schreibtisch und kramte eine Kamera hervor, mit der er eine Reihe von Aufnahmen des Holobildes angefertigte. Anschließend zog er den Speicherwürfel aus der Kamera und steckte ihn in den Leseschlitz seines Computers. Ein paar Sekunden später erschien auf seinem Bildschirm eine Kopie des Schreibens mit vollständig übersetztem Text.

Turner und Blucher bauten sich vor dem Bildschirm auf, um das Kommuniqué zu lesen. Geoff war ziemlich aufgeregt, weil ihm nichts anderes übrig blieb, als abzuwarten und anhand ihres Gesichtsausdrucks zu raten, mit was sie da konfrontiert wurden. Fast im selben Augenblick sahen beide ziemlich überrascht aus, und dann meinte er in ihren Zügen so etwas wie Verbitterung und Wut zu erkennen.

Schließlich blickte Turner Geoff an.

»Das ist ein Befehl des Imperators, eine massive Offensive gegen die Föderation und ihre Verbündeten einzuleiten!« sagte er ungläubig.

»Jetzt haben wir es also schwarz auf weiß«, entgegnete Geoff.

»Alles ganz prima«, meinte Turner mit säuerlichem Gesichtsausdruck, »aber da steht nicht, wann und wo die Sache ihren Anfang nehmen soll. Formeller Blödsinn ist das. Wahrscheinlich wollen sie es nachher irgendwo in ein Museum hängen.«

»Was willst du denn noch?« knurrte Blucher. »Angriffspläne, Codewörter und den Namen der Kneipe, in der sich ihre Kommandanten nach dem Sieg besaufen wollen?«

»Es wäre ja auch zu schön gewesen, verdammt«, fluchte Turner. »Wobei sich die Frage stellt, weshalb man uns den Wisch hier überhaupt zugespielt hat.«

»Wer war denn so freundlich?« fragte Blucher interessiert.

Turner schaute ihm in die Augen und schüttelte den Kopf.

»Na klar«, meinte Blucher patzig, »ich verstehe schon!«

»Nein«, widersprach Turner, »so war das doch gar nicht gemeint! Ich weiß wirklich nicht, wer dafür gesorgt hat, daß wir das in die Finger bekommen. Darüber zerbreche ich mir ja die ganze Zeit den Kopf!«

»Merkt ihr denn nicht, was für ein seltsames Spiel die mit uns spielen? Dieses Kommuniqué ist an alle Obermotze der Katzen gegangen, an alle Klanführer, und vermutlich auch die Admiräle und ihre wichtigsten militärischen Führungskräfte. Das ist nun mal die übliche Prozedur bei jeder militärischen Aktion. Nur gibt es auf der anderen Seite jemanden, der uns unbedingt einen Tip geben wollte – es handelt sich nicht unbedingt um Verrat, und deshalb rückt er auch keine Details raus. Vielleicht geht es ihm nur darum, den ganzen Konflikt etwas spannender zu machen, oder auch darum, die Gelegenheit zu nutzen, Rivalen aufs Kreuz zu legen. Aber früher oder später wird irgend jemand herausposaunen, was wir wissen. Und dann wird einer von ihnen mit dem Finger auf jemanden aus den eigenen Reihen zeigen. Derzeit kann man nicht sagen, in welche Richtung die ganze Sache gehen soll. Und es ist er auch nicht so, daß wir etwas Neues erfahren haben – daß ein Angriff bevorsteht, hat nun mittlerweile jeder Idiot bemerkt, der noch genug Verstand hat, zwei und zwei zusammenzuzählen!«

»Was demnach auf die Regierung der Föderation nicht zutrifft«, bemerkte Hans süffisant.

Blucher grunzte.

»Die verfügen nicht über die entsprechende Qualifikation, um sich den Ehrentitel eines Idioten zu verdienen!«

Eigentlich sollte ich jetzt eine flammende Rede über die klugen Politiker der Föderation halten, dachte Geoff. *Aber ich denke nicht im Traum daran ...*

»Wie dem auch sei«, meinte Turner, »wir sollten zusehen, daß wir ganz schnell Kontakt mit den entsprechenden Leuten in der Föderation aufnehmen.«

Blucher seufzte und stützte sich mit den Handballen auf dem Tisch ab.

»Du wirst die frohe Botschaft persönlich überbringen müssen!«

»Was faselst du da? Ihr habt doch sicher ein vernünftiges Überlicht-Funkgerät?«

»Nö, haben wir nicht.«

»Was soll das? Habt ihr eure Funkanlage auch verkloppt, oder wie soll ich das verstehen?«

»Die Anlage ist defekt, verdammt!« fuhr Blucher ihn an. »Abgefackelt! In den Transistorhimmel aufgefahren, verflixt nochmal! Das Scheißembargo ist daran schuld, das ihr gegen uns verhängt habt! Seit drei Wochen ist die Anlage im Eimer, und wir haben keine Teile, um sie zu reparieren. Empfangen geht noch, senden aber nicht! Wir versuchen die notwendigen Teile reinzuschmuggeln, aber das kann noch einen Monat dauern.«

»Willkommen im Landreich«, meinte Hans grinsend.

»Also müssen wir schleunigst nach McAuliffe«, meldete Vance sich zu Wort. »Das ist die einzige Sendestation in der Nähe, die ausreichend Kapazität hat, um die Erde zu erreichen.«

Blucher lachte trocken. »Deren Anlage kannst du auch vergessen!«

»Was redest du da, verdammt noch mal?« brüllte

Turner. »Wir haben über McAuliffe gesprochen! Du solltest dir einmal die Ohren ausspülen lassen!«

»Mit deinen eigenen Lauschern scheint es auch nicht zum besten zu stehen!« gab Blucher wütend zurück. »McAuliffe ist tot, jedenfalls funktechnisch! Vermutlich haben sie wieder mal Probleme mit den Sonneneruptionen – nichts genaues weiß man.«

»Wir brauchen eine ganze verdammte Woche, um da hinzukommen«, meinte Turner mißmutig.

»Warum nehmt ihr nicht Krugers Schiff?« schlug Blucher vor. »Wir können für eine Weile darauf verzichten. Ist ohnehin ziemlich kaputt, also würden wir es sowieso nicht zur Abwehr einsetzen.«

»Sagt mal«, meinte Hans, »habe ich da vielleicht auch noch ein Wörtchen mitzureden?«

Blucher grinste ihn an. »Mein Sohn, du bist soeben offiziell eingezogen worden und gehörst nun der stolzen Armee des Landreichs an. Herzlichen Glückwunsch!«

»Leck mich.«

»Leck du mich auch«, erwiderte Blucher. »Wäre der Rang eines First Lieutenant angemessen?«

»Absolut nicht!« antwortete Hans fest entschlossen. »Ich bin Freiberufler und kann es mir absolut nicht leisten, in diese Angelegenheit verwickelt zu werden!«

Blucher lehnte sich nach vorn. Sein Gesicht erstarrte zu einer eisigen Maske.

»Hör zu und reg dich ab. Wenn du mit Turner nach McAuliffe zurückgehst, hast du früher oder später wieder die Sarn am Hals. Hier draußen ist es nicht so schlimm – ich muß das wohl nicht ausführen, ja? Abgesehen davon geht es dir nicht anders als meinem alten Freund Winston, der ebenfalls dringend eine Ohrenspülung braucht. Ich habe dich nicht um deine Beteiligung gebeten. Ich habe vielmehr soeben den

Notstand ausgerufen! Und nach den Regeln und Statuten des Landreichs bin ich dazu befugt, jegliche Hardware und alle wehrfähigen Personen zum Dienst heranzuziehen, ob sie nun wollen oder nicht. Wir haben nun mal kein stehendes Heer, also bauen wir auf die Kooperation unserer Bürger! Mit anderen Worten, mein Sohn, du bist eingezogen! Kapiert?«

Kruger starrte Blucher böse an.

»Wie wäre es denn mit Lieutenant Commander? Wäre das angemessen?« fragte Blucher mit kompromißbereiter Miene.

Vance klappte der Unterkiefer herunter.

»Ich werde nicht vor dir strammstehen!«

Hans blickte ihn arglos an und wandte sich dann wieder an Blucher.

»Ich will mein eigenes Schiff. Ihr könnt meine Kiste ruhig haben.« Er blickte Geoff und dann Turner an. »Aber ich möchte etwas, das auch ein bißchen Schlagkraft hat! Verdammt, die Katzen haben mir den Kahn zusammengeschossen, und das will ich ihnen heimzahlen! Und wenn ihr mir nicht die Gelegenheit dazu gebt, lasse ich meine Wut eben an euch aus!«

»Gut, einverstanden!«

Hans schaute Turner mit einem Anflug von Melancholie an.

»Der Schlüssel steckt.«

»Wir werden gut auf die *Lazarus* aufpassen, mein Wort darauf! Wenn etwas schiefgeht, werde ich dafür sorgen, daß du einen Scheck von unserer Regierung erhältst.«

»Okay.« Hans hatte sich mit dem Gang der Dinge abgefunden, aber mehr auch nicht.

»Sehen wir zu, daß wir wegkommen«, wandte Turner sich an Vance und Geoff.

Während Turner den Chip und den Speicherwürfel

an sich nahm, schaute Geoff Hans an und streckte die Hand aus.

»Tut mir leid, wie es sich für dich entwickelt hat.«

»So schlimm ist es ja auch nicht. Man kann eben nicht alles haben«, erwiderte Hans. »Geoff, paß gut auf dich auf!«

Dann verabschiedete sich auch Vance von Hans, bevor er zusammen mit Geoff loslief, um Turner einzuholen, der es offenbar sehr eilig hatte.

»Ist verdammt gut drauf, der Junge«, meinte Turner, als die beiden hinter ihm die Treppe hinaufliefen. »Nerven wie Drahtseile. Ein Führungstyp, würde ich sagen. Auch wenn er noch grün hinter den Ohren ist, könnte ich mir gut vorstellen, daß er meine *linke* Hand wird!«

So so, dachte Geoff. *Stellt sich nur die Frage, Winston, wer dann deine* rechte *Hand wird ...*

Blucher hatte sie mittlerweile eingeholt und fragte Turner: »Sag mal, hast du gewußt, wie gut er ist, als du ihn angeheuert hast?«

»Ehrlich gesagt, nein«, erwiderte Turner offen. »Ich habe ja nach einem unbeschriebenen Blatt gesucht, nach einem, der noch nicht so viel erlebt hat. Hatte keine Lust, einen aus dem Team während der Mission umlegen zu müssen. Wenn der Junge Probleme gemacht hätte, dann hätte ich ihn irgendwo abgesetzt oder ihn in Packband eingerollt und aus dem Weg geschafft, wenn es kritisch wird. Aber das war gar nicht nötig!«

Der Alte erstaunt mich immer wieder, dachte Geoff. *Ob er wirklich eine gesamte Crew kaltgemacht hätte, wenn es hart auf hart gekommen wäre?* Irgend etwas an Turners Stimme schien ihm zu sagen, daß es ratsam war, lieber nicht daran zu zweifeln ...

»Gib ihm ein gutes Schiff und einige Leute, die

seine Befehle nicht in Frage stellen, und er macht den Katzen die Hölle heiß!«

Blucher schien Turners Meinung durchaus zu teilen. »Sonst hätte ich ihn mir nicht an Land gezogen.«

Während die vier den heißen Asphalt des Rollfeldes betrachteten, verwickelten sich die beiden älteren Männer erneut in einen Streit über die Wirklichkeit der ›guten, alten Zeiten‹. Bald schon flogen die üblichen Schimpfwörter hin und her, und Geoff spitzte die Ohren, als er mitbekam, daß die beiden irgendwann in der Vergangenheit zusammen ein Piratennest ausgehoben hatten.

Geoff wollten die Worte nicht aus dem Kopf gehen, mit denen Turner Hans beschrieben hatte. Er wurde sich der Tatsache bewußt, daß er Hans hauptsächlich deshalb unterschätzt hatte, weil dieser nie die Akademie besucht hatte. *Aber die Akademie allein reicht nicht aus,* das hatte Geoff in den letzten Tagen und Wochen begriffen. Er überlegte, was zu tun war, um nachzuholen, was Hans auf die harte Tour gelernt hatte.

Geoff beobachtete Vance, der ziemlich sorglos wirkte, während er hinter den beiden alten Recken her trottete und sich ihre Erlebnisse anhörte. *Vance ist ein guter Pilot, hat irrsinnig schnelle Reaktionen.* Aber Vance war nun mal ein Einzelgänger, der im Team nicht gut zurecht kam. *Typisch Pilot, oder auch Spion – beides paßt eigentlich zu ihm.* Womit sich die Frage stellt, wie Geoff sich selbst einschätzte ...

Vor dieser Mission war für ihn alles sonnenklar gewesen: *Sieh zu, daß du deine Rangabzeichen und deine eigene* Wildcat *bekommst! Aber das kann doch nicht alles sein? Hans, der hat jetzt sein eigenes Schiff, sein eigenes Kommando und Leute, für die er verantwortlich ist.*

Geoff verspürte einen Anflug von Neid. Das Leben im Cockpit eines Abfangjägers hatte für ihn nicht mehr denselben Stellenwert wie vor wenigen Wochen. *Ich habe immer gedacht, man könnte damit einem Krieg entscheiden, aber das ist völliger Blödsinn. In Wirklichkeit sind es Leute wie Hans, die die wichtigen Aktionen ausführen, bei denen es auf Geduld ankommt und darauf, daß man die Nerven behält. Bis jetzt hast du dich diesbezüglich noch nicht mit Ruhm bekleckert, ganz anders als Hans – Mensch, wie der die Sache bei der* Grube *geregelt hat, indem er einfach wieder ins System zurückgesprungen ist! Damit hat nicht mal der alte Winnie gerechnet.*

Als sie die *Lazarus* erreichten, wurden sie von einer Bodencrew in Empfang genommen, die sich offensichtlich schon seit einiger Zeit darum bemüht hatte, das Schiff einigermaßen flugtauglich zu machen. Das Steuerbordleitwerk hatten sie mit Epoxydharz geflickt, die Löcher in der Schiffshülle waren versiegelt, und Geoff bemerkte erfreut, daß gerade zwei Männer eine große Kiste mit frischen Lebensmitteln an Bord brachten.

Der Leiter der Bodencrew war ein älterer Mann mit wettergegerbtem Gesicht, der auf einer nicht angezündeten Zigarre herumkaute.

»Hat ganz schön was abbekommen«, meinte er mit kratziger Stimme zu Blucher. »Die Kiste hat doch mal Kelly gehört, nicht wahr?«

»Stimmt.«

»Gutes Schiff. Und der neue Eigentümer hat eine Menge toller Extras eingebaut, das muß man schon sagen. Aber in den paar Minuten hier können wir wenig für das Schiff tun. Das Hauptproblem ist die abgerissene Strebe am Steuerbordleitwerk. Wir haben es notdürftig geflickt, aber wenn ich der Pilot wäre, würde ich mich beim Atmosphärenflug sehr zurückhalten!«

Turner und Blucher tauschten noch eine letzte

Runde Beleidigungen aus, was die Mitglieder der Bodencrew äußerst witzig fanden. Schließlich kletterte Turner ins Innere des Schiffes, gefolgt von Geoff und Vance.

»Vance, nimm den linken Sitz. Geoff geht auf den rechten. Sieh zu, daß du unter zwei G bleibst, solange wir in der Atmosphäre sind.«

»Verstanden«, entgegnete Vance grinsend.

Geoff nahm seine neue Position ein und überflog die Anzeigen. *Alles Standard, keine großartigen Besonderheiten.* Er stöpselte seine Sprechgarnitur ein und entschied sich dafür, mangels anders lautender Anweisungen die Startprozedur so durchzuführen, wie er es gelernt hatte.

Der Chef der Crew baute sich draußen vor dem Schiff auf und deutete mit kreisender Faust an, daß sie die Maschinen hochfahren konnten. Vance drückte die entsprechenden Tasten und fuhr den Schub zur Probe kurz im Leerlauf hoch. Der Crewchef nickte und hob den rechten Arm, um sie auf das freigegebene Rollfeld zu leiten.

Geoff hob die Hand zum Salut, und der alte Mann erwiderte den Gruß grinsend. *Völlig korrekt,* dachte Geoff überrascht. Vermutlich war der Alte selbst einmal bei der Flotte gewesen, ansonsten konnte Geoff sich nicht vorstellen, wieso er den Salut so tadellos erwidern konnte.

In seinem Kopfhörer vernahm er das Signal der Bodenkontrolle, die ihnen Starterlaubnis erteilte. Vance positionierte das Schiff sorgfältig am Ende des Rollfelds, bevor er den Schubhebel bis zum Anschlag durchdrückte.

Die *Lazarus* geriet zunächst ins Taumeln, weil ihr Schwerpunkt sich aufgrund des halb abrasierten Steuerbordleitwerks verlagert hatte. Dann korrigierte der

Computer den Fehler, und das Raumschiff schoß bald mit fast dreihundert Sachen übers Rollfeld.

Vance zog den Knüppel nach hinten, um das Schiff im steilen Winkel nach oben zu bringen, während Geoff das Fahrwerk einfuhr. Dann verringerte der Pilot den Schub, so daß sie die Schallmauer erst durchbrachen, als sie den Rand der Atmosphäre erreicht hatten.

Während das Indigo der Lufthülle sich allmählich verdunkelte, löste Turner seine Gurte und trat an den Leitstand.

»Nach McAuliffe«, befahl er, »und zwar mit allem, was der Kahn hergibt! Plottet den Kurs hinter dem nächsten Sprungpunkt schon mal im voraus, ich möchte nämlich keine Fahrt verlieren, also gehen wir mit vollem Tempo rein!«

»Kein Problem, Sir«, erwiderte Vance. »Aber wieso haben wir es so eilig?«

»Weil ich das dumpfe Gefühl habe, daß wir noch vor dem Tag der Föderation dort eintreffen sollten!« erklärte Turner.

»Wieso das, Sir?« fragte Geoff.

»Ist nur so ein Gefühl aus dem Bauch heraus. Wir sollten das, was wir in Erfahrung gebracht haben, unbedingt abliefern, bevor alles in Urlaub geht.«

»Ich führe die Berechnungen durch, sobald wir die Umlaufbahn verlassen haben, Sir«, versprach Geoff.

»Gut, Geoff.«

»Sir, warum legen Sie sich nicht ein bißchen hin?« fragte Geoff. »Wir übernehmen die erste Wache.«

Turner nickte ihm dankbar zu und verließ das Cockpit.

»Warum will er eigentlich unbedingt vor dem Tag der Föderation da sein?« murmelte Vance mehr zu sich selbst.

»Weiß der Kuckuck ...«, erwiderte Geoff, als ihm plötzlich die Erleuchtung kam.

»Mensch, Vance – ob er vielleicht davon ausgeht, daß die Katzen am Tag der Föderation zuschlagen?«

Vance blickte ihn nachdenklich an. »Möglich. Ist ja der einzige Tag im ganzen Jahr, an dem eigentlich jeder ein bißchen feiert. Also ist auch ...«

»... die halbe Flotte beurlaubt«, ergänzte Geoff den Satz.

Er ärgerte sich ein wenig, daß er nicht schon früher darauf gekommen war. *Das mußt du wohl auch noch lernen, mein Junge, zwei und zwei zusammenzählen und die richtigen Schlüsse daraus zu ziehen. Wenn du das nicht auf die Reihe kriegst, wirst du nie so gut sein wie Turner ...*

Hauptquartier der Flotte der Föderation
STANDARDDATUM: 2634. 228

»Skip! Gut, daß ich dich noch erwische!«

Banbridge hob die Hand, um Speedwell den Stuhl vor seinem Schreibtisch anzubieten, doch der Chef des Geheimdienstes begab sich direkt an den Computer und drückte einen Speicherwürfel in den Leseschlitz.

»Das haben wir vor zwanzig Minuten von unserem Lauschposten Epsilon hereinbekommen«, erklärte Speedwell aufgeregt. »Verdammt, wir hatten recht – sie kommen!«

Banbridge beugte sich vor, als das Holofeld hochfuhr und die übliche Statusmeldung anzeigte. Er wartete, bis der Scanner seinen Strahl auf ihn richtete, um die üblichen biologischen Informationen wie Netzhautmuster und Kopfform abzutasten. Schließlich bestätigte der Computer, daß Banbridge Zugang zu den Daten hatte.

»Stammt von Lieutenant Ches Penney«, erklärte Speedwell, »einem unserer besseren Kryptographen. Dort siehst du das Originalsignal, das sie von der Grenze aus reingeschickt haben.«

Im selben Moment ertönte das helle, prasselnde Geräusch eines gerafften Impulses, das fast zwölf Sekunden lang anhielt.

»Verdammt langes Signal«, bemerkte Skip überflüssigerweise.

»Penney hatte sehr wenig Eingangsmaterial«, erläuterte Speedwell. »Die Katzen ändern ihre Kodesequenzen seit einiger Zeit in immer kürzeren Abständen. Er ist rein nach dem Gehör vorgegangen. Wenn das Signal am Anfang nicht so seltsam geklungen hätte, wäre er vermutlich gar nicht dahintergekommen. Das hier ist die Signatur, mit der dem Empfänger mitgeteilt wird, welchen Code er benutzen soll. Penney hatte unverschämtes Glück, weil die Katzen auf einen alten Code zurückgegriffen haben, den wir schon vor einiger Zeit knacken konnten. Egal, hier ist der Originaltext in Kilratho.«

Speedwell deutete mit dem Finger auf das Holofeld, das jetzt das Kommuniqué Seite um Seite anzeigte.

»Natürlich ist das meiste unwichtig – Füllmaterial, um den Kodeknackern das Leben schwer zu machen. Deshalb hat er eine Mustersuche durchführen lassen, und dabei stieß er auf das hier.«

Jetzt war die englische Übersetzung des Textes zu sehen. Skip brauchte nur wenige Sekunden, um alles wesentliche zu lesen.

Dann stand er auf, um sich einen frischen Kaffee zu

holen. Sein Gesicht wirkte im Licht des Holofeldes geisterhaft bleich.

»Target Vikyah?« fragte er leise, obwohl er die Antwort bereits kannte.

»McAuliffe«, bestätigte Speedwell.

»Was spricht noch dafür?«

»Daß es die einzige große Basis ist, mit der wir derzeit keine Verbindung aufnehmen können, weil sie Probleme mit ihrer Funkanlage hat. Dieses Kommuniqué hier wurde von einem ihrer Lauschposten ins Imperium geschickt und zwölf Stunden später einem Admiral Nargth übermittelt, der sich nicht innerhalb der Grenzen aufhält.«

»McAuliffe«, flüsterte Skip fassungslos. »Mein Gott, die meinen es wirklich ernst!«

»Sieht so aus«, kommentierte Speedwell. »In diesem Kommuniqué gibt es eine Menge Löcher, Skip. Was Penney herausgefischt hat, ist eher eine beiläufige Erwähnung als der Kern der Mitteilung. Wir vermuten, daß wir ungefähr ein Viertel herausgefieselt haben, aber wir kennen den Codenamen dieses Admiral Nargth und auch den ihres Targets ...«

»Was schätzt du, wie groß ihre Flotte ist?«

Speedwell stieß die Luft aus. »Verdammt, Skip, das ist eine wirklich schwierige Frage. Wir wissen, daß ihre erste Flotte die größte ist – was keinen wundert, da sie ja primär zum Schutz ihrer Heimatwelt eingesetzt wird. Daneben gibt es noch mindestens vier weitere Flotten, aber sie wechseln ständig die Namen und sogar die Nummern.«

»Und Nargth?«

Speedwell drückte einige Tasten, worauf ein Dossier über den gegnerischen Admiral erschien.

»Was wir über ihn wissen, ist wenig genug, aber das gilt ja allgemein für ihre Kommandanten. Das meiste stammt aus abgefangenen Funksprüchen, also sollte man nicht allzuviel darauf geben. Klar ist ebenfalls, daß er keinen der üblichen Ehrentitel trägt, mit denen ihr Adel sich so gern schmückt, und er ist auch kein Baron oder so was.«

Speedwell grinste ihn an. »Ist vermutlich ein alter Militärhengst, genau wie du. Hat sich hochgearbeitet, was bei den Katzen eigentlich ausgesprochen selten ist. Ich glaube, daß man sich bei dem Burschen vorsehen muß.«

Skip nickte. »Was schlägst du vor?«

Speedwell überlegte einen Moment. »Wie ich dir vor Monaten schon gesagt habe, ist die ganze Sache ein ziemlich komplexes Rätsel. Soweit es den Angriff auf McAuliffe betrifft, steht fest, daß der Befehlshaber ein naher Verwandter des Imperators ist. In ihrer Admiralität gibt es niemand, der das von sich behaupten könnte. Und dieser Umstand allein gibt mir zu denken – eine vollkommen untypische Abweichung von ihrer militärischen Ordnung, und genau das zeigt meiner Meinung, welchen Stellenwert sie der Aktion beimessen.«

»Wäre es denn nicht denkbar, daß wir einfach aufgrund der unvollständigen Daten übersehen haben, daß es doch einen Admiral gibt, der aus der Familie des Imperators stammt? Oder vielleicht haben wir uns einfach hinsichtlich der Bedeutung dieser Person geirrt. Vielleicht ist er nur als Zaungast dabei?«

»Natürlich, das wäre denkbar. Und es könnte sich durchaus um ein Täuschungsmanöver handeln, mit dem sie unsere Aufmerksamkeit auf McAuliffe lenken wollen, während ihre eigentliche Streitmacht unter Führung eines Mitglieds der imperialen Familie direkt zu unseren Zentralwelten vorstößt. Erinnerst du dich an die Simulation, die wir vor einigen Jahren mit diesem Szenario durchgeführt haben? Wir kamen damals zu dem Schluß, daß es durchaus eine denkbare Alternative darstellt.«

O verdammt. Wieso muß ausgerechnet jetzt die Funkverbindung nach McAuliffe ausfallen? Wenn wir dieses Problem nicht hätten, müßten wir uns nicht den Kopf darüber zerbrechen, ob sie diese Strategie nun tatsächlich anwenden oder nicht. Skip wußte, daß der Zeitfaktor in dieser Angelegenheit eine wichtige Rolle spielte, vielleicht die wichtigste überhaupt. *Die Frage ist, ob sie erst in drei Wochen zuschlagen oder bereits heute Nachmittag* ... nur eines war gewiß. Die Konfrontation stand unmittelbar bevor.

»Wie setzen die Flotten sich derzeit zusammen?«

»Zwei Schlachtschiffe, ein halbes Dutzend schwere Kreuzer, ein Flottenträger und der übliche Geleitzug.«

Skip brauchte eine Weile, um sich die Bereitschaftspläne ins Gedächtnis zu rufen.

»Ich werde Konteradmiral Dayan mit dem Sonderkommando dreiundzwanzig losschicken. Sie verfügt über zwei Schlachtschiffe, den Träger *Ark Royal* sowie eine ganze Reihe guter Kreuzer und Fregatten, die von hervorragenden Leuten kommandiert werden. Damit dürfte sich die Lage ein bißchen zu unseren Gunsten wenden. Sehen wir es mal so – wenn wir es nur mit einer ihrer typischen Flotten zu tun haben, verfügen wir allein bei den Schlachtschiffen über die doppelte Schlagkraft. Falls sie es darauf anlegen, machen wie ihnen ruckzuck Knoten in die Schwänze – das sollte kein Problem darstellen. Und falls sie es sich doch anders überlegen und in den Firekka-Sektor einfallen, kann ich Dayan immer noch dorthin beordern.«

Speedwell schwieg.

»Was hältst du davon?«

»Beim derzeitigen Stand ist das wohl die sinnvollste Strategie, denke ich. Nur sehe ich ein anderes Problem – wir haben ja nur einen Teil ihres Kommuniqués entschlüsselt. Stell dir vor, sie fallen mit allem, was sie haben, über McAuliffe her! Wenn sie das vorhaben, bekommen wir ganz schön was auf die Jacke!«

Skip schüttelte den Kopf. »Aber sobald Dayan ihre Flotte mit der siebten zusammengelegt hat, verfügen wir über mehr als genug Schlagkraft. Sollte die Angriffsflotte eine Nummer zu groß sein, können wir immer noch den Rückzug antreten, ohne etwas zu verlieren. Ansonsten zeigen wir ihnen, daß mit uns nicht zu spaßen ist!«

»Skip«, entgegnete Speedwell mit eindringlicher Stimme, »irgendwo ist da ein Haken, das spüre ich! Die Verteidigungsanlagen von McAuliffe hätten nicht einmal den Hauch eines Problems, wenn sie ein gutes Dutzend Schlachtschiffe einsetzen würden. Und du kannst mir nicht erzählen, daß die Katzen das nicht genau wissen. Also stellt sich die Frage, warum sie es trotzdem versuchen, und das mit einer Flotte, deren Schlagkraft unter Berücksichtigung der Umstände geradezu lächerlich ist. Wozu sollten sie ihre Leute und kostspieliges Material verheizen?«

»Vielleicht haben sie sich eine neue Strategie ausgekaspert«, mutmaßte Skip. »Vielleicht versuchen sie es mit einem Bodenangriff auf die Schirmfeldgeneratoren. Das Szenario hatten wir auch schon auf unseren Simulatoren!«

»Die Verluste auf ihrer Seite wären völlig untragbar – vergiß nicht, daß die dritte Marineinfanterie dort stationiert ist. Außerdem müßten sie zunächst im Raum und dann innerhalb der Atmosphäre die Oberhand gewinnen. Bei der Landung würden die Katzen die Hälfte ihrer Truppen verlieren, und das bereits vor dem eigentlichen Sturm auf die Basis! Unter zehn Legionen brauchen sie es erst gar nicht zu versuchen.«

Skip besaß nicht genug Phantasie, um sich das Ausmaß der Bodenschlacht vorzustellen. *Es sei denn, sie haben eine Möglichkeit gefunden, den Phasenschild lahmzulegen* ... Es gab zu viele Variablen, zu viele ...

»Wie lange braucht Dayan, um ihre Flotte von Tangier nach McAuliffe zu verlegen?« fragte Speedwell.

»Sechs Tage, einschließlich der Zeit, die wir benötigen, um ihr den Stellungsbefehl zukommen zu lassen.«

»Der Tag der Föderation«, sagte Speedwell leise.

Skip nickte. »Ich werde Dayan sagen, daß sie ihre Flotte mit größtmöglicher Geschwindigkeit verlegten. Jetzt werde ich aber erst mal mit dem Präsidenten reden. Ich möchte, daß du mich begleitest. Hoffen wir nur, daß dein Lieutenant Penney sich nicht vertan hat!«

11

MCAULIFFE – AM VORABEND DES TAGES DER FÖDERATION STANDARDDATUM: 2634. 234

»Schönen Feiertag wünsche ich dir, Janice!«

Admiral Frederick Long, seines Zeichens Kommandant der siebten Flotte, die an der Orbitalstation Alexandra über der Planetenbasis McAuliffe stationiert war, nickte der Pilotin des Shuttles freundlich zu, bevor er seinen Fuß auf den heißen Asphalt setzte. Long seufzte, als ihm die stickige Luft des Planeten entgegenschlug. *Am Tag der Föderation wünscht man sich wirklich ein anderes Wetter, verdammt.* Normalerweise verbrachte er den Feiertag an der Küste von Maine, wo seine Segelyacht lag. Doch statt die letzten Tage des Sommers auf der Erde zu genießen, saß er nun in diesem Dreckloch fest. Der einzige Ort mit einem einigermaßen erträglichen Klima war das etwa hundert Kilometer von der Basis entfernte Highcroft, das rund tausend Meter über dem Meeresspiegel lag, und dort zog es nun jeden Offizier hin, der während des Feiertages dienstfrei hatte. Großzügig wie Long nun einmal war, hatte er auch die meisten Leute aus seinem Stab eingeladen, damit diese das Fest nicht in der unerträglichen Hitze verbringen mußten, die auf dem Rest des Planeten herrschte.

Highcroft war sozusagen das Filetstück unter den Immobilien dieses Sonnensystems, und man hatte sich alle Mühe gegeben, die hier residierenden Offiziere davon abzulenken, daß sie nicht auf der Erde waren. Nachdem man mit einem Wahnsinnsaufwand Bäume von der Erde angepflanzt hatte, erinnerte die

Gegend tatsächlich ein wenig an die Rocky Mountains. Der personelle Aufwand zur Pflege dieses Ferienparks war alles andere als unbeträchtlich, und darüber hinaus verschlangen die Bäume einen beachtlichen Teil der Wasserreserven des Stützpunktes. Und dies alles nur, damit Leute wie Long um diese Jahreszeit einen echten Holzscheit in ihrem Kamin verfeuern konnten, auch wenn sie dabei die Klimaanlage auf Hochtouren laufen lassen mußten, um es im Raum überhaupt noch aushalten zu können.

Er schirmte die Augen vor der heißen Primärsonne des Systems ab, die noch weitere neununddreißig Jahre am Himmel stehen würde, bevor der Planet die nächste Nacht erlebte.

Dann bemerkte er einen Lieutenant aus Nagomos Stab, der ihm entgegengelaufen kam und kurz stehen blieb, um zu salutieren.

»Was liegt an, Lieutenant?«

»Sir, ich soll Ihnen von Admiral Nagomo ausrichten, daß er sich in einer Stunde mit Ihnen treffen möchte. Er schlägt vor, Sir, daß Sie sich dadurch nicht aufhalten lassen sollen, Sir!«

»Gut, Lieutenant! Noch etwas?«

»Sir, ich soll Ihnen außerdem ausrichten, daß die Verbindung zu X-Ray unterbrochen wurde!«

Long zögerte. X-Ray war der vorgezogene Lauschposten, den sie in der Nähe des Sprungpunkts von McAuliffe eingerichtet hatten, in der demilitarisierten Zone. Der Lieutenant reichte ihm einen versiegelten Briefumschlag. Long holte sein Taschenmesser hervor, um das Siegel aufzubrechen.

Schweigend überflog er den Bericht. Ein Schmugglerschiff war aus dem Gebiet der Kilrathi mit extrem hoher Geschwindigkeit in das System gesprungen, gefolgt von einem Zerstörer der Kilrathi, der das

System nach einem kurzen Orientierungsflug wieder verlassen hatte. Kurz darauf meldete die Funkzentrale des Stützpunkts, daß der im Zwölfstundenrhythmus eintreffende Bericht des Lauschpostens ausgeblieben war. Da der Überlichtfunk durch die Sonneneruptionen nicht zu gebrauchen war, mußte das Wachschiff in der Nähe des Sprungpunkts kreuzen, um die lichtschnellen Signale mit einer halbwegs vertretbaren Verzögerung an die Basis übermitteln zu können. *Verdammt, welcher Idiot kam eigentlich auf die Idee, in diesem System eine so wichtige Basis einzurichten?*

Long kam zu dem Schluß, daß das Ausbleiben der Meldungen möglicherweise durch einen Ausfall des Transponders verursacht worden war. *Kein Grund zur Beunruhigung, obwohl …*

»Wie lange wird es dauern, bis die Anlage wieder funktioniert?«

»Die Wartung meint, daß der Sturm noch eine Weile anhalten wird. Mit ein bißchen Glück könnten wir aber in sechs Stunden wieder Online sein, Sir.« Der Lieutenant hob seine Hand und deutete auf die riesige, rote Primärsonne, die den wesentlich kleineren gelben Zwerg mit einem mächtigen Feuerschweif bombardierte.

Es sah fast so aus, als ob die beiden Sterne durch eine Nabelschnur verbunden waren.

Long nickte. Die *Concordia* verfügte über eine Translicht-Anlage, und er zog in Erwägung, das Schiff an einem Punkt außerhalb des Systems zu positionieren, um die Verbindung zumindest provisorisch wiederherzustellen. Seit vierzehn Tagen waren sie vom Rest der Galaxis abgeschottet. *Ziemlich beunruhigend. Da draußen könnte in der Zwischenzeit alles mögliche passiert sein! Vielleicht sollte ich auch eine Fregatte nach X-Ray schicken, damit wir wissen, was dort los ist.* Long beschloß, sich an die alte Faustregel zu halten, daß im Ernstfall alles schiefgeht, was schiefgehen kann.

»Fred, du hast dich schon wieder verspätet!«

Er seufzte leise, während seine Frau Linda aus dem Helolift stieg und mit wilden Drohgebärden auf ihn zukam, so als wäre er ein Kind, das sich noch nicht über die Konsequenzen seines Tuns bewußt ist.

»Tut mir leid, Schatz – hatte noch eine Menge Papierkram zu erledigen!«

Ein paar Dutzend Meter entfernt war soeben ein Transporter gelandet, aus dessen Frachtraum nun ein Trupp Soldaten ausstieg, die offenbar bestens gelaunt waren. Doch als sie ihren Kommandanten bemerkten, verstummten das Gelächter und das Gebrüll sofort, und sie nahmen Haltung an, um Long zu begrüßen.

»Immer locker bleiben, Jungs«, meinte Long launig, »schönen Feiertag – und seht zu, daß ihr nicht im Bunker landet!«

Linda stand jetzt direkt neben ihrem Mann und bedachte die Soldaten mit einem hochnäsigen Blick, der wohl so etwas wie Ekel zum Ausdruck bringen sollte. Während die Männer sich entfernten, nahm die Lautstärke ihrer Diskussionen allmählich wieder zu, bis sie den gewohnt hohen Pegel erreicht hatte.

»Frederick, hast du immer noch nicht dafür gesorgt, daß dieses ekelhafte Lokal – wie heißt es noch, *Four Dollar Gerti's*? – geschlossen wird? Ich habe eben *zufällig* gehört, wie einer der Soldaten erwähnte, daß er dieses Etablissement aufzusuchen gedenkt. Hattest du nicht versprochen, diesen Laden schließen zu lassen?«

»Ja, meine Liebe«, erwiderte Long entnervt. »Ich werde dafür sorgen, daß sich einer von meinen Leuten sofort darum kümmert. Aber du solltest nicht vergessen, daß es nicht in meinen Zuständigkeitsbereich fällt, sondern in den von Nagomo.«

Außerdem heißt die Kneipe Four Dollar Suzie's, dachte er, ohne es laut auszusprechen.

Sie starrte Nagomos Lieutenant böse an, als ob er persönlich für die Existenz dieses Sündenpfuhls verantwortlich sei.

Long nickte dem Lieutenant zu. »Berichten Sie dem Admiral, daß es vermutlich an einer Fehlfunktion des Transponders liegt. Wenn der nächste Bericht ebenfalls ausbleibt, schicke ich eine Fregatte, um der Sache auf den Grund zu gehen.«

»Fred«, nörgelte seine Frau, »unsere Gäste warten schon!«

»Abtreten, Lieutenant!«

Der Lieutenant salutierte und machte kehrt, um zum Hauptquartier zu gehen. Long faltete den Bericht sorgfältig zusammen und steckte ihn in die Innentasche seiner Uniformjacke. Linda hängte sich bei ihm ein und führte ihn zu dem wartenden Helo.

»Ach, beinahe hätte ich es vergessen«, sagte sie mit einer bedrohlichen Beiläufigkeit. »Ich habe eben noch einmal die Gästeliste für heute abend durchgesehen, und dabei fiel mir auf, daß Captain Hunter ebenfalls zu den Eingeladenen gehört. Dabei hatte ich doch ausdrücklich gesagt, daß ich nicht möchte, daß dieser ... dieser *Mensch* noch einmal unser Haus betritt! Nachdem er sich mit dieser anderen Frau eingelassen hat, kann man Nancy doch unmöglich mit seine Anwesenheit konfrontieren! Erst gestern hat sie mir gesagt, daß sie es schrecklich fände, wenn er käme – vermutlich würde sie auf der Stelle tot umfallen, und dafür hätte ich jedes Verständnis, bei dem, was er ihr angetan hat, dieser Kerl! Frederick, ich möchte, daß du ihn sofort aus deinem Stab entläßt!«

»Ja, Liebes.« Long drehte sich um, weil er das Geräusch der anlaufenden Triebwerke des Shuttles hörte, mit dem er gekommen war. *Verdammt, ich werde doch langsam nervös wegen der ausgefallenen Funkanlage.* Natürlich konnte er sich einreden, daß es im höchsten Maße unwahrscheinlich war, daß die Katzen ausgerechnet jetzt auf die Idee kamen, ihre Angriffe zu konzentrieren. Schließlich spielte der Konflikt sich hauptsächlich in einer Gegend ab, die Hunderte von Lichtjahren entfernt war und damit außerhalb seiner Verantwortung lag. *Aber die Tatsache, daß wir von dem Lauschposten nichts mehr hören ... eigentlich sollte ich auf dem Absatz kehrtmachen und bei meinen Leuten sein, bis sie geklärt haben, was mit X-Ray passiert ist.*

Seit fast dreißig Jahren war Long hier stationiert und konnte auf eine tadellose Laufbahn zurückblicken, in der ihm nicht ein einziger großer Fehler unterlaufen war. Aber dafür hatte er viele schlaflose Nächte in Kauf genommen, oft mit seinen Leuten mit brennenden Augen gebannt vor den Monitoren gesessen, um in den frühen Morgenstunden festzustellen, daß es wieder einmal falscher Alarm gewesen war.

»Frederick«, kreischte Linda, »was denkst du dir eigentlich dabei? Wie stehen wir vor unseren Gästen da, wenn der Herr Admiral seine Zeit auf der Basis vertrödelt, statt seinen Pflichten als Gastgeber nachzukommen!«

Er ignorierte ihr Geschrei und blieb weiter vor dem Helo stehen, um den Abflug des Shuttles zu verfolgen. *Ich hätte mitfliegen sollen ...*

»Freeederick!«

»Ja, ich komme sofort«, sagte Long, bevor er sich umdrehte und ebenfalls in den Helo stieg.

Nur wenige Minuten nach dem Abflug des Helo nach Highcroft landete der Transporter, der die Basis alle vierzehn Tage von der Erde aus anflog. Diesmal waren über hundert Soldaten und Offiziere an Bord, die zum ersten Mal den Boden dieses Planeten betraten. Auf der Rückreise würde das Schiff achtzig Männer und Frauen mitnehmen, die bereits hinter sich hatten, was den Neuankömmlingen noch bevorstand. Schließlich wurde die Fracht gelöscht, die größtenteils aus Ersatzteilen für alle möglichen Maschinen bestand. Was für die Basis auf der Planetenoberfläche bestimmt war, wurde direkt zu den entsprechenden Abteilungen gebracht, wogegen die für die orbitale Sektion des Stützpunktes gelieferten Gegenstände an der Seite des Rollfeldes abgestellt und mit einer Plane überdeckt wurden. Während der Chef der Bodenmannschaft noch damit beschäftigt war, die Frachtlisten durchzugehen, wurde er vom Kommandanten des Transporters angesprochen, der eine silberfarbene Dokumentenkapsel bei sich trug.

»Das hier soll nach oben!«

»Das hätten Sie mir aber etwas früher sagen müssen«, erwiderte der andere. »Der Shuttle ist vor ein paar Minuten gestartet. Hätte ich das gewußt ...«

Der Mann winkte ab. »Kann man wohl nichts dran ändern«, meinte er fatalistisch. »Hätte euch ja schon während der Fahrt angefunkt, aber damit war es ja wohl Essig!«

»Wenn Sie mir zumindest direkt nach der Landung Bescheid gesagt hätten, dann hätte ich noch etwas tun können«, meinte der Chef der Bodenmannschaft ein wenig beleidigt.

»Keine Zeit gehabt«, erwiderte der Kommandant. »Sie wissen ja, die Vorschriften – zuerst mußte die Fracht aus dem Kahn, sonst zahlt die Versicherung nicht, falls es einen Unfall gibt oder etwas ... etwas *abhanden* kommt.«

»Klar, sehe ich ein.« *Du Blödmann! Solange ich hier Dienst tue, ist noch nie etwas ›abhanden‹ gekommen!*

»Jedenfalls muß das hier zügig zugestellt werden«, meinte der Kommandant. »Geht direkt an Admiral Long – der wird sich bedanken, das ist eine ganze Menge Papier, aber ihr seid hier auch schon seit zwei Wochen offline, da fällt natürlich einiges an.«

»Versuchen Sie es mal in Admiral Nagomos Abteilung – der trifft sich heute noch mit Admiral Long, vielleicht kann er das Zeug ja mitnehmen!«

»Danke!«

Der Kommandant ließ sich den Weg erklären. Eine gute Viertelstunde später betrat er das Hauptquartier, das mit einer Klimaanlage ausgestattet war. Es brauchte eine Weile, bis er sich zu Nagomos Empfang durchgefragt hatte.

»Ich habe einige wichtige Depeschen für Admiral Long, Prioritätsstufe eins«, sagte er dem hinter dem Empfangsschreibtisch sitzenden Sekretär, dessen trübe Augen den Verdacht nahe legten, daß er den Tag der Föderation bereits gebührend vorgefeiert hatte.

»Tut mir leid, Sir – der Admiral hat bereits seinen Urlaub angetreten. Wir können es ihm natürlich per Funk übermitteln, kein Problem!«

»Das geht nicht«, erklärte der Kommandant. »Da ist eine 3 A von Admiral Banbridge dabei, die darf nicht gesendet werden. Aber man hat mir gesagt, daß er sich heute noch mit Admiral Nagomo trifft, der ihm die Depeschen vielleicht persönlich übergeben kann.«

Es ist nicht zu fassen, dachte er. *Da schipperst du seit zehn Jahren für die Flotte durchs All und bist offensichtlich der einzige, der die Vorschriften kennt!*

Der Angestellte griff zum Telefon und wählte eine Nummer. Kurz darauf betrat ein Lieutenant mittleren Alters das Büro.

»Kann ich Ihnen helfen, Sir?«

Der Kommandant erklärte noch einmal, worum es ging, wobei er diesmal besonders hervorhob, daß er die Dokumentenkapsel nicht ohne Unterschrift des Empfängers aus der Hand geben würde. *Ist zwar nicht unbedingt wahr, aber vielleicht kriege ich diese Sesselfurzer so ans Laufen!*

Der Lieutenant nickte.

»Admiral Nagomo wird in einigen Minuten abfliegen. Ich schlage vor, daß ich ihm die Depeschen übergebe, damit er sie an Long weiterreicht, Sir.«

Der Kommandant überlegte kurz, ob dieses Vorgehen den Vorschriften gerecht wurde. Eigentlich benötigte er nur eine Unterschrift von einem Mitglied des Stabes von Admiral Long. *Wenn man es genau betrachtet, gehört Nagomo ja zu Longs Stab, da er ihm als Kommandant der Basis untersteht. Hauptsache, ich komme hier möglichst schnell wieder raus ...*

»Einverstanden.«

Der Lieutenant unterschrieb das Übergabeformular. Anschließend tauschte man beste Wünsche für das Fest aus und verabschiedete sich von einander.

Der Lieutenant machte sich auf den Weg zu Nagomos Büro. *Man könnte vor Neid platzen, wenn man sich vor Augen führt, daß der junge Kerl den Tag der Föderation an Bord eines Raumschiffs feiern darf, während ich noch sechs Jahre in diesem Backofen absitzen muß.*

Keine fünfzehn Meter von Nagomos Bürotür entfernt begegnete er einer Angestellten, mit der er in letzter Zeit näher bekannt geworden war, ohne daß ihre Beziehung sich bereits zu dem entwickelt hatte, was man als ein Techtelmechtel bezeichnen könnte. Aber er hatte die durchaus berechtigte Hoffnung, daß diese angenehme Entwicklung unmittelbar bevorstand.

Sie zwinkerte ihm zu und hob die Hand in einer bezeichnen Geste mehrmals zum Mund, um anschließend auf die Tür ihres Büros zu deuten.

Er zögerte.

Wenn ich jetzt schon mit der Sauferei anfange, ist der Rest des Tages im Eimer ... ach, was soll's, das Leben besteht aus verpaßten Gelegenheiten. Außerdem könnte sich ja was entwickeln zwischen ihr und mir ...

Der Lieutenant folgte ihr und verbrachte den Rest des Tages unter ausgesprochen angenehmen Bedingungen.

Als Nagomo nach Highcroft abflog, verblieb die Depeschenkapsel in einem kleinen Büro seiner Abteilung, wo der Lieutenant sie achtlos auf dem Schreibtisch abgelegt hatte, weil seine Hände einer anderen Beschäftigung nachgingen.

Zweite Flotte der Klaue

»Denkt daran, daß alle Kampfpiloten schon vor dem Sprung in ihren Maschinen sitzen müssen, da der Start direkt erfolgen soll, wenn wir in das Zielsystem hineingesprungen sind. Dieser Plan ist unbedingt einzuhalten, auch wenn wir am Zielpunkt mit unerwarteten Schwierigkeiten konfrontiert werden.«

Der Kronprinz beobachtete die Gesichter der sechs Kommandanten seiner Flottenträger sehr genau. Es handelte sich um eine handverlesene Gruppe erfahrener Befehlshaber, die sich alle durch großen Ehrgeiz und Mut auszeichneten.

»Nun kehrt zu euren Schiffen zurück!«

Die Kommandanten drehten sich um und begaben

sich dann in den Hangar, in dem ihre Shuttles festgemacht hatten. Gilkarg sah seinen Sohn an.

»Ich erwarte, daß deine Krallen rot sind, wenn du zurückkehrst. Trotzdem möchte ich nicht, daß du unnötige Risiken auf dich nimmst und dich verhältst wie ein Jungfang, der zum ersten Mal in den Kampf ziehen darf!«

»Ich werde meine Pflicht tun, Vater!«

Gilkarg trat ein Schritt an ihn heran und starrte ihm eindringlich in die Augen. »Deine erste Pflicht ist die, zu überleben!«

Ratha blickte ihn mißtrauisch an. *Soll ich mich etwa wie dieser Feigling Jukaga verhalten?*

»Vater, du verlangst doch nicht etwa von mir, daß ich wie Jukaga der Schlacht fernbleibe?«

Gilkarg grunzte verächtlich. »Jukaga bringt Schande über seine Familie, wenn er sich versteckt statt die Gelegenheit zu nutzen, Ruhm und Ehre zu erwerben! Nein, ich will nur, daß du auf dich acht gibst. Vergißt nicht, daß du eines Tages meine Nachfolge antreten sollst!«

Ratha lächelte. *Nein, Vater – sei versichert, daß ich an nichts anderes denke.*

Gilkarg schaute ihn noch einmal prüfend an, bevor er ihn entließ.

Wahrscheinlich wird er sich nicht an meinen Rat halten. Gilkarg hatte drei der besten Piloten seiner Flotte angewiesen, Ratha während der Schlacht zu beschützen, ohne daß dieser es merken sollte. *Mein Sohn wird ehrenvoll aus der Schlacht hervorgehen, aber er wird noch lernen müssen, wann man das Töten besser denen überläßt, die weniger wichtig sind als wir.*

Der Kronprinz drehte sich um und betrachtete die Kursanzeige. Sie bewegten sich immer noch mit maximaler Beschleunigung auf den Sprungpunkt nach

McAuliffe zu. Es würde noch sechs Stunden vergehen, bis sie mit einer Geschwindigkeit in den Sprungpunkt eintauchen würden, die weit über der lag, mit der größere Schiffe gewöhnlich in die Sprungphase eintraten. Das Risiko war beträchtlich, und sie hatten bereits vor einiger Zeit eine Testreihe mit ausrangierten Frachtcontainern durchgeführt, die erwartungsgemäß ergeben hatte, daß die Navigationsfehler sich dabei potenzierten.

Gilkarg nahm dieses Risiko jedoch in Kauf, da sein Plan nur unter diesen Voraussetzungen überhaupt durchführbar war. Er ließ sich auf seinem Kommandosessel nieder und winkte einen Adjudanten herbei, der ihm die neuesten Berichte überreichte. Das meiste war nicht gerade beruhigend. *Das Wachschiff der Föderation konnte also doch noch ein Signal absetzen, bevor wir es zerstörten.* War es denkbar, daß die Menschen auf McAuliffe bereits wußten, was mit dem Wachschiff passiert war? *Das werden wir erst erfahren, wenn die Schlacht beginnt, wenn der erste Flottenträger den Sprungpunkt durchflogen hat.* Die sechste Flotte war bereits ins Landreich gesprungen und stieß fast augenblicklich auf Widerstand, als sie von einem Wachschiff kurz ins Feuer genommen wurde, bevor es sich absetzte. Damit fehlte dem Angriff auf das Landreich das Überraschungsmoment, das sich Gilkarg auch für diesen relativ unbedeutenden Teil der Offensive erhofft hatte ...

In dem letzten Bericht, den er durchlas, ging es um die Frage, wer der Verräter war, der den menschlichen Spionen auf dem Schmugglerschiff Informationen übermittelt hatte, über deren Inhalt man bislang nur spekulieren konnte. Gilkarg las, daß alle bisher verfolgten Spuren im Nichts endeten. Selbst die Identität des Verräters blieb ein Rätsel, da bei ihm weder Klanabzeichen noch sonstige Merkmale gefunden wurden, anhand derer man Rückschlüsse auf seine Herkunft hätte ziehen können. Selbst die Untersuchung des Gebisses und seiner Netzhaut hatte nichts ergeben. *Es ist, als hätte er zuvor nicht existiert.*

Gilkarg lächelte. *Ausgezeichnete Arbeit, das muß man wirklich sagen.* Er zweifelte nicht daran, daß dieses Täuschungsmanöver ein Geniestreich innerhalb eines absolut perfekten Planes war, den nicht einmal die Mißgunst der Götter zum Scheitern bringen konnte.

McAuliffe

Commander Winston Turner verließ fluchend die Funkabteilung der Basis und schlug direkt den Weg zum Hauptquartier ein.

»Die Anlage geht immer noch nicht«, rief er wütend. »Und es wird noch ein paar Stunden dauern, bevor sie wieder läuft. Los, wir schnappen uns jetzt ihren verdammten Admiral, sonst kommen wir hier nicht weiter!«

Geoff, dem es zunehmend peinlich wurde, wie die Leute hier auf der Basis seinen vor Dreck starrenden Overall betrachteten, beeilte sich, seinen Vorgesetzten einzuholen.

»Die sind ja alle total voll!« meinte Turner ausgesprochen laut, als ihnen aus der Tür des Hauptquartiers eine Gruppe lachender Menschen entgegenkam, die offensichtlich mehr als einen über den Durst getrunken hatten. Auf Turners Bemerkung hin verstummte das Gelächter. Sie sahen die drei heruntergekommenen Ankömmlinge überrascht an, und schließlich löste sich ein Offizier aus der Gruppe und taxierte sie mit kaltem Blick.

»Was haben Sie hier zu suchen?« fragte er mit nach Bourbon stinkendem Atem.

Turner beschloß, auf jeden Fall die Form zu wahren. »Commander Turner, Sonderagent im Auftrag von Admiral Banbridge«, stellte er sich vor. »Ich muß dringend mit Admiral Long oder Admiral Nagomo sprechen.«

Der Offizier grinste, als wäre er ein mittelalterlicher Hofmeister, den ein Leibeigener soeben um eine Audienz mit dem König gebeten hatte.

»Ich vermisse Ihre Uniform, Commander!« sagte der Offizier kalt. »Zweitens sind Sie nicht dazu autorisiert, einen der Admirale zu sprechen. Beide genießen derzeit ihren wohlverdienten Urlaub. Wenn Sie am Montag wieder vorsprechen, kann ich Ihnen gerne dabei helfen, einen entsprechenden Antrag auszustellen.«

Geoff traute seinen Augen nicht, als er sah, wie Winston den Offizier mit einer blitzschnellen Handbewegung am Kragen packte und mit dem Rücken an die Wand des Gebäudes drängte. Mit der freien Hand zog Turner seine Identifikationskarte aus der Brusttasche seiner Montur und hielt sie dem Offizier unter die Nase, der die Augen weit aufriß, als er an den roten und goldenen Markierungen erkannte, daß er es mit einem Mitglied des Büros des Oberkommandierenden zu tun hatte.

»Mein Sohn, Sie haben genau dreißig Sekunden, Ihr Büro aufzusuchen und einen Ihrer beiden Admirale zu kontaktieren, bevor ich Ihnen Ihren hohlen Kopf abreiße!« brüllte Turner so laut, daß die Augenlider des Offiziers zu flattern begannen.

»Dafür werden Sie vor dem Kriegsgericht landen!«

drohte er und warf Geoff und Vance einen hilfesuchenden Blick zu. »Halten Sie mir diesen Verrückten vom Hals! Das ist ein Befehl!« Aber die beiden machten keine Anstalten, seinem Hilfegesuch nachzukommen. Statt dessen bauten sie sich rechts und links von Turner auf.

»Sie sollten besser auf ihn hören, Lieutenant!« sagte Geoff seelenruhig. »Was er eben gesagt hat, war keine leere Drohung – mein Kamerad hier und ich haben schon öfter gesehen, wie er das mit anderen gemacht hat!«

Der Lieutenant starrte Geoff verwirrt an. »Ich ...« Sein Mund klappte vor Schreck zu, als er Turners eiskalten Blick bemerkte.

»Haben Sie Schwielen auf den Ohren?« brüllte Turner. »Sie sollen Ihren Hintern in Schwung bringen!«

Geoff nahm erstaunt zur Kenntnis, daß Turners Geschrei die Fensterscheiben des Hauptquartiers zum Klirren gebracht hatte.

Sie folgten dem vor Schreck kreidebleichen Offizier durch den Korridor des Gebäudes. Als sie am Empfangsschalter vorbeikamen, zischte der Lieutenant der dahinter sitzenden jungen Frau zu: »Verständigen Sie den Sicherheitsdienst, sofort!«

Turner packte ihn an der Schulter und gab ihm einen kräftigen Schubs, ohne sich weiter um die Angestellte zu kümmern, die das Geschehen mit weit aufgerissenen Augen verfolgte.

»Wo sind die Admirale?« knurrte Turner.

»In Highcroft«, antwortete der Lieutenant widerwillig. »Sie verbringen dort ihren Urlaub.«

»Was ist mit den Offizieren?«

»Die auch.«

»Die Sicherheitschefs?«

»Ebenfalls ...«

»Verdammt und zugenäht, ist überhaupt jemand hier geblieben?«

»Ja, ich, Sir ... ich gehöre zu Nagomos Stab.«

»Wollen Sie damit sagen, daß Sie hier der ranghöchste Offizier sind?«

»Ich glaube ja, Sir!«

Der Lieutenant blieb vor der Glastür eines kleinen Büros stehen.

»Das ist mein Büro, Sir!«

»Dann mal rein, mein Sohn!« befahl Turner. »Sie werden jetzt die Quatsche nehmen und Ihren Boß anrufen, und zwar schleunigst, wenn ich bitten darf!«

»Das geht nicht, Sir. Wir haben den Befehl, den Admiral am Wochenende nur bei einem absoluten Notfall zu stören!«

»Als was würden Sie einen gottverdammten Krieg bezeichnen? Denn damit haben wir es bald zu tun, mein Freund! Los, schnappen Sie sich das Telefon – ich will Nagomos Gesicht in weniger als sechzig Sekunden auf dem Bildschirm sehen, ansonsten gibt es was auf die Zähne! Haben wir uns verstanden?«

Plötzlich ertönte hinter ihnen eine schneidende Stimme.

»Gibt es ein Problem, Sir?«

Geoff blickte sich um und sah zwei Militärpolizisten, die sich unbemerkt hinter ihnen aufgebaut hatten und die Tür versperrten.

»Verhaften Sie diesen Mann!« brüllte der Lieutenant. »Er hat mich angegriffen und mit Gewalt hierher gebracht!«

Der ranghöhere Militärpolizist setzte ein breites Grinsen auf und machte ein Schritt nach vorn. Er hatte heute bereits einige Schlägereien hinter sich gebracht, da einige der Feiernden mehr Alkohol zu sich genommen hatten, als ratsam war. Doch blieb er schlagartig stehen, als Geoff die Mündung seines Blasters auf ihn richtete.

»Vance, nimm ihnen die Waffen ab!« befahl Turner. »Gut gemacht, Tolwyn. Sofort schießen, falls sich einer von ihnen rührt!«

Geoff starrte den Sergeant kalt an. *Verdammt, ich glaube nicht, daß ich ihn einfach abknallen könnte.* Aber er war sich klar darüber, daß er zumindest so tun müßte, als ob.

Vance nahm den beiden die Blaster und Schlagstöcke ab.

»Nehmen Sie Platz, Gentlemen!« sagte Turner nicht unfreundlich.

»Hören Sie mal, mein Freund«, erwiderte der Sergeant, »ich weiß nicht, wer ihr Typen seid, aber wenn ihr den Scheiß jetzt drangebt, kommt ihr vielleicht mit dreißig Tagen im Bunker weg. Ansonsten könnte es gut sein, daß ihr für den Rest eures Lebens auf Devil's Planet Steine klopft! Also, warum sind wir nicht ein bißchen freundlicher zueinander und legen die Waffen dort auf den Tisch?«

»Tolwyn ...«, meinte der andere Militärpolizist plötzlich. »Jetzt erkenne ich ihn! Das ist der Bursche, der diesem Senator die Meinung gegeigt hat!«

»Richtig. Volltreffer«, bestätigte Geoff.

»Lieutenant, die drei sind Offiziere der Flotte!«

»Ja, und morgen kommt der Weihnachtsmann!« rief der Lieutenant verzweifelt, als er die unfaßbare Tatsache erkannte, daß er derjenige war, der nun Konsequenzen zu fürchten hatte. Zumal es jetzt zwei Zeugen gab, die sein Verhalten bestätigen würden ...

Turner wandte sich an den Sergeanten.

»Wo ist eigentlich Nagomos Oberarschtreter?«

»Master Sergeant Ulandi? Der müßte eigentlich auf

seinem Posten am Ende des Flures sein. Ich glaube nicht, daß der sich an den Feierlichkeiten beteiligt.«

»Geoff, lauf mit dem Sergeant los, und hol mir den Kerl!«

Geoff bedeutete dem Sergeanten, voraus zu gehen, wobei er seine kleine Waffe in der Tasche verbarg, den Lauf aber weiter auf dem Militärpolizisten richtete.

Der Sergeant ging durch den Korridor und blieb vor einer Tür stehen, auf der ein ziemlich kitschig aussehendes Schild verkündete, daß sie im Begriff waren, den geheiligten Bürotrakt des Stützpunktkommandanten zu betreten.

Der Sergeant öffnete die Tür, ohne vorher anzuklopfen.

»Master Sergeant, wir haben ein kleines Problem!«

Der Sergeant Major saß vor seinem Funkgerät und hob den Kopf.

»Was ist los, zum Henker?« schnaubte er.

»Commander Turner will mit Ihnen sprechen, Master Sergeant«, sagte Geoff, der den Militärpolizisten immer noch in Schach hielt.

»Turner? Hier?« Der Sergeant Major sprang auf. Geoff empfand so etwas wie Bewunderung, als er bemerkte, wie tadellos die Uniform des Mannes aussah. *Gebügelt und gestärkt, das grenzt an Wunder, daß es nicht knackt und knistert, wenn er sich bewegt ...*

Als der Sergeant Major sich den beiden näherte, entdeckte er, daß Geoff den versteckten Blaster auf den Militärpolizisten gerichtet hatte.

»Ich hoffe doch sehr, daß Sie den Finger nicht am Abzug haben, Mr. Tolwyn!«

Geoff war schockiert, weil er zum zweitenmal von einem Wildfremden erkannt worden war.

»Tut mir leid, Sergeant Major, aber es läßt sich nicht vermeiden. Commander Turner hat Probleme mit einem der Lieutenants des Admirals. Wenn Sie mir versprechen, die Sache zu klären, werde ich Ihnen den Blaster sofort übergeben.«

Diesen Mann kannst du durch nichts beeindrucken. Es war eine alte Tradition der Flotte, daß die Arschtreter trotz ihres niedrigen Ranges so etwas wie graue Eminenzen darstellten, denen selbst die eitelsten Offiziere großen Respekt zollten. *Wenn du dich nicht an diese Spielregel hältst, wird er eine Möglichkeit finden, dir den Hintern zu versohlen.*

»Gut, damit kann ich leben. Dann wollen wir mal sehen, was hier gespielt wird!«

Der Sergeant Major lief mit schnellen Schritten durch den Flur und machte dabei eine Figur, als wäre er der Star einer Parade zu Ehren des Präsidenten der Föderation. Doch als er das Büro des Lieutenants betrat, bemerkte Geoff an seiner Haltung, daß er so etwas wie Überraschung verspürte.

»Commander Turner, Sir!« brüllte er. »Was tun Sie hier, verdammt?«

Geoff schielte über die Schulter des Arschtreters und sah, daß Turner sich offensichtlich aufrichtig über die Anwesenheit des Sergeant Major freute.

»*Gunny,* lange nicht gesehen!«

»Allerdings, *Tabul* – schulde Ihnen immer noch einen Drink, wenn ich mich nicht irre, Sir!«

»Vergessen Sie den Drink«, versetzte Turner launig. Dann schilderte er in knappen Sätzen, worum es ging. Als er etwa die Hälfte ihres Abenteuers erzählt hatte, sah der Sergeant Major den Lieutenant scharf an.

»Lieutenant, Sir! Ich lege Ihnen dringend nahe, sofort Kontakt mit dem Admiral aufzunehmen!«

»Sergeant Major, meine Befehle lauten eindeutig ...«

»Entschuldigung, Sir, aber Ihre Befehle können Sie

ins Klo werfen, wenn diese Bemerkung erlaubt ist, Sir!« brüllte der Sergeant Major, bevor er mit drei Schritten den Raum durchquerte und sich über das Terminal auf dem Schreibtisch beugte, um einen Zugangscode einzugeben.

Turner seufzte erleichtert.

»Ich habe unserem Eisenarsch einen Alphacode geschickt«, erklärte der Sergeant Major. »Denke, daß es nicht lange dauern wird, bis er sich meldet!«

Nach einer knappen Minute flackerte der Bildschirm auf.

»Sergeant Ulandi! Ich hoffe, daß es sich um etwas Wichtiges handelt ...«

Die Stimme des Admirals wurde beinahe vom Partylärm überdeckt.

Geoff behielt die beiden Militärpolizisten im Auge, die sich offensichtlich über die Situation amüsierten, während er an der gegenüberliegenden Wand Stellung bezog, um sehen zu können, was sich auf dem Bildschirm abspielte. Nagomo war offensichtlich alles andere als begeistert über die Störung.

»Sir, wir bewegen uns anscheinend auf eine Krise größeren Ausmaßes zu. Ich halte es für erforderlich, daß Sie und Admiral Long sofort auf den Stützpunkt kommen, Sir.«

Nagomo erstarrte und blickte ungläubig in die Kamera.

»Sergeant Major, wenn Sie mich auf den Arm nehmen wollen, riskieren Sie Ihr Ruhestandsgeld!«

»Sir, soweit ich die Situation beurteilten kann, ist die Wahrscheinlichkeit, daß ich meinen Ruhestand nicht mehr antreten kann, ziemlich hoch, Sir. Bitte, Sir, verbinden Sie mich mit dem Admiral, Sir!«

Die Kamera zeigte ein unscharfes Bild, als Nagomo in den Erfassungsbereich des Objektivs trat. Der Sergeant Major lehnte sich im Stuhl zurück, fischte eine Zigarre heraus und zündete sie an.

»Ist gegen die Vorschriften, aber das kratzt mich nicht!« bemerkte er mit einem Grinsen.

Der Bildschirm flackerte wieder auf. Jetzt standen die beiden Admirale nebeneinander vor der Kamera. Geoff hörte aus dem Hintergrund eine schrille Frauenstimme, die sich nahezu problemlos über den Partylärm erhob. Admiral Long drehte sich kurz um und machte ein zischendes Geräusch, worauf die keifende Frauenstimme verstummte.

Der Sergeant Major forderte Turner mit einer Armbewegung auf, das Gespräch zu übernehmen.

»Meine Herren, ich bin Commander Winston Turner«, stellte Turner sich vor, während er gleichzeitig seinen Dienstausweis vor die Kamera hielt.

»Habe schon von Ihnen gehört, Turner«, erwiderte Nagomo. »Ihre Artikel sind großartig, aber was tun Sie hier? Und wieso ist Ihre Montur so ...«

»Ich hoffe«, fiel Long ihm ins Wort, »daß es einen guten Grund dafür gibt, Turner, daß Sie sich jetzt bei uns melden!«

»Meine Herren, ich brauche etwa fünf Minuten, um Ihnen die Zusammenhänge zu erklären!« entgegnete Turner.

Die Admirale sahen sich kurz an und wandten sich dann wieder erwartungsvoll der Kamera zu. Turner legte sofort los und berichtete zuerst, wie Banbridge ihn rekrutiert hatte.

Als er zum Ende gekommen war, wirkten die Admirale ziemlich belämmert.

»Ich übertrage jetzt die Dokumente, meine Herren«, verkündete Turner schließlich und nickte dem Sergeant Major zu, worauf dieser mit dem Speicherwürfel in der Hand eiligst das Büro verließ. Es dauerte keine zwei Minuten, bis Admiral Nagomo die Ausdrucke in der Hand hielt und sie kurz überflog, bevor er sie an Long weiterreichte.

»Wir melden uns in drei Minuten, Turner!« sagte Nagomo noch, bevor der Bildschirm schwarz wurde.

Turner schüttelte den Kopf und ging zur Kaffeemaschine, um einen großen Becher zu füllen, dessen Inhalt er in zwei Zügen hinunterstürzte.

Der Lieutenant beobachtete währenddessen die anderen mit unruhigen Blicken.

»Sergeant, ich habe bemerkt, daß dort draußen gut dreihundert Maschinen auf dem Rollfeld stehen. Wo sind die Piloten?«

»Die meisten sind aller Wahrscheinlichkeit nach im *Four Dollar Suzie's.* Vermutlich sind einige jetzt schon total besoffen.«

»Auf wie viele ist Verlaß?«

»Für hundert Maschinen wird's wohl reichen, denke ich!«

»Können Sie sie in Alarmbereitschaft versetzen?«

Der Sergeant seufzte und schüttelte den Kopf. »Tut mir leid, Sir, das geht nicht. Schon gar nicht heute abend.«

In diesem Augenblick flackerte der Bildschirm auf und zeigte das Gesicht eines Offiziers. Aus dem Hintergrund waren die Stimmen einiger Frauen zu vernehmen, deren Laune offensichtlich nicht die beste war.

»Die Admirale kehren sofort zur Basis zurück, Sir! Dürfte etwa anderthalb Stunden dauern, bis sie eintreffen, Sir!«

Turners Gesicht wurde rot vor ohnmächtiger Wut.

»Captain, eine Frage noch. In welchem Alarmzustand befinden wir uns?«

»In keinem, Sir.«

»Und warum nicht?«

Der Captain druckste einen Moment herum. »Aus Ihren Informationen ging nicht hervor, daß eine so drastische Maßnahme notwendig ...«

Turner drehte sich um und starrte Ulandi an, der ihn mit einer sanften Handbewegung zur Seite drückte, um sich selbst vor der Kamera aufzubauen.

»Sir, wir sollten zumindest unsere Piloten zusammenholen«, schlug er vor. »Kann ich der MP die entsprechenden Befehle erteilen, Sir?«

Der Captain zögerte eine Sekunde. Dann nickte er.

»Legen Sie los, Sergeant Major!«

»Sir, danke, Sir!«

Ulandi wählte sofort eine andere Nummer.

»Andre, die Scheiße ist soeben in den Propeller geklatscht! Wie es aussieht, sind die Katzen auf dem Weg zu uns. Ich möchte, daß du deine Leute in fünf Minuten auf der Straße hast – sie sollen sämtliche Kneipen dichtmachen und so viele kampffähige Besatzungen zusammenkratzen wie möglich!«

Der Sergeant Major unterbrach die Verbindung, ohne die Reaktion des anderen abzuwarten.

»Ich mache mich besser an die Arbeit, Sir!« sagte er und erhob sich.

Turner streckte die Hand aus, die der Sergeant mit festem Druck entgegennahm, bevor er mit den anderen beiden Militärpolizisten aus dem Zimmer stürmte. Es dauerte nur wenige Minuten, bis seine Aktion Wirkung zeigte, denn draußen im Flur hörte man hektische Rufe und eilige Schritte.

Turner wandte sich an den Lieutenant. »Ich benötige Listen der Offiziere jener Schiffe, die bei Alexandra festgemacht haben. Außerdem die Wachenlisten!«

Widerwillig gab der Lieutenant die Zugangscodes

ein und holte die entsprechenden Listen auf den Bildschirm. Turner überflog sie, bis ihm der Name eines Flottenträgers auffiel.

»Die kenne ich doch!« sagte er und gab den Code des Schiffes ein, ohne sich am säuerlichen Blick des Lieutenants zu stören.

Auf dem Bildschirm erschien eine junge, rothaarige Frau, die er mit seinem Anruf offensichtlich aus dem Bett gescheucht hatte.

»Lieutenant Commander Valeri Olson, Wachoffizier der *Concordia*«, meldete sie sich.

»Valeri, ich bin's, Winston Turner!«

Sie kniff verwirrt die Augen zusammen; dann setzte sie ein breites Lächeln auf. »Winston! Mein Gott, ist das lange her. Habe das mit der Akademie gehört – wirklich eine üble Sache.«

»Hör zu, Valeri, ich habe keine Zeit für lange Erklärungen. Wir werden schon bald gewaltige Probleme bekommen, möglicherweise genau in diesem System. Verstanden?«

Sie nickte. »Ja, ich glaub' schon.«

Geoff hatte den Eindruck, daß sie aufgrund von Turners Bemerkung plötzlich hellwach geworden war.

»Könntest du deine Mannschaft sofort für eine Notfall-Übung mobilisieren?«

»Turner, zwei Drittel der Crew sind bei euch unten auf dem Planeten!«

»Nebensache. Kannst du oder kannst du nicht? Vertrau mir, ich habe meine Gründe. Wenn es nicht klappt, fahr wenigstens die Triebwerke hoch!«

»Geht in Ordnung. Ich laß sie durchglühen!«

»Gut, vielen Dank, Valeri. Ich melde mich möglichst bald wieder!«

Turner unterbrach die Verbindung und schaute auf

die Wanduhr, die neben der Ortszeit auch die Standardzeit anzeigte.

»Na, das wird bestimmt ein toller Feiertag!« meinte er leise.

Kurz darauf kam Ulandi zurück.

»Sir, ich komme gerade aus der Funkbude – die Überlicht-Anlage läuft wieder. Habe aber noch nichts hereinbekommen. Die Funker haben jede Menge zu tun, Hunderte von Sendungen, die schon wochenlang herumliegen. Sie lassen nachfragen, ob es wirklich so eilig ist mit Ihrer Sendung!«

»Raus damit, sofort – sie sollen alles andere stehen und liegen lassen!«

Hauptquartier der Flotte

»Sir, wir haben gerade eine Eilmeldung für Sie von McAuliffe erhalten!«

Skip blickte seinen Adjudanten an.

»Danke, Anderson. Schalten Sie es durch.«

Skip spürte, wie sein Magen sich zusammenschnürte. *Verdammt, eigentlich sollte mich so etwas nach all den Jahren nicht mehr nervös machen. Bin gespannt, um was es geht. Vermutlich nur die Bestätigung von Long und Nagomo, ist ja schon seit gestern fällig.*

Er warf einen Blick auf die Uhr. *Gerade mal acht Uhr morgens.* In seinem Büro war nichts davon zu merken, daß er mit Einverständnis des Präsidenten die Flotte in Alarmbereitschaft versetzt hatte. *Dienst nach Vorschrift.* Aber er wußte genau, daß es töricht gewesen wäre, die Nachricht vom bevorstehenden Angriff der Katzen über sämtliche Kanäle auszustrahlen. *Solange sie glauben, daß sie uns mit heruntergelassenen Hosen erwischen, sind wir im Vorteil.* Theoretisch klang diese Überlegung sehr gut, aber was nutzte es ihnen, solange sie nicht wußten, wie die Katzen vorgehen würden?

Auf seinem Bildschirm erschien jetzt eine rot blinkende Textzeile, während in einem kleineren Fenster der Darstellung bereits der noch nicht entschlüsselte Text erschien.

Commander Winston Turner an CICCONFEDFLT
Diese Meldung unterliegt Geheimhaltungsstufe 3A
Anliegend mehrere kodierte Dateien
McAuliffe, 0011 Standardzeit 2634. 235

Dann war für kurze Zeit ein stark verzerrtes Bild zu sehen, während der Computer die Übertragung zu synchronisieren versuchte, um den Code vollständig entschlüsseln zu können. Kurz darauf sah Skip Turners Gesicht.

»Skip, ich bin's. Wir sind seit einundzwanzig Stunden zehn Minuten auf McAuliffe. Mission wurde erfolgreich abgeschlossen. Ich nehme kurz vorweg, was wir herausgefunden haben, genauer Bericht folgt später. Wie es aussieht, Skip, sind die Kilrathi gerade dabei, eine Gegenoffensive zu starten. Damit ist der kalte Krieg wohl zu Ende. Ich habe an diese Mitteilung einen Scan angefügt, auf dem eine ihrer Flotten zu sehen ist, die meiner vorsichtigen Einschätzung nach einen Angriff auf das Landreich unternehmen soll. Ich habe noch weitere Informationen, Skip, aber die kann ich dir nur per Kurier zukommen lassen. Vorab möchte ich nur sagen, daß es sich um klare und schlüssige Informationen handelt, die beweisen, daß es sich um eine breit angelegte Großoffensive handelt.

Blucher hat im Landreich mit der Mobilmachung begonnen, und wir können mit einiger Wahrscheinlichkeit davon ausgehen, daß es bereits zu ersten Feindbegegnungen gekommen ist. Die Truppen, die der Feind ins Landreich geschickt hat, sind allerdings durchweg mit veralteter Hardware bestückt. Und genau dieser Punkt bereitet mir große Kopfschmerzen, da ich daraus schließe, daß sie ihre Schlagkraft auf McAuliffe konzentrieren werden!

Skip, diese Basis hängt momentan mit dem nackten Arsch im Wind, und wenn nicht bald etwas passiert, werden sie an dieser empfindlichen Stelle einen gewaltigen Tritt abbekommen! Wenn du nicht sofortige Mobilmachung auf der gesamten Linie befiehlst, werden wir größte Verluste hinnehmen müssen!

Da ich es nicht für ausgeschlossen halte, daß dies die letzte Möglichkeit ist, dir etwas mitzuteilen, möchte ich noch erwähnen, daß Tolwyn und Richards sich durch hervorragende Leistungen ausgezeichnet haben. Wenn sie das überleben sollten, was auf uns alle zukommt, würde ich mir wünschen, daß du ein besonderes Augenmerk auf ihre zukünftige Laufbahn wirfst. Jetzt folgen weitere Details unserer Mission einschließlich des bereits erwähnten Scans. Gib gut acht auf dich, Skip. Gott schütze die Föderation!«

Das Bild verschwand mit einem Flimmern, und auf dem Bildschirm war nun die erste Seite des Berichts zu sehen. Skip überflog den Text, bis er die Detailberichte über die vermuteten Angriffsstrategien der Kilrathi erreicht hatte.

Ein leichter Flottenträger, einige alte Schlachtschiffe – genau die Zusammenstellung, die ich immer schon vermutet habe. Aber, verdammt noch mal, wenn sie ihre Flotte ohnehin aufteilen, um gleichzeitig gegen das Landreich vorzugehen, werden sie doch nicht eine weitere Aufteilung vornehmen, die ihre Kampfkraft beim Angriff auf McAuliffe erheblich herabsetzen würde?

Es lag auf der Hand: Turner hatte mit seinen Vermutungen recht! Die verdammten Katzen würden alles, was sie mobilmachen konnten, nach McAuliffe schicken. *Und in diesem Fall sind nicht wir es, die den Vorteil der Überzahl auf unserer Seite haben.*

»Anderson, wo sind Sie, verdammt?« brüllte Skip laut, während er den Computer anwies, das nächste Dokument zu entschlüsseln.

Kurz darauf steckte der Adjudant den Kopf durch die Tür.

»Meine Depesche für McAuliffe, die vor zwei Wochen rausgehen sollte – Sie haben sie doch losgeschickt, oder?«

Anderson schluckte.

»Äh ... ja, Sir. Ist rausgegangen, Sir!«

»Wie ich es befohlen habe?« fragte Skip mißtrauisch. »Dann verstehe ich die Welt nicht mehr – wie es aussieht, haben die nicht den blassesten Schimmer davon!«

»Sir, werde es sofort überprüfen. Kann mir eigentlich nicht vorstellen, Sir, daß sie nicht pünktlich angekommen ist!«

»Dann finden Sie es verdammt noch mal raus!« brüllte Turner. »Aber vorher sagen Sie den Sicherheitsleuten, sie sollen das gesamte Areal abriegeln – und wenn sie wie bei der letzten Übung die Tiefgarage vergessen sollten, reiße ich ihnen den Hintern so weit auf, daß man einen gottverdammten Träger hindurchfliegen lassen kann!«

Anderson schluckte noch einmal.

»Worauf warten Sie? Los, Mann!«

»Sir, sofort, Sir!«

In den nächsten achtundzwanzig Minuten, die er

durchweg am Telefon verbrachte, um die einzelnen Abteilungen seines Apparats hochzuscheuchen, steigerte sich die Wut des Admirals ins Unermeßliche, da es keiner der Berater des Präsidenten für nötig befand, sich trotz wiederholter Voranmeldung mit ihm in Verbindung zu setzen. Als er endlich einen von ihnen an der Strippe hatte, vergingen weitere zwölf kostbare Minuten, bis die Mitteilung Turners in ihrer gesamten Konsequenz vom Stab zur Kenntnis genommen worden war.

Da hatte Skip das Gebäude jedoch bereits verlassen und sich nach einem höchst rücksichtslosen und keineswegs ungefährlichen Flug mit seinem Diensthelo in einer Villa am Stadtrand eingefunden, um den Präsidenten zu sprechen, der hier als Gast einer äußerst exklusiven Party weilte.

Der Präsident empfing ihn in einem Arbeitszimmer, das am Ende eines langen, mit Ölgemälden behängten Korridors im Obergeschoß des Gebäudes lag.

»Sie wissen«, meinte der Präsident leise, nachdem er die Unterlagen durchgesehen hatte, »daß More und der halbe Senat dort unten sind?«

»More soll sich von mir aus erschießen!« knurrte Skip. »Sir, wenn die jetzt, in diesem Moment zuschlagen, stehen Sie morgen früh ohne Flotte da. Wie wir vermutet haben, greifen sie zunächst McAuliffe an, aber wie es aussieht, schicken sie jedes verfügbare Schiff in diese Offensive, was die Lage weitaus kritischer macht, als wir ursprünglich angenommen haben!«

»Können Sie sich vorstellen«, erwiderte der Präsident, »was passiert, wenn ich am Tag der Föderation falschen Alarm gebe? Von einer Neuwahl brauche ich dann wohl nicht mehr zu träumen, Admiral.«

»Sir, wenn es sich wirklich so verhält, wie wir vermuten, könnte es gut sein, daß Sie der letzte amtierende Präsident der Föderation sind.« Skip zögerte, weil er überlegte, mit welchem Argument er dem Politiker die Situation klarmachen konnte. »Sir, ich übernehme die volle Verantwortung. Falls ich mich irren sollte, reiche ich meinen Abschied ein. Im Endeffekt wird es so aussehen, daß ich der Dumme bin und Sie als derjenige wegkommen, der sich auf mein Urteil in einer Sache verlassen hat, die er als Außenstehender nicht beurteilen konnte. Ich glaube kaum, daß man Ihnen das negativ anrechnen wird. Davon abgesehen, Sir – wir reden hier vom Leben von zweihunderttausend jungen Männern und Frauen, so viele sind nämlich auf der Basis stationiert. Was im restlichen Gebiet der Föderation passiert, möchte ich mir gar nicht ausmalen. Um Himmels willen, erteilen Sie den Befehl zur totalen Mobilmachung!«

Der Präsident blickte ihn nachdenklich an. »Was hat Turner eigentlich gemeint, als er sagte, daß er Ihnen noch etwas mitteilen wollte, das er aber nicht per Überlicht versenden kann?«

»Sir, Turner ist ein sehr guter Mann, hochintelligent und erfahren. Was immer es sein mag, es muß äußerst wichtig sein, sonst hätte er sich nicht so verhalten. Vermutlich ist es ein Dokument, ein Bericht, eine abgefangene Funksendung — irgend etwas, das wir wissen, während die Katzen davon ausgehen, daß wir es *nicht* wissen. Allein aus Turners diesbezüglichem Verhalten schließe ich, daß er es ernst meinte.«

Der Präsident schaute die Seiten durch und nickte langsam.

»Der Befehl zur Verteidigungsbereitschaft Stufe zwei ist hiermit erteilt«, sagte er leise.

»Sir, ich möchte dringend anraten, Stufe eins zu befehlen! Ich halte es für erforderlich, sofort bewaffnete Schiffe zur Grenze zu schicken und Schießbefehl an allen Fronten zu erteilen!«

»*Zwei* sagte ich, Admiral«, erwiderte der Präsident. »Und dabei bleibt es.«

Admiral Banbridge nahm sofort Verbindung mit seinem Hauptquartier auf und erteilte die entsprechenden Befehle.

Er erfuhr, daß Dayan inzwischen auf dem Weg zum letzten Sprungpunkt nach McAuliffe war. Er befahl, ihm umgehend mitzuteilen, daß damit zu rechnen sei, daß sie dort direkt in einen Konflikt hineingeraten würden.

Hoffentlich kommt unser Signal nach McAuliffe durch. Wenn sie es nicht schaffen, die orbitale Station rechtzeitig wieder zu besetzen ... Es wäre nicht auszudenken.

Es war lange her, daß Skip zum letzten Mal gebetet hatte.

Sprungpunkt X-Ray

»Alle Stationen vorbereiten zum Eintauchen in den Sprungpunkt!«

Jukaga überprüfte noch einmal den Sitz seines Sicherheitsgurts. Er war gespannt, was sie auf der anderen Seite erwarten würde. *Vielleicht werde ich es niemals erfahren, da noch nie jemand versucht hat, mit einem Schlachtschiff bei einer derartigen Geschwindigkeit einen Sprungpunkt zu durchfliegen ...*

Er drehte den Kopf zu Nargth herum, der so gelassen wirkte, als würde es sich um eine harmlose Übung handeln.

»Für den Ruhm des Imperators!« brüllte irgend

jemand, und bald darauf stimmten andere in die Hurrarufe ein.

Jukaga nahm überrascht wahr, daß er trotz seiner Zweifel den Zwang verspürte, ebenfalls seine Begeisterung über den bevorstehenden Kampf herauszuschreien.

Er öffnete das Maul, doch in diesem Augenblick tauchten sie bereits in den Sprungpunkt ein ...

12

MCAULIFFE – TAG DER FÖDERATION STANDARDDATUM: 2634. 235

»Nun, Turner, Sie haben ganz schön Staub aufgewirbelt«, meinte der Admiral, als er mit Nagomo im Schlepptau ins Büro stürmte. »Ich kann mich nicht erinnern, den Befehl gegeben zu haben, die gesamte Basis zu mobilisieren!«

Geoff konnte die Äußerungen des Admirals gut nachvollziehen. Aus dem Fenster des Büros war zu sehen, daß draußen völliges Chaos herrschte. Hunderte von Truppenangehörigen liefen kreuz und quer über den Asphalt, wobei vielen anzumerken war, daß sie sich in einem fortgeschrittenen Stadium der Alkoholvergiftung befanden. Durch das Fensterglas drangen die Schreie und Flüche der Bodenmannschaften, die versuchten, möglichst viele Maschinen flottzumachen. Weiter hinten auf dem Rollfeld konnte man sehen, wie sich um die Shuttles wild gestikulierende Menschen versammelten, die alle darauf bestanden, als erste den Boden ihres im Orbit stationierten Schiffes zu betreten. Offenbar hatte Sergeant Major Ulandi seine Kompetenzen bei weitem überschritten, und daß diese Tatsache von den Admiralen bislang nicht zur Sprache gebracht worden war, zeigte deutlich, wie groß der Einfluß eines Arschtreters innerhalb einer Truppe sein kann.

Mag sein, daß er vor ihnen strammstehen muß, aber wenn es hart auf hart kommt, scheucht er sicher so manchen Captain durch die Gegend, und vielleicht auch diesen oder jenen Admiral. Geoff hatte nicht schlecht gestaunt, als ihnen ein Corporal auf Ulandis Befehl drei frisch gereinigte Uniformen und Rasierzeug gebracht hatte, so daß sie sich in ein halbwegs menschlichen Zustand versetzen konnten, bevor sie den Admiralen begegnen würden. Zwar hätte er sich gern unter die Dusche gestellt, aber dafür war nun wirklich keine Zeit.

»Sir, werden Sie höchste Alarmstufe geben und die Flotte ausschwärmen lassen?« fragte Turner.

»Hören Sie zu, Winston«, meinte Nagomo, »es gibt da oben kein Schiff, das zu mehr als dreißig Prozent besetzt ist. Wenn wir jetzt ausschwärmen, müssen wir auf halbem Weg zurückfliegen, um die inzwischen eingesammelten Truppen an Bord zu nehmen. Das kostet sehr, sehr viel Treibstoff und verbessert nicht gerade die Wartungszyklen der Triebwerke!«

Long war von der Idee ebenfalls nicht angetan. »Wir haben doch genug Zeit, selbst wenn an Ihrem Bericht etwas dran sein sollte. Abgesehen davon würde es gegen die Vorschriften verstoßen – bislang haben wir noch keine Stellungsbefehle vom Oberkommando erhalten. Wir können doch nicht allein aufgrund Ihres Versprechens die totale Mobilmachung vornehmen!«

»Dann veranlassen Sie wenigstens, daß die Triebwerke hochgefahren werden!«

»Mr. Turner«, erwiderte Long, »ich lasse mir von Ihnen nichts vorschreiben! Selbst wenn die Kilrathi in diesem Augenblick durch den Sprungpunkt kommen, würden noch etliche Stunden vergehen, bevor sie den Planeten erreichen. Und was dann? Ich meine, unsere Phasenschilde sind so ziemlich die beste Garantie dafür, daß wir über genügend Sicherheitsreserven verfügen, um die Sache wohlüberlegt anzugehen!«

In diesem Moment schaute Sergeant Major Ulandi zur Tür herein. Hinter ihm war das Gesicht des Lieutenant zu sehen, dem Turner vorhin so arg zugesetzt hatte. Geoff hatte den Eindruck, daß der Lieutenant sich am liebsten verdrückt hätte, aber da packte Ulandi ihn bereits an der Schulter und drängte ihn in den Raum.

»Äh, Sir, diese Depesche für Sie traf ein, als Sie bereits auf dem Weg nach Highcroft waren.«

Der Lieutenant hob die Hand und durchquerte den Raum, um die Depesche auf den Schreibtisch zu legen. Plötzlich ertönte ein durchdringendes Signal, und Admiral Long holte seinen Pager hervor. Nachdem er seinen Code eingegeben hatte, öffnete sich der Deckel des Gerätes, um den Bildschirm freizugeben. Er legte das Gerät auf den Schreibtisch, damit die anderen mithören konnten.

Ulandi baute sich neben Turner auf und deutete mit dem Kinn auf den Lieutenant.

»Die verdammte Depesche ist bereits vor mehr als acht Stunden eingegangen«, flüsterte er. »Der Lieutenant hat vergessen, sie Admiral Nagomo mit auf den Weg zu geben. Hab's zufällig entdeckt, weil der Umschlag aus seiner Schreibtischschublade herausragte.«

Auf dem Bildschirm des Pagers war das Gesicht eines Sergeanten zu sehen.

»Long«, meldete sich der Admiral knapp, während er gleichzeitig das Siegel der Depesche aufbrach.

»Sir, Sergeant Williams, Signalabteilung, Sir. Sie sollten sich das hier ansehen, Sir!«

Bevor der Admiral etwas sagen konnte, hatte der Sergeant bereits ein Videosignal auf seinen Pager geschaltet. Nun war ein blutjunger, offensichtlich sehr verängstigter Lieutenant zu sehen.

»Hier spricht Wachschiff Java, wiederhole, Wachschiff Java. Wir haben Sichtung eines Schlachtschiffs der Kilrathi, das gerade den Sprungpunkt Alpha verlassen hat ... großer Gott! Sie eröffnen das Feuer! Wir ...«

Die Aufzeichnung brach ab, und dann erschien wieder das Gesicht von Sergeant Williams, der offenbar nicht weniger verängstigt war als der junge Lieutenant.

»Das haben wir vor weniger als fünf Minuten hereinbekommen, Sir. Ich habe daraufhin einen Hochleistungsscan durchführen lassen und erhalte gerade die Echos. Die Bildqualität ist wegen der Sonneneruptionen nicht die beste, aber das hier ist einwandfrei ein Kilrathi-Schlachtschiff der *Zulu*-Klasse. Moment mal ... Sir, gerade ist ein zweites Schiff durch den Sprungpunkt gekommen. Sieht aus wie ein Flottenträger, Sir!«

»Halten Sie mich auf dem laufenden!« befahl Long.

Der Admiral stand auf. In seinem Blick glaubte Geoff so etwas wie Furcht oder sogar nackte Panik zu erkennen.

Er starrte kurz auf die Depesche von Banbridge und schaute dann seinen Lieutenant an.

»Verdammt, Carter, was haben Sie sich eigentlich dabei gedacht? Was meinen Sie, wie viele Leute Sie in weniger als vierundzwanzig Stunden auf dem Gewissen haben? Das hier ist ein Befehl vom Oberkommando, alle Beurlaubungen zu widerrufen und die Mobilmachung der Flotte vorzubereiten. Warum, in aller Welt, haben Sie mir diese Depesche nicht sofort überbracht?«

Carter stand reglos da. *Der hat sogar das Atmen vergessen,* dachte Geoff, der in einem Augenblick Mitleid für den Lieutenant empfand und im nächsten abgrundtiefe Verachtung.

Admiral Long machte einen Schritt auf den Lieutenant zu, und Geoff zweifelte nicht daran, daß er handgreiflich werden wollte, als Turners Stimme die Luft durchschnitt.

»Admiral!«

Long wandte sich Turner zu und riß die Augen auf, als würde er ihn in diesem Moment zum erstenmal sehen.

Turner deutete auf die Depesche.

»Sir! Sie müssen sofort den Befehl zum Ausschwärmen geben! Die Flotte muß augenblicklich mobilisiert werden!«

»Bislang handelt es sich doch nur um ein einzelnes Schlachtschiff«, wandte Nagomo ein. »Es wird mindestens vier Stunden dauern, bevor es diesen Planeten erreicht. Ausreichend Zeit also, um einen Großteil unserer Truppen nach oben zu bekommen. Abgesehen davon besagt Orange 5, daß die Schiffe im Angriffsfall innerhalb der Schirmfelder der Basis verbleiben sollen!«

»Das wird aber durch den direkten Befehl aufgehoben, Sir!« sagte Turner beharrlich.

Bevor der Admiral etwas darauf erwidern konnte, meldete sich wieder der Sergeant von der Signalabteilung.

»Sir, wir haben soeben eine Mitteilung vom Oberkommando empfangen!«

»Sofort auf meinen Pager geben!« brüllte Long.

»An alle Einheiten, an alle Einheiten, hier spricht das Oberkommando der Flotte. Ab sofort gilt für alle erreichbaren Truppen Alarmstufe zwei, wiederhole, Alarmstufe zwei. An Basis McAuliffe, wiederhole, an Basis McAuliffe – bereiten Sie sich auf einen massiven Angriff vor, wiederhole, massiven Angriff . . .«

Geoff beobachtete fassungslos, wie in dem kleinen Büro das Chaos ausbrach. *Dabei habe ich immer gedacht, daß die ranghohen Offiziere gelassen an einen solchen Kon-*

flikt herangehen! Statt dessen brüllten Nagomo und Long einander lautstark an, während Turner sich offensichtlich nicht recht entscheiden konnte, wem von beiden er eins auf die Zähne geben sollte, um den Streit zu schlichten. Der einzige, der offensichtlich noch Herr seiner selbst war, war der Sergeant Major, der sich seelenruhig an den Türrahmen gelehnt hatte und mit über der Brust gekreuzten Armen seine Zigarre schmauchte. Sein Blick kreuzte sich mit dem von Geoff und er nickte, um ihm anzudeuten, daß Turner die Sache schon in den Griff bekommen würde.

Geoff zog die Luft ein und hielt sie dann für mehrere Sekunden an, um zur Ruhe zu kommen. *Irgend jemand muß die Nerven behalten. Wenn der Sergeant Major es kann, dann kann ich es auch, verdammt!*

Geoff ging zu Turner und klopfte ihm auf die Schulter. Turner wirbelte wie der Blitz herum und hob die Faust ...

»Sir, der Sergeant von der Signalabteilung hat gemeldet, daß ein Flottenträger ins System eingedrungen ist«, sagte Geoff, wobei er sich bemühte, seiner Stimme einen möglichst gelassenen Klang zu geben. »Das entspricht nicht den üblichen Strategien, aber ich erinnere mich, daß sie einmal ein Szenario mit uns durchgegangenen sind, das sich erstaunlich gut mit dem derzeitigen Vorgehen der Kilrathi deckte. Demnach ist zu vermuten, daß sie in diesem Moment Jäger und Bomber absetzen. Und die könnten in weniger als anderthalb Stunden hier eintreffen – und damit hätten wir exakt das Panama-Szenario, Sir!«

Im Hintergrund stritten die beiden Admirale sich immer noch darüber, ob sie die gesamte Basis evakuieren sollten – offenbar vertrat Nagomo die Meinung, daß der Krieg verloren sei, wenn Long Banbridges

Befehl befolgen würde, da dieser allen Erkenntnissen der militärische Strategie widersprach.

»Meine Herren«, rief Turner, um die Aufmerksamkeit der beiden zu erringen, »es ist denkbar, daß sie uns zuerst mit Jägern und Bombern angreifen. In diesem Fall hätten wir nicht mehr vier Stunden Zeit, sondern viel weniger als zwei.«

»Völlig absurd, Turner!« meinte Nagomo, sehr von sich überzeugt. »Wenn sie das versuchen, knallen wir sie ab wie die Tontauben!«

Mittlerweile waren einige hohe Offiziere und weitere Stabsmitglieder eingetroffen, die ebenfalls in Streit gerieten. Geoff war nicht weit davon entfernt, sich lebhaft vorzustellen, wie er mit dem Blaster dazwischenging, um dem Chaos ein Ende zu bereiten. Dabei lag die Lösung auf der Hand. *Die Flotte schwärmt aus. Soll McAuliffe doch die Schlagkraft des Gegners auf sich ziehen – die Basis steckt das lässig weg. Hauptsache, wir retten die Flotte, damit wir irgendwann zurückschlagen können ...*

Auf dem Bildschirm von Longs Pager war zu sehen, daß mittlerweile vier Schiffe ins System eingedrungen waren. Und dann löste sich eine Vielzahl winziger Blips von ihnen ...

Geoff packte Turner am Ellenbogen und deutete auf den Bildschirm.

»Da! Es ist das Panama-Szenario, da haben wir den Salat! Hier können wir nichts mehr ausrichten, Sir! Lassen Sie uns gehen!«

Turner schaute Geoff überrascht an, als hätte er ihn zum erstenmal richtig bemerkt, obwohl sie monatelang einander auf der Pelle gehockt hatten. Dann fluchte er und winkte Richards zu, ihm und Geoff zu folgen. Als er die Tür erreicht hatte, wandte Turner sich kurz an Ulandi.

»Kommen Sie mit, Sergeant!« befahl er, »ich brauche Ihre Hilfe!«

»Tut mir leid, Sir! Ich unterstehe dem Admiral, und ich denke, daß er mich jetzt dringender braucht. Außerdem habe ich einen Vertrag mit dem Laden hier, Sir!«

»Gut, Ulandi – ich habe für einen Moment vergessen, wie sehr Sie mir schon geholfen haben!« sagte Turner, wobei er ein wenig traurig wirkte. Er streckte die Hand aus. »Gott schütze Sie, Sergeant. Wenn wir uns das nächste Mal treffen, geht die Runde an mich!«

Ulandi nahm Turners Hand und grinste ihn breit an. »Paß auf dich auf, Winston!«

Turner nickte ihm noch einmal zu und setzte zu einem Sprint über den Flur an.

Geoff wollte es ihm gleichtun, als sich die kräftige Hand des Sergeant Major um seinen Arm schloß.

»Senator More wird dir den Arsch küssen müssen, mein Sohn!« Er zeigte seine Zähne. »Das hast du richtig gut gemacht, wie du den alten Winnie aufgescheucht hast! Paß auf ihn auf, Junge. Und sieh zu, daß du am Leben bleibst, damit eines Tages ein richtig guter Offizier aus dir wird!«

Der Sergeant Major salutierte, und Geoff hatte einen Kloß im Hals, als er den militärischen Gruß erwiderte. Während er über den Flur rannte, um Turner einzuholen, wich das Bild des vom Zigarrenrauch umwehten Arschtreters nicht aus seinem Kopf.

Als er Turner erreicht hatte, sagte der zu ihm: »Wir gehen rauf! Vielleicht schaffen wir es, die *Concordia* flott zu machen!«

Als sie das Rollfeld erreicht hatten und die *Lazarus* sehen konnten, mußten sie ihr Tempo deutlich verlangsamen, da man bei dem Durcheinander ganz schön aufpassen mußte, um nicht umgerannt oder gar von einem Fahrzeug überrollt zu werden. Die Nachricht, daß ein Angriff bevorstand, drohte die Menschen hier in einen unkontrollierten Mob zu verwandeln.

Schließlich liefen sie an einer Reihe von Thor-Bombern vorbei, hinter denen sich die *Lazarus* für eine Weile ihren Blicken entzog. Als sie das Schiff wieder sehen konnten, standen sechs oder sieben Männer vor der Eingangsluke.

Einer von ihnen versuchte gerade, den Zugangscode zu knacken.

»Finger weg von meinem Schiff, verdammt noch mal!« brüllte Geoff. Die Männer drehten sich zu ihm um. Ein leicht angetrunkener Lieutenant Commander starrte sie an.

»Ich befehle Ihnen, mich sofort nach oben zu bringen!« lallte er.

Geoff ignorierte ihn und gab den Code ein, um anschließend die Leiter hinaufzuklettern und eine versteckte Klappe an der Außenhülle des Schiffes zu öffnen, aus der er ein leichtes Sturmgewehr hervorzog, das er auf den Betrunkenen richtete. Er bemerkte, daß sich inzwischen weitere Personen zu der Gruppe gesellt hatten. *Verdammt, eben war es noch eine Handvoll, und jetzt kann man bereits von einem kleinen Menschenauflauf sprechen ...*

»Sir, entfernen Sie sich sofort von diesem Schiff!«

»Leck mich, Junge!«

Geoff drückte das Magazin in den Ladeschacht und entsicherte die Waffe.

»Sie sollten sich besser jemanden suchen, der nachher Ihr Gehirn vom Asphalt kratzt, Lieutenant Commander! Wenn Sie nicht sofort verschwinden, knallt es! Drei, zwei ...«

Der Lieutenant Commander starrte ihn ungläubig

an, bevor er einige Schritte zurückwich. Geoff winkte Turner und Richards zu, die sich jetzt ihren Weg durch die schimpfenden und fluchenden Menschen bahnten, während Geoff die Waffe hin und her schwenkte, um der Menge zu zeigen, daß mit ihm nicht zu spaßen war.

Er betrachtete die Leute, die unmittelbar vor dem Schiff standen.

Der ist stockbesoffen, und der auch. Einige waren offensichtlich kurz davor, einen hysterischen Anfall zu erleiden, während wieder andere nur verärgert waren, daß sich soeben die Möglichkeit in Wohlgefallen aufgelöst hatte, mit der *Lazarus* in den Orbitalbereich des Stützpunkts und damit an Bord ihres Schiffes zu gelangen. *Einige können wir ja mitnehmen ... aber wen?*

Während die Triebwerke der *Lazarus* bereits hochliefen, nickte er dem betrunkenen Lieutenant Commander und danach weiteren neun Männern und Frauen zu, wobei er die Auswahl mehr oder weniger dem Zufall überließ, aber darauf achtete, daß einige darunter waren, die das Pilotenabzeichen trugen.

»Los, ihr könnt mitkommen!«

Das ließen die Auserwählten sich nicht zweimal sagen.

Als er die Luke hinter dem letzten schließen wollte, versuchte sich ein dicklicher Unteroffizier hereinzuquetschen.

»Verschwinde, verdammt!«

»Nix da!« rief der Unteroffizier, worauf die Meute unten vor dem Schiff ihn anzufeuern begann. Dann sprangen die Triebwerke an, was einigen der Aufrührer schlecht bekam, da sie von dem ersten, glücklicherweise nicht allzu heißen Schwall von den Beinen gerissen wurden.

»Ich mach dich zur Schnecke!« kreischte der Unteroffizier, während er versuchte, Geoff die Waffe zu entreißen.

Dabei berührte Geoffs Finger ohne sein Zutun den Abzug, worauf sich ein Schuß löste, der den Unteroffizier in die Schulter traf. Der Mann sank zusammen, rutschte die Leiter hinunter und prallte hart auf den Asphalt.

Geoff wurde übel. *Verdammt, das habe ich wirklich nicht gewollt ...*

Er überlegte noch, wie er dem Angeschossenen helfen könnte, als ihm die Entscheidung dadurch abgenommen wurde, daß der Mob nach vorn stürmte. Geoff ließ das Gewehr fallen und griff mit beiden Händen nach der Leiter, um sie einzuziehen und die Luke anschließend zuzuknallen.

Als er sich herumdrehte, sah er, daß ihre zehn Passagiere dabei waren, sich auf dem Boden auszustrecken, um das bevorstehende Beschleunigungsmanöver unbeschadet zu überstehen.

Einige hatten mitbekommen, was zuletzt passiert war, und blickten Geoff vorwurfsvoll an. Er zuckte die Achseln und bückte sich, um sein Gewehr aufzuheben.

Der Lieutenant Commander erhob sich und kam einige Schritte auf Geoff zu.

»Ich bin von der *Antilles* und erteile Ihnen hiermit den Befehl, mein Schiff zuerst anzufliegen!«

»Hören Sie, Commander«, erwiderte Geoff mit kalter Stimme, »dieses Schiff untersteht dem Befehl von Commander Turner. Wohin die Reise geht, hat er allein zu bestimmen. Ist das klar?«

»Ich muß unbedingt sofort auf mein Schiff, und ...!« Der Lieutenant Commander verstummte, als Geoff ihm den Lauf seines Gewehres genau zwischen die Augen richtete, und besann sich eines besseren.

Nach und nach versiegten auch die Beschwerden der anderen, die wohl einsahen, daß es sich bei bestimmten Leuten empfiehlt, auf den ersten vorgeschlagenen Kompromiß einzugehen, statt zu feilschen.

Schließlich nehmen wir sie mit nach oben, und vor allem darum geht es ihnen ja.

»Ich sollte heute lieber nicht fliegen«, sagte Turner hinter seinem Rücken.

Geoff drehte sich um und bemerkte, daß sein Vorgesetzter den Mundwinkel um ein paar Millimeter gehoben hatte.

»Du übernimmst meinen Posten!«

Geoff nickte und wollte seinen Platz schon einnehmen, als Turner ihn zurückhielt.

»Du mußtest auf ihn schießen, es gab keine andere Möglichkeit!«

Geoff wies ihn gar nicht erst darauf hin, daß der Verletzte selbst den Schuß ausgelöst hatte.

Turner wandte sich jetzt an ihre Passagiere.

»Wir fliegen die *Concordia* an. Falls jemand Probleme damit hat, kann er gern aussteigen!«

Er schaute jeden scharf an.

»Prima, dann wären wir uns ja einig. Haltet euch gut fest, Leute, es dürfte ziemlich holprig werden!«

Turner nahm direkt hinter Geoff Platz und schnallte sich an, während Vance versuchte, aus dem Stimmengewirr auf den Kanälen der Flugüberwachung eine halbwegs vernünftige Information zu beziehen. Doch bereits nach wenigen Sekunden sah er ein, daß es keinen Zweck hatte.

»Das bringt überhaupt nichts«, meinte er zu Geoff, während er das Funkgerät stumm schaltete. »Paß bitte mit auf, Geoff, ich bring' die Kiste ohne Freigabe direkt vom Wartebereich aus hoch!«

Geoff grinste Vance an, während dieser das Schiff mit einem Satz über den Wartebereich schießen ließ und dann zwischen einigen Luftlandetransportern durchmanövrierte, bis er die Zufahrt zum Rollfeld erreichte. Dort schaltete er wieder das Funkgerät ein und gab durch, was er vorhatte, bevor er die Verbindung sicherheitshalber unterbrach. Dann ließ er das Schiff eine Vierteldrehung ausführen und gab vollen Schub auf die Haupttriebwerke.

Geoff bemerkte, daß gerade ein Transporter vom Rollfeld auf die Zufahrt abbog und ihnen nun entgegenkam.

»Hab's schon bemerkt«, verkündete Vance gelassen. »Wir werden einfach über ihn hinwegziehen!«

Kein Problem, insofern nicht gerade die Triebwerke stottern oder sonst was passiert ...

Geoff kontrollierte die Geschwindigkeit und beobachtete dann wieder den Transporter. *Entweder sind die blind oder besoffen, die geben ja richtig Gas!*

»Geschwindigkeit?«

»Siebzig... fünfundneunzig ... hundertfünfunddreißig ...«

»Scheiße!« fluchte Vance. »Hättest du nicht ein paar Leute aussuchen können, die weniger fett sind? Ich komme ja nicht aus den Socken!«

Geoff schwieg. *Wir können jeden Mann und jede Frau da oben gebrauchen. Wenn wir nicht genug Leute haben, um die Flotte zu bemannen, lassen die Kilrathi uns ganz alt aussehen ...*

Als das Fahrwerk zum erstenmal den Bodenkontakt verlor, riß Vance im Widerspruch zu allen Vorschriften und fliegerischen Erfahrungswerten den Knüppel bis zum Anschlag nach hinten. Die *Lazarus* ruckte einige Meter nach oben und sackte abrupt wieder nach unten ab, wobei das Fahrwerk mit einem äußerst bedrohlichen Geräusch wieder den Boden berührte.

»Fahrwerk rein!« brüllte Vance.

Geoff riß den Hebel zurück und blickte auf den Geschwindigkeitsmesser. *Verdammt, wir liegen genau auf der Grenze – wenn die Kiste jetzt wieder runtersackt, können wir sie verschrotten ...*

Während der Geschwindigkeitsmesser sich mit quälender Langsamkeit nach oben bewegte, gewann Geoff allmählich die Überzeugung, daß sich *diese* Variante seiner schlimmsten Befürchtungen wohl nicht erfüllen würde. *Na prima, aber wenn wir nicht allmählich Höhe gewinnen, rasseln wir direkt in den Transporter hinein ...*

Direkt im nächsten Moment ließ Vance den Steuerknüppel nach vorn federn, worauf die Nase des Schiffes kurz nach unten wegsackte, um anschließend im steilen Winkel nach oben zu kippen, als Vance den Steuerknüppel wieder zurückriß, so daß die *Lazarus* in kaum mehr als fünfzig Zentimeter Abstand über der Führerkabine des Transporters hinwegglitt.

Geoff bemerkte kurz die weit aufgerissenen Augen des anderen Piloten, und dann zischten sie in einem engen Bogen über das weißlackierte Dach des Transporters, bis Vance im letzten Augenblick den Knüppel ein Stück nach vorn drückte und sofort wieder zurückzog, um das Heck soweit hoch zu bringen, daß es nicht auf dem Transporter aufschlug.

Danach hatte er alle Hände voll damit zu tun, den eigentlich unvermeidlichen Aufprall auf dem Asphalt zu vermeiden, indem er die *Lazarus* durch eine volle Drehung stabilisierte, bis sie wieder über Grund auf Kurs war.

»Wir bekommen langsam Auftrieb«, bemerkte Vance seelenruhig. »Läuft doch alles wunderbar!«

Tatsächlich dauerte es keine zehn Sekunden, bis das Schiff richtig auf Fahrt kam, so daß er die Nase allmählich nach oben ziehen konnte.

»Jungs«, meldete Turner sich mit kratziger Stimme, »ich will verdammt sein, wenn das nicht der haarigste Start war, den ich in meinem diesbezüglich keineswegs ereignislosen Leben hinter mich gebracht habe!«

Vance drehte sich zu ihm um.

»Wovon reden Sie, Sir?« fragte er mit unschuldigem Blick.

Dann zog er die Maschine weiter mit röhrenden Nachbrennern hoch, bis sie schließlich den idealen Steigwinkel von fünfundvierzig Grad erreicht hatte.

»Wir sollten immer daran denken«, meinte Geoff zu Vance, »daß uns der Chef der Bodenmannschaft im Höllenschlund davor gewarnt hat, bei Atmosphärenflügen allzu sehr aufs Gas zu treten!«

»Hab's nicht vergessen«, erwiderte Vance, »aber wir haben es schließlich eilig!«

Einige Sekunden später erreichten sie den Rand der Atmosphäre, und Geoff betrachtete erleichtert die Vielzahl der Sterne, die aus dem sich zunehmend verdunkelnden Hintergrund heraustraten.

»Wir haben einen Flottenträger verloren«, sagte Jukaga zu Admiral Nargth, wobei er sich bemühte, diese schlechte Nachricht ohne erkennbare Furcht zu überbringen.

Nargth schaute Vakkas Sohn erstaunt an.

»Das wurde soeben von unserer Radarabteilung gemeldet«, erklärte Jukaga. »Die *Kathuga* sollte als fünfter Träger vor wenigen Minuten springen, aber am Zielpunkt kam lediglich eine Trümmerwolke an. Ein Teil davon wurde zweifelsfrei als die Bugsektion der *Kathuga* identifiziert. Offensichtlich hat es eine Fehlberechnung gegeben, möglicherweise haben auch die Felder der Sprungtriebwerke wegen der hohen Geschwindigkeit nicht das gesamte Schiff erfaßt. Wir wissen es nicht.«

»Der zweite Sohn meines Bruders war auf der *Kathuga*«, meinte Nargth leise.

Dann wandte sich der Admiral von Jukaga ab, ohne ein weiteres Wort über diesen Vorfall zu verlieren.

Prinz Ratha brüllte begeistert, als das Startkatapult seine Maschine wie mit einem gewaltigen Hammerschlag aus dem Schiff herausschleuderte. Er gab vollen Schub auf alle Aggregate einschließlich der angeflanschten Zusatztriebwerke. Mit einem wilden Lachen zog er die Maschine nach vorn, ohne sich um die besorgten Meldungen seines Flügelpiloten und der drei anderen Piloten zu kümmern, die zu seinem Geschwader gehörten.

Er warf einen Blick auf den Bildschirm, in dessen Mitte das Ziel ihrer Reise als winziger Blip angezeigt wurde. Soweit es die Einhaltung des Kurses betraf, hätte er gut auf die Anzeige verzichten können, da das Triebwerksfeuer der ihm voraus fliegenden Jäger und Bomber genug Anhaltspunkte dafür gab, wohin der Flug ging.

Ratha verspürte einen wilden Haß auf seinen Vater, weil dieser es ihm nicht gestattet hatte, bei der ersten Angriffsfront mit dabei zu sein, und somit zu denen zu gehören, die bereits dadurch Ruhm und Ehre erlangt hatten, ohne daß ein einziger Schuß gefallen war.

Ratha war überzeugt, daß er es eigentlich verdient hätte, der erste zu sein, der mit dem Feind in

Berührung kam. Aber immerhin würde er dadurch in die Geschichte seines Volkes eingehen, daß er am entscheidenden Schlag gegen die Föderation beteiligt war.

»*Concordia,* wir bitten um Landeerlaubnis!«

»Sir, wir können Ihnen aufgrund Ihrer Identifikation keine Landeerlaubnis erteilen!«

Winston zog das Mikrophon zu sich heran und brüllte: »Ich will sofort mit Lieutenant Commander Valeri Olson sprechen!«

»Sir, es ist nicht gestattet, diese Unterhaltung mit Ihnen weiterzuführen.«

Turner kniff wütend die Lippen zusammen, als sich eine andere Stimme über das Funkgerät meldete.

»Winston, hier Valeri – Landeerlaubnis ist erteilt. Beeilt euch, wir treffen uns auf dem Flugdeck!«

Turner blickte Vance eindringlich an. »Schaffst du es, den Trümmerhaufen hier durch das Einflugtor zu quetschen?«

»Dürfte knapp werden, aber ich glaube schon, daß ich es schaffe.«

Zum ersten Mal im Leben sah Geoff die *Concordia,* auf deren Steuerbordseite sie nun Kurs genommen hatten. Noch waren sie mehrere Kilometer entfernt, aber er war bereits zutiefst beeindruckt von diesem berühmten Schiff, dessen weiß lackierte, ungewöhnlich schlanke Schiffshülle das harte Sonnenlicht in seine Augen reflektierte. Als Vance im Anflug auf das Landedeck um den Träger herumschwenkte, sah Geoff das riesige Logo der Flotte, das den Bug des Schiffes zierte. Schon immer hatte er sich zu diesem Symbol hingezogen gefühlt, aber jetzt, wo es sich in eine Ikone des bevorstehenden Krieges verwandelt hatte, an dem er selbst beteiligt sein würde, empfand er ein fast schmerzliches Gefühl der Zugehörigkeit.

»Nimm die Finger von Knüppel, Geoff!« bemerkte Vance ohne jede Spur von Sarkasmus.

Erst durch die Bemerkung seines Freundes wurde Geoff klar, daß er in Gedanken bereits im Cockpit eines Jägers gesessen hatte.

Vance richtete die *Lazarus* auf das Einflugtor des Flottenträgers aus. Als er das Schiff schließlich exakt vor dem Tor zentriert hatte, genügte ein kurzer Impuls aus den Triebwerken, um es durch das Energiefeld schlüpfen zu lassen, das die Atemluft auf dem Flugdeck vor dem Vakuum schützte.

Geoff konnte seinem Freund deutlich ansehen, daß der Anflug ihn an die Grenzen seiner Fähigkeiten gebracht hatte, da zu allen Seiten hin kaum mehr als ein halber Meter Platz zum Manövrieren geblieben war. *Ein winziger Fehler, und die Lazarus hätte das Flugdeck blockiert* ... damit wäre der Flottenträger für den bevorstehenden Kriegseinsatz ausgefallen und hätte sich zudem nicht mehr in ausreichendem Maße gegen die Angreifer zur Wehr setzen können.

Vance schwenkte das Schiff direkt herum, um die Einflugschneise zu räumen. Dann ließ er sich in eine freie Parkbucht einweisen, die zwischen zwei Truppentransportern lag.

Zum erstenmal im Leben sah Geoff das Flugdeck eines Flottenträgers. Was hier geschah, war ganz und gar nicht vergleichbar mit dem, was er an Bord des Schulschiffes *Schweinfurt* erlebt hatte, dessen Landedeck gerade so groß gewesen war, daß es für Trainingsflüge reichte. Vor ihm erstreckte sich eine gigantische, künstliche Höhle, deren wirkliche Länge er nicht abzuschätzen vermochte, da das Ende des Flugdecks von den zahllosen Maschinen und Hilfsfahrzeugen verdeckt wurde, die sich vor ihm aufreihten. Hier wimmelte es von Menschen, während Bodenmannschaften Bomber und Jäger betankten oder einige andere verschiedene Wartungsarbeiten durchführten. Ein auf den ersten Blick unüberschaubares Chaos, doch Geoff spürte deutlich, daß jeder einzelne hier genau wußte, was er zu tun hatte. Bereits nach wenigen Minuten verschwand das Gefühl der Verwirrung und er meinte, hinter dem Durcheinander einen großen Plan zu erkennen, einen Rhythmus, mit dem ein genialer Choreograph das Geschehen auf dem Flugdeck lenkte.

Turner hatte sich bereits direkt nach der Landung losgeschnallt und war über die auf dem Boden liegenden Passagiere hinweggetreten, bis er vor der Luke stand. Während Geoff und Vance die Triebwerke herunterfuhren und alle aktiven Systeme abschalteten, verließ Turner bereits das Schiff, um einen der rotbemützten Einweiser heranzuziehen, mit dem er sich kurz unterhielt, worauf dieser etwas in sein Funkgerät sprach.

Kurz darauf tauchte eine junge Frau auf, die direkt auf Turner zulief.

»Wir sollten ihm auf den Fersen bleiben«, meinte Geoff zu Vance. »Könnte sein, daß er uns noch braucht.«

Sie ließen ihre etwas planlos wirkenden Passagiere einfach stehen und liefen in die Richtung, die Turner und die Frau eingeschlagen hatten. Nachdem sie mehrere Sicherheitsschotts passiert hatten, erreichten sie eine Treppe, die nach oben führte. Sie sahen gerade noch, wie Turner weiter oben ein anderes Deck betrat und beeilten sich, ihn einzuholen.

Schließlich standen sie im Operationszentrum, das ziemlich genau im Mittelpunkt des Schiffes lag.

»Valeri, wie ist der Stand der Dinge?« fragte Turner soeben einen weiblichen Lieutenant Commander. Die Frau betrachtete das Holofeld, das fast die gesamte Mitte des Raumes ausfüllte.

Schließlich trat Lieutenant Commander Valeri Olson näher an das Holodisplay heran und drückte einige Tasten auf ihrem Steuergerät, worauf mehrere hundert kleine Blips erschienen, die über hauchdünne Linien mit einem bestimmten Punkt verbunden waren.

»Derzeit haben wir es mit über dreihundert Kampfeinheiten zu tun, die Kurs auf uns genommen haben, Commander«, meldete sie. »Es handelt sich um Jäger der *Kala*-Klasse und schwere Bomber der *Gomora*-Klasse. Die erste Angriffsfront wird unsere vordere Verteidigungslinie voraussichtlich in siebenundzwanzig Minuten erreichen.«

»Die haben es aber verdammt eilig«, bemerkte Vance.

»Vier Angreifer sind unterwegs auf Kampfgeschwindigkeit heruntergegangen, um eines unserer Patrouillenschiffe anzugreifen, eine leichte Korvette. Bevor das Schiff zerstört wurde, konnte die Besatzung noch durchgeben, daß die Angreifer allesamt mit angeflanschten Zusatztriebwerken ausgerüstet sind.«

»Was ist mit ihren Hauptschiffen?« fragte Turner.

Sie drückte wieder einige Tasten auf dem Steuergerät, so daß das Holofeld jetzt eine Übersicht des gesamten Systems zeigte, einschließlich McAuliffe und dem Sprungpunkt Alpha. Aus dem Sprungpunkt ragte ein dichtes Bündel von Linien hervor, das in zahllosen kleinen Blips endete, während in direkter Nähe des Sprungpunkts nun eine Reihe größerer Blips sichtbar wurde.

»Fünf Träger, zwei Schlachtschiffe – aber das ist

noch längst nicht alles. Ständig treten neue Schiffe aus dem Sprungpunkt aus! Gerade kommen die neuesten Daten herein – vier weitere Schlachtschiffe, acht Kreuzer und zwei überschwere Landepanzer.«

Turner drehte sich zu Geoff und Vance um. »Das ist nicht die Flotte, die wir beobachtet haben. Offensichtlich bekommen wir es mit der Hauptstreitmacht zu tun – wie wir uns schon gedacht haben, war die andere Flotte für den Angriff auf das Landreich vorgesehen!«

Turner lief um das Holofeld herum, bis er Valeri direkt gegenüberstand.

»Valeri, bist du der ranghöchste Offizier an Bord?« fragte er leise im vertrauten Tonfall.

Sie biß sich auf die Unterlippe. »Ja, Sir.«

»Wo ist Captain Mifune?«

»Immer noch unten auf McAuliffe, Winston. Zuletzt wurde gemeldet, daß er mit einer Hurricane hochfliegen will, aber bei der Lage da unten dürfte das eher unwahrscheinlich sein – es hat einen ziemlich bösen Unfall auf dem Hauptrollfeld gegeben. Ich denke, daß es noch mindestens eine dreiviertel Stunde dauern dürfte, bevor er eintrifft.«

»Sind die Maschinen startbereit?«

Sie schaute ihn besorgt an und warf einen Blick auf eine Anzeige, bevor sie antwortete. »Erst in drei Minuten, Winston.«

»Wie lauten Captain Mifunes letzte Befehle?«

»Wir sollten seine Ankunft abwarten. Der Admiral hat den Befehl erteilt, daß alle Schiffe abdocken, aber weiter in der Nähe der Orbitalstation bleiben sollen, um den Schutz des Phasenschildes zu nutzen.«

»Können wir mit Hilfe rechnen? Weißt du darüber schon etwas?«

Sie seufzte.

»Das Oberkommando hat uns mitgeteilt, daß Konteradmiral Dayan schon Kurs auf McAuliffe eingeschlagen hat, und Dayan hat uns bereits eine Bestätigung geschickt. Demnach befindet sie sich im Anflug auf Sprungpunkt Delta, aber das bedeutet, daß sie noch fast zehn Stunden brauchen.«

»Dayan?« erwiderte Turner erfreut. »Das ist gut – was bringt sie mit?«

»Zwei Schlachtschiffe, den Träger *Ark Royal* sowie den üblichen Geleitzug.«

»Verflucht noch mal«, zischte Turner. »Das ist nun wirklich nicht viel.« Er holte tief Luft. »Valeri, du bist schon seit mehr als zehn Jahren von der Akademie weg – zwölf Jahre, nicht wahr? Kannst du dich noch an das Panama-Szenario erinnern?«

Sie mußte einen Augenblick nachdenken. Dann starrte sie das Holofeld und anschließend wieder Turner an.

»Verdammt, Winston – du hast recht! Das ist genau das Panama-Szenario! Also müssen wir davon ausgehen, daß die eine Waffe entwickelt haben, die unseren Phasenschild durchdringen kann. Ansonsten macht diese Strategie keinen Sinn.«

»Paß auf«, raunte er, »für das, was jetzt kommt, übernehme ich die volle Verantwortung!«

Sie ahnte bereits, was auf sie zukam, als er Haltung annahm und ihr ermunternd zunickte.

»Lieutenant Commander Valeri Olson, gemäß den Vorschriften der Flotte der Föderation, Artikel 17, übernehme ich hiermit das Kommando über dieses Schiff, da wir uns in einer Notsituation befinden und ich der ranghöchste Offizier an Bord bin.«

Ein Lächeln huschte über Olsons Gesicht. Sie wandte sich an den leitenden Unteroffizier, der in der Nähe der Hauptkonsole stand.

»Sie haben Commander Turners Befehle gehört. Aufgrund seines Dienstgrades übergebe ich ihm hiermit das Kommando über die *Concordia*. Notieren Sie das im Logbuch.«

Geoff fand es schon etwas seltsam, wie dieses formelle Ritual ungeachtet der Tatsache eingehalten wurde, daß überall auf dem Schiff das Chaos herrschte. Alle auf der Brücke Anwesenden legten für einen Augenblick die Arbeit nieder, um den Vorgang zur Kenntnis zu nehmen, bevor sie wieder in aller Eile versuchten, die *Concordia* gefechtsbereit zu machen.

Olson baute sich vor Turner auf, salutierte und überreichte das Steuergerät für das Holofeld.

Turner erwiderte den militärischen Gruß. »Wie viele Besatzungsmitglieder sind an Bord?«

»Derzeit etwas über vierzig Prozent der regulären Mannschaftsstärke, Sir.«

»Piloten?«

»Neunundzwanzig von dreiundachtzig, Sir!«

Turner ging zur Hauptkonsole und suchte ein Mikrophon.

Der leitende Unteroffizier stöpselte eines aus seiner Konsole aus und reichte es ihm.

»Schalten Sie meine Durchsage auf alle internen Lautsprecher«, befahl Turner, worauf der Unteroffizier die entsprechenden Knöpfe drückte.

»Hier spricht Commander Turner. Viele von ihnen kennen mich vielleicht von der Akademie. Ich bin in einer Sondermission im Auftrag von Admiral Banbridge nach McAuliffe gekommen.« Er zögerte, da er sich in diesem Augenblick bewußt wurde, daß einige sich vermutlich fragen würden, wie Banbridge auf den Gedanken gekommen war, einen vertrottelten Professor als Agenten ins Feld zu schicken, der dann noch eigenmächtig das Kommando über einen Flottenträger der Föderation übernahm. *Zum Henker mit der Geheimhaltung! Wenn ich es ihnen nicht erzähle, nehmen sie mich nicht für voll.* »Vielleicht sollte ich erwähnen, daß ich früher Commander der Sondereinheit sechs war, also durchaus auf eine gewisse Erfahrung im Kampfeinsatz zurückblicken kann.« Er machte eine kurze Pause, bevor er weitersprach. »Als ranghöchster Offizier habe ich das Kommando über dieses Schiff übernommen, bis entweder der erste Offizier oder der Captain an Bord kommen. Wie Sie bereits wissen, führen die Kilrathi einen Erstschlag gegen uns. In weniger als dreißig Minuten werden ihre Jäger und Bomber unseren äußeren Verteidigungsring erreicht haben. Wir haben Anlaß zu der Vermutung, daß sie über eine Waffe verfügen, die unseren Phasenschild durchdringen kann.«

Wieder wartete er eine Sekunde, um die Bedeutung dieser Mitteilung zu unterstreichen.

»Wenn wir hier weiter festliegen, wird die *Concordia* mit großer Wahrscheinlichkeit zerstört. Deshalb werden wir versuchen, das Schiff so schnell wie möglich loszumachen und loszufliegen, um es zu dem Zweck einzusetzen, zu dem es gebaut wurde. Ich möchte aufrichtig sein: Es ist sehr gut möglich, daß wir alle diesen Tag nicht überleben. Aber sollte das der Fall sein, werden wir nicht tatenlos untergehen, sondern bis zum letzten Blutstropfen kämpfen!«

Beifälliges Gemurmel war zu hören. Geoff war sicher, daß auch jene Besatzungsmitglieder, die sich gerade nicht auf der Brücke aufhielten, Turners Ansicht teilten.

»Alle Piloten erhalten hiermit den Befehl, sich unverzüglich zu ihren Maschinen zu begeben, um sich auf den Start vorzubereiten, sobald wir von der

Basis losgemacht haben.« Turner schaltete das Mikrophon ab, und die Besatzung machte sich wieder an die Arbeit.

»Richards, Tolwyn.« Er winkte die beiden zu sich.

»Vance, du gehst am besten runter aufs Flugdeck und läßt dir eine freie Maschine zuweisen.«

Richards salutierte grinsend und verließ den Raum.

Turner blickte Geoff prüfend an.

»Hast du schon mal eine Wildcat geflogen?«

»Nur am Simulator, Sir!«

Turner nickte. »Ich könnte dich hier gut gebrauchen, aber die Entscheidung liegt bei dir!«

Geoff brauchte einige Sekunden, um die Situation zu überdenken. *Verdammt, trotz all der Stunden im Simulator habe ich eigentlich keine Ahnung, wie man mit so einer Kiste umgeht.* Normalerweise durfte ein Pilot erst dann in einem Geschwader fliegen, wenn er fünfhundert Flugstunden auf einer Wildcat hinter sich gebracht hatte. Doch Geoff hatte die Befürchtung, daß er sich für den Rest seines Lebens Vorwürfe machen würde, wenn er jetzt bei Turner auf der Brücke blieb. *Wir haben nicht mal annähernd genug Kampfpiloten, und selbst wenn ich nur Kanonenfutter werde ...*

»Ich werde versuchen, einige von den Bastarden da draußen abzuschießen, Sir!«

Turner setzte eine kummervolle Miene auf. Er war sich schlagartig klar darüber, daß sein Vorgesetzter nun die schwere Last der Verantwortung auf sich nehmen würde, einen völlig unerfahrenen Schüler in einen Kampfeinsatz zu schicken, bei dem es um alles ging.

»Heute werden viele gute Leute sterben«, sagte Geoff leise. »Ich bin also in guter Gesellschaft, falls es so kommen sollte.« Er salutierte.

Turner entschied sich dafür, die militärische Ehrenbezeugung nicht zu erwidern. Statt dessen hielt er Geoff die Hand entgegen.

Geoff umschloß Turners Hand und drückte sie fest. Dann salutierte er noch einmal und beeilte sich, aufs Flugdeck zu kommen.

13

MCAULIFFE

»Mein Herrscher, unsere Angriffsfront wird in den nächsten Augenblicken die Verteidigungslinien unserer Gegner erreichen!«

Der Kronprinz hielt es nicht für erforderlich, diese Mitteilung zu kommentieren. *Was in den nächsten Stunden geschieht, ist jetzt noch reine Spekulation. Entweder werde ich als der größte Jäger in der Geschichte des Imperiums daraus hervorgehen oder mein Leben von eigener Hand beenden.* Dabei war er noch vor kurzer Zeit völlig überzeugt davon gewesen, daß sein Angriffsplan ein Geniestreich war, der in allen Einzelheiten so durchdacht war, daß er die Möglichkeit des Scheiterns gar nicht in Betracht ziehen mußte. Gerade die Idee, die gegnerische Basis nicht mit Schlachtschiffen, sondern mit Flottenträgern anzugreifen, würde den Sieg garantieren, daran hatte er keinen Zweifel. *Und doch passieren Dinge, mit denen niemand rechnen kann.* Zum Beispiel der Verlust eines Flottenträgers durch eine Fehlberechnung beim Sprung in das System. *Unsere Schlagkraft hat sich durch den Verlust dieser Jäger und Bomber um ein gutes Fünftel reduziert. Natürlich verfügen wir immer noch über genug Maschinen, um den Krieg für uns zu entscheiden.* Aber er wußte genau, daß das fehlende Fünftel sich in bestimmten Situationen vielleicht als wichtige Reserve entpuppt hätte, die über Sieg oder Niederlage entscheiden konnte.

Ich bin überzeugt, daß Nargth eine ähnliche Beunruhigung verspürt wie ich.

Die Schlachtschiffe lagen nicht in der Zeit, da

Nargth darauf bestanden hatte, nach dem Sprung in den geordneten Formationsflug überzugehen. *Eine kleine Abweichung vom Plan, die für sich allein betrachtet gewiß nicht bedenklich ist, aber ...*

Mehr Sorge bereitete ihm die Tatsache, daß keines der Schiffe seines Geschwaders mit einer überlichtschnellen Funkanlage ausgestattet war. Ursprünglich sollte der verlorengegangene Träger und ein zweites mit einer solchen Anlage bestücktes Schiff die Front anführen. Aber der Träger stand nun einmal nicht mehr zur Verfügung, und das zweite Schiff war kurz nach dem Start durch einen Triebwerksschaden ausgefallen. Bis die Träger aufgeschlossen hatten, würden sie eine Verzögerung der Funkverbindungen von knapp acht Minuten in Kauf nehmen müssen. *Im Normalfall kein Problem, aber sollten wir uns dazu gezwungen sehen, unsere Strategie zu ändern, könnte sich das geradezu fatal auswirken.*

Er warf einen Blick auf die letzten Scans des Überlichtradars, die schon eher dazu angetan waren, seine Zweifel einzudämmen. *Noch hat keines ihrer Schiffe losgemacht oder den Verteidigungsring verlassen.* Zwar zeigte die Hitzesignatur, daß bei einigen bereits die Triebwerke hochgefahren wurden, aber die Mehrzahl würde es nicht schaffen, beim Eintreffen der Angriffsflotte kampfbereit zu sein. Als beruhigend empfand er auch die aufgefangenen Funksignale, die den Eindruck von Panik und Unentschlossenheit vermittelten.

Der Kronprinz nickte und begab sich dann zu seinem Kommandosessel, um den entscheidenden Moment abzuwarten.

Prinz Ratha benötigte all seine Kraft, um nicht ohnmächtig zu werden. Sein Jäger drohte unter der mörderischen Bremswirkung der Zusatztriebwerke auseinanderzubrechen, und der tonnenschwere Druck auf seiner Brust machte das Atmen fast unmöglich. Er zwang sich, die Augen zu öffnen, um einen Blick auf die Instrumente zu werfen. Da das Bremsmanöver aus technischen Gründen mit dem Rücken zum Feind vorgenommen werden mußte, zeigte sein Hauptschirm nun die Jäger seines Geschwaders, denen er vorausgeeilt war. Ein Lichtblitz am linken Rand des Bildschirms zeigte an, daß einer der Jäger unter der Belastung der Gegenbeschleunigung zerborsten war. Die Trümmerwolke flog ungebremst weiter, so daß sie Rathas Jäger bald überholte und aus dem Erfassungswinkel der Kamera verschwand.

Kurz darauf erreichte die Angriffsfront die Atmosphäre des Planeten. Wie vom Kronprinzen vorhergesehen stießen sie nicht auf Widerstand.

Sergeant Major Manuel Ulandi spazierte schon eine Weile vor dem Hauptquartier auf und ab und blieb nun stehen, um sich eine neue Zigarre anzuzünden.

Sein Blick schweifte über die nördlich der Stadt liegenden Hügel. Auch nach dreißig Jahren im Dienst nahm er es sich nicht heraus, Verachtung für einen Admiral zu empfinden. *Er ist mein Vorgesetzter, also muß ich seine Entscheidungen akzeptieren.* Aber er konnte sich nicht erinnern, jemals so nahe daran gewesen zu sein, gegen seine eigenen Regeln zu verstoßen. *Von militärischer Führung kann keine Rede mehr sein. Jeder Befehl wird mit lautem Gebrüll verkündet, nur um kaum fünf Minuten später widerrufen zu werden.*

Das Geräusch eines vorbeiziehenden Geschwaders Hurricane-Bomber lenkte ihn einen Moment von seinen Betrachtungen ab. Er sah den Maschinen nach, wie sie im Formationsflug mit glühenden Nachbrennern Richtung Westen abdrehten. Aus der Stadt waren Sirenen zu hören, und auf dem Rollfeld versuchten zahllose Truppenangehörige sich einen Platz in einem der wenigen abfliegenden Transporter zu erkämpfen, um zu ihrem Schiff in den Orbit zu gelangen. Fast genauso viele standen vor dem Skyhook Tower. Ulandi hatte wenig Zweifel daran, daß der Skyhook Tower eines der Primärziele der Gegner war.

Ulandi schüttelte fassungslos den Kopf.

»Verdammt«, murmelte er, »die gehen doch alle drauf, wenn die Katzen den Turm angreifen ...«

In diesem Moment sah er, wie eine Hurricane langsam an den Haupteingang des Gebäudes heranrollte, wo sich eine Gruppe von Offizieren versammelt hatte. Als der Pilot die Maschine abbremste, löste sich einer der Offiziere aus der Gruppe und lief auf sie zu.

Ulandi kniff die Augen zusammen. *Admiral Long, zweifellos.*

Der Admiral kletterte ins Cockpit der Trainingsmaschine. Kurz darauf schloß sich das Cockpit, und die Maschine rollte zur nächsten Startbahn, wobei der Pilot seine liebe Not hatte, an den Wracks zweier Schiffe vorbeizumanövrieren, die vor einer knappen Viertelstunde beim Start miteinander kollidiert waren. Als die Hurricane die Zufahrt zur Startbahn erreichte, fuhr der Pilot plötzlich die Nachbrenner hoch.

Offenbar hat er es jetzt doch eilig, dachte Ulandi. *Ich möchte nicht wissen, was einem Piloten passieren würde, der direkt von der Zufahrt abhebt!*

Die Maschinen rumpelten zunächst mit voller Beschleunigung über den Beton und schließlich über das grüne, harte Zeug, das sich auf diesem Planeten an den Stellen ausbreitete, wo auf der Erde normalerweise Gras wächst. Schließlich hoben die Maschinen ab und gingen direkt in Steigflug über. Mehrere kurz aufeinander folgende Donnerschläge verkündeten, daß die Hurricanes die Schallmauer durchbrochen hatten. Ulandi hob den Kopf und sah, wie die winzigen Lichtpunkte hell aufflackerten, als die Hurricanes den um den Planeten liegenden Phasenschild durchbrachen.

Plötzlich stieg der Geruch elektrischer Entladungen in seine Nase. *Jetzt haben sie dem Phasenschild volle Leistung gegeben, sie können also nicht mehr weit entfernt sein.* Ein leises Knistern setzte ein. Jedes Schiff, das mit hoher Geschwindigkeit versuchte, den Phasenschild von einer der beiden Seiten zu durchbrechen, würde sofort zerfetzt werden. *Und wenn einer von denen auf die verrückte Idee kommt, den Planeten langsam anzufliegen, machen unsere Geschützbatterien Kleinholz aus ihm.* Natürlich war das reine Theorie, darüber war Ulandi sich im klaren.

Er senkte den Kopf, um die weit entfernten Reaktoren zu betrachten, die mit eigenen Schirmfeldern ausgestattet waren, die sie nun wie schillernde Quallen umhüllten. Einer der Reaktoren lag direkt bei Highcroft. Ulandi mußte grinsen, als er daran dachte, daß sich einige der feinen Offiziere vermutlich bald in die Hose machen würden.

Dann waren über dem westlichen Horizont die ersten Explosionen zu sehen, weiße Lichtblitze, die selbst aus der Entfernung keineswegs harmlos wirkten.

Die fackeln nicht lange, beginnen direkt mit dem Atomschlag. Er griff an seinen Helm, um das Schutzvisier herunterzuklappen. Einen Moment lang sah er gar nichts, aber dann hellte sich die Tönung des Visiers auf, das jetzt nur noch die harten, unsichtbaren UV-Strahlen herausfilterte.

Während er sich zu dem Unterstand in der Nähe

des Haupteingangs begab, ließ ein Rumpeln unter seinen Sohlen erkennen, daß die Geschütze das Feuer erwiderten.

»Sergeant?«

Es war eine junge Frau im Rang eines Corporals der Militärpolizei, die sich nun zu ihm gesellte.

»Ich möchte die Show nicht verpassen«, erklärte er.

»Die anderen sind wohl alle bereits im Bunker, Sergeant! Man hat mir gesagt, ich soll sie suchen!«

Ulandi lächelte und zog kräftig an der Zigarre.

»Dann gehst du wohl besser auch nach unten, Mädchen.« Er warf einen Blick auf ihr Namensschild. »Corporal Danner. Ich komme auch gleich runter, dauert nicht mehr lange ...«

Wieder blitzte es grell auf. *Sie schießen sich ein.*

»Verdammt, Sergeant – was war das?«

»Ich gehe davon aus, daß die Katzen uns mit Atombomben bewerfen, um unsere Jäger und die Bodenstellungen platt zu machen.«

»Sergeant, wenn wir nicht bald runtergehen ...«

Er winkte gelassen ab. »Keine Panik, die Schilder schlucken das problemlos!« Dann sah er sie freundlich an. »Sie sollten trotzdem runtergehen, Corporal!«

Die junge Frau beäugte ihnen nervös und zuckte die Achseln.

»Wir sind sowieso schon so gut wie tot«, flüsterte sie.

Dann zog sie ihr Funkgerät unter dem Gürtel hervor und wählte einen Kanal. Zunächst war nur Rauschen zu hören, aber dann kam eine Meldung durch.

»Habe hier zehn, ich wiederhole, zehn Bomber auf zwo-neun-sechs, Anflugwinkel dreiundsiebzig, acht Klicks vor dem äußeren Schild ... Verdammt, der hat sich an mich angehängt! Wo ist mein ...«

Ulandi beobachtete das Mädchen, das mit zitternden Händen das Funkgerät hielt. Wieder detonierte eine Atombombe, diesmal mitten in der Stadt, die nicht mit einem Phasenschild geschützt war. Von einer Sekunde auf die nächste veränderte sich die so vertraute Skyline, als einige der weniger stabilen Gebäude vom Explosionsdruck umgerissen wurden.

Ulandi fragte sich wehmütig, ob *Four Dollar Suzie's* den Atomschlag einigermaßen unbeschadet überstanden hatte. *Na klar,* redete er sich ein, *und jetzt schmeißt Suzie bestimmt ein paar Lokalrunden!*

Wieder kam eine Meldung aus dem Funkgerät.

»Die Bomber drosseln ihre Geschwindigkeit! Fangt sie ab, fangt sie ...«

Eine der auf der gegenüberliegenden Seite der Stadt stationierten Batterien feuerte ihre Raketen ab, aber nun waren auch Geschosse zu sehen, die aus der anderen Richtung kamen. Ulandi drehte sich schnell um und stellte sich schützend vor das Mädchen. Hinter seinem Rücken blitzte es wieder grell auf, viel greller als beim letzten Mal ...

»Verteidigungslinie am Stadtrand meldet sich nicht mehr«, kam es aus dem Funkgerät. »Die Bomber haben Torpedos ausgesetzt, kommen mit Mach zehn rein – verdammt, die gehen einfach durch unsere Phaseschilde hindurch! Die Reaktoren! Was ist ...«

Der Boden unter Ulandis Füßen buckelte mit einem gewaltigen Ruck hoch, so daß er fast das Gleichgewicht verlor. *Mein Gott, das müssen mindestens fünf oder sechs Torpedos gewesen sein!*

Es dauerte eine Weile, bis Ulandi bemerkte, daß das Knistern des Phasenschildes nicht mehr zu hören war. Sein Mund verzog sich zu einem grimmigen Lächeln.

»Setzen Sie sich auf den Boden, Corporal!« sagte er mit einer Stimme, die freundlich klang und doch eindeutig klar machte, daß er keinen Widerspruch dulden würde.

Sie begann zu schluchzen und er ging in die Hocke, um sie fest in die Arme zu nehmen. Er mußte an seine Tochter denken, die er vor vielen Jahren genauso in die Arme geschlossen hatte, um sie zu trösten. *Sie ist jetzt nur noch ein kleines Mädchen, das Angst hat, grenzenlose Angst.*

Er hob den Kopf und schaute nach Norden, wo statt der Reaktoren nur noch sechs Trümmerhaufen zu sehen waren, aus denen schwarzer Qualm den Himmel zu füllen begann.

»... Noch mehr Bomber! achtundzwanzig, neunundzwanzig ... einunddreißig habe ich jetzt auf dem Schirm, aber es kommen ...«

Am Himmel war wieder ein Lichtblitz zu sehen, und im selben Moment riß die Funkverbindung mit einem lauten Krachen ab.

»Sie haben es auf den Skyhook abgesehen!« kommentierte Ulandi nüchtern.

Er lief ein Stück aus dem Schutz des Gebäudes heraus, ohne zu bemerken, daß er die junge Frau mitzerrte, die sich an seinen Arm geklammert hatte. Dann bemerkte er einen Kilrathi-Bomber, der im Tiefflug mit ungeheurer Geschwindigkeit hereinkam und eine breite Staubwolke hinter sich her zog. Mit einem irrsinnigen Kreischen berührte sein Fahrwerk kurz den Asphalt des Rollfeldes, bevor er wieder hochzog und seinen Kurs kurz darauf um einige Grad nach Süden änderte. Dann lösten sich zwei Blitze aus seinem Leib.

»Das könnten kleine Nuklearraketen sein!« vermutete Ulandi.

»Warum werden wir nicht bombardiert?« fragte die junge Frau mit heiserer Stimme.

»Vermutlich wollen sie erst den Turm zerstören, weil er die halbe Flotte mit herunterreißen wird«, entgegnete Ulandi. »Die liegen ja da oben immer noch vor Anker!«

Der Bomber drehte im scharfen Winkel bei, als plötzlich ein Geschwader Abfangjäger auftauchte, die ihn sofort unter Dauerbeschuß nahmen. Der Heckschütze des Bombers erwischte einen der Jäger, der sofort wegtrudelte und explodierte. Dann aber nahm er Feuer von den anderen Jägern auf und verlor einen Teil seiner Panzerung, um schließlich in einer gewaltigen Explosion zu vergehen.

Ulandi verzog das Gesicht zu einem grimmigen Lächeln, und das Mädchen schrie begeistert auf. Aber dann wurde ihm schlagartig bewußt, daß der Bomber seine Aufgabe erledigt hatte. Eine der Raketen wurde von der Flugabwehr am Fuß des Turms abgeschossen, aber die zweite krachte in die Durastahl-Konstruktion des Turmes.

Einen Herzschlag später wurden die Kräfte von sechzig Kilotonnen TNT freigesetzt. Als Ulandi wieder hinschaute, war der größte Teil der Panzerung am unteren Stück des Turmes verschwunden.

Mein Gott, er hat es tatsächlich überstanden! schoß es Ulandi durch den Kopf.

Aber dann begriff er, daß die Schockwellen am Turm hochgewandert waren und nun wie bei einer angeschlagenen Gitarrensaite zurückliefen, um am Boden erneut reflektiert zu werden. Der Turm schwankte – erst ganz sanft und dann, nach einer kurzen Pause, wesentlich heftiger. Sofort setzten die Ausgleichsaggregate an der Seite des Turmes ein, aber die Computer lenkten den Schub in die falsche Richtung, da die Schockwelle bereits wieder die Richtung gewechselt hatte und nun durch den Schub der Aggregate verstärkt wurde. Ulandi hob den Blick, um das unvermeidliche Desaster mitverfolgen zu können.

Wie in Zeitlupe brach der Turm in einer Höhe von mindestens zwölf oder fünfzehn Kilometern auseinander. *Dreißigtausend Kilometer Turm hängen jetzt in der Luft ... Und am oberen Ende klebt die Basis wie an einer Fliegenklatsche ...*

Ulandi wußte, daß es noch einige Minuten dauern würde, bis die da oben bemerkten, was passiert war. Aber dann würde der Turm auf die Oberfläche des Planeten zustürzen und sämtliche Schiffe mitreißen, die an der Basis verankert waren.

Ulandi verspürte eine gewisses Bewunderung für die Kilrathi, deren Plan er schlicht und ergreifend als Geniestreich anerkennen mußte. *Zuerst haben sie mit chirurgischer Präzision die Generatoren ausgeschaltet, um unseren Phasenschild zu knacken. Und jetzt ist die Verteidigungsanlage, die hundert Jahre lang als völlig uneinnehmbar galt, nur noch ein wertloser Haufen Schutt. Kaputtes Kinderspielzeug für Erwachsene ...*

Weit hinten im Süden schossen Lichtblitze über den Horizont, unzweifelhaft Jäger der Kilrathi, die nun im Tiefflug auf die Basis zukamen, um alles zu vernichten, was noch Widerstand leisten konnte.

Dreißig Jahre, dreißig verdammte Jahre bin ich jetzt hier – und ich habe mich immer gefragt, was ich nach der Pensionierung tun soll ...

Er zog an seiner Zigarre und stieß den Rauch langsam aus. *Ist wirklich witzig, einmal den Rauch zu inhalieren, so richtig voll auf Lunge, ohne Angst davor zu haben.* Er zog noch einmal an der Zigarre, so kräftig, daß die Asche abfiel.

»Ich habe Schiß ...«, murmelte das Mädchen.

Er senkte den Kopf, um ihr in die panikerfüllten Augen zu schauen. Und dann machte Sergeant Major Ulandi ein für ihn ziemlich ungewöhnliches Geräusch, ein sanftes Zischen, wie eine Mutter, die ein ängstliches Kind beruhigen will. Sie fiel ihm in die Arme und preßte ihr Gesicht an seine Brust.

Ich bleibe am besten mit ihr hier stehen. Dann geht es schneller, und wir laufen nicht Gefahr, lebendig unter den Trümmern begraben zu werden ...

Er schloß die Arme um das wimmernde Mädchen und sah den heranfliegenden Jägern entgegen, die aus allen Rohren heißen Tod versprühten.

»Jak-ta Ga! Jak-ta Ga! Jak-ta Ga!«

Die Brücke des Schiffes bebte vom Stampfen der Krieger, die begeistert die Zerstörung der Reaktoren und den sich daraus ergebenden Zusammenbruch der Phasenschilde mitverfolgt hatten. Geballte Fäuste wurden dem Kronprinzen entgegengestreckt, und wie auf Befehl öffneten sie sich, um die Krallen zum Zeichen des Sieges zu zeigen. Einige Krieger zerkratzten sich die Haut, um den Duft ihres eigenen Blutes zu genießen und es auf der Zunge spüren zu können.

Selbst der Kronprinz verlor für einen Moment die Kontrolle über seine Gefühle und schlitzte sich den Arm auf, um den anderen sein Blut zu zeigen. Seine Offiziere stürmten auf ihn zu, um ihr Blut mit dem seinen vereinen zu können, damit sie eines Tages ihren Jungfängen erzählen konnten, daß sich ihr Blut einst mit dem königlichen vermischt hatte, auf dem Höhepunkt des Triumphs, auf dem Weg zum größten Sieg der Geschichte.

Schließlich besann sich Gilkarg und löste sich aus der Gruppe, um einen Monitor zu betrachten, der ein etwas verschwommenes Videosignal zeigte, das aus der Perspektive des Heckschützen eines Bombers übertragen wurde. Zahllose Jäger schossen dicht über die Oberfläche des Planeten hinweg und legten dichtes Sperrfeuer über die Basis, dem nichts entkommen konnte. Dann drehte der Bomber bei, und die Kamera zeigte nun den Skyhook-Tower, dessen Konstruktion so gewaltig war, daß sein Einsturz wie eine Zeitlupenaufnahme wirkte. Gerade löste sich wieder ein Bruchstück von etlichen Kilometern Länge, um wegzukippen und mit dem oberen Ende dem Boden entgegenzustürzen.

»Wir haben gesiegt! Wir haben gesiegt!« schrie in diesem Augenblick jemand.

Gilkarg drehte sich abrupt um und starrte den Narren an. Es war der Funkoffizier, der nun den Kopf senkte und betete, denselben nicht sogleich zu verlieren ...

Doch Gilkarg, der insgeheim nicht weniger vom Sieg überzeugt war, blickte ihn nur strafend an.

»Das ist erst der Anfang«, meinte er grimmig.

»Steuermann, volle Beschleunigung, sofort!«

»Wir sind noch nicht einmal aus dem Kaltstart heraus, Sir!« lautete die nervöse Erwiderung. »Wir brauchen noch mindestens fünf Minuten, sonst platzen uns die Pumpen weg!«

»In fünf Minuten sind wir tot! Volle Kraft voraus! Los, Mann, worauf warten Sie eigentlich?« brüllte Turner, während er bereits Verbindung mit dem für die Phasenschilde zuständigen Offizier aus dem Maschinensektor aufnahm.

»Phasenschilde?«

»Phasenschilde hier, Sir!«

»Sobald die Maschinen hochgefahren sind, ziehen Sie die Schirme auf fünfzig Prozent hoch, ich wiederhole, fünfzig Prozent! Ich melde mich, sobald Sie mehr Leistung fahren sollen, ist das klar?«

»Aye-aye, Sir!«

Commander Turner unterbrach die Verbindung

und drehte sich zum Steuerbord-Monitor um. Der Hauptteil der Angriffsfront konzentrierte sich auf die weiter entfernt liegende Seite der Basis. Turner hatte damit gerechnet, daß die Katzen zunächst versuchen würden, die Generatoren zu zerstören. *Aber daß sie es so schnell geschafft haben, verdammt!* Fassungslos starrte er den Schirm an. *Verdammt, verdammt, verdammt! Wir brauchen noch zehn oder fünfzehn Minuten, sonst war es das ...*

»Sir?«

Eine Mitarbeiterin des strategischen Beobachtungskommandos bedeutete ihm, daß es etwas Neues gab. Er setzte sich in Bewegung, während sie ihren Kopfhörer nach hinten klappte.

»Sir, ich habe soeben einen Bericht von einer der Geschützbatterien aufgefangen, die in der Nähe des Schildgenerators drei stationiert ist. Die behaupten, daß sie eindeutig gesehen haben wollen, wie eine gegnerische Rakete mit hoher Geschwindigkeit den Phasenschild durchbrach. Sie haben es auf Video aufgezeichnet. Ich habe den Upload bereits veranlaßt.«

Turner nickte. »Gut gemacht! Spielen Sie es ab!«

Auf dem Monitor war eine ziemlich verrauschte Aufnahme der Rakete zu sehen, deren Länge Turner auf fast fünfzehn Meter schätzte. *Gut zwei Meter dick – das ist doch keine Standardwaffe? Auf jeden Fall keine, die normalerweise von einer kleinen Maschine abgefeuert wird, die zu einem ihrer Träger gehört.* Er sah, wie die Rakete tatsächlich glatt durch den Phasenschild ging. *Und jetzt die Explosion, verdammt.* Er kniff instinktiv die Augen zusammen, als der Bildschirm sich mit grellweißem Licht füllte.

»Das war rund Mach zehn, womit die durchgekommen ist!« erklärte sie ihm, während sie mit zwei Fingern die eine Muschel des Kopfhörers an ihr Ohr hielt.

»Moment mal, Sir ...« Sie lauschte für einige Sekunden; dann grinste sie ihn freudig überrascht an.

»Sir, es ist die *Ark Royal*! Auf Translicht-Impuls. Hört sich an, als wäre sie direkt um die Ecke!«

»Verbindung aufnehmen!«

»Nehme Verbindung auf, Sir!«

Turner wandte sich dem Hauptschirm zu.

»McAuliffe, McAuliffe – hier ist die *Ark Royal*!«

Auf dem Bildschirm war das Gesicht des Kommandanten zu sehen. Turner war es, als fiele eine große Last von ihm ab, und er lächelte erfreut in die Kamera.

»Admiral Dayan!« rief er. »Dem Himmel sei Dank, daß Sie es geschafft haben. Ich bin es, Turner! Habe das Kommando über die *Concordia* übernommen. Wo, zum Teufel, seit ihr gerade?«

»Winston? Was tust du denn hier?«

»Keine Zeit für Erklärungen, Naomi!« erwiderte er. »Hier ist die Hölle los, wir verlieren vermutlich die gesamte Basis!«

Er warf kurz einen Blick auf die Kursanzeige, wo nun in der Nähe des Sprungpunkts Delta ein blauer Blip zu sehen war. *Dayan kommt, aber das wird noch eine ganze Weile dauern ...*

»Du kennst die Lage vor Ort«, meinte Dayan, »also sag mir, was sollen wir tun?«

Vor einiger Zeit hatte Dayan ein Jahr lang auf der Akademie im Fach Flottenträger-Taktik unterrichtet. *Und sie gehört zu den jungen Wilden, mit denen man mehr anfangen kann als mit den Lametta-Greisen.* Er war dankbar, daß sie ihm gegenüber nicht ihren höheren Rang ausspielte. *Eine fähige Frau. Fragt, was Sache ist, statt eine alte Nummer durchzuziehen, wie andere es an ihrer Stelle tun würden.*

»Ich laß mir was einfallen, halte bitte die Verbindung!«

Er trat einige Schritte zurück, um sich anzuschauen, was er aus den Bildschirmen über die Situation entnehmen konnte.

»Navigation, arbeiten Sie den bestmöglichen Kurs für ein Rendezvous mit der *Ark Royal* aus! Funkabteilung, übermitteln Sie sämtliche zur Verfügung stehenden Daten über den Angriff an die Ark Royal!«

»Die *Coral Sea*! O Gott ...«, rief jemand entsetzt.

Auf dem Hauptschirm war der größte Flottenträger der Föderation zu sehen, der offensichtlich kurz zuvor losgemacht hatte, um von der Basis wegzukommen. Jetzt war das gigantische, von etlichen Dutzend Jägern und Bombern ins Kreuzfeuer genommene Schiff in der Mitte zerbrochen, und das Heck drehte sich langsam auf die Kamera zu, bis Turner in den aufgerissenen Schiffsleib sehen konnte, der von einer Kaskade von Explosionen durchpflügt wurde.

Das Flugdeck, verdammt. Damit ist es aus für die Coral Sea. *Der Treibstoff wird sie in tausend Stücke zerreißen ...*

Er wandte sich einem anderen Monitor zu, auf dem der kollabierende Skyhook Tower zu sehen war. Jetzt erst erreichten die durch das Wegbrechen der unteren Segmente erzeugten Schockwellen den Orbit und versetzten den Dockbereich in sanfte Vibrationen, die sich schließlich mit einem Schlag auf die Rampenkonstruktionen übertrugen. Ein gutes Dutzend Schiffe hielt sich noch im Gitterwerk des Docks auf, mit Sicherungsbolzen an den Zugangsrampen verankert, todgeweiht wie Fliegen in einem Spinnennetz. Hier und da huschten kleine Explosionen über den Bildschirm, als die verzweifelten Kommandanten den Befehl zum Wegsprengen der Sicherungsbolzen erteilten, obwohl ihre Schiffe noch nicht manövrierfähig waren. Einigen kleineren Schiffen gelang die Flucht, aber die größeren hatten keine Chance, da sie aus

Sicherheitsgründen ihre Kraftwerke heruntergefahren hatten und dadurch auf die Energieversorgung des Turmes angewiesen waren.

Was in den Energiespeichern ist, reicht gerade mal für die Beleuchtung, die interne Kommunikation und die Telemetrie, überlegte Turner. *Aber nicht für die Triebwerke!*

Das Schlachtschiff *Belarus* hatte bereits die Sicherungsbolzen abgesprengt, lag aber nun bewegungslos im Raum, während der Turm langsam abkippte und das Schiff dabei streifte. Was aufgrund der Größenverhältnisse wie ein harmloser Knuff wirkte, stellte in Wirklichkeit eine Kollisionen von Tausenden Tonnen Masse dar. Zunächst es sah aus, als würde das Schiff aufgrund des Stoßes lediglich zur Seite driften; dann aber riß mit einem Schlag die Schiffshülle auf. Nur wenige Sekunden später verging die *Belarus* in einer gigantischen Explosion, die auch noch eine Fregatte mit sich riß, die ein Stück weiter oben festgemacht hatte. Überall kam es zu weiteren Detonationen, die für einen Moment den gesamten Bildschirm ausfüllten, so daß nichts mehr von den Jägern der Kilrathi zu sehen war, die von der gegenüberliegenden Seite aus hereinkamen.

Turner spürte, wie ein Zittern durch das Schiff lief und war für den Bruchteil einer Sekunde davon überzeugt, daß es jetzt auch die *Concordia* erwischt hatte. Aber dann wurde ihm klar, daß es nur die Triebwerke waren, die gerade angesprungen waren und jetzt den Flottenträger aus der Gefahrenzone bringen würden.

Er hielt die Luft an. *Wenn jetzt eine der Pumpen platzt, sind wir im Eimer.* Sekunden um Sekunden vergingen, aber die Beschleunigung hielt unvermittelt an.

»Ich habe die Lösung, Sir!« rief der Navigator.

»Zur *Ark Royal* rüberschicken, sofort!«

»Naomi?«

»Was ist, Winston?«

»Du übernimmst als Relaisstation für alle erreichbaren Schiffe!«

»Wie sieht es denn bei euch aus?«

»Wir haben vier Träger verloren und fast die gesamte Flotte!«

»Verstanden, Winston.«

»Eine Mitteilung von Admiral Long für den Captain der *Concordia*!« meldete der Funkoffizier.

»Leider ist unsere Empfangsanlage defekt«, erklärte Turner eiskalt.

»Wie bitte, Sir?«

»Sie haben mich ganz richtig verstanden – die Mitteilung wurde nicht empfangen!«

Der Funkoffizier stutzte; dann aber huschte ein Grinsen über sein Gesicht, und er schaltete den Empfangskanal ab.

»Wenn die das später rausfinden, ziehen sie dir die Ohren lang.«

Turner drehte sich um und schaute Valeri an.

»Das war gute Arbeit im Maschinenraum, Valeri!«

»Was ist mit Long?«

»Du weißt verdammt gut, was er will. Wir sollen auf ihn warten. Wenn wir das tun, Valeri, sind wir tot.«

»Allerdings.« Sie schüttelte den Kopf.

»Naomi, wir haben hier Probleme, Admiral Longs Signal zu empfangen.« Er schaute mit einem seltsamen Blick in die Kamera. »Euch geht es wohl auch nicht anders, ja?«

Sie lächelte. »Leider haben wir dasselbe Problem, Winston. Ich melde mich, sobald ich unsere Vögel abgesetzt habe!«

»Sieh zu, daß es möglichst schnell geht!«

Er unterbrach die Verbindung und wandte sich an Valeri.

»Mitteilung an alle erreichbaren Schiffe: Concordia ist einsatzbereit. Alle verfügbaren Schiffe sollen mit größtmöglicher Geschwindigkeit die *Ark Royal* anfliegen.«

Sie nickte.

»Anschließend müssen wir die Daten der Gefechtsanalyse an sämtliche Schiffe übermitteln. Vielleicht gelingt es uns ja, eine Verteidigungsstrategie gegen ihre neue Waffe zu entwickeln. Außerdem muß ich dringend Banbridge die Gefechtsberichte übermitteln, Videoaufzeichnung von allen Schiffen, empfangene und gesendete Funkmeldungen, der ganze Kram. Nicht kodieren, einfach losschicken!«

»Ohne Kodierung?« fragte sie erstaunt.

»Wenn die Nachrichtensender es abfangen, soll es mir nur recht sein!« erklärte Turner grimmig. »Es wird endlich Zeit, daß jemand den Mantel hebt, damit alle sehen können, welcher Mist sich darunter verbirgt. Die Leute sollen endlich mal die Wahrheit erfahren!«

Seine leitende Offizierin grinste und gesellte sich dann zu den Funkoffizieren.

Turner warf einen Blick auf den Hauptschirm, der wieder das Geschehen rund um Skyhook Tower zeigte. Dort herrschte völliges Chaos. Nachdem er sich einen Überblick verschafft hatte, stellte er nüchtern fest, daß das Schlachtschiff *Malta* ebenfalls nicht mehr zu sehen war.

Immerhin hatten es zwei andere Schlachtschiffe vollbracht, loszumachen und nun aus allen Rohren feuernd auf die Angreifer zuzufliegen.

»Ich habe hier Signale von mindestens dreißig – ich wiederhole – dreißig Abfangjägern!«

Winston hob die Fernbedienung für das Holodisplay und ließ mitten im Raum das taktische Schema anzeigen, in dessen Zentrum die *Concordia* abgebildet war, während am Rand blaue und rote Lichter das Gefecht anzeigten, das sich im Bereich des Skyhook Tower abspielte. Gerade setzte sich ein Strom blitzender Lichter aus der Angriffsflotte ab, um sich auf die *Concordia* zuzubewegen.

Turner nickte entschlossen und schaltete das Mikrophon ein, das er an seinem Revers befestigt hatte.

»Hier Turner. Startbefehl für alle Kampfflieger. Wiederhole, Startbefehl für alle Kampfflieger. Wir haben dreißig oder mehr Angreifer in der Ortung.«

Prinz Ratha stieß ein Triumphgeheul aus, als er sah, wie der Flottenträger sich von der Basis löste. Bis vor wenigen Sekunden war er noch davon ausgegangen, daß der Gegner restlos geschlagen war. Aber nun gab es wieder etwas, woran man seine Klauen wetzen konnte.

Er ignorierte sämtliche Vorschriften und meldete sich mit seinem wirklichen Namen. »Hier spricht Ratha!« U*nser Feind soll wissen, wer ihn unterworfen hat! Sollen sie meinen Namen verfluchen, bevor sie den Weg in ihre Nachwelt antreten!*

»Ich werde den Angriff führen, alles hört auf mein Kommando!«

Geoff riß die Augen weit auf, als er sah, wie ein Jäger rücksichtslos entgegen aller in Friedenszeiten geltenden Vorschriften mit vollem Schub den Phasenschild durchbrach, der das Flugdeck gegen das Vakuum abschirmte. Kaum war die Maschine draußen, da flackerten auch schon die Nachbrenner auf. *So stand es nun wirklich nicht in den Büchern ...*

Er erschrak, als ein gewaltiger Ruck durch seine Maschine ging. Es dauerte eine Sekunde, bis er begriffen hatte, daß der Traktor sie auf das Rollfeld zog.

Kurz darauf stand er als zweiter an der Rampe, direkt hinter Vance. Das Schleppkabel wurde gelöst, und der Traktor schoß in einer engen Kurve von der Rampe herunter. Dann ließ sich der Einweiser auf einem Knie neben Vances Maschine nieder und deutete mit dem linken Arm auf das Hangartor.

Geoffs Maschine bebte im heißen Wind von Vances Triebwerken, bis ein leichtes Rattern und Klirren zu hören war. Dann schoß die Maschine seines Freundes auch schon nach vorn und durchflog den Phasenschild.

»Tolwyn, du bist der nächste«, sagte eine Stimme in seinem Kopfhörer.

»Tolwyn bereit«, bestätigte er.

Mit einem Schlag löste sich die Gelassenheit, die er bis eben verspürt hatte. *Verdammt, ich sitze ja zum ersten Mal in einer Wildcat. Ich darf nicht vergessen, daß das hier kein Simulator ist, wo man einfach auf einen Knopf drückt und alles ist vorbei. Hier gibt es keinen solchen Knopf, das hier ist blutiger Ernst ...*

Er überflog noch einmal kurz die Instrumente, obwohl er genau wußte, daß der Start nur dann abgebrochen würde, wenn das Triebwerk einen Totalausfall hatte. Falls irgend etwas anderes defekt war, mußte er zusehen, daß er möglichst schnell aus der Abflugschneise verschwand. Eine Notlandung war nicht drin, solange nicht sämtliche kampfbereiten Maschinen das Deck verlassen hatten.

»Tolwyn ... fünf ... vier ...«

Der Einweiser verließ das Rollfeld und ließ sich aufs Knie fallen, den Arm zum Hangar ausgestreckt.

»Start!«

Geoff gab fünfzig Prozent Schub, worauf er schlagartig in den Sitz gepreßt wurde, da er die Trägheitsdämpfer auf dem Deck noch nicht aktivieren durfte.

Hinter dem Phasenschild setzten sich die Sterne in Bewegung, worauf er für einen Augenblick die Orientierung verlor, bis er begriff, daß der Flottenträger gerade mit höchster Geschwindigkeit beidrehte. Dann durchbrach er den Phasenschild und schoß ins All hinaus.

»Tolwyn gestartet!«

Er erhöhte den Schub bis zum Anschlag und aktivierte gleichzeitig die Nachbrenner, um mit hochgefahrenen Sammelfeldern voll nach rechts auszubrechen. Erst jetzt wurden die Trägheitsdämpfer aktiviert, so daß sich das Gewicht, das auf seiner Brust lastete, zunehmend verringerte. Ein Piepen in seinem Kopfhörer kündigte an, daß die Verbindung zum Gefechtsleitstand der *Concordia* stand und die vom Flottenträger erfaßten Daten ständig an ihn übermittelt wurden. Solange dies der Fall war, mußte er seinen eigenen Radar nicht aktivieren, was seine Chancen ungemein erhöhte, nicht von der Ortung des Gegners erfaßt zu werden.

»Tolwyn, übernimm die rechte Flanke!« meldete sich Vance.

Er schaute sich um und versuchte herauszufinden, wo er eigentlich genau war. Um ihn herum geschah soviel auf einmal, daß es wirklich fast unmöglich war, sich zurechtzufinden. *Da hinten, da ist McAuliffe!* Hier und da bemerkte er auf der Oberfläche des Planeten Explosionen, und dann sah er den gewaltigen Turm, der immer noch nicht endgültig von der Gravitation zerstört worden war. Was einst die stolze Orbitalbasis der Föderation gewesen war, hatte sich in einen Orkus verwandelt, in dem zahllose Explosionen verkündeten, daß die endgültige Zerstörung unmittelbar bevorstand.

»Tolwyn, übernimm meine rechte Flanke!«

Es war Vance, zweifelsfrei. *Aber wo, zum Henker, steckt er?*

»Tolwyn, stell deinen IFF-Transponder auf 1144!«

Geoff tippte die angegebenen Ziffern ein, worauf ein blaues Licht auf dem Bildschirm erschien. *Kurs 275, Negativ 60*. Er zog die Maschine im engen Winkel herum, bis er die *Wildcat* seines Freundes sah.

»An die Flanke, Tolwyn, an die Flanke – wir gehen jetzt rein!«

Geoff versuchte gerade, seine Maschine am rechten Flügel von Vance zu positionieren, als dieser im steilen Winkel nach oben wegzog.

»Wenn du das hier überleben willst, solltest du gefälligst bei Papa bleiben, verdammt!«

Geoff riß den Knüppel viel zu weit und schnell zurück, so daß seine Maschine fast in einen Looping übergegangen wäre, hätte er den Knüppel nicht im letzten Moment wieder nach vorne gedrückt. Nach einigem Schlingern hatte er die Maschine wieder stabilisiert.

Erneut meldete sich Vance. »Grüne Schwadron, ihr übernehmt die Bomber – mit voller Beschleunigung. Drei, zwo, eins – los!«

Vances Maschine machte einen Satz nach vorn und Geoff zog hinter ihm her, um seine Flanke zu decken. *Jetzt muß ich gleich doppelt aufpassen, auf ihn und auf mich selbst ...*

»Ich kümmere mich um ihre Jäger! Bomber, fertigmachen zum Angriff!« brüllte Ratha.

Auf seinem Bildschirm war zu sehen, wie ein Strom von Abfangjägern dem Flottenträger des Gegners vorauseilte. Es würde eine gute Jagd werden, und er würde direkt die ersten Feinde aus dem gegnerischen Geschwader anfliegen, um Ruhm und Ehre zu ernten.

»Feind direkt auf Gegenkurs, macht euch bereit!«

Geoff nahm zur Kenntnis, daß sich Vances Stimme verändert hatte. *Bis eben war er noch aufgeregt und irgendwie auch sauer, aber jetzt klingt er ganz ruhig, völlig emotionslos.* Ihm war klar, daß der jahrelange Drill dafür gesorgt hatte, daß Vance sich in diesem Moment in eine menschliche Kampfmaschine verwandelte, die höchst effizient und ohne überflüssige Gefühle ihren Einsatz vornahm.

Vor ihnen löste sich nun eine Formation von vier Kilrathi-Jägern auf. Geoff schluckte, als ihm einfiel, daß er vermutlich an dem ersten offiziellen Gefecht zwischen Flottenträger-Verbänden der Kilrathi und der Föderation beteiligt war. *Keine Seite weiß etwas über die Ausbildung oder die Agenda der anderen.* Jetzt lag alles in der Hand des Schicksals.

Der erste Jäger eröffnete das Feuer mit seinen Buglasern, überschätzte aber offensichtlich die Reichweite der Geschütze. Die hohe Geschwindigkeit, mit der die Gegner auf sie zukamen, irritierte Geoff. *Offenbar macht es ihnen nichts aus, das Risiko einer Frontalkollision einzugehen. Oder bluffen sie nur?*

Vance eröffnete das Feuer aus seinen Lasern, und Geoff drückte ebenfalls den Feuerknopf ... Aber da waren die Gegner schon an ihnen vorbei!

Dann spürte er einen heftigen Ruck, und seine Maschine bekam von hinten einen Schlag. Er warf einen Blick auf den Monitor der Heckkamera und sah den Phasenschild unter dem Feuer des Gegners rot aufglühen. Die vier gegnerischen Piloten ließen ihre Maschinen steigen, um dann in einer engen Schleife zu wenden. Er sah, daß eine der Maschinen einen Feuerschweif hinter sich her zog.

»Kümmert euch um die Bomber!« befahl Vance.

In diesem Moment bemerkte Geoff, daß eine der Maschinen aus ihrem Verband fehlte. Es war die Nummer zwei – wie hieß er noch mal? *Andrew oder Anders, keine Ahnung . . . Hat sich einfach aufgelöst, verdammt.*

Er warf einen weiteren Blick auf den Monitor und glaubte, eine Trümmerwolke zu sehen, die in einiger Entfernung hinter ihnen her zog.

Dann glitt ein Schatten über ihn hinweg, und Geoff riß erschrocken den Kopf nach oben. Es war Vance, dessen Steuerbordleitwerk sich nun direkt über seinem Cockpit befand.

Er riß die Nase des Jägers nach unten und pendelte kurz hin und her, bis er wieder seine Position in der Formation eingenommen hatte. Dann bemerkte er die Bomber, und Vance eröffnete wieder das Feuer, während Geoff seine zweite Chance verpaßte, etwas Sinnvolles zum Einsatz beizutragen.

Während die feindlichen Jäger wieder ein Wendemanöver durchführten, nahmen zwei von ihnen Geoff mit ihren Heckgeschützen unter Beschuß. Er ließ die Maschine um zwei Achsen pendeln, um den Schüssen auszuweichen, aber der Phasenschild glühte unter dem Dauerfeuer weiter auf, bis eine Salve Projektile auf den Durastahl der Panzerung prasselte. Wieder ließ er die Maschine pendeln, und diesmal gelang es ihm, aus der Schußbahn herauszukommen.

»Drei Jäger aufs null-neunzig, positiv vierzig«, meldete Vance. »Weiter auf die Bomber los!«

Jetzt standen die Bomber direkt vor ihnen, wie eine Reihe von Tontauben. Vance feuerte genau in die Mitte des Konvois, während Geoff seine liebe Not hatte, sich einzuschießen, da er gleichzeitig den gegnerischen Schüssen ausweichen mußte. Kurz darauf brach der Phasenschild unter dem konzentrierten Beschuß aus Vances Massewerfern zusammen, und Geoff konnte sehen, wie die Projektile Späne aus der Durastahl-Panzerung rissen.

Geoff versuchte, seine Geschütze auf denselben Punkt auszurichten, doch seine Salve ging weit vorbei. Während der Bomber rasch größer wurde, bemerkte er, wie Vance die Maschine um die Längsachse drehen ließ, während er zur Seite ausbrach. Der Schweiß lief in Strömen, während er versuchte, seine Position an Vances Flanke zu halten.

Er warf einen kurzen Blick auf einen anderen Bomber und schaffte es dann, eine Salve direkt ins Ziel zu setzen, bevor der Gegner verschwand.

Alles spielte sich jetzt so schnell ab, daß er gar nicht vollständig begriff, was um ihn herum geschah. *Eigentlich müßte ich jetzt dringend die Instrumente im Auge behalten ... checken, ob die Schilde in Ordnung sind, Schadensmeldungen abfragen, die Positionsdaten von Vance, den Bombern, den Jägern, den Flottenträgern ...*

So stand es in den Büchern, und so wurde es auf der Akademie auch gelehrt. Aber jetzt, im Ernstfall, hatte er alle Hände voll damit zu tun, sich auf Vance zu konzentrieren. Wenn er das Gefecht überleben wollte, war das nur im Schutz eines erfahrenen Piloten möglich.

Der Verband führte ein Manöver durch, das man früher als ›Immelmann‹ bezeichnet hatte. Wieder stützte Vance sich auf den Bomber, den er vorhin unter Beschuß genommen hatte. Inzwischen hatte sich ein zweiter Verband von der *Concordia* angeschlossen, der sich sofort auf den Gegner stürzte und diesen in eine Trümmerwolke verwandelte.

Geoff konzentrierte sich auf den nächsten, und seine Salven kreuzten sich mit denen aus Vances Geschützen. *Treffer!* Das Steuerbordleitwerk des Bombers wurde von den Projektilen weggerissen, und der Pilot verlor die Kontrolle über seine Maschine, die nun wegtrudelte.

Und dann hämmerte irgend etwas mit großer Wucht von hinten gegen Geoffs Maschine.

Ratha schoß sich auf sein Ziel ein. Heiße Wut erfüllte ihn, weil die drei Jäger es geschafft hatten, ihm zu entkommen und sich nun für einen zweiten Angriff zu positionieren. Die Maschine, die er unter Beschuß genommen hatte, pendelte völlig unvorhersehbar auf der Zielerfassung hin und her, so daß er sich fragte, ob es am besonderen Geschick des gegnerischen Piloten lag oder an dessen Unvermögen, daß Rathas Zielcomputer bei diesem Manöver völlig versagte.

Jetzt hatte er endlich dicht hinter seinem Gegner aufgeschlossen und landete seinen ersten Treffer, der den Phasenschild zum Glühen brachte. Sofort schaltete Ratha auf den Massewerfer um, da er Bedenken hatte, daß jeder Fehlschuß aus dem Laser tiefer draußen liegende Bomber gefährden könnte. Die Projektile dagegen waren so langsam, daß die Bomber längst nicht mehr in der Schußbahn liegen würden, wenn sie die Flugbahn erreichten.

Wieder glühte der Schild des Gegners auf. Ratha war erstaunt, wieviel diese winzige Maschine einstecken konnte. *Einer von unseren Jägern hätte das mit Sicherheit nicht überstanden. Erstaunlich!*

Zwei oder drei Sekunden später bemerkte er, daß der zweite Verband der Gegner den mittleren Bomber zur Strecke gebracht hatte, während der von ihm ins Ziel genommene Jäger sich nun auf den nächsten Bomber stürzte.

Ratha fluchte und feuerte weiter, fassungslos, daß er die Schilde des Gegners nicht durchbrechen konnte.

Dann aber sah er Blitze über den Phasenschild am Heck des Jägers huschen, und seine nächste Salve schlug direkt in die Panzerung der Maschine ein.

Als der Bildschirm links von ihm anzeigte, daß ein zweiter Bomber dem Sperrfeuer der Gegner zum Opfer gefallen war, lenkte ihn das für einen Moment ab, so daß er nicht bemerkte, wie der Jäger vor ihm im steilen Winkel ausbrach.

»Ich hab' einen von denen am Arsch kleben, Vance! Ich verlasse die Formation!«

Geoff zog mit zusammengebissenen Zähnen den Knüppel nach hinten.

»Sieh zu, daß du so bald wie möglich wieder deine Position einnimmst! Ich bleibe an den Bombern dran!«

Dann bemerkte Geoff, daß sein Gegner nicht mehr hinter ihm war. Ein hektisches Piepen in seinem Kopfhörer zeigte an, daß die Schilde am Rande des völligen Zusammenbruchs waren.

Während er sich weiter im steilen Winkel von dem Verband entfernte, suchte er auf allen Monitoren nach dem Jäger, der ihn eben noch so bedrängt hatte.

Auf sechs Uhr sieht es gut aus.

Er drückte den Knüppel wieder nach vorn und sah kurz darauf, das Vance sein Angriffsmanöver ausgeführt hatte und nun nach links auswich. Die Nummer 3 aus Vances Verband zog einen Feuerschweif hinter sich her, während sie einem der gegnerischen Jäger zu entkommen versuchte.

Plötzlich spürte er wieder die Beschleunigung der Maschine. Offensichtlich hatte der Bordcomputer beschlossen, die Trägheitsdämpfer herunterzuschalten, um mehr Energie in die Phasenschilde umleiten zu können. Während des Bremsmanövers bekam er mindestens vier G ab und war kurz davor, sich zu übergeben, weil er den schlagartigen Wechsel absolut nicht gewohnt war.

Während er auf die beiden gegnerischen Jäger zujagte, explodierte die Nummer 3. Eine der Katzen jagte durch die Trümmerwolke hindurch und flog nun Vance an, der gerade einen Schwenk durchführte, um die Bomber erneut anzugehen.

Geoff nahm zuerst den Jäger zu seiner Linken ins Feuer, wobei die ersten Salven knapp am Ziel vorbeigingen. Doch kurz darauf gelang es ihm, sich auf eine Stelle direkt hinter dem Cockpit einzuschießen. Zu seiner Überraschung dauerte es nicht lange, bis die Maschine sich in ihre Bestandteile auflöste. Im letzten Moment riß er den Knüppel herum, um der Trümmerwolke auszuweichen, aber es war zu spät, und sein vorderer Phasenschild brach unter der Belastung zusammen.

»Da sitzt dir immer noch einer im Nacken, Vance!« rief Geoff, während er die Maschine aus der Trümmerwolke herauszog.

»Danke, Tolwyn! Jetzt komm zurück in die Formation!«

Geoff war ziemlich verärgert, daß Vance ihn jetzt abkommandiert. *Gerade, wo ich mich eingeschossen habe!* Aber dann befolgte er den Befehl und zog die Maschine herum, so daß er wieder zu spüren bekam, daß die Trägheitsdämpfer nur auf minimaler Leistung liefen.

»An alle Jäger, an alle Jäger, hier ist die Gefechtsleitung der *Concordia*. Feindliche Bomber haben soeben ein Manöver eingeleitet. Es besteht die Vermutung, daß sie jetzt ihre Torpedos abfeuern werden, die nach unserem Kenntnisstand unsere Phasenschilde durchbrechen können. Sorgen Sie dafür, daß diese Torpedos nicht zu uns durchkommen.«

Geoff zog seine Maschine immer noch im Steilflug nach oben, als er zufällig bemerkte, daß auf den

Unterseiten der vier Bomber außerordentlich große Torpedos befestigt waren, die die gesamte Länge der Maschinen einnahmen. Ohne lange darüber nachzudenken, aktivierte er seine Geschützkameras und ließ auch die Signale der Nahortung aufzeichnen.

Dann nahm er Verbindung zur *Concordia* auf.

»Tolwyn an *Concordia,* bitte um Aufzeichnung meiner Video- und Datensignale. Habe Material über die Torpedos.«

»Verstanden, Tolwyn!«

Einer der Bomber feuerte seinen Torpedo ab, und kurz darauf setzten sich auch die Projektile der drei anderen in Bewegung. Geoff konzentrierte sich auf den ersten und zog die Nase seiner Maschine herunter, während er fieberhaft darüber nachdachte, wo sein Kurs den des Torpedos kreuzen würde. Zum ersten Mal seit Beginn des Gefechts wurde ihm bewußt, wie nahe die *Concordia* war. Der Flottenträger schien den gesamten Raum vor ihm auszufüllen. Die Abwehrbatterien konzentrierten ihr Feuer auf die Bomber, während Geoff weiter dem Torpedo nachjagte. Er eröffnete das Feuer, aber das Ziel war so verdammt klein, daß der Zielcomputer es nicht erfassen konnte. Außerdem hatte er den Kreuzungspunkt der Flugbahn falsch eingeschätzt, so daß der Torpedo bereits einige Sekunden vor ihm dort eintraf. Er riß die Maschine herum, und seine Salve prallte an den Phasenschilden der *Concordia* ab. Die Zielcomputer des Flottenträgers reagierten sofort, und seine Maschine bekam wieder einen Schlag ab. Das Cockpit füllte sich mit Qualm …

Er schaute sich irritiert nach dem Torpedo um, bis er einen hellen Punkt bemerkte. Wieder zog er die Maschine herum und gab Dauerfeuer, worauf sich der Torpedo in einen weißen Feuerball verwandelte.

Einen Augenblick befürchtet Geoff, daß der Torpedo es doch noch durch den Phasenschild der *Concordia* geschafft hatte. Aber dann sah er, daß der Schild in der Nähe des Detonationpunktes rot glühte.

Sofort brach er zur Seite aus, wobei der Knüppel besorgniserregend ruckte, als würde die Maschine sich weigern, den von ihm gewollten Kurs einzuschlagen.

Beinahe verlor er die Kontrolle. Dann sah er auch schon den zweiten Torpedo. Plötzlich aber schoß ein anderer Jäger an ihm vorbei und kollidierte mit dem Torpedo.

Geoff riß instinktiv die Hand nach oben, um die Augen vor der Explosion abzuschirmen.

Das war kein Unfall, das war volle Absicht ... der Pilot hatte sich für die *Concordia* geopfert.

Dann kam der dritte Torpedo herein, und Geoff zog seine Maschine wild fluchend herum. Aber bevor er richtig reagiert hatte, durchbrach der Torpedo bereits die Phasenschilde der *Concordia* und schlug auf der Backbordseite ein.

Als er den Bruchteil einer Sekunde später explodierte, wurde die *Concordia* wie von einem Hammerschlag zur Seite gedrückt. Nachdem sich die Schwaden der Explosion aufgelöst hatten, sah Geoff, daß die Panzerung des Flottenträgers bis in den Innenbereich der Schiffszelle weggerissen worden war, so daß man für einen kurzen Augenblick eines der Mitteldecks sehen konnte, auf dem jetzt wohl niemand mehr lebte.

Der Backbord-Phasenschild des Flottenträgers brach unter der Belastung zusammen, während Geoff den vierten Torpedo bemerkte. Er fluchte und gab vollen Schub, obwohl er genau wußte, daß es zu spät war. Ohnmächtig vor Wut sah er, wie der Torpedo ungehindert in die Schiffszelle einschlug und ...

Keine Explosion ... wieso ...?

Atemlos wartete er einige Sekunden; dann schwanden bei ihm die letzten Zweifel.

Ein Blindgänger!

Geoff schüttelte den Kopf, aber dann bemerkte er auf dem Monitor ein Geschwader Kilrathi-Jäger, die jetzt den Flottenträger mit Splittergeschossen aufs Korn nahmen. Überall rissen ihre Salven Stücke aus der Panzerung heraus und fegten hier und da eine Waffenkanzel weg.

Noch war die Gefahr für die *Concordia* also nicht vorbei ...

Geoff nickte grimmig und zog den Knüppel durch, um sich wieder am Gefecht zu beteiligen.

Prinz Ratha setzte ein ungläubiges Gesicht auf, nachdem er gesehen hatte, wie der vierte Torpedo nahezu wirkungslos an der Außenzelle des Flottenträgers abgeprallt war.

»An alle Jäger – der Flottenträger muß unbedingt zerstört werden!« brüllte er wutentbrannt.

Rathas Blutrausch hatte ein Ausmaß angenommen, das ihn an den Rand des Wahnsinns brachte. Einem der Feinde hatte er bereits erheblichen Schaden an der Maschine zugefügt, einen zweiten abgeschossen, und um ein Haar auch einen dritten, der sich jedoch aus völlig unverständlichen Gründen immer noch am Gefecht beteiligte und Ratha sogar in eine Falle gelockt hatte, indem er vor ihm auf den Flottenträger zuraste und erst im letzten Moment zur Seite ausbrach, so daß sein Verfolger dem Sperrfeuer des Flottenträgers ausgesetzt war.

Ratha führte ein Wendemanöver durch, um den Flottenträger noch einmal zu attackieren, wobei er

Dauerfeuer aus allen Geschützen gab, bis der Bordcomputer sie wegen Überlastung abschaltete. Seine Wut steigerte sich ins Unermeßliche, während er beidrehte und ernsthaft in Erwägung zog, den ultimativen Preis zu bezahlen, um den Flottenträger zur Strecke zu bringen.

Während er noch überlegte, an welche Stelle auf der Außenhülle des Flottenträgers er seine Maschine lenken sollte, kam ein Funkspruch herein.

»Herr, der Befehl zum Rückzug wurde erteilt!«

Ein Jäger kreuzte seinen Kurs, um ihm klar zu machen, daß dies nicht der richtige Moment sei, sein Leben für den Sieg des Imperiums zu opfern. Ratha verspürte große Lust, den Jäger aus seinem Verband abzuschießen; aber dann gewann seine Vernunft die Oberhand.

»Herr, der Befehl zum Rückzug wurde erteilt!«

»Macht mir den Weg frei! Der Flottenträger ist wehrlos! Nur dieser eine Angriff, und es ist vorbei!«

»Aber die Phasenschilde werden in diesem Moment wieder aktiviert!«

Ratha sah, daß sein Flügelmann recht hatte – die *Concordia* wurde wieder von dem unverwechselbaren Schimmern der Phasenschilde eingehüllt.

»Laßt es uns noch einmal versuchen! Ich weiß, wir schaffen es!«

»Herr, wir haben die Pflicht, die verbleibenden Bomber zu schützen. Sicher wird sich bald eine neue Gelegenheit ergeben, aber jetzt müssen wir die Bomber schützen!«

»Verflucht seien die Bomber! Sie haben versagt, hast du Idiot das nicht kapiert?«

»Die Hälfte unserer Jäger sind zerstört oder so stark beschädigt, daß ein Rückzug dringend anzuraten ist. Euer Vater hat es so befohlen, Herr!«

Jetzt erst bemerkte Ratha, daß in seinem Kopfhörer das Signal zum Rückzug zu hören war.

Vermutlich schon seit einigen Sekunden, aber ich habe es überhört.

Er verfluchte seinen Vater, sein Geschlecht und sich selbst.

Aber dann drehte er doch bei, um sich auf den Leitstrahl zurückführen zu lassen.

Wie auf einen Schlag waren sämtliche feindlichen Maschinen verschwunden. Geoff kontrollierte irritiert seine Monitore, aber abgesehen von einem kleineren Gefecht auf der anderen Seite der *Concordia* war nichts zu bemerken. Zwölf rote Blips, gefolgt von drei blauen, ansonsten sprach die Ortung nicht an.

Der Qualm in seinem Cockpit wurde dichter und dichter und Geoff bemerkte erst jetzt, daß in seinem Kopfhörer so ziemlich alle Alarmsignale zu hören waren, die ein Wildcat im Ernstfall produzieren konnte.

Kritische Fehlfunktion an sechs Stellen, und der verdammte Bordcomputer meint doch allen ernstes, daß ich aussteigen soll ...

Aber das wäre zweifellos sein Tod gewesen, da er an seiner Backbordseite sehen konnte, daß die *Concordia* mit voller Kraft beschleunigte. *Wenn ich jetzt aussteige, finden die mich nie ...* es gab nur eine Lösung.

»Tolwyn an *Concordia,* bitte um Erlaubnis zur Notlandung!«

»*Concordia* an Tolwyn, der Zustand ihrer Maschine wird als kritisch gemeldet. Bitte um Bestätigung.«

»Ihr glaubt doch nicht im Ernst, daß ich hier aussteige und die nächsten drei Jahre darauf warte, daß ihr mich abholt? Bitte um Landeerlaubnis!«

Er hielt immer noch Kurs auf das Hangartor des Flottenträgers. *Jetzt beraten die da unten mit der Gefechtsleitung, ob sie mir Landeerlaubnis erteilen oder mir den Befehl zum Aussteigen geben.*

Geoff hielt den Atem an, denn er wußte genau, daß er mit dem Todesurteil rechnen mußte.

»Tolwyn, bereiten Sie Ihre Landung vor – aber zügig, Junge!«

»Verstanden, *Concordia*.«

Er fuhr das Fahrwerk aus und seufzte, als er sah, daß die drei Kontrollampen grün anzeigten.

»Tolwyn, hier Landekontrolle. Keine Bestätigung erforderlich. Sieht gut aus, du kommst vielleicht ein wenig zu hoch rein, zieh sie jetzt runter, runter ... Klasse, jetzt sieh nur zu, daß du deine Geschwindigkeit hältst ... etwas zu schnell, geh vom Gas runter ... langsam, langsam ... halt die Kiste gerade ... Triebwerke abschalten, sofort abschalten!«

Geoff spürte den Widerstand, den der Phasenschild vor dem Hangartor seiner Maschine entgegensetzte; dann berührte das Fahrwerk auch schon den Boden. Er stieg voll in die Bremsen, aber es passierte nichts.

Die Wildcat schoß an einem kleinen Löschfahrzeug vorbei, das klebrigen Schaum auf die Rollbahn sprühte, der einerseits flammenhemmend war, andererseits die Schußfahrt der Maschine abbremsen sollte. Bruchteile von Sekunden später schlitterte sie zur Seite und krachte mit voller Wucht ins Fangnetz.

Stille.

Geoff hustete und blickte nach oben, doch der Schaum füllte den transparenten Teil des Cockpits. Dann aber öffnete jemand von außen die Notentriegelung, und die Haube schwang auf. Oben erschien der unter einem Helm des weißen Schutzanzuges verborgene Kopf eines Rettungsmannes, der einen Feuerlöscher in der Hand hielt, diesen aber sofort fallen ließ, um Geoff aus dem Cockpit zu helfen.

»Ich bin okay, alles klar«, meinte Geoff, während er an der Seite der Maschine herunterrutschte und von zwei weiteren Rettungsleuten übernommen wurde, wobei ihm einer eine feuerfeste Decke über den Kopf warf. Er versuchte sich zur Wehr zu setzen, doch seine Retter schleppten ihn fort, bis sie den Schutz einer Bewehrung aus Plastikstahl erreicht hatten. Ein Sanitäter machte sich an Geoffs Helm zu schaffen.

»Verdammt, was soll das? Mit mir ist alles in Ordnung!«

»Das sehe ich anders, Sir«, meinte der Sanitäter und deutete auf Geoffs Beine. Er schaute an sich herunter und bemerkte, daß sein Druckanzug weiter unten völlig versengt war. Erst in diesem Moment fühlte er den Schmerz der Brandwunden und konnte gar nicht begreifen, daß er es bis eben gar nicht bemerkt hatte.

Er drehte sich zu seiner Wildcat um. *Das kann doch nicht wahr sein!* Ihm war völlig unbegreiflich, wie er es überhaupt geschafft hatte, die Maschine auf das Flugdeck zu manövrieren. Der größte Teil der Rumpfsektion war nicht mehr vorhanden, und überall ragten verbrannte Kabelbäume und abgerissene Leitungssysteme hervor. Hier und da qualmte es bedrohlich, so daß der Leiter des Flugdecks eine gepanzerte Zugmaschine abkommandiert hatte, die mit einem langen Ausleger versuchte, das Wrack aus dem Bereich des Sicherheits-Netzes wegzuziehen.

Sirenen und Warnlichter sorgten dafür, daß niemand den gefährdeten Bereich betrat. Ein Team von Rettungsleuten zog sich mit immer noch sprühenden Feuerlöschern zurück, während ein Schimmer andeutete, daß sich um das Wrack ein Energiefeld aufbaute. Dann hielt die Zugmaschine mit vollem Tempo auf den Jäger zu, um ihn zu rammen, so daß er durchs Hangartor ins Vakuum schlitterte.

»Tolwyn, du hast soeben fünfzig Millionen verheizt!« sagte einer der Rettungsleute grinsend, bevor er sich abwandte, da die nächste Maschine zum Landeanflug ansetzte.

»Tut es sehr weh?« fragte der Sanitäter.

»Es geht. Ich suche mir gleich eine neue Maschine, also verabreichen Sie mir bitte nichts!«

»Irgend jemand da oben muß sie gut leiden mögen! Ich habe zufällig den Funkverkehr mitbekommen. Haben Sie nicht gewußt, daß Sie gar nicht aussteigen konnten?«

Er deutete auf Geoffs Druckanzug.

Geoff schüttelte benommen den Kopf.

»Den Daten zufolge hätte Ihre Maschine eigentlich in die Luft fliegen müssen. Wenn Sie bei der Landung nicht aufgepaßt hätten ... Ich sag' Ihnen, Sir, wir haben uns hier alle in die Hosen gemacht, als Sie durchs Hangartor eingeflogen sind. Aber irgendwer da oben hatte den Befehl gegeben, also haben wir Sie reingelassen.«

»Ich muß wieder raus, zurück zum Gefecht!« erklärte Geoff, der sich bemühte, seine Schmerzen zu unterdrücken.

»Danke, daß Sie den Torpedo abgeknallt haben. Auf den Decks zehn bis dreizehn herrscht ein absolutes Inferno, an der Backbordseite. Wenn wir noch einen Treffer einstecken, war es das!«

Geoff war ziemlich überrascht, daß sein Glückstreffer sich bereits herumgesprochen hatte.

Er schaute an sich herunter. Seine Beine waren von Brandblasen übersät, die der Sanitäter gerade vorsichtig behandelte. Mit einer Pinzette entfernte er Hautfetzen und verbrannten Stoff.

Sieht ziemlich schlimm aus. Geoff schaute sich um. Der gesamte Landebereich hatte einiges abbekommen. Überall waren versengte Stellen zu sehen, an denen die Farbe abblätterte. Er betrachtete das angelaufene Metall und begriff mit einem Schlag, daß das Feuer immer noch auf der anderen Seite der Wand wütete, als er einige Rauchschwaden bemerkte, die aus den Fugen hervorquollen.

Allmählich füllte sich das Landedeck mit ätzendem Qualm. Auf dem Boden lagen einige verkrümmte Körper, von Decken verhüllt, die zum Teil von Blut durchtränkt waren. Neben einer Crew-Chefin kniete ein Kaplan und hielt ihre Hand. Erst nach einer Weile bemerkte Geoff, daß die Frau keine Beine mehr hatte. Im nächsten Augenblick beugte der Kaplan sich nach vorn und schloß die Augen der Frau, um sich anschließend dem nächsten Opfer zuzuwenden.

Wieder kam ein Jäger mit viel zu hohem Tempo herein. Geoff kniff instinktiv die Augen zusammen, als das Fahrwerk unter der Maschine weggerissen wurde und die Nase mit einem Kreischen den Boden berührte. Die Maschine schlitterte ins Fangnetz, worauf sofort eine Truppe von Rettungsleuten losstürmte. Als die Haube des Cockpits nach oben fuhr, grinste Geoff erleichtert.

Es war Vance, der seinen Helm vom Kopf riß und ihn einem der bereitstehenden Rettungsleute in die Hand drückte, bevor er auf Geoff zulief.

Geoff schrie laut auf, als der Sanitäter ein besonders schartiges Stück Durastahl aus seiner Wade entfernte. Vance baute sich vor ihm auf und zog eine Grimasse.

»Dachte schon, es hätte dich erwischt, Geoff. Alles klar?«

»Sicher, alles klar!«

»Hör zu, Goldschatz. Beim nächsten Mal hältst du

dich besser an meine Anweisungen und bleibst an meiner Flügelposition, ist das klar?«

Geoff hob den Kopf und sah, daß Vance es keineswegs so ernst meinte, wie es klang.

»Und danke, daß du mir den Hintern gerettet hast. Für einen Anfänger hast du dich gut gehalten«, fuhr Vance fort, wobei er Geoff anerkennend auf die Schulter klopfte. »Anscheinend meint der liebe Gott es heute besonders gut mit Trotteln. Andrews und Foch hatten beide fast tausend Flugstunden hinter sich, aber es hat ihnen nichts genutzt. Und du bist immer noch hier ...«

Der Sanitäter stand auf, rief einen der Ärzte herbei und flüsterte ihm etwas zu. Schließlich nickte der Arzt und ging fort.

Geoff blickte dem Sanitäter mißtrauisch entgegen, als dieser niederkniete und in seine Tasche griff, um eine Injektionspistole hervorzuziehen, die er mit einem Präparat auffüllte.

»Was haben Sie vor, verdammt?« fragte Geoff. »Mit mir ist alles in Ordnung!«

»Leider nicht. Sie haben sich nicht nur Verbrennungen zugezogen, sondern auch ein paar Kilo Durastahl-Splitter abbekommen. Ich werde Sie jetzt in die Chirurgie bringen!«

Bevor Geoff protestieren konnte, setzte der Sanitäter blitzschnell die Injektionspistole an seiner Hüfte an und betätigte den Auslöser. Es zischte kurz, und die Welt um Geoff Tolwyn wirkte plötzlich ausgesprochen unwirklich.

»Arschloch ...«, murmelte Geoff. »Ich will wieder fliegen ...«

»Heute nicht, Geoff!« erklärte Vance.

Dann tauchte ein Offizier auf und sprach Vance an.

»Sir, wir stellen gerade ein neues Team zusammen. Sie werden gebraucht.«

Vance nickte.

»Paß auf dich auf, mein Junge. Ich werde dich auf der Krankenstation besuchen.«

Geoffs Kopf sank kraftlos zurück und lag nun auf dem harten Durastahl des Flugdecks. Über seinen Schädelknochen konnte er das Summen der Aggregate hören, das ab und zu vom dumpfen Geräusch einer Explosion übertönt wurde. Dann färbte sich für einen winzigen Moment alles grün, und er hatte ganz kurz eine Vision von England und der alten Heimat, bevor er in einen tiefen Schlaf versank.

14

HAUPTQUARTIER DER FLOTTE

Wieder einmal war Skip Banbridges Stab überrascht, weil der Alte aus einem Reservoir an Obszönitäten einige bislang unbekannte Wortschöpfungen hervorkramte. Banbridge starrte bösartig auf den Videomonitor, der das Gesicht von Senator More zeigte.

»Das ist nicht der richtige Zeitpunkt für Partisanenaktionen«, erklärte der Senator soeben. »Natürlich wird es einige Stimmen geben, die behaupten, daß unsere Verluste letztlich durch die ständige Vernachlässigung der Flotte zustandekamen, die angeblich unter der gegenwärtigen Regierung betrieben wurde. Ich sehe die Sache jedoch anders. Dem Gegner ist ein Überraschungsschlag gelungen, weil einige Leute nicht aufgepaßt haben. Und wir werden die Verantwortlichen zur Rechenschaft ziehen! Momentan gibt es aber wichtigere Dinge. Zum Beispiel die Errichtung von Fabriken auf meinem Planeten, für die ich bereits seit Jahren plädiere. Ich habe sehr viel Arbeit in diese Sache gesteckt. Der Antrag wird heute nachmittag dem Senat vorliegen.«

Schmerzvoll verzog der Senator das Gesicht, als würde er mit denen leiden, die zum Opfer seiner Politik geworden waren, die alle außer ihm selbst zu verantworten hatten. Er wischte sich über die Augen und sah mit zitternden Lippen genau in die Kamera.

»Ich bete inbrünstig für all die tapferen Männer und Frauen, die sich in diesem Moment für uns opfern! Im Geiste bin ich bei ihnen. Im Geiste bin ich zu jedem Opfer bereit, das sich als notwendig erweisen sollte, um diesen feigen Angriff zurückzuschlagen. Zwar wurde unsere Flotte überrascht, aber ich versichere Ihnen, daß wir die entstandene Lücken durch neues Blut und neue Muskeln füllen, die für die Föderation den gerechten Sieg erkämpfen werden!«

Er senkte überwältigt das Haupt.

»Laßt uns beten ...«

Angewidert schaltete Skip den Monitor ab.

»Er will morgen mit Ihnen sprechen«, sagte einer der Mitarbeiter seines Stabes.

»Soll er es nur versuchen, der Hundesohn. Wird schon sehen, was er davon hat!« Skip überlegte. »Beschafft mir das verdammte Video vom letzten Sommer, das, wo der junge Tolwyn ihn in die Mangel genommen hat. Schickt es dem Präsidenten. Und versucht, irgendeinen Journalisten zu finden, der an der Wahrheit interessiert ist.« Er schüttelte den Kopf. »Ich weiß, daß es fast unmöglich sein dürfte. Aber es muß so jemand geben! Ist mir egal, woher ihr ihn holt ...«

Sein Mitarbeiter fiel ihm ins Wort. »Sir, wir haben ein wichtiges Signal aufgefangen!«

Banbridge drückte die Taste, die das Holofeld aktivierte.

Mitten im Raum erschien das dreidimensionale Abbild einer Karte des Gebietes der Föderation, in dem die Grenzen und die demilitarisierte Zone besonders markiert waren. Drei große rote Pfeile symbolisierten die Angriffsfronten, der größte endete bei McAuliffe. Einer der beiden anderen stand für den Verband aus Schlachtschiffen und Kreuzern, die in das Yarin-System vorgedrungen waren, das gegenüber der alten Republiken der Varni lag. Der letzte stand für die Flotte, die das Landreich überfallen hatte.

Außerdem war noch eine ganze Reihe kleinerer

Pfeile zu sehen, die relativ unbedeutende Übergriffe anzeigten, die der Feind in verschiedenen Gebieten der Galaxis unternommen hatte. Einige waren zum gegenwärtigen Zeitpunkt noch unbestätigt, aber das traf beispielsweise nicht auf ein schlagkräftiges Sonderkommando aus drei Fregatten und einem Kreuzer zu, das bereits zwei Sprungpunkte ins Territorium der Föderation vorgedrungen war und eine Basis mit Nuklearwaffen zerstört hatte.

Einigermaßen Ruhe herrschte nur im Facin-Sektor, wo sich der angebliche Krieg tatsächlich als angeblicher Krieg entpuppt hatte. *Ein Täuschungsmanöver, wie ich es mir von Anfang an gedacht habe. Und jetzt muß ich meine Truppen von dort zurückziehen, um den Yarin-Sektor zu verteidigen.*

Die Präventivschläge gegen die Katzen hatten sich als völlig zwecklos erwiesen, da sich die Angegriffenen sofort zurückzogen und keinen nennenswerten Widerstand leisteten. Und jetzt brach die gesamte Front zusammen, wodurch mehr als dreißig Milliarden Bürger der Föderation der Gefahr entgegensahen, getötet oder versklavt zu werden ...

Und ich bin völlig machtlos. Es gibt absolut nichts, was ich gegen sie unternehmen könnte.

Auf der ganzen Strecke zwischen der Erde und McAuliffe gab es außer Dayans Verband nur noch eine Schwadron von Zerstörern, die er dem Vormarsch der Kilrathi entgegenschleudern konnte. Wenn diese letzte Streitmacht gefallen war, würde nichts mehr die Kilrathi davon abhalten, über die Innenwelten herzufallen. Er konnte nur hoffen, daß ein möglichst großer Teil der bei McAuliffe stationierten Flotte den Konflikt unbeschadet überstand und sofort eine zweite Verteidigungslinie aufbauen würde, um das Herz der Föderation zu schützen.

Er konnte kaum glauben, daß die Kampfhandlungen erst vor vierundzwanzig Stunden begonnen hatten. Die Verbindung mit McAuliffe war wieder abgerissen, und so blieb Skip nichts anderes übrig, als zu hoffen und zu beten.

McAuliffe

Valeri Olson spuckte und hustete, als sie durch das Sicherheitsschott zum Gefechtsleitstand stolperte. Sofort drückte ihr jemand eine Sauerstoffflasche in die Hand. Sie nickte dankbar, bevor sie einige Züge des rettenden Gases nahm. Dann wischte sie sich den Ruß aus dem Gesicht und schaute sich um.

Die Lüfter waren völlig überlastet, so daß der Raum wie eine bizarre Nebellandschaft wirkte, aus der die roten Warnlichter wie die Augen von Dämonen hervorstachen. *Wie in Dantes Vorhölle ...*

Mitten im Raum stand Turner, der sie erwartungsvoll ansah.

»Wie steht's?« fragte er, während er sich wieder dem Holodisplay zuwandte.

»Mindestens hundert Tote, obwohl wir es bei einigen noch nicht genau wissen. Sie sind derzeit nur als vermißt gemeldet. Dann das Feuer auf Deck zwölf, Sektor B bis K, ist immer noch nicht unter Kontrolle. Totales Chaos, aber wir sind immer noch kampfbereit.«

»Was ist mit dem Torpedo?« fragte er, ohne sich von dem Holodisplay abzuwenden.

Sie lächelte. »Unser Wachoffizier sagt, daß es ein voller Blindgänger war. Er meinte, daß jemand einen wichtigen Verbindungsstecker falsch herum eingesetzt hat. Bei flüchtiger Überprüfung würde es nicht auffallen, aber die Zündung des Torpedos ist damit lahmgelegt.«

Turner blickte sie überrascht an.

Sie verzog den Mund. »Ich muß an die Berichte denken, daß die Kilrathi weitgehend auf Sklavenarbeit zurückgreifen. Vielleicht hat jemand die Produktion sabotiert, wer weiß?«

Vermutlich werden wir es nie erfahren, dachte Turner. *Und selbst wenn es keine andere Möglichkeit gibt, werden wir wahrscheinlich niemals wissen, wer uns geholfen hat.* In der Geschichte der Föderation war dies keineswegs das erste Mal, daß sie Hilfe von unbekannter Seite erhalten hatten.

Aber diesmal war die Wahrscheinlichkeit sehr hoch, daß der Saboteur selbst seine Tat in dem Bewußtsein begangen hatte, niemals zu erfahren, ob sie wirklich erfolgreich war.

Und Turner war sich der Tatsache bewußt, daß vieles dafür sprach, daß der unbekannte Saboteur damit recht behalten würde.

»Und hier?« fragte Valeri.

Turner wies mit dem Kinn auf das Holodisplay. Seit mehr als vierundzwanzig Stunden war er nun auf den Beinen, aber er würde keine Ruhe finden, bevor sie nicht den Primärstern erreichten, in dessen Orbit sie sich mit Dayan treffen würden.

»Ihre Träger ziehen sich von McAuliffe zurück, und zwar in unsere Richtung. Zwei Schlachtschiffe bombardieren immer noch die Oberfläche des Planeten, um sämtlichen verbleibenden Widerstand auszulöschen. Und wir haben Anlaß zu der Vermutung, daß sie rund zehn Landetransporter auf den Planeten herunterbringen wollen.«

Er hielt den Pointer hoch, um den mutmaßlichen Kurs der Landetransporter anzuzeigen.

»Hat es sonst noch jemand geschafft?«

Turner schüttelte müde den Kopf.

»Nur drei Fregatten, einige Zerstörer und ein leichter Kreuzer.«

»Mein Gott«, flüsterte sie. »Das ist alles?«

»Das ist alles«, bestätigte er. »Wir haben mehr als achtzig Schiffe verloren ... und natürlich die Basis.« Die nächsten Worte sagte er sehr leise. »Und mindestens zweihunderttausend Truppenangehörige.«

»Wo ist Dayan jetzt?« wollte Valeri wissen.

Er drückte eine Taste, und auf dem Holodisplay erschien ein blauer Blip.

»Wir werden uns hier mit ihr treffen.« Er richtete den Pointer auf den vereinbarten Punkt.

»Und du hast deine Meinung immer noch nicht geändert?«

Er schüttelte den Kopf.

»Valeri, wir müssen etwas tun. Die dritte Marinedivision ist auf McAuliffe in ein unvorstellbares Inferno geraten. Wir können unsere Jungs und Mädels nicht einfach abschreiben. Aus taktischen Gründen hätte ich eigentlich erwartet, daß die Katzen uns mit allem verfolgen, was sie haben, damit wir unseren Verband nicht mit dem von Dayan vereinen können. Mir ist völlig schleierhaft, warum sie weiter im Orbit bleiben und ihre Landetruppen unterstützen. Schließlich sind immer noch einige unserer Abwehrbatterien intakt und verzeichnen hohe Abschußquoten, was ihre Verluste unnötig erhöht ...«

Er unterbrach sich, weil er an das Sonderkommando 6 zurückdenken mußte. Daran, wie er zwei seiner Leute zurücklassen mußte. *Ich hätte dableiben sollen. Aber ich habe es nicht getan. Und jetzt kommt diese*

Prüfung zum zweitenmal auf mich zu, aber diesmal werde ich mich anders entscheiden. Ulandi ist da unten ...

Er schaute Valeri mit schmerzerfülltem Blick an.

»Wenn du meinst, daß ich zu weit gehe, Valeri, mußt du es mir sagen. Schließlich gefährde ich den gesamten Verband, wenn wir wieder reingehen!«

Sie schüttelte den Kopf. »Da unten ist immer noch eine ganze Division, dreißigtausend Männer und Frauen. Wir können sie nicht im Dreck sitzen lassen.«

»Ich glaube kaum, daß es noch so viele sind«, erwiderte Turner traurig. »Eher zehntausend oder fünfzehntausend. Die verdammten Katzen haben die Oberfläche des Planeten in eine atomare Hölle verwandelt. Das einzige, was noch einigermaßen intakt ist, sind die Rollfelder. Aber wenn wir wieder reingehen, Valeri, dann riskieren wir dieses Schiff!«

»Und wenn sie in unserer Situation wären?« fragte sie lächelnd.

»Dann würden sie uns raushauen, auch wenn es noch so hoffnungslos aussieht«, entgegnete er überzeugt. »Aber wir dürfen nicht vergessen, daß wir die Verantwortung für diesen Flottenträger und Dayans Verband haben. Wir allein können uns den Katzen auf ihrem Durchmarsch zu den Innenwelten in den Weg stellen. Wir können sicher noch einigen Schaden bei ihnen anrichten, wenn wir zurückkehren – möglicherweise hat die gute alte Dritte dann bessere Chancen, herauszukommen.«

»Sir, wenn wir einfach die Flucht antreten, wird jeder glauben, wir hätten unsere Kameraden verraten. Früher oder später müssen wir uns sowieso diesen Bastarden stellen, warum also nicht jetzt? Vielleicht treten wie ihnen so fest auf den Schwanz, daß sie den Feldzug abbrechen, auch wenn wir dabei vor die Hunde gehen!«

Turner schenkte ihr ein müdes Lächeln. *Das sind genau meine Argumente. Andererseits handelt es sich dabei zweifellos um persönliche Ansichten eines Menschen, der zur Zeit einen Posten besetzt, dem er emotional vielleicht nicht gewachsen ist. Frage mich nur, wie Dayan darüber denkt.*

Er hätte jetzt liebend gern mit Banbridge gesprochen, um ihm den Schwarzen Peter zuzuschieben. *Ein feiger Bastard bist du!* schalt er sich. Schließlich wußte er genau, daß Skip keine andere Entscheidung treffen würde als er.

»Ein echter Scheißtag«, kommentierte Valeri mit ironischem Blick.

Er grinste. »Danke noch mal, daß du keinen Streit mit mir angefangen hast, als ich das Schiff übernommen habe.«

»Himmel noch mal, ich wollte eigentlich irgendwann zur Akademie zurück, um meinen Doktor zu machen. Habe keine Lust, daß du mir das aus reiner Nickeligkeit versaust.«

Die Akademie ...

Das Leben, das er zwanzig Jahre lang geführt hatte, wirkte plötzlich schal und unwirklich auf ihn, viel weniger real als die Zeit davor, deren Erinnerungen heute noch so plastisch waren, als wäre alles erst vor wenigen Wochen passiert.

»Valeri«, meinte er plötzlich, »vielleicht streichen sie das Budget doch nicht zusammen ...«

»Commander Turner?«

Die beiden wandten sich dem Videoschirm zu, auf dem das Gesicht von Konteradmiral Naomi Dayan zu sehen war, deren blaue Augen intensiv funkelten. »Ich habe Ihren taktischen Plan studiert und bin einverstanden«, sagte sie in offiziellem Tonfall.

Turner nickte grimmig.

»Ich kommandiere meinen Verband mit höchster Geschwindigkeit zum vereinbarten Treffpunkt!«

Gilkarg marschierte vor der Kursanzeige auf und ab. Seine Laune war fürchterlich. *Hier herrscht völliges Chaos, Wahnsinn!* Die erste Angriffswelle, die sechs Stunden nach der Attacke auf dem Planeten landen sollte, hatte kläglich versagt. Fast eine gesamte Legion war bereits zerschmettert worden, bevor sie den Boden des Planeten betreten konnte. Dahingeschlachtet von versteckten Luftabwehrbatterien, die erst zuschlugen, nachdem die Transporter bereits in die Atmosphäre des Planeten eingetaucht waren. Es war Nargths Idee gewesen, einen derart stümperhaften Direktangriff vorzunehmen, statt die Region auf einzelne Landungsfahrzeuge zu verteilen. Der Admiral war fest davon überzeugt gewesen, daß es dort unten keinen Widerstand mehr gab. *Ein tödlicher Irrtum.*

Nach dem gegnerischen Schlag wurden sofort alle verbleibenden Transporter abkommandiert und die Truppen auf die Landungsfahrzeuge verteilt, während die Bomber und Jäger weiter gegen die Stellungen auf der Oberfläche des Planeten vorgingen.

In einen solchen Konflikt hatte er seine Träger nicht verwickeln wollen. Das verstieß völlig gegen die alte Doktrin, sich im Kampf Krieger gegen Krieger zu bewähren. *Der entflohene Träger und der andere – das sind meine eigentlichen Gegner! Verflucht sei Nargth! Warum mußte er dem Imperator gleich nach Beginn der Schlacht einen Lagebericht übermitteln? Nun habe ich einen neuen Stellungsbefehl bekommen und muß in der Nähe des Planeten bleiben, statt die Beute zu jagen, die mir zusteht!*

»Herr?«

Gilkarg drehte sich zur Seite und sah den taktischen Offizier scharf an.

»Herr, es wird berichtet, daß die feindlichen Träger und ihr Geleitzug sich mit hoher Geschwindigkeit nähern!«

Gilkarg ging zur taktischen Anzeige und starrte auf die roten Blips.

»Sie flüchten nicht, sie kehren zurück!« flüsterte er fassungslos.

»Ja, Herr!«

Das ist interessant. Reiner Selbstmord, mit zwei ihrer schwachen Flottenträger gegen meine fünf vorzugehen, mit zwei Schlachtschiffen gegen acht, mit einem lächerlichen Geleitzug von kleineren Schiffen gegen meine Geschwader. Selbstmord!

Andererseits paßte es ihm durchaus in den Kram, da ihm die lange und nicht allzu spannende Jagd durch ein halbes Dutzend Sternensysteme erspart blieb. Offensichtlich wollte der Gegner die Basis nicht so einfach preisgeben. *Idiotisch, wenn man bedenkt, welche Übermacht sich ihnen entgegenstellte. Und doch ...*

Irgendwie fand er es unheimlich, daß die Feinde nicht anders handelten, als er selbst es in der gleichen Situation getan hätte. Dabei waren es völlig degenerierte Wesen, diese Menschen und ihre Verbündeten – wie konnte es sein, daß sie so etwas wie Mut nicht nur empfanden, sondern auch danach handelten?

Natürlich wußte er, daß seine eigenen Ansichten gegen die neunte Maxime verstießen, die besagte, daß nur der Triumph zählt, auch wenn er durch einen strategischen Rückzug erkauft werden mußte.

»Was ist mit unseren Streitkräften?«

»Herr, fast zwei Drittel befinden sich dort unten auf dem Planeten oder sind gerade dabei, ihn anzufliegen.«

»Was ist mit dem Rest der Flotte?«

»Sie müssen die Zerstörer abwehren, von denen sie verfolgt werden. Vier Stunden, Herr, insofern sie weiter mit geschlossenen Sammelfeldern fliegen müssen.«

Gilkarg betrachtete die Kursanzeige. *Soll ich die zweite Angriffswelle überhaupt auf den Planeten schicken, oder wäre es nicht besser, so viele wie möglich zurückzuholen, um gegen die feindlichen Flottenträger vorzugehen?*

»Eine Mitteilung von Admiral Nargth!«

Gilkarg hob den Kopf.

»Mein Prinz – vermutlich seid Ihr schon darüber informiert, daß unsere Gegner zurückkehren?«

»Ja, Admiral. Aber das bereitet mir keinen Anlaß zur Sorge. Wir werden ihnen beizeiten entgegenfliegen.«

»Denkt daran, daß ich Schutz für meine Landetruppen brauche. Die Ankunft eines neuen Verbandes bereitet mir wirklich große Sorge.«

»Wir sind ihnen immer noch um mehr als das Sechsfache an Feuerkraft überlegen!«

»Und weshalb kehren sie dann zurück?«

»Weil sie wahnsinnig sind, vielleicht. Wer weiß das schon?«

»Ich rate Euch, das Bombardement weiter mit Euren Streitkräften zu unterstützen. Wenn wir den Planeten erst einmal erobert haben, wird genügend Zeit bleiben, Eure Truppen wieder an Bord zu nehmen und dem Gegner entgegenzufliegen.«

Gilkarg zögerte. Ihm erschien es ratsamer, die Flottenträger sofort abfliegen zu lassen, da die Aussendung einer zweiten Angriffsfront mit Sicherheit zwei Stunden oder mehr in Anspruch nehmen würde.

»Ihr sagtet selbst, daß wir ihnen um mehr als das Sechsfache an Feuerkraft überlegen sind. Mein

Angriff auf den Planeten muß unbedingt fortgesetzt werden, und ich weise Euch darauf hin, daß der Imperator alles andere als erfreut sein wird, wenn wir eine weitere Legion mangels ausreichender Luftunterstützung verlieren.«

Obwohl Gilkarg wußte, daß es letztlich Nargth war, der diesen Fehler zu verantworten hätte, nickte er.

»Wir werden die nächste Angriffsfront wie geplant losschicken und uns anschließend um den Rest ihrer Flotte kümmern. Es sollte nicht mehr als zwei Stunden in Anspruch nehmen, eine ausreichende Zahl Jäger und Bomber an Bord zu nehmen, um gegen sie vorgehen zu können.«

Turner war überrascht, in der Schlange von Piloten, die sich für den nächsten Einsatz eintrugen, Tolwyn zu entdecken. Er lief auf ihn zu, um ihn anzusprechen.

»Du mußt dich nicht melden, Geoff. Du bist krankgeschrieben.«

Geoff schaute sich nervös um und beschloß, die förmliche Anrede zu verwenden, da es seine Kameraden sicher irritiert hätte, wenn er mit dem Kommandanten des Schiffes zu vertraut umging.

»Was würden Sie denn tun, Sir, wenn Sie an meiner Stelle währen? Waren doch nur ein paar Splitter, nicht mehr . . .«

»Ich habe da etwas anderes gehört. Verbrennungen zweiten Grades, mehrere fingerlange Durastahlfragmente im Fleisch, eines davon immerhin so groß, daß es sogar der behandelnde Arzt als Teil des Ruderpedals identifizieren konnte, Tolwyn! Zurück auf die Krankenstation, sofort!«

»Sir, ich bin bereits seit vierundzwanzig Stunden nicht mehr an einem Gefecht beteiligt gewesen. Hier an Bord gibt es eine ganze Menge Leute, die immer noch Dienst schieben, obwohl sie in schlechterer Verfassung sind als ich, Sir. Also gehe ich nach draußen!«

Turner musterte ihn prüfend. Er überlegte, ob er ihm den ausdrücklichen Befehl erteilen sollte, sich auf die Krankenstation zu begeben. *Er hat seine Aufgabe erfüllt, und es grenzt an ein Wunder, daß er lebend zurückgekommen ist. Aber ich kann vor den anderen hier nicht zugeben, daß mir mehr an dem Jungen liegt als an ihnen. Außerdem brauchen wir jeden verfügbaren Piloten ...*

»Haben Sie Schmerzen, Tolwyn?«

»Tut verflucht weh, Sir, aber seit ich die Pillen eingenommen habe, die der Arzt mir gegeben hat, geht es einigermaßen.« Er rang sich ein Lächeln ab. »Ich komme schon klar, Sir!«

»Na denn«, entgegnete Turner nur, bevor er ihm ermutigend auf die Schulter klopfte.

Der letzte in der Schlange war Vance Richards, der gerade erst die Halle erreicht hatte und noch ein wenig außer Atem war. Turner ging auf ihn zu und machte eine Geste, worauf Vance ihm folgte und sich am Rand der Halle neben ihn auf eine Bank setzte.

»Wie sieht es da draußen aus?«

»Nun, Sir – offenbar haben die Kommandanten ihrer Zerstörer nicht damit gerechnet, daß wir direkt mit geschlossenen Sammelfeldern auf sie zufliegen. Wir haben zwei Jäger verloren, aber der Weg nach McAuliffe ist frei.«

»Wie viele Einsätze haben Sie seit gestern geflogen?«

»Sechs, Sir.«

»Dann sollten Sie sich jetzt ein wenig ausruhen, statt schon wieder in eine Maschine zu steigen, Richards!«

Vance blinzelte ihn an und grinste. »Jetzt geht es doch um die Wurst, Sir! Ich möchte es Ihnen ja nicht so direkt sagen, aber falls Sie mir den Befehl erteilen, hier zu bleiben, werde ich ihn mißachten. Wir haben weitaus mehr Jäger als einsatzbereite Piloten, und für Ihren verrückten Plan benötigen wir jeden einzelnen.«

Turner nickte traurig.

»Tu mir nur einen Gefallen, Vance«, bat er mit leiser Stimme. »Paß auf Geoff auf. Der Junge wäre gestern beinahe draufgegangen. Ich sollte ihn aus dem Dienst nehmen, aber du weißt ja …«

»Ich werde mein Bestes tun, Sir!«

Turner stand auf und ging zum vorderen Ende der Schlange.

Er betrachtete die versammelten Piloten. Es waren nur dreiundzwanzig, und die Hälfte davon war so schwer verletzt, daß er sie unter normalen Umständen niemals in den Einsatz geschickt hätte.

»Ich mache es so kurz wie möglich. In sieben Minuten beginnt der Einsatz. Ausnahmsweise haben wir ja weitaus mehr Maschinen als Piloten, also spricht nichts dagegen, daß ihr euch das Beste heraussucht, was das Flugdeck noch zu bieten hat. Der Angriff wird von der *Concordia* ausschließlich mit Jägern erfolgen. Die Bomberpiloten müssen sich also sowieso eine neue Maschine suchen. Unterstützung durch Bomber bekommen wir seitens der *Ark Royal*, die primär den Flottenträger des Gegners attackieren soll, an dem wir zwangsläufig vorbei müssen. Ich habe Nachricht vom Gefechtsleitstand bekommen, daß sie ihre Flottenträger derzeit von McAuliffe abziehen, um uns abzufangen.«

Er ließ den Blick über die Anwesenden schweifen, um die Bedeutung dieser Worte zu unterstreichen.

»Nun kommen wir zum spannenden Teil. Kurz bevor wir den gegnerischen Flottenträger erreichen, werdet ihr mit Kurs auf McAuliffe ausbrechen und einen massiven Angriff auf die Transporter und Landefahrzeuge starten. Sobald die Bomber der *Ark Royal* den gegnerischen Flottenträger erreicht haben, wird sie in einer zweiten Angriffswelle auch ihre Jäger absetzen, die euch unterstützen werden. Denkt immer daran, daß dies das Primärziel darstellt. Die dritte Marineeinheit auf dem Planeten hat nur eine Chance, wenn wir ihnen die Landefahrzeuge vom Hals halten. Ihr müßt sie noch in der Luft abschießen – und es muß im ersten Anflug geschehen. Ihr könnt nicht abbremsen, weil ihr die gesamte Geschwindigkeit benötigt, um wieder zur *Concordia* zurückzukehren. Also, ihr fliegt direkt rein und direkt wieder raus, ist das klar?«

Je nach Temperament nickten die Piloten oder gaben ihr Einverständnis laut kund.

»Sämtliche zur Verfügung stehenden Geschosse werden in den Computer eingegeben und von diesem abgefeuert. Nur um die Geschütze kümmert ihr euch selbst, während ihr gleichzeitig die Maschinen in einer Schleife wieder hoch zieht, um zurückzukehren. Es dürfte knapp werden, aber es ist zu schaffen. Der Kurs wird bereits in die Navigationscomputer geladen. Beim Anflug verlaßt ihr euch also völlig auf den Computer, und das gleiche gilt auch beim Rückzug.«

»Sir, das ist ein verdammt haariges Manöver!« meinte einer der Piloten zweifelnd.

Turner hatte bereits damit gerechnet, daß man ihm seine Rolle als Commander nicht vollständig abnehmen würde, da er selbst unter denjenigen, die ihn persönlich kannten, als Theoretiker galt.

»Ich weiß, Lieutenant. Lassen Sie mich erklären, was ich mir dabei gedacht habe. Wenn der liebe Gott auf unserer Seite ist, werden wir einen oder vielleicht auch zwei ihrer Flottenträger abschießen. Aber darum geht es uns nicht, sondern primär um den psychologischen Effekt. Bei den Landetruppen handelt es sich durchweg um Milchbubis aus der königlichen Familie, Zuckerärsche, ihr wißt, was ich meine?«

Einige Piloten lachten, und bei den anderen war Turner sich zumindest sicher, daß sie ihm jetzt genau zuhörten.

»Und genau daran solltet ihr denken, wenn ihr den verdammten Katzen da unten den haarigen Arsch grillt. Der Imperator wird sich damit abfinden müssen, daß wir uns nicht so einfach überrumpeln lassen, daß wir auch richtig schmutzig kämpfen können, wenn es darauf ankommt. Das wird ihn weitaus mehr treffen als der Verlust eines Flottenträgers.«

Turner senkte den Kopf.

»Wenn ich nach Lehrbuch vorgehen würde, sollten wir zusehen, daß wir unsere Flottenträger retten und möglichst schnell den Rückzug antreten. Aber dann würden eine Menge guter Marineinfanteristen draufgehen. Doch wenn es uns gelingt, ihre Transporter und Landefahrzeuge zu zerstören, könnte es sein, daß sie die Lust daran verlieren, ihre Angriffe fortzusetzen. Ich habe noch ein paar Überraschungen für den Imperator, aber vor allem brauche ich euch, die Piloten. Deshalb möchte ich euch keinen Blödsinn erzählen, sondern die Wahrheit. Einige von euch werden vermutlich nicht zurückkehren – wahrscheinlich die meisten nicht. Und diesen Flottenträger wird es vielleicht nicht mehr geben, wenn ihr euren Angriff geflogen habt. Aber die andere Seite wird wissen, daß wir uns nicht in die Flucht jagen lassen, wenn man uns mit Scheiße bewirft. Vielleicht gewinnt die Föderation auf diese Weise genug Zeit, um ihre anderen Truppen zusammenzuziehen. Und dann dürften es die Katzen weitaus schwerer haben, die Innenwelten anzugreifen.«

Seine Stimme klang verbittert, da er daran denken mußte, wie leicht sich diese Situation hätte vermeiden lassen, hätte man nur auf Leute wie Banbridge gehört. *Jetzt muß ich die jungen Leute hier in den sicheren Tod schicken, weil schmierige Politiker wie More mehr Einfluß haben als vernünftige Menschen.*

Der Lieutenant, der den Plan vorhin kritisiert hatte, drehte sich zu einigen seiner Kameraden um, als wollte er seine Entscheidung von ihrer Meinung abhängig machen.

»Also, dann wollen wir diesen Bastarden mal eins auf den Sack geben«, meinte er mit kratziger Stimme.

»Sir, was können ein paar Jäger gegen das ausrichten, was da draußen stattfindet?« fragte ein anderer Pilot zweifelnd.

»Wir müssen zurückschlagen. Wir müssen ihnen zeigen, daß wir immer noch bereit sind, uns zu wehren, damit sie es sich gut überlegen, ob sie ihren Angriff fortsetzen.« Er zögerte. »Das Kommando der Fregatten Masada und Hermes hat sich freiwillig gemeldet, ihre jeweiligen Primärziele zu rammen.«

Geoff hielt den Atem an. Als der Torpedo in die Concordia einzuschlagen drohte, hatte er selbst beinahe eine ähnliche Entscheidung gefällt. *Aber das war eine spontane Entscheidung in der Hitze des Gefechts und kein wohlüberlegter Plan. Hat Dayan sie gefragt, ob sie bereit sind, dieses Opfer zu bringen? Vermutlich ...*

Geoff wurde plötzlich bewußt, welche Verantwortung in einer solchen Situation auf den Schultern des Kommandanten lastete. Wenn er eines Tages ein eigenes Schiff oder sogar einen Verband kommandieren würde, war es denkbar, daß er mit der gleichen Situation konfrontiert werden würde wie Dayan. Geoff fand die Aussicht, seinem Kommando unterstehende Männer und Frauen in den sicheren Tod schicken zu müssen, alles andere als attraktiv. Der Traum, innerhalb der militärischen Hierarchie der Föderation einmal einen verantwortungsvollen Posten einzunehmen, stand plötzlich nicht mehr im Vordergrund seines Interesses.

Er überlegte, was zur Zeit wohl in den Köpfen der Todgeweihten vor sich ging. Schließlich würde es noch eine Weile dauern, bis es soweit war, und er fragte sich, ob mancher nicht mit dem Versuch liebäugelte, sich aus der Verantwortung zu stehlen. *Schließlich ist es viel einfacher, sich wie ich spontan dafür zu entscheiden, als an einem Konferenztisch zu sitzen und sein eigenes Todesurteil zu fällen, um danach stundenlang darauf warten zu müssen, daß es endlich passiert ...*

Plötzlich fiel Vance etwas ein.

»O Gott!« meinte Valeri Olson plötzlich halblaut. »Dayans Sohn ist der erste Offizier der Masada!«

Die um Turner versammelten Besatzungsmitglieder starrten sie entgeistert an.

»Begleitet die Fregatten und Bomber, und brecht erst im letzten Moment nach McAuliffe aus, wenn das Signal erteilt wird. Absolute Präzision ist gefragt, das Timing ist höchst kritisch.« Turners Stimme wurde härter. »Die Schlachtschiffe Yorkshire und North Carolina sowie die Kreuzer werden die Attacke unterstützen. Die anderen drei Fregatten aus Dayans Verband werden den Jägern der Ark Royal auf demselben Kurs folgen, aber ihr werdet die ersten sein, die Feindberührung haben. Ich erwarte, daß ihr dafür sorgt, daß die Katzen den Namen Concordia in Erinnerung behalten!«

Ein letztes Mal ließ Turner den Blick über die Piloten schweifen.

»Viel Glück, Gott schütze euch alle. Piloten, begeben Sie sich zu Ihren Maschinen.«

»Alle Jäger werden bis an die Grenze ihre Lastkapazität mit Abwehrraketen bestückt«, verkündete Gilkarg. »Hätten wir nur ein Dutzend mehr beim letzten Angriff dabei gehabt, gäbe es die *Concordia* nicht mehr.«

Er wandte seine Aufmerksamkeit der taktischen Anzeige zu. Gilkarg spürte eine gewisse Unruhe, da die Schlacht bislang nicht so verlaufen war, wie er es geplant hatte. Allein der Verlust des sechsten Flottenträgers gefährdete schon den Plan, zumal er über die nötigen Reserven verfügt hatte, um die schweren Verluste bei der Eroberung des Planeten auszugleichen. Zudem fehlte ihm damit auch eine zusätzliche Angriffsfront, so daß er wegen der beiden Flottenträger des Gegners Streitkräfte abziehen mußte, die dringend im Bereich der Planetenbasis benötigt wurden. Unruhig wanderte er über das Deck, während er darauf wartete, daß seine Jäger den zurückgekehrten Verteidigern entgegenfliegen würden.

»Herr, Ihr solltet Euch das hier einmal ansehen!«

Gilkarg hob den Kopf.

»Da kommt der Verband der *Ark Royal*!«

Auf dem Schirm war ein Strom blauer Blips zu sehen, die sich um die Fregatten gruppiert hatten. Die *North Carolina* und die *Yorkshire* standen rund hundert Klicks über der Formation.

Geoff war vom Anblick innerlich so aufgewühlt, daß er seine Schmerzen völlig vergessen hatte. Mit aktivierten Nachbrennern schob er sich an seine Position neben Vances Jäger. Sein Freund nahm einige Male das Tempo zurück und beschleunigte wieder, wobei Geoff es schaffte, seine Flügelposition zu halten. Ihm war bewußt, das Vance ihm auf diese Weise noch einige Trainingsminuten verschaffen wollte, was sich im Ernstfall positiv auswirken konnte.

»An alle Einheiten, an alle Einheiten«, meldete sich der Gefechtsleitstand der *Ark Royal*, von dem aus die Attacke koordiniert wurde. »Die Kilrathi-Träger haben soeben ihre Jäger ausgesetzt.«

Auf Geoffs Bildschirm erschien eine Übertragung von der *Ark Royal*, die die fünf Träger zeigte, die sich von McAuliffe weg bewegten. Geoff versuchte, hinter den Trägern die Basis auszumachen, aber sie befand sich wohl gerade auf der anderen Seite des Planeten.

Die Sekunden tropften zähflüssig dahin, bis ihm endlich ein Signal auf dem Schirm anzeigte, daß die Kilrathi in Angriffsformation gegangen waren.

»Wir müssen unsere Bomber gegen die Fregatten und Schlachtschiffe einsetzen!«

Der Kronprinz fühlte sich geneigt, »nein« zu brüllen, schaffte es aber im letzten Moment, sein Temperament zu zügeln. Es hatte unnötig viel Zeit in Anspruch genommen, die gegen McAuliffe vorgehenden Maschinen wieder an Bord zu nehmen. Was bei einer Übung problemlos und mit nahezu maschineller Präzision vonstatten ging, erwies sich im Ernstfall immer wieder als beinah undurchführbares Manöver, da ein Großteil der Maschinen beschädigt und viele Piloten verwundet waren, so daß kaum ein Landeanflug ordnungsgemäß abgewickelt werden konnte. Bei zwei Flottenträgern wurde das Hangartor zwischenzeitlich durch manövrierunfähige Maschinen blockiert, und so hatte es fast eine Stunde länger gedauert als geplant, bis er endlich den Befehl geben konnte, dem selbstmörderischen Verband der Gegner entgegenzufliegen.

Gilkarg konnte sich nicht zu einer Entscheidung durchringen.

»Ihre erste Angriffswelle wird von mindestens achtzig Jägern und zwei Fregatten gebildet, Herr! Dahinter befinden sich noch drei Fregatten und die Schlachtschiffe. Unsere Simulationen lassen den Schluß zu, daß sie den Einsatz von Torpedos planen, diese aber zu groß sind, um sie von den Bombern aus abzusetzen. Vermutlich werden sie alle ihnen zur Verfügung stehenden Systeme bei diesem Gegenschlag einsetzen – wenn wir die Angriffsfront abwehren, ergibt sich unter Umständen die Möglichkeit, nachzusetzen, bevor sie zum zweitenmal fliehen können.«

Gilkarg schloß die Augen. Seine Gedanken rasten.

»Ist das Flugdeck der *Tugkah* einsatzbereit?«

»Seit fünf Minuten erst, Herr. Sie müssen aber noch einige ihrer Maschinen bergen.«

»Erteile den Befehl, daß die Bomber und Jäger der *Tugkah* noch nicht starten sollen. Sie soll sich Zeit nehmen, damit sich die Besatzung erholen kann und die Maschinen in einen möglichst tauglichen Zustand gebracht werden können. Sobald die erste Angriffswelle des Gegners vorbei ist, werden sie eine Gegenattacke starten. Das sollte uns die Gelegenheit verschaffen, sie zu überrumpeln, während sie ihre Maschine wieder an Bord nehmen. Die anderen vier Träger sollen sämtliche einsatzbereiten Maschinen aussetzen.«

»Herr, es dauert einige Zeit, die Torpedos zu laden und zu kalibrieren. Wenn wir jetzt alle Bomber starten, schöpfen wir ihre Kapazitäten vermutlich nicht vollständig aus. Zumindest dürfte dies bei einigen Bombern der Fall sein.«

»Sie sollen trotzdem starten. Sie können den voll bestückten Bombern dann Feuerschutz geben.«

Der Offizier wollte noch etwas sagen, überlegte es sich aber anders und verneigte sich, um anschließend abzutreten. Auf einem Bildschirm erschien das Gesicht von Admiral Nargth, der ein wenig verstört in die Kamera blickte.

»Was habt ihr vor?« fragte Nargth, der in seiner Aufregung vergaß, beim Ansprechen des Kronprinzen die üblichen Formalitäten zu beachten.

»Wir haben einiges an Zeit wettzumachen. Wenn Ihr nicht darauf bestanden hättet, daß wir Euren Angriff unterstützen, würden wir uns in einer weitaus besseren Position befinden«, warf der Kronprinz ihm vor.

»Meine Landefahrzeuge wurden erst gerade ausgesetzt. Soll ich sie warten lassen, bis Eure Gegenattacke beendet ist?«

Gilkarg schüttelte den Kopf. Bislang sah es so aus, als ob die Gegner nicht mehr in der Lage waren, den Marineinfanteristen nennenswerten Widerstand entgegenzusetzen. Aber wenn man sich zu viel Zeit lassen würde, war es durchaus möglich, daß sie sich neu formieren und mit einigen Überraschungen aufwarten würden.

»Nein, sie sollen sofort landen!«

»Ich würde es bevorzugen, wenn wir mehr Luftunterstützung hätten!«

»Verwendet dazu die Jäger Eurer Kreuzer – für das, was die da unten noch gegen uns aufbringen können, dürfte es allemal ausreichen.«

»Wenn Ihr beliebt, so zu entscheiden«, erwiderte Nargth ein wenig unterkühlt, »wird es so geschehen.«

»Ich verfüge momentan über vier Schlachtschiffe«, meinte der Kronprinz nicht weniger kalt. »Ich würde es vorziehen, wenn Ihr mir alle nicht benötigten Einheiten aus Eurem Verband überlaßt!«

»Um gegen zwei Träger vorzugehen?« fragte Nargth ungläubig. »Hattet Ihr nicht gesagt, daß eure Träger mit ihnen fertig werden? Ich benötige meine Schlachtschiffe zum Beschuß der Planetenoberfläche. Unser Vorrat an Torpedos ist nahezu erschöpft, deshalb muß ich auf ihre Massewerfer und Laserbatterien zurückgreifen.«

Gilkarg unterbrach zornig die Verbindung, ohne es für nötig zu erachten, Nargth zu widersprechen.

Wieder kam die erste Angriffswelle für Geoff so überraschend, daß er es nicht schaffte, auch nur einen einzigen Schuß abzufeuern. Allmählich dämmerte ihm, daß er wohl doch alles andere war als ein erfahrener Kämpfer. *Ich sollte mir nichts vormachen, die letzte Schlacht habe ich nur überlebt, weil ich saumäßiges Glück hatte.* Er schämte sich ein bißchen für seine Angeberei.

Die Bilanz des ersten Feindkontakts war halbwegs ausgeglichen – zwei Totalverluste auf der eigenen Seite und drei auf der gegnerischen. Aber Geoff wußte genau, daß dies angesichts der Übermacht des Feindes kein Grund zur Erleichterung war. E*inmal davon abgesehen, daß es zwei weitere Menschenleben gekostet hat ...*

»Haltet eure Positionen«, befahl Vance mit ruhiger Stimme. »Wir bleiben weiter an den Fregatten dran.«

Geoff betrachtete den Monitor, auf dem die von der *Ark Royal* übermittelten Daten zu sehen waren. Ein ganzer Schwall roter Punkte zog ihnen entgegen. Geoff mußte schlucken, als er dessen gewahr wurde, auf was sie sich eingelassen hatten. *Sich gegen eine Übermacht zu verteidigen, ist eine Sache. Aber mitten in die Höhle des Löwen zu fliegen, verdammt ...*

Über ihm blitzte es, als die Batterien der *North Carolina* und der *Yorkshire* das Feuer eröffneten. Vor einigen Jahren, als er sein Praktikum als Leichtmatrose gemacht hatte, war er zum erstenmal Zeuge gewesen, welches ehrfurchterregende Spektakel geboten wurde, wenn die geballte Feuerkraft eines Schlachtschiffes eingesetzt wurde.

Damals hatte er keine eigentliche Angst verspürt; jetzt aber war es anders, weil er sich an fünf Fingern abzählen konnte, daß das Lichtgewitter sogleich von den Salven der Kilrathi-Schlachtschiffe erwidert werden würde.

Und dann schossen auch schon Lichtstrahlen aus der anderen Richtung durchs Vakuum, zuerst vom vordersten Schlachtschiff des Gegners, und nur ein Sekundenbruchteil später auch von den drei anderen. Wo gerade noch der schwarze Hintergrund des Alls zu sehen war, entstand nun eine Gluthölle aus gleißend weißem Licht.

Jukaga hielt sich mit beiden Händen fest, um nicht das Gleichgewicht zu verlieren, als das Flaggschiff den ersten Treffer hinnahm. Den anderen Besatzungsmitgliedern erging es nicht anders. Nur Nargth stand offenbar unbeeindruckt da und starrte auf den Hauptschirm.

Jukaga kam zu dem Schluß, daß hier irgend etwas faul war. *Zwei Schlachtschiffe und zwei Flottenträger – es leuchtet mir nicht ein, warum sie nicht die Flucht angetreten haben. Sie reagieren völlig anders, als wir bislang gedacht haben. Das paßt nicht zu dem Bild, das wir von ihnen haben.* Er holte tief Luft und begab sich zu Nargth.

»Irgendwas stimmt nicht mit diesen Angriffen, mein Admiral!«

Nargth bedachte Jukaga mit einem verächtlichen Blick. *Diese Jungfang stellt für mich nur eine unnötige Belastung dar! Und nun besitzt er die Unverschämtheit, sich in strategische Angelegenheiten einzumischen.*

»Natürlich«, entgegnete er mühsam beherrscht, »dieser Angriff ist reiner Selbstmord. Wir werden sie alle töten und damit unseren Vormarsch zu ihren Innenwelten beschleunigen.«

»Mein Admiral, ich vermute, daß sie es auf die Flottenträger abgesehen haben. Ich glaube nicht, daß es sich um eine *normale* Strategie handelt – es muß ein Plan sein, an den wir offensichtlich nicht gedacht haben!«

»Wieso?« Nargth zog verächtlich die Luft ein. »Ihr Kommandant handelt nicht anders, als ich es getan hätte. Es ist besser zu sterben, als die Nachricht von der Niederlage zu überbringen. Wir werden ihre Schiffe zerstören und so das Gefecht beenden. Wir erteilen ihn die Gnade des Fangschlags, also wird ihnen mehr Ehre zuteil, als sie es eigentlich verdient haben. Und darauf haben sie es offensichtlich abgesehen.«

»Mein Admiral, darf ich den Vorschlag machen, daß Ihr vorübergehend unsere Feuerkraft auf diesen Verband konzentriert, statt weiter das ohnehin erfolgreiche Absetzen der Landetruppen zu unterstützen? Wir sollten gegen ihre Fregatten und Jäger vorgehen und anschließend ihre Schlachtschiffe zerstören.«

»Dort liegt unser Ziel«, sagte Nargth nachdrücklich. Er hob eine Tatze und zeigte auf einen hochauflösenden Bildschirm, der das Geschehen auf dem Planeten darstellte. »Diese Schlacht wird nicht mit Flottenträgern entschieden, sondern mit der Feuerkraft meiner Schlachtschiffe und den Mut der Legionen des Imperators.«

»Ich bete, daß Ihr recht habt«, erwiderte Jukaga, »aber ich hege doch meine Zweifel.«

Nargth schaute ihn eisig an, doch Jukaga wich seinem Blick nicht aus.

»Start!«

Ratha grunzte, als ihn die Beschleunigung in den Sitz preßte. Es dauerte nur wenige Sekunden, bis er den Flottenträger hinter sich gelassen hatte und scharf zur Seite ausbrach, um den Feind anzufliegen.

Er bedauerte sehr, daß es bei dem bevorstehenden Gefecht nicht möglich sein würde, so viel Ruhm und Ehre zu erlangen wie bei der Schlacht mit der *Concordia*. Immer noch ärgerte er sich darüber, daß es ihm nicht gelungen war, den Flottenträger zu zerstören. Aber zumindest bot sich hier die Gelegenheit, weitere Gegner zu töten.

Geoff betrachtete die vier Kilrathi-Schlachtschiffe, die in ein Meer aus Feuer und gleißendem Licht getaucht waren, während ihre Batterien dem Gegner ein tödliches Stakkato entgegenschleuderten. Doch soweit es die Jäger der Föderation betraf, ging die Gefahr nur von den wenigen Abwehrstellungen aus, die auf den Unterseiten der Schiffe montiert waren. Wieder schoß ein Lichtstrahl knapp an Geoffs Jäger vorbei und erwischte einen der Kameraden von der *Ark Royal*. Hinter ihm tobte bereits ein wilder Kampf Mann gegen Mann.

Mann gegen Katze, verbesserte er sich.

Ein heftiger Schlag erschütterte seine Maschine. Er bemerkte, daß sich ein Verfolger auf seine Sechs-Uhr-Position geheftet hatte. Dann aber brach der Kilrathi-Jäger wieder aus, als einer von Geoffs Kameraden auf ihn zu beschleunigte.

Geoff warf einen Blick auf den Bildschirm, der die beiden Fregatten zeigte, die unbeirrt mit glühenden Phasenschilden durchs All zogen. Auch die Front des Geleitzugs war bereits in die Schlacht verwickelt, und die vier Fregatten schossen auf unberechenbaren Kursen hin und her, um die gegnerischen Torpedos abzufangen, die auf seinem Schirm als tödliches Strahlenbündel dargestellt wurden. Es waren weit über hundert Geschosse, und Geoff fragte sich, wie umfangreich die Ressourcen des Gegners sein mußten, um eine solch massive Attacke länger als einige Minuten durchzuhalten.

In diesem Augenblick ertönte ein hochfrequentes Signals in seinem Kopfhörer. Auf dem Bildschirm wurde ein Hitzesucher angezeigt, der sich ihm mit rasender Geschwindigkeit näherte. Sofort warf Geoff Störmaterial aus, und der Hitzesucher machte einen Schlenker, um sich anschließend auf das Triebwerk einer Fregatte einzuloggen.

»Ich habe einen Verband von Bombern in der Ortung«, meldete sich Vance. »Zeigen wir ihnen, wo der Hammer hängt!«

Geoff gab vollen Schub und nahm sich vor, diesmal peinlich genau darauf zu achten, daß er auf der Flügelposition blieb.

Zwei Sektionen ihres Verbandes brachen zu den Seiten aus, um den Gegner von den Flanken anzufliegen, während die Gruppe ihren direkten Kurs beibehielt.

Mittlerweile hatten die Bomber sie bemerkt und

gaben Gegenschub, um sich vor den Fregatten zu positionieren. *Für die nächsten Sekunden sind sie völlig wehrlos ...*

Geoff zog direkt auf einen der Bomber zu und hielt den Feuerknopf fest, während das Abwehrfeuer gegen seine Phasenschilde hämmerte. Er hatte gute Lust, eine Splitterbombe einzusetzen, aber Turner hatte den Piloten den ausdrücklichen Befehl erteilt, dieses Waffensystem erst im zweiten Teil ihrer Mission einzusetzen.

Doch wider Erwarten löste sich der Bomber schon nach der dritten Salve in seine Bestandteile auf, und Geoff korrigierte seine relative Position zu Vance, der genau so erfolgreich gegen einen anderen Bomber vorgegangen war.

»Sehe gar nicht ein, daß du der einzige bist!« meinte Vance gut gelaunt.

Geoff mußte grinsen, obwohl die Situation eigentlich alles andere als witzig war.

»*Concordia,* wir drehen in zehn Sekunden bei!«

Geoff verspürte so etwas wie Enttäuschung. *Verdammt, warum kämpfen wir nicht einfach weiter?* Aber dann rief er sich in Erinnerung, was das eigentliche Ziel ihrer Mission war.

»Wir haben die *Hermes* verloren!« sagte eine Stimme aus dem Funkempfänger.

Geoff riskierte einen Blick über die Schulter und sah die Fregatte, die bereits auseinanderbrach und im nächsten Augenblick von drei weiteren Torpedos getroffen wurde, die ihr den Rest gaben. Er bemerkte, daß auch die *Masada* einen Treffer weggesteckt hatte, so daß sie nur noch über ein Haupttriebwerk verfügte. Weitaus bedrohlicher war jedoch die aufgerissene Stelle am Bug des Schiffes, aus der ein Flammeninferno ins All toste.

»*Concordia*-Verband, fertigmachen zum Ausbruch in drei Sekunden ... zwei ... eins ... *los*!«

Geoff zog die Maschine herum. Er befand sich nun genau über dem Nordpol des Planeten und erreichte kurz darauf den Startpunkt des bevorstehenden Manövers, worauf er den Autopiloten aktivierte, die Steuerung seiner Maschine zu übernehmen.

»Sammelfelder für atmosphärischen Flug vorbereiten, volle Beschleunigung auf die Nachbrenner!«

Er fuhr die Sammelfelder herunter, um den Auftrieb zu minimieren, und aktivierte anschließend die Nachbrenner. *Ist echt ein Höllentempo, mit dem wir reingehen! Stellt sich nur die Frage, ob wir nachher auch wieder aus der Scheiße rauskommen ...*

»*Masada* an *Ark Royal*! Wir gehen jetzt rein!«

Geoff atmete tief durch. Plötzlich ertönt eine andere Stimme in seinem Kopfhörer.

»Hier spricht die *Masada* ...«

Der ist bestimmt nicht älter als ich. Dann folgte ein kurzer Satz, den er zunächst nicht verstand. Er brauchte einen Moment, um die Sprache zu identifizieren – es war hebräisch. Und dann leuchtete ihm schlagartig die Bedeutung ein ...

Gott ist der Herr, und es gibt nur einen Gott.

Der Kronprinz beobachtete verärgert den Hauptschirm. *Verflucht, was haben die vor? Bis jetzt haben die beiden Fregatten noch keinen Schuß abgefeuert, und eine ist bereits dem Untergang geweiht. Bei den anderen sieht es auch nicht besser aus. Doch jetzt ändern die Bomber den Kurs, fliegen McAuliffe an, während die Schlachtschiffe sich in einem feigen Manöver von meiner Angriffsfront abgewandt haben ...*

Die Erkenntnis traf ihn wie ein Blitzschlag. Ungläubig starrte er die einsame Fregatte an, die einen Feuerschweif hinter sich her ziehend unaufhaltsam durchs All pflügte.

»Sofort Verbindung mit der *Tukgah* aufnehmen, Warnsignal Blutrot!« brüllte er panisch. »Vielleicht können sie noch ein Ausweichmanöver einleiten . . .«

Jukaga stand wie hypnotisiert vor dem Bildschirm. Er begriff genau – bis ins letzte Detail –, was ihre Gegner vorhatten. Zwei ihrer Jäger flogen nun der Fregatte voraus, direkt auf den Phasenschild der *Tukgah* zu, bis sie so nahe herangekommen waren, daß ein Ausweichmanöver völlig unmöglich sein würde.

Jukaga kniff die Augen zusammen, als das Unvermeidliche geschah. Der Phasenschild des Flottenträgers leuchtete an zwei eng benachbarten Stellen hell auf; dann erreichte auch die Fregatte diesen geschwächten Punkt, wobei sie sich durch ihre eigene Beschleunigung zusammenschob wie ein Spielzeug aus Papier. Fast sah es so aus, als hätte die Mannschaft der Fregatte das höchste Opfer gebracht, ohne etwas zu bewirken. Doch dann brach der Phasenschild des Trägers unter der ungeheuren Belastung zusammen, und die Fregatte bohrte sich wie ein riesiger Torpedo in seine Flanke . . .

Die Durastahlpanzerung widersetzte sich dem Einschlag nur für wenige Augenblicke; dann versenkte sich das von der Deformation glühend heiße Geschoß tief in den Leib des Flottenträgers, genau an der Stelle, wo über sechzig Jäger und Bomber voll aufgetankt und bis unter die Haube mit Munition beladen auf ihren Einsatz warteten. Wäre das Flugdeck leer gewesen, hätte der Träger zwar einen schweren Schlag hinnehmen müssen, wäre vermutlich aber noch einsatzfähig geblieben. Jetzt aber raste ein Unwetter aus glühenden Metallteilen durch das Flugdeck, gefolgt von größeren Brocken, die sich mühelos durch die Panzerung eines Bombers bohrten, dessen Treibstoff und Waffenladung mit kleiner Verzögerung in eine infernalische Kettenreaktion überging, die den Bruchteil einer Sekunde später sämtliche Maschinen erfaßte, die auf dem Flugdeck standen.

Jukaga sah, wie die *Tukgah* durch einen gewaltigen Feuerball von innen zerrissen wurde und mindestens ein Dutzend Schiffe beider Seiten mit ins Verhängnis riß.

Admiral Nargth nahm kopfschüttelnd zur Kenntnis, wie die Gegner eines ihrer wichtigsten Schiffe ausschalteten. Jukaga wagte es nicht, den Admiral anzusprechen, aber plötzlich drehte der sich um und blickte ihn seltsam an.

»Du hattest recht«, flüsterte er.

Jukaga beschloß, daß es wohl ratsam war, diese Erkenntnis nicht zu kommentieren.

Nargth wandte sich an seinen Stab.

»Ich befürchte, wir haben unsere Gegner unterschätzt«, erklärte er mit zittriger Stimme. »Offensichtlich haben auch sie *Zaga*, die brennende Seele des Kriegers …«

»Leute, wir haben soeben einen ihrer Plattfische noch platter gemacht!«

Geoff teilte für einen Moment die Begeisterung der anderen, mußte dann aber an das große Opfer denken, daß sie dafür gebracht hatten. Tränen schossen ihm in die Augen, und das Schweigen in seinem Kopfhörer zeigte, daß es seinen Kameraden nicht viel anders erging.

»*Concordia*-Verband«, meldete sich Hawkins, der Kommandant. »Wir haben nur eine Gelegenheit zum Anflug, und die solltet ihr ordentlich auskosten! Gerade wurde mir eine Funksendung der dritten Marineeinheit übermittelt – die Kilrathi haben begonnen, Landetruppen abzusetzen.«

Der Planet raste jetzt so schnell auf sie zu, daß selbst die erfahrensten Piloten das Gefühl hatten, sie würden auf der Oberfläche zerschellen oder zumindest in der Atmosphäre verglühen. Geoff betete, daß die Programmierer nichts übersehen hatten, während der Planet mehr und mehr das gewohnte Panorama des Alls vor ihm verdeckte.

Dann drehte der Autopilot seine Maschine um die Hauptachse, so daß er mit dem Kopf nach unten in die Atmosphäre eintauchte. *Nur noch wenige Minuten, dann erreichen wir den Äquator und die Basis ...*

Neben ihm erschien ein grelles Licht. Es dauerte eine Weile, bis Geoff begriff, daß einer seiner Kameraden soeben in der Atmosphäre verglüht war.

Vermutlich ist der Phasenschild ausgefallen ... Geoff vermied es, weiter darüber nachzudenken.

Kurz darauf meldete seine Ortung den Anflug mehrerer Kilrathi-Jäger, die es offensichtlich darauf abgesehen hatten, ihren Verband abzufangen.

»Ich habe jetzt das erste Landefahrzeug in der Ortung«, meldete Hawkins gelassen.

Dann blinkte auch Geoffs Zielerfassung hektisch auf.

»Leute, das ist der Jackpot!« rief Hawkins. »Jeder darf mal, sind genug für alle da! Los, sucht euch einen aus und ab geht's!«

Geoffs Bordcomputer hatte mittlerweile die Radarortung aktiviert und zeigte am oberen Rand des Bildschirms eine Unzahl von Blips an. Er linkte sich in

Hawkins' Computer ein, der die Koordination der Ziele übernehmen würde, um beim bevorstehenden Gefecht eine möglichst hohe Effizienz zu erreichen.

Geoffs Ziele wurden jetzt mit gelben Kreisen markiert. Hunderte von Landefahrzeugen hatten die Kilrathi-Transporter bislang ausgesetzt; zu ihrem Schutz wurden drei Schlachtschiffe und mindestens ein Dutzend Kreuzer eingesetzt, die bis vor wenigen Minuten noch die Basis beschossen hatten, deren Standort Geoff zu gut ausmachen konnte, weil er sich nur nach den in den Himmel strebenden Rauchwolken orientieren mußte. Offenbar leisteten einige Stellungen immer noch Widerstand, und Geoff empfing auch Meldungen von zwei Hurricanes.

Dann tauchte er wieder in das Lichtgitter des feindlichen Sperrfeuers ein, das mit einem Schlag drei seiner Kameraden ins Jenseits beförderte.

»Geoff, ich gehe nach oben«, meldete Vance. »Habe vier dicke Vögel in der Ortung, das will ich mir nicht entgehen lassen! Sind bestimmt bis unter die Haube mit Marines beladen.«

Geoff deaktivierte den Autopiloten, um Vance zu folgen. Es war nicht ganz ungefährlich, hier oben am Rand der Atmosphäre zu manövrieren, da ihnen nachher einiges an Fluchtgeschwindigkeit fehlen würde. Auf der anderen Seite jedoch konnte man sich die Gelegenheit nicht entgehen lassen, ein vollständiges Bataillon Katzen zur Hölle zu schicken ...

Geoff versuchte, einige Funksignale in seinem Kopfhörer zu identifizieren; dann aber aktivierten die Katzen ein Netz aus Störsendern. Jetzt hatte er die vier Landefahrzeuge auf dem Schirm und zog die Maschine in einem sanften Bogen nach unten, um in den dichteren Luftschichten mehr Auftrieb zu gewinnen.

Einige Klicks voraus eröffnete Vance aus den Massewerfern das Feuer auf das erste Landefahrzeug, das die Führung des Verbandes übernommen hatte. Die Projektile verwandelten das Ziel in einen qualmenden Schrotthaufen, der hilflos der Oberfläche des Planeten entgegen trudelte. Vance zog seine Maschine in einem eleganten Bogen herum und setzte eine Splitterbombe aus, die in einen der verbleibenden Lander hineinkrachte, der jedoch nach kurzem Taumeln in der Luft blieb. Dann aber zog Geoff herein und eröffnete das Feuer aus seinen Massewerfern, deren Projektile von der atmosphärischen Reibung in langgezogene Blitze verwandelt wurden. Der von Vance bereits lahmgeschossene Lander platzte auseinander. Geoff sah, wie einige Dutzend bewaffneter Kilrathi in alle möglichen Richtungen weggeschleudert wurden, um anschließend die fünfzig Kilometer lange Reise zu Oberfläche des Planeten anzutreten.

Kein angenehmer Tod ... er wurde sich dessen bewußt, daß er zum erstenmal in dieser Schlacht einige seiner Gegner gesehen hatte.

Geoff zog seine Maschine wieder herum und warf eine Splitterbombe auf den dritten Lander ab, um anschließend die Maschine im Steilflug weg zu ziehen. Als er sich nach dem Lander umschaute, stieg aus diesem dichter schwarzer Qualm empor.

Volltreffer!

Dann verlor er den Lander aus dem Blick, da er die Maschine steil nach oben ziehen mußte, um von dem gegnerischen Verband wegzukommen. Für einen kurzen Moment versagten die Störsender der Kilrathi, so daß Schreie der Freude, der Wut und der Verzweiflung zu hören waren. Zufrieden nahm er zur Kenntnis, daß immerhin die Hälfte seiner computergesteuerten Geschosse ihr Ziel erreicht hatten.

Dem Funkgerät konnte er entnehmen, daß mittlerweile auch die zweite, von der *Ark Royal* ausgehende Angriffswelle eingetroffen war. Dann verstummten die Mitteilungen wieder; offenbar hatten die Kilrathi ihre Sender erfolgreich umprogrammiert.

Überall am Himmel waren Blitze und Explosionen zu sehen, in denen Piloten der Föderation, aber vor allem Soldaten der Kilrathi ihr Leben ließen. Die Verluste waren noch nicht abzuschätzen, aber ein Blick reichte aus, um zu erkennen, daß die Kilrathi zweifellos die Verlierer dieses Gefechts waren.

Plötzlich blinkten eine Reihe von Warnlampen auf seinem Steuerpult auf; dann wurde seine Maschine auch schon von den Projektilen eines Massewerfers traktiert. Bevor er ausweichen konnte, bildete sich um ihn herum ein dichtes Netz aus gewaltigen Strahlen, als die Raumflotte der Kilrathi aus etlichen hundert Kilometern das Feuer auf die Angreifer eröffnete.

Prinz Ratha stieß einen fürchterlichen Fluch aus, weil das Sperrfeuer seiner Flotte ihn daran hinderte, sein Ziel weiter in die Zange zu nehmen. Ein Dutzend Salven hatte er bereits in den hinteren Phasenschild des Jägers gefeuert, und dieser verfluchte Mensch erachtete es nicht einmal für nötig, seinen Schüssen auszuweichen!

Ist es möglich, daß es sich um den gleichen Piloten handelt, mit dem ich es schon einmal zu tun hatte? Eigentlich war die Wahrscheinlichkeit äußerst gering, aber irgend etwas überzeugte Ratha davon, daß es sich tatsächlich um denselben Menschen handelte, der es schon einmal geschafft hatte, seinem Zorn zu entkommen.

Schreie ertönten in seinem Kopfhörer – Schreie der

Besatzung eines Landers, den die Gegner beschossen hatten, bis er haltlos der Oberfläche des Planeten entgegenstürzte. Rathas Wut stieg ins Unermeßliche, hatte es sich doch um tapfere Krieger der dritten und siebten Brigaden der Imperialen Klaue gehandelt, die wie eine wehrlose Beute zur Strecke gebracht wurden. Keine nahen Verwandten, aber doch von königlichem Geblüt ...

Wild manövrierte Ratha zwischen den Salven seiner eigenen Schiffe hindurch, um dem Gegner zu folgen, der mit geschlossenen Sammelfeldern flog und deshalb eine ballistische Kurve beschrieb, bevor er für einen kurzen Augenblick die Felder öffnete und sofort wieder schloß, so daß die Maschine blitzschnell um ihre Achse rotierte und dann zur Seite davonschoß.

Doch Ratha ließ nicht locker – er wußte, daß seine Maschine sich hinsichtlich der Geschwindigkeit nicht mit der des Gegners messen konnte. Aber irgendwann würde der andere zur Landung ansetzen und seine Geschwindigkeit dabei soweit verringern, daß er Ratha ausgeliefert sein würde.

»Hier ist die *Yorkshire*, hier ist die *Yorkshire*! Wir haben eines unserer Triebwerke verloren!«

Winston betrachtete angestrengt den Bildschirm, auf dem das flackernde Bild der Übertragung zu sehen war, manchmal fast bis zur Unkenntlichkeit verzerrt von den Störsendern der Kilrathi und zudem völlig verrauscht durch die abschirmende Wirkung der eigenen Phasenschilde.

»Ansonsten läuft es sehr gut, Leute! Wir haben eins ihrer Schlachtschiffe wrack geschossen, und einer eurer Jäger hat soeben durchgefunkt, daß sie einen ganzen Haufen von Landern und sogar einen kompletten Transporter weggeknallt haben, was deren Landetruppen reichlich dezimiert haben dürfte! Gerade gibt Marine Drei durch, daß der ganze Himmel voller abstürzender Lander hängt!«

Begeisterte Rufe ertönten auf dem Gefechtsleitstand der *Concordia*. Doch Turner hob sofort die Hand, um die anderen zum Schweigen zu bringen.

»*Concordia* an *Yorkshire*, könnt ihr uns sagen, wie viele unserer Jäger es geschafft haben?«

»Wir haben soweit zehn von euren Jägern auf den Scannern!«

Verdammt. Mit vierzig Maschinen hatte er die Schlacht begonnen, sechzehn davon beim ersten Gefecht verloren, und nun weitere vierzehn. Bei der *Ark Royal* sah es nicht anders aus – die Hälfte der Bomber war bereits vernichtet, als die Jäger die zweite Angriffswelle flogen.

Die leitende Offizierin der *Yorkshire* wirkte ausgemergelt und blutete aus einer Platzwunde auf der Stirn. Winston hätte gern etwas mehr von ihrem Gesicht gesehen, aber das war unter einer Atemmaske verborgen, mit der sie sich vor dem Qualm schützte.

»Wir werden jetzt ein wenig auf die Bremse treten, aber früher oder später wird sie das sicher anziehen wie die Fliegen. Trotzdem, wir brauchen ein bißchen Ruhe, bevor es wieder losgeht!«

»Alles klar, *Yorkshire*«, meldete Naomi Dayan, deren Gesicht auf einen Sekundärbildschirm abgebildet wurde.

Schrecklich, dachte Winston, als er bemerkte, wie sehr sich ihr Gesicht verhärtet hatte, seit ihr Sohn in den Tod gegangen war. Er kannte Naomi seit fast zwanzig Jahren, und noch nie hatte er sie in einer solchen Verfassung gesehen. *In den letzten zehn Minuten ist sie um genau so viele Jahre gealtert ...*

»Nehmt so viele von denen mit, wie ihr könnt!« sagte Naomi, an die Mannschaft der *Yorkshire* gewandt.

Winston zuckte beinahe zusammen, als ihm durch ihre Worte bewußt wurde, welche morbide Stimmung sie ergriffen hatte. *Eine Grabesstimme, kalt und auf den Tod gefaßt.*

»Wir werden unser Bestes geben«, erwiderte die leitende Offizierin der *Yorkshire.* »Auf geht's, wir haben noch viel zu tun. Klinke mich jetzt aus. Lang lebe die Föderation!«

Der Bildschirm wurde schwarz.

Lang lebe die Föderation. Vor wenigen Tagen hätte das noch pathetisch geklungen, wie eine miese Dialogzeile aus einem trashigen Vid. Aber jetzt wären sogar Winston beinahe Tränen der Rührung in die Augen gestiegen.

»Wie steht es mit den Reparaturen?« sagte er an Naomi gewandt.

In der Verwirrung des Gefechts hatten es drei Kilrathi-Bomber geschafft, sich der *Ark Royal* so weit zu nähern, daß sie Torpedos gegen den Träger einsetzen konnten. Zwei Treffer hatte das Schiff hinnehmen müssen, von denen einer möglicherweise ein Blindgänger war; der zweite allerdings hatte das Flugdeck beschädigt.

»Sieht nicht gut aus, Winston. Wir haben sämtliche Startkapazitäten verloren. Möglicherweise kriegen wird das Feuer nicht unter Kontrolle. Außerdem habe ich die Hälfte meiner Besatzung verloren.«

»Die Triebwerke?« fragte Winston mit einem mulmigen Gefühl im Magen.

Sie grinste schwach.

»Immer noch bei hundert Prozent – es grenzt an ein Wunder!«

»Dann sieh zu, Naomi, daß du dich zügig absetzt. Ich decke mit der *North Carolina* den Rückzug. Eure verbleibenden Maschinen nehmen wir schon auf.«

»Alles klar, *Concordia*! Wir treffen uns dann auf der anderen Seite des Sprungpunktes, hoffe ich! Viel Glück, Winston!«

»Viel Glück, Naomi«, erwiderte Winston, während das Bild bereits zusammenbrach.

Winston ließ sich kraftlos in seinen Kommandosessel fallen und nahm dankbar nickend den Kaffeebecher entgegen, den ihm ein herbeieilender Offiziersanwärter reichte.

Er schwenkte seinen Sessel herum, um das Holofeld zu betrachten, in dessen Mitte nun McAuliffe zu sehen war. Langsam schwebte der Planet zum Rand des Holofeldes, während ihre Kampfverbände sich weiter und weiter von ihm entfernten. Winston hatte keineswegs geglaubt, daß es ihnen gelingen würde, das Blatt auf dem Planeten zu wenden. Aber zumindest hatten sie den Marines eine Atempause verschafft und gleichzeitig den Landetruppen der Kilrathi schwerste Verluste zugefügt, was sich möglicherweise ganz erheblich auf die Moral ihrer Gegner auswirken würde.

Und jetzt rasen wir mit voller Beschleunigung auf den Sprungpunkt Beta zu. Nicht der direkteste Weg zu den Innenwelten, aber da es mit rund drei Stunden Entfernung nun mal der nächste Sprungpunkt ist, bleibt uns einfach keine andere Wahl.

Außerdem hatte Naomi darauf hingewiesen, daß sie durch den Anflug auf Sprungpunkt Beta die Katzen mit einem taktischen Dilemma konfrontieren würden: Gelang den Schiffen der Föderation der Sprung, würde die Gefahr bestehen, daß sie bald darauf mit einer verstärkten Streitmacht von den Innenwelten zurückkehrten. Eigentlich blieb den Katzen nichts anderes übrig, als sie zu verfolgen – aber dann würden sie zumindest einen Teil ihrer Truppen von McAuliffe abziehen müssen. Das würde der Föderation einen Zeitvorteil verschaffen, so daß Banbridge vielleicht eine neue Verteidigungsstrategie entwickeln konnte.

Winston starrte weiter auf den Schirm, während die Minuten dahintröpfelten. Die *Yorkshire* war etwas zurückgefallen. Seitens der Kilrathi hatte eine merkliche Truppenverschiebung in Richtung des vereinbarten Treffpunkts mit der *Ark Royal* stattgefunden, der rund zehn Minuten vom Sprungpunkt entfernt lag. *Das dürfte verdammt eng werden.*

»Die *Yorkshire* hat ernsthafte Probleme, Sir!« meldete ein weiblicher Funkoffizier.

Winston drehte sich um und betrachtete das taktische Display. Drei Schlachtschiffe der Kilrathi näherten sich auf parallelem Kurs, wobei sie ein Gebiet von etwa fünfzig Klicks abschirmten. Zwischen ihnen und der *Yorkshire* fand bereits ein heftiger Feueraustausch statt, und die projizierten Daten legten offen, daß die Hülle des Schiffes schon an etlichen Stellen punktiert war. Außerdem waren die Waffenkanzeln Eins und Drei verloren.

Winston stellte seinen Kaffeebecher ab, weil er es irgendwie als pietätlos empfand, Kaffee zu trinken, während seine Leute da draußen verreckten. Er erhob sich mit zusammengekniffenen Lippen, während die Anzahl der roten Warnlichter auf dem Display ständig zunahm.

Und dann fror die Anzeige mit einem Schlag ein.

»Die Datenübertragung von der *Yorkshire* wurde unterbrochen«, meldete die Funkerin mit zitternder Stimme. Sie wartete noch einige Sekunden und fügte dann hinzu: »Ich habe hier ein Trümmerfeld auf dem Translicht-Radar ... Wir haben die *Yorkshire* verloren, Sir.«

Winston senkte den Kopf. »Ein gutes Schiff. Ausgezeichnete Leute.« Er seufzte.

»Sir«, meldete die Funkerin sich erneut, »es sieht so aus, als hätte eines der Kilrathi-Schlachtschiffe Probleme!«

Winston drehte sich wieder zum Display um, auf dem nun die Daten des Translicht-Radars zu sehen waren.

Die Funkerin gesellte sich zu ihm und beschrieb aufgeregt, was die abgebildeten Daten zu bedeuten hatten.

»Sehen Sie hier, Sir. Das ist das Trümmerfeld, aber hier stimmt irgend etwas nicht. Das ist eine Hitzesignatur ... Das Schiff bricht auseinander, Sir, anders kann ich mir es nicht erklären! Die *Yorkshire* hat sie vermutlich noch erwischt ...«

Winston betrachtete zweifelnd das Display, bis die Vermutung der Funkerin dadurch bestätigt wurde, daß der Translicht-Radar ein zweites Trümmerfeld anzeigte.

Die Funkerin drückte einige Knöpfe, worauf das Geschehen in Zeitlupe wiederholt wurde. Winston sah, wie die *Yorkshire* auseinanderbrach und einige Sekunden später mehrere Explosionen durch das Kilrathi-Schlachtschiff rasten, bis es sich in eine Trümmerwolke verwandelte.

»Das kann unmöglich die *Yorkshire* gewesen sein«, kommentierte Winston. »Die müssen irgendeinen Fehler gemacht haben, vielleicht eine Reaktorexplosion ...«

»Sir, das zweite Kilrathi-Schiff dreht gerade mit voller Kraft bei. Ich kann unmittelbar dahinter eine äußerst massive Hitzesignatur anpeilen, Sir. Vermutlich haben sie einen Riß in der Hülle, und der Treibstoff läuft aus.«

»Na, dann hoffen wir mal, daß die Soße explodiert!« meinte Winston mit bitterem Humor.

Aber sein Wunsch ging nicht in Erfüllung – der ausgelaufene Treibstoff explodierte so weit hinter dem Schiff, daß es kaum davon betroffen war.

»Wenigstens ist der Kahn außer Gefecht«, sagte Winston zuversichtlich. »Kann ich mal eine taktische Analyse haben, Valeri?«

Valeri ging zum taktischen Display und sprach kurz mit einem Offizier und zwei Analysten, um sich anschließend zum Holodisplay zu begeben, das nun eine Reihe hypothetischer Bewegungen als blaue und rote Kurven anzeigte.

»Wenn die *Ark Royal* die Geschwindigkeit halten kann, wird sie kurz vor ihnen den Sprung machen. In ungefähr siebenunddreißig Minuten nehmen wir unsere Jäger und die der *Ark Royal* auf, Sir. Bis die Jäger und Bomber der Katzen uns erreichen, vergeht noch rund eine Stunde und achtundzwanzig Minuten, wenn wir unsere derzeitige Geschwindigkeit beibehalten können. In den fünfzehn Minuten, die wir von da aus noch bis zum Sprungpunkt brauchen, dürfte es haarig für uns werden.«

»Gut, Valeri. Sehr gut.«

Winston wußte selbst nicht, was dieser blödsinnige Kommentar sollte.

»Ich hatte ausdrücklich befohlen, das Schlachtschiff zu ignorieren!« brüllte Gilkarg. »Wir hätten uns immer noch später darum kümmern können!«

»Herr, das primäre Ziel dieses Gefechts sind die

Schlachtschiffe und nicht die Träger. Wir haben den Vorfall beobachtet und entsprechend gehandelt«, erwiderte Nargth.

Auf dem Bildschirm war hinter Nargths Rücken eine Szene zu sehen, wie sie chaotischer nicht sein konnte. Die Brücke des Schlachtschiffs hatte sich mit Qualm gefüllt, und aus mehreren Kontrollpulten schlugen die Flammen hervor. Dann ertönte ein dumpfes Krachen, und Nargth hatte einige Mühe, das Gleichgewicht zu halten, als das Schiff von den Schockwellen der Explosion durchgerüttelt wurde. Das Bild geriet für einige Sekunden ins zittern. Gilkarg wartete, bis es sich wieder beruhigt hatte.

»Werdet Ihr das Schiff retten können?« fragte er beunruhigt.

»Die Tanks für die Triebwerke drei und vier sind leckgeschlagen, aber das bekommen wir in den Griff. Nur wird das Schiff für den Rest der Schlacht nicht mehr zur Verfügung stehen.«

»Ihr habt eines eurer Schlachtschiffe verloren – wie konnte das geschehen?«

»Es ist mir ein Rätsel, Herr! Vielleicht erinnert Ihr euch daran, daß ich dem Imperator schon vor einigen Jahren geraten habe, die Schlachtschiffe der *Gamorgin*-Klasse mit besserer Panzerung auszurüsten, statt sie für maximale Geschwindigkeit auszulegen. Ich vermute, es hängt damit zusammen.«

Gilkarg wäre beinahe der Kragen geplatzt. *Seine Unverschämtheit kennt offensichtlich keine Grenzen. Jetzt beleidigt er auch noch meinen Vater!*

Er bemühte sich, sachlich zu bleiben, da die Situationen nun wirklich nicht dazu geeignet war, persönliche Differenzen innerhalb des Oberkommandos eskalieren zu lassen.

»Der Vorfall zeigt doch zweifelsfrei, daß es primär

auf die Geschwindigkeit ankommt!« entgegnete er mühsam beherrscht. »Hättet Ihr die Geschwindigkeit nicht unsinnigerweise zurückgenommen, dann hättet Ihr zu den Flottenträgern aufschließen können, um sie anzugreifen!«

Nargth zog eine Grimasse. »Eure eigenen Jäger und Bomber, deren strategischen Wert Ihr ja ständig hervorhebt, werden auf jeden Fall den zweiten Träger erreichen, bevor dieser am Sprungpunkt eintrifft. Soweit es den anderen Träger angeht, habt Ihr ihm ja bereits so zugesetzt, daß er keine Gefahr mehr darstellt«, erwiderte er gelassen.

Gilkarg hämmerte wütend auf eine Taste, um die Verbindung abzubrechen.

»Herr«, sagte einer seiner Berater zu ihm, »Ihr habt die Basis des Gegners eingenommen und über achtzig ihrer Schiffe zerstört, wobei unsere Verluste sich auf zwei Träger, ein Schlachtschiff, einen Kreuzer, einen Truppentransporter und eine Reihe kleinerer Einheiten beschränken. Wir können also mit Fug und Recht vom größten Sieg in der Geschichte des Imperiums sprechen!«

Die Bemerkung sorgte dafür, daß Gilkargs Wut sich wieder auf ein halbwegs erträgliches Maß verringerte. »Das ist gewiß wahr, ändert aber nichts an der Tatsache, daß es dem Gegner nach unserem Erstschlag gelang, sich neu zu formieren und zum Gegenschlag anzusetzen, aus dem er mehr oder weniger als Sieger hervorging, weil diesmal wir die höchsten Verluste zu tragen hatten. Aus historischer Sicht könnte man also behaupten, daß wir die Verlierer dieses Konflikts gewesen sind. Und deshalb muß die *Concordia* vernichtet werden, weil sie die Rolle des Flaggschiffs übernommen hat und ihre Vernichtung als Symbol für die Niederlage der Föderation steht.«

Der Berater starrte ihn fassungslos an. Was ging in dem Kronprinzen vor, daß er sich zu einem solchen Lamento hinreißen ließ?

Die Antwort lag auf der Hand: Gilkarg machte sich etwas vor, verschwieg beispielsweise die horrenden Verluste innerhalb der Landetruppen. Fast die Hälfte der Soldaten war gefallen, und da die meisten von ihnen entfernte Verwandte des Imperators waren, würde er Gilkarg dafür um so mehr zur Rechenschaft ziehen. Also mußte er zum Ausgleich die nicht ganz planmäßig verlaufende Schlacht mit dem Abschuß des Flaggschiffs krönen, in der Hoffnung, damit seinen Vater zu besänftigen. Natürlich würde Nargth sich als Gilkargs schlimmster Kritiker betätigen, was man Nargth aber nun wirklich nicht verdenken konnte.

Selbstverständlich sah der Berater davon ab, Gilkarg über seine Gedanken zu informieren. Statt dessen meinte er nur: »Der eine Flottenträger wird uns mit Sicherheit entkommen. Er hat nicht einmal gewartet, um seine Kampfeinheiten aufzunehmen, sondern fliegt mit geschlossenen Sammelfeldern den Sprungpunkt an.«

»Was zweifellos bedeutet, daß sich der Abschaum, der unsere tapferen Krieger dezimiert hat, auf dem verbleibenden Flottenträger aufhält«, erwiderte Gilkarg nachdenklich. Nicht ohne Pathos fügte er hinzu: »Er soll also das Ziel unserer Rache sein!«

Der Berater beschloß, daß es an der Zeit war, den Kronprinzen auf subtile Weise von seinem Plan abzubringen. »Dreißig unserer Jäger und fünf Bomber sind bereits auf dem Kurs, Herr! Sie werden dafür sorgen, daß der Gegner den Sprungpunkt niemals erreichen wird!«

Gilkarg nickte und zog eine Grimasse.

»Das will ich hoffen.«

Seltsam, dachte er, während er sich wieder auf seinem Kommandosessel niederließ. *Ich kenne den Befehlshaber unserer Gegner nicht, und das erfüllt mich mit einem Gefühl des ... Bedauerns? Ist es das?*

Die Zeit schien quälend langsam zu vergehen, während Gilkarg sich Gedanken über seine Zukunft und darüber machte, wie eine andere, glorreichere Vergangenheit wohl ausgesehen haben könnte.

Geoff überprüfte zum tausendsten Mal seine Instrumente, während er mit maximaler Beschleunigung auf die *Concordia* zuhielt. Er gehörte nicht zu den ersten, die den Flottenträger erreichen würden, und nach allem was er wußte, würde es wohl ziemlich knapp werden, da ihnen die Verfolger dicht auf den Fersen waren.

Erst vor wenigen Minuten hatte es eine Bruchlandung gegeben, und die Räumungsarbeiten im Bereich des Hangartores hielten an. *Weitere kostbare Minuten, in denen die roten Blips dort auf den Bildschirmen ein gutes Stück näher an uns herankommen werden ...*

Geoff schaute auf die Uhr. *Noch vierzehn Minuten bis zum Sprung*. Die *Ark Royal* hatte bereits vor einigen Minuten das System verlassen.

Endlich konnte er vor sich einen kleinen Lichtblitz ausmachen, die *Concordia*. Und bald darauf sah er auch die *North Carolina* und eine Fregatte, die sich über längere Distanzen ein Feuergefecht mit einem Verband von Kilrathi-Zerstörern lieferte.

Ein Funkspruch schreckte ihn aus seinen Gedanken.

»Hier ist das Flugdeck, hier ist das Flugdeck. Vorübergehend wird keine Landeerlaubnis erteilt, da das

Hangartor durch einen Absturz blockiert ist. Wiederhole, vorübergehend ...«

Geoff fluchte. Seine Handflächen fühlten sich irgendwie pelzig an, und die Schmerzen in seinem Bein waren durch die verkrampfte Haltung noch schlimmer geworden. *Kein Wunder, daß es mit meiner Konzentration nicht zum besten steht. Nach allem, was ich hinter mir habe, hoffe ich doch nicht, daß ich es nicht mehr auf den Träger schaffe ...*

»Sektionen Grün und Blau, hört ihr mich?« meldete sich Hawkins.

Fünf Piloten meldeten sich kurz hintereinander, und schließlich aktivierte auch Geoff sein Mikrophon.

»Hier bin ich, großer Häuptling!«

»Jungs und Mädels, hört gut zu: Ihr könnt euch sicher denken, was ich vorhabe. Also werden wir gleich auf mein Kommando ausbrechen und den Verfolgern zeigen, was eine Harke ist, damit die anderen in Ruhe landen können.«

Au weia! Geoff seufzte. *Irgendwer da oben muß mich wirklich gern haben! Kaum bin ich aus der Scheiße raus, da heißt es schon wieder zurück Marsch, Marsch ...*

Liebend gern hätte Geoff Hawkins seine Meinung gegeigt. Nach dem Streß der letzten Monate hatte ihm die Schlacht den Rest gegeben, und seine Nervosität drohte allmählich in Hysterie umzuschlagen. Er wollte nicht mehr den Helden spielen, hatte es gründlich satt. *Verdammt, ich habe mein Beitrag nun weiß Gott geleistet und mich für einen Anfänger wohl ziemlich gut geschlagen, was man schon daran sieht, daß ich noch lebe. Und jetzt spiele ich mit doppeltem Risiko, kann mir nur noch aussuchen, ob ich mich direkt von den Katzen abknallen lasse oder hier im Vakuum elend draufgehe, weil ich es nicht mehr rechtzeitig auf den Flottenträger schaffe.*

Anscheinend erging es seinen Kameraden nicht anders, weil einer von ihnen gerade Verbindung mit Hawkins aufnahm und sagte: »He, Häuptling – warum ausgerechnet wir?«

Hawkins kicherte. »Weil wir verdammt noch mal zum falschen Zeitpunkt am richtigen Ort sind, Leute!«

Da hat er recht. Schließlich hatte niemand ihn oder die anderen dazu gezwungen, Kampfpilot zu werden. Sie hatten freiwillig die Akademie besucht, weil sie der Überzeugung waren, daß am Ende der langen Ausbildung ein interessanter und gut bezahlter Job stehen würde. Und man hatte ihnen nicht verschwiegen, daß man in diesem Beruf im Ernstfall sein Leben riskieren muß. *Wenn man eben zum falschen Zeitpunkt am richtigen Ort ist.*

Diese Gedanken sorgten dafür, daß Geoff wieder Zuversicht gewann. *Es ist verdammt noch mal dein Job, für andere in die Bresche zu springen.*

»Es geht los, Leute. Fertigmachen zum Ausbruch ... drei, zwei, eins ... *los*!«

Hawkins zog seinen Jäger steil hoch, und Geoff riß den Knüppel zurück, um direkt hinter Vance Stellung zu beziehen. Nur wenige Sekunden nach dem Übergang zum Immelmann rauschten die Jäger der Kilrathi unter ihnen vorbei, und Hawkins bewies sein ausgezeichnetes Gefühl für das richtige Timing, indem er seine Schleife direkt über einem ihrer Bomber auslaufen ließ. Doch bevor er das Feuer eröffnen konnte, wurde sein Flügelmann vom Heckgeschütz eines der vorausfliegenden Jäger pulverisiert.

Geoff brachte den Phasenschild eines Jägers zum Glühen, der aber sofort zur Seite ausbrach. Von einer Formation konnte schon kurze Zeit später auf beiden Seiten nicht mehr die Rede sein – Jäger und Bomber rasten in alle nur denkbaren Richtungen, wobei sich der Mittelpunkt des Gefechts jedoch in Richtung der *Concordia* verschob.

Geoff empfing die Mitteilung der Flugleitung, daß die Aufnahme der Maschinen gut vorangeschritten war und nur noch vier Jäger auf Landeerlaubnis warteten, von denen zwei vor einigen Minuten ausgebrochen waren, um Hawkins' Verband zu unterstützen.

Einige Sekunden später trafen die beiden dann auch ein, aber der eine fiel sofort dem konzentrierten Feuer von drei Gegnern zum Opfer. Zwei der gegnerischen Bomber änderten den Kurs, um statt der *Concordia* die *North Carolina* zu attackieren. Geoff wollte ihnen schon folgen, als Hawkins Verbindung zu ihm aufnahm.

»Deckt unser Schiff, deckt unser Schiff!«

Geoff zog seine Maschine herum und folgte Hawkins, der zu den drei verbleibenden Bombern abtauchte. Sofort wurde er vom Deckgeschütz des Bombers, auf den er es abgesehen hatte, unter Beschuß genommen. Aber Geoff ließ sich nicht beirren und behielt den Kurs bei. Die Nase seines Jägers bekam eine Salve aus dem Massewerfer ab, die er mit Dauerfeuer aus dem Laser erwiderte. Erst im letzten Augenblick riß er die Maschine hoch, mehr instinktiv als geplant, um nicht mit dem Leitwerk des Bombers zu kollidieren.

Verflucht, verflucht, verflucht – das war knapp!

»*Concordia* an Blau und Grün – unsere eingehenden Daten zeigen, daß die Bomber sich auf das Abfeuern der Torpedos vorbereiten!«

Geoff preßte den Knüppel hart zur Seite, während einer der gegnerischen Jäger auf seiner Sechs-Uhr-Position auftauchte und das Feuer auf ihn eröffnete. Links von ihm befanden sich zwei Bomber. *Einer davon muß der sein, mit dem ich mich vorhin angelegt habe ... aber welcher?*

»Torpedo geortet! Nimmt direkten Kurs auf uns!« funkte der Gefechtsleitstand.

Geoff sah, wie die Lenkwaffe auf die *Concordia* zuhielt und mitschiffs einschlug. Die Detonation war so gewaltig, daß der Träger durchgeschüttelt wurde wie eine Ratte im Maul eines Terriers. Geoff blieb fast das Herz stehen, während er darauf wartete, daß die Schockwellen abklangen. Einige bange Sekunden vergingen; dann nahm er erleichtert zur Kenntnis, daß der Träger den schlimmen Angriff erstaunlicherweise überstanden hatte, auch wenn die Schiffshülle nun durch ein monströses Loch verunziert war.

»Der zweite Torpedo wird gerade vorbereitet!«

»Ich bleibe an dem Bomber dran! Fliegt ihr zurück zur Scheune!«

Geoff riß fassungslos den Mund auf, als Hawkins mit brennender Maschine auf den Bomber zuraste und diesen bei der Kollision sauber in zwei fast gleich große Hälften teilte ...

»An alle Einheiten, an alle Einheiten – Sprung in zwei Minuten fünfzehn Sekunden! Ich wiederhole ...«

Verzweifelt riß Geoff die Maschine herum, um seinen Verfolger abzuschrecken, der ihn gerade wieder mit einer Salve aus den Massewerfern bedachte. Die Anzeige für den hinteren Phasenschild lag bereits bedenklich weit im roten Bereich.

»Sprung in zwei Minuten, wiederhole ...«

Über ihm blitzte es auf, als die *North Carolina* einen Treffer hinnehmen mußte. Wieder prasselte eine Salve von Projektilen auf die hintere Panzerung von Geoffs Jäger, und er geriet in Panik, weil der Gegner ihn wie zuvor davon abhielt, den Hangar des Flottenträgers anzufliegen.

Jetzt hilft nur noch eines ...

Von einem Moment auf den anderen gab Geoff vollen Gegenschub. Die Trägheitsdämpfer stellten schlagartig den Dienst ein, und Geoff wurde von seinen Gurten beinahe in handliche Stücke geschnitten, während der Durastahl so laut ächzte, daß Geoff doch arge Zweifel kamen, ob die Maschine das Manöver überstehen würde. Dann aber setzten die Trägheitsdämpfer wieder ein und die Maschine beruhigte sich, während der gegnerische Jäger unter ihm vorbeischoß, obwohl der Pilot ebenfalls vollen Gegenschub gab. Geoff konnte tatsächlich sehen, daß die Katze im Cockpit des Jägers einen violetten Helm trug und mit beiden Händen den Steuerknüppel vergewaltigte, um die Maschine zu wenden.

Geoff grinste hämisch und drückte auf den Feuerknopf. Aber die Salve riß schon nach einer halben Sekunde ab, da der Bordcomputer die für den Massewerfer benötigte Energie zur Aufrechterhaltung des Phasenschildes umgeleitet hatte.

Kurz darauf hatte der Kilrathi sein Wendemanöver beendet und hielt mit vollem Schub auf Geoff zu, der in diesem Moment ernsthafte Zweifel daran bekam, daß er geistig voll auf der Höhe gewesen war, als er sich damals bei der Akademie einschrieb ...

Doch dann raste eine Salve von Projektilen rechts an ihm vorbei, gefolgt von einer wie irrsinnig um die Hauptachse rotierenden Wildcat.

»So, Tolwyn«, meinte Vance, während seine Massewerfer dem Kilrathi-Jäger ein Leitwerk absäbelten, so daß dieser ins Trudeln geriet. »Hast lange genug den Helden gespielt! Du gehst zuerst ein, wir haben nur noch neunzig Sekunden!«

»Danke und verstanden!« meldete Geoff zurück.

Während die beiden Kurs auf die *Concordia* nahmen, bemerkte Geoff, daß der Kilrathi seinen Jäger nicht mehr unter Kontrolle bekommen hatte und ausgestiegen war, während der Computer noch mit wilden Korrekturmanövern aus allen Triebwerken versuchte, den Flug zu stabilisieren. Geoff nahm die nicht uninteressante Tatsache zur Kenntnis, daß die Software offensichtlich nicht in der Lage war, das fehlende Leitwerk zu kompensieren. Statt dessen wurde die Schubleistung weiter erhöht, bis die Maschine von den eigenen Triebwerken zerrissen wurde.

Geoff schüttelte den Kopf und konzentrierte sich dann auf den Landeanflug. Ein bißchen Bammel hatte er schon, schließlich war es erst seine zweite richtige Landung mit einer Wildcat. Während er den Anflugwinkel korrigierte, bemerkte er vor sich seinen Gegner, der auf seinem Schleudersitz langsam über alle Achsen rotierend durchs Weltall trudelte.

Ich hoffe doch sehr, daß er sich ordentlich vollgekotzt hat und ihm die Suppe immer wieder schön ins Gesicht klatscht ...

Geoff kicherte. Dann kam ihm der Gedanke, ob es nicht angebracht sei, der Katze mit einer Salve aus dem Massewerfer den Garaus zu machen. *Sicher besser, als hier im All langsam zu verrecken.* Er zweifelte daran, daß die Kilrathi sich in der derzeitigen Situation die Zeit nehmen würden, das System nach Schiffbrüchigen zu durchforsten. Andererseits wollte es ihm irgendwie nicht gefallen, auf einen wehrlosen Gegner zu schießen. *Das ist einfach nicht die feine englische Art ...*

Als er an den Kilrathi vorbeiflog, hob er seine Hand zum Salut. Enttäuschenderweise erwies sich der Gegner als Rüpel, der es nicht nötig befand, die militärische Ehrenbezeugung zu erwidern.

»Mach schon, Geoff – wir haben nur noch sechzig Sekunden!«

Geoff beschleunigte wieder hoch und bereitete sich auf das Landemanöver vor. *Wenn ich es versiebe, muß Vance ebenfalls dran glauben,* rief er sich in Erinnerung.

»Tolwyn, hier Flugdeck. Sparen Sie sich die Bestätigung, Ihr Anflugwinkel ist soweit okay, aber nehmen Sie die Geschwindigkeit zurück – Gegenschub, los, Gegenschub! Fahrwerk raus!«

Es war nicht einfach, die instabilen Maschine auf Kurs zu halten und gleichzeitig abzubremsen.

»Sie sind zu tief ... ein Stück hochziehen ... und runter mit der Geschwindigkeit, verdammt! ... Ja, das ist gut, nur etwas höher, höher ...« Die Stimme des Offiziers ging zu einem Kreischen über, als das Fahrwerk einen Schlag von der Kante des Hangartors abbekam und wenige Meter später abriß.

»Scheiße! Scheiße! Scheiße!« brüllte Geoff, als der Steuerknüppel schlaff wurde.

Den Rest der Strecke legte die Maschine Funken sprühend auf den Bauch zurück, um mit fast unvermindertem Tempo in das Fangnetz zu sausen.

Sekunden später war die Haube des Cockpits bereits mit Löschschaum bedeckt, und wie beim letzten Mal mußte er sich von einem Mitglied des Rettungsdienstes aus der Maschine helfen lassen.

Während er von den Rettungsleuten weggeschleppt wurde, sah er die aufgerissene Treibstoffleitung, aus der Flammen züngelten, die aber kurz darauf von Löschschaum erstickt wurden.

»Noch fünfzehn Sekunden bis zum Sprung«, ertönte es aus einem Lautsprecher.

»Vance!« rief Geoff erschrocken.

Er versuchte, sich aus dem Rettungsgriff frei zu strampeln, aber dann sah er, wie eine Wildcat elegant in den Hangar einflog und sanft landete, um wenige Meter neben dem Wrack seiner Maschine auszurollen.

»Nicht angeschnallte Besatzungsmitglieder bitte festhalten! Noch fünf Sekunden, vier ...«

Geoff legte sich flach auf den kalten Boden. Durch das offene Hangartor sah er, wie sich die Farben des Sternenhimmels veränderten. Dann zog die *North Carolina* neben ihnen auf, stark angeschlagen, aber noch manövrierfähig.

In der nächsten Sekunde färbten die Sterne sich tiefrot ...

Prinz Ratha beobachtete ohnmächtig, wie die *Concordia* sich in einen Strich aus grellweißem Licht verwandelte und verschwand.

Er verfluchte das Schiff, seinen Kommandanten, sich selbst ... vor allem aber den Piloten, der seine Maschine zerstört hatte.

Ich bin tot, eigentlich bin ich tot! Ich verstehe diese Menschen nicht. Wieso hat dieser Narr mich gegrüßt, statt mich in den Tod zu schicken?

Prinz Ratha schämte sich. Eine schlimmere Ehrverletzung konnte er sich nicht vorstellen – statt einem Gegner den Gnadenstoß zu geben, hatte er ihn am Leben gelassen und verhöhnt, indem er ihn grüßte, als wäre der Kampf nur ein harmloses Spiel für ihn gewesen und Ratha ein Gegner, den der andere überhaupt nicht ernst genommen hatte.

In seiner Seele brannte plötzlich ein unvorstellbarer Haß auf diese Menschen. *Drei von ihnen habe ich im Zweikampf getötet und mich so als Kriegsheld bewährt, der mit roten Klauen aus der Schlacht zurückkehrt.* So würden es die anderen sehen, was jedoch nichts daran änderte, daß er etwas verheimlichen mußte, das ihn in höchstem Maße kompromittieren würde, wenn es jemals an die Öffentlichkeit kommen sollte.

Aber darum ging es ihm eigentlich nicht. Schlimmer für ihn war, daß er mit dem Wissen über diese Entehrung leben mußte. In seinem Herzen zählten nicht die kleinen Siege, sondern nur die große Niederlage am Ende der Schlacht.

Nein, es nutzt mir nichts, die ganze Angelegenheit zu verheimlichen.

Er hob eine Tatze und öffnete die Verriegelung seines Helmes. Während die Luft zischend entwich, schloß Ratha die Augen und bereitete sich auf den lautlosen Tod im Vakuum vor.

Es war, als würde er den Boden unter den Füßen verlieren. Für einen Augenblick war er völlig desorientiert und verspürte eine zunehmende Übelkeit. Doch gerade als er meinte, sich erbrechen zu müssen, hüpfte das Deck wie an einem Gummiband nach oben, bis es so hart gegen seine Füße prallte, daß ihm für einen Moment die Luft wegblieb. Draußen vor dem Hangartor waren Sterne zu sehen, aber nicht dieselben wie vorhin.

»Sprungphase erfolgreich beendet!« plärrte es aus den Lautsprechern.

Geoff richtete sich langsam auf, immer noch betäubt von dem einzigartigen Erlebnis des Sprunges. Unter seinen Füßen spürte er das Beben der Explosionen, von denen das Schiff immer noch gebeutelt wurde. Für einen Augenblick setzte die künstliche Gravitation aus. Als die Generatoren wieder hochliefen, kehrte die Schwerkraft nur allmählich zurück, so daß Geoff für eine Weile das Gefühl hatte, langsam vom Boden des Flugdecks wegzudriften.

Wieder wurde das Schiff von einer Explosion erschüttert. Die Beleuchtung fiel aus, worauf alles an Deck plötzlich in den roten Schimmer der Notlichter getaucht wurde.

Die Bergungsmannschaft hatte bereits damit begonnen, sich um Geoffs Maschine zu kümmern. Zum zweiten Mal mußte er mit ansehen, wie sie einen Jäger, der ihm gut gedient hatte, über den Rand des Hangartors ins Weltall schoben.

»Sir, das waren noch mal fünfzig Millionen«, meinte einer seiner Retter, wobei er ihm ermunternd auf die Schulter klopfte.

»Sir, Sie sollten sofort die Krankenstation aufsuchen.«

»Ja, mache ich gleich ...«, flüsterte Geoff.

Vance war inzwischen aus seiner Maschine geklettert und lief auf Geoff zu. Als er vor ihm stand, schüttelte er amüsiert den Kopf.

»Normalerweise machen die Jungs einen nach Strich und Faden fertig, wenn du eine Maschine versenkt hast!«

Geoff fiel nichts ein, was er darauf hätte erwidern können. Sein Kopf wurde immer noch von den Schlachtenszenen beherrscht, die sich seltsamerweise auf zwei Ebenen abzuspielen schienen – einmal waren da blitzartige Impressionen, und zum anderen zeitlupenartig eingefrorene Szenen ... Hawkins im Kamikaze-Flug, die letzten Worte von der Brücke der *Masada*, der brennende Planet ...

Er überlegte, ob er Vance davon erzählen sollte, doch ihm fielen keine Worte ein, die auch nur annähernd beschrieben hätten, was er empfand.

Vance blickte ihn wissend an.

»Ich kenne das, Geoff, brauchst mir nichts zu erzählen«, flüsterte er und legte seine Hand auf Geoffs Schulter.

Hinter Vances Rücken war durch das Hangartor zu sehen, wie die *North Carolina* brennend ihre Bahn zog. Vermutlich setzte sie gerade ihren gesamten Vorrat an

Minen aus; in einer solchen Situation entsprach dies der Standardvorschrift für taktische Rückzüge. Es würden noch einige Stunden vergehen, bevor die Katzen den Sprungpunkt erreichten, und da sie natürlich mit den Minen rechneten, würden sie kleinere Schiffe vorausschicken müssen, um das Terrain zu säubern.

»Danke, Vance!« entgegnete Geoff leiste.

»Gleichfalls, mein Alter. Willkommen im Klub!«

»Ja ... danke.«

Dann gingen sie zum nächsten Ausgang.

Commander Winston Turner hockte ziemlich geschafft mit geschlossenen Augen in seinem Kommandosessel. Wieder ruckte eine Explosion durch das Schiff, und er öffnete die Augen, um sich die Schadensmeldungen anzusehen. *Schon wieder gelb ...* die Außenhülle war an einer weiteren Stelle aufgerissen. Der für die Schadenskontrolle zuständige Offizier drehte sich zu ihm um.

»Sir, wir können das Schiff noch für einige Zeit halten, aber wir werden unweigerlich die Haupttriebwerke verlieren. Dasselbe gilt vermutlich auch für die Sprungtriebwerke, Sir. Es geht zu Ende.«

Turner nickte müde.

»Wieviel Zeit bleibt uns noch?«

»Etwa acht Stunden maximal, Sir.«

»Können wir uns noch verteidigen, wenn die uns folgen?«

Im nächsten Moment sah die gesamte Besatzung Turner mit Blicken an, die so etwas wie Entrüstung zum Ausdruck brachten. *Natürlich* konnten sie sich noch verteidigen – *irgendwie* würde es schon gehen, man mußte sich halt etwas einfallen lassen.

»Wir werden kämpfend untergehen, Sir!«

»Sehr gut. Dann bereiten Sie schon mal den Start vor.«

Ein durchdringendes Piepen kündigte an, daß jemand durch den Sprungpunkt gekommen war. Turner richtete seinen Blick auf einen Monitor, auf dem jetzt die *North Carolina* und eines ihrer Geleitschiffe zu sehen waren. Beifallsrufe erschallten auf der Brücke.

Ich glaube es kaum, die haben es auch geschafft. Er blickte Valeri an.

»Wir haben verloren, aber die Moral an Bord ist nach wie vor gut«, kommentierte sie leise, so daß nur er es hören konnte. »Ich glaube allerdings nicht recht daran, daß sie uns nachsetzen werden. Wir haben ihnen zu große Verluste zugefügt, ihr Angriffsplan ist also in gewisser Weise gescheitert.«

Angriff und Rückzug, Rückzug und Angriff. Winston wurde sich plötzlich bewußt, daß es allein darauf ankam, zwischen diesen beiden Optionen die richtige zu wählen. *Die gesamte Militärgeschichte besteht eigentlich nur aus dem richtigen Vorgehen in diesem oder jenem Moment. Wenn wir einfach geflohen wären, wäre die Moral an Bord bei weitem nicht so gut. Nicht die Verluste zählen, die wir durch den erneuten Angriff in Kauf nehmen mußten, sondern die Tatsache, daß wir noch einmal zurückgeschlagen haben, bevor wir den Rückzug antraten. Hätten wir es nicht getan, wäre die Stimmung an Bord eine ganz andere – eine Stimmung der Niederlage. Vielleicht hilft das Dayan und den anderen über ihren Verlust hinweg, obwohl ...*

Ich frage mich, wie es um die dritte Marine-Einheit steht. Hat unser Angriff dafür gesorgt, daß sie sich wieder aufrappeln können?

Er bezweifelte es. Dayan würde ein intaktes Schiff aus ihrem Geleitzug dazu abkommandieren, in der Nähe des Sprungpunkt des Delta zu warten und später wieder ins System zurückzuspringen, um aus allen verfügbaren Antennen Peilungen vorzunehmen. Vielleicht glaubten die Katzen dann an einen neuen Angriff und zogen sich endgültig vom Planeten zurück – *das würde die dritte Marine-Einheit retten. Aber es ist ein verdammt alter, lauer Trick, und ich glaube kaum, daß die Katzen darauf hereinfallen werden.*

Er warf einen Blick aufs das Bordchronometer. *Fünfzehn Minuten, seit die* North Carolina *den Sprung gemacht hat. Und immer noch keine Verfolger. Wenn sie jetzt reinkommen, haben die Minen sich bereits so gut verteilt, daß sie nicht auf Angriffsgeschwindigkeit gehen können. Unter diesen Voraussetzungen können wir sie einfach abknallen, sobald sie aus dem Sprungpunkt rauskommen.*

Winston ermahnte sich, daß es in einer derartigen Situation wenig brachte, vom positivsten Fall auszugehen.

»Valeri, aktualisiere das Logbuch noch einmal, ich möchte auf jeden Fall, daß die genauen Zeiten festgehalten werden.«

»Wird sofort erledigt, Sir.«

»Wir werden erst mal abwarten, ob sie uns nachkommen. Falls nicht, schicken wir ein Schiff zurück ins System und sehen uns dort ein wenig um. Schadenskontrolle, versuchen Sie, das Ganze möglichst schnell in den Griff zu bekommen. Falls es nicht geht, müssen wir eben das Schiff verlassen – ich erwarte, daß Sie uns rechtzeitig Bescheid geben.«

Der Offizier nickte, und Turner ließ sich seufzend in den Sessel zurückfallen.

»Valeri, könntest du bitte für eine Weile das Kommando übernehmen?«

»Geht klar, Winston. Ruh dich nur aus.«

Commander Winston Turner machte es sich bequem und schloß die Augen. Es dauerte keine Minute, bis er fest eingeschlafen war.

Kronprinz Gilkarg knallte die Tür seines Privatgemaches hinter sich zu und stieß einen wilden Schrei aus.

Kurz zuvor war per Translicht eine Mitteilung von Kilrah eingetroffen. Er verfluchte sich dafür, nicht vorher dafür gesorgt zu haben, daß die Verbindung gar nicht erst zustandekommen würde. Dabei wäre es so einfach gewesen, zu behaupten, die Funkanlage sei während des Gefechts ausgefallen ...

Nur noch eine Stunde, und ich hätte das ganze Drama zu einem glücklichen Abschluß gebracht, wäre dem angeschlagenen Gegner durch den Sprungpunkt gefolgt und hätte ihn mit meinen drei Schlachtschiffen und drei Flottenträgern zur Strecke gebracht, während der Rest unserer Flotte den Widerstand auf McAuliffe zerschlagen hätte.

Gilkarg wurde fast ohnmächtig vor Wut, wenn er an die Signale denken mußte, die die Gegner seit einiger Zeit ausstrahlten, um den bevorstehenden Angriff einer neuen Flotte vorzutäuschen. *Eine ungeheure Frechheit, eine Unverschämtheit, uns für so dumm zu halten!*

Liebend gern hätte er zur Verfolgung der Gegner angesetzt, aber Nargth, dieser elende Sohn einer stinkenden Soldatenbraut, hatte insgeheim eine Mitteilung an den Imperator gesandt, um diesen vom Stand der Dinge zu unterrichten. Und jetzt war die Antwort eingetroffen, deren Inhalt dafür sorgte, daß Gilkarg die Hände gebunden waren.

Sein Vater hatte den Rückzug angeordnet, mit der Begründung, daß die Flotte nicht weiter gefährdet werden sollte und die Einnahme der Basis auf McAuliffe es nicht wert war, weiteres königliches Blut zu vergießen.

Dieser verdammte, senile Narr! Verflucht sei er dafür, mir den Sieg zu entreißen, den ich doch schon in den Klauen hatte! Wegen seiner Feigheit ist alles verloren, wegen seiner Behauptung, die Verteidiger der Föderation hätten uns mit Zaga angegriffen, der spirituellen Essenz des Kriegers! Gewiß, es mag sein, daß er damit recht hatte, aber daß er es meinem Vater unbedingt auf die Nase binden mußte, ist eine gemeine, hinterhältige Taktik ...

Andererseits wußte Gilkarg, daß sein Vater ihn für den Verlust der sechs Legionen zur Verantwortung ziehen würde. Weitere vier Legionen zu gefährden, würde das gesamte Imperium in die Waagschale werfen, nur um eine einzige Basis des Gegners mit einem vollständigen Vernichtungsschlag zur erobern. *Ein hoher Einsatz, aber wenn es um Ruhm und Ehre geht ...*

So sehr es ihm auch zuwider war, Gilkarg mußte zugeben, daß die Menschen und ihre Verbündeten mit großem Mut und taktischem Geschick gekämpft hatten. Die wenigen Einheiten der Kilrathi, die überhaupt die Oberfläche des Planeten betreten hatten, waren auf fürchterliche Weise von der Marineinfanterie der Föderation dezimiert worden, so daß es bereits nach kurzer Zeit ratsam erschien, die Evakuierung anzuordnen.

Kann man überhaupt noch von einem Sieg sprechen, wenn wir uns jetzt aus diesem System zurückziehen? Der Imperator hatte in seiner Mitteilung ausdrücklich gesagt, daß sie auf jeden Fall mit neuen Truppen in das System zurückkehren würden. Aber Gilkarg konnte sich mit dieser Strategie überhaupt nicht anfreunden, da dies nicht der gewaltige, blitzartige Sieg sein würde, von dem er zu Beginn des Konflikts überzeugt gewesen war. *Diese Chance haben wir endgültig verspielt. Die Föderation hat Zeit gewonnen, um sich zu erholen und den Verteidigungsring um die inneren Welten zu verstärken. Vielleicht wird es uns gelingen, unser Imperium über die bisherigen Grenzen auszuweiten, aber die totale Eroberung können wir damit abschreiben.*

Große Probleme bereitete ihm auch die Tatsache, daß zwei der Torpedos in die gegnerischen Schiffe eingeschlagen waren, ohne zu detonieren. Zweifellos würden die Menschen die Geschosse auseinandernehmen und herausfinden, wie es ihnen gelungen war, die Phasenschilde zu durchbrechen. Damit konnte Gilkarg die Waffe, die eigentlich den Sieg garantieren sollte, für den weiteren Verlauf des Krieges auf Eis legen.

Ein abgefangener Funkspruch ließ darauf schließen, daß die Föderation irgendwie in den Besitz der Kriegserklärung gekommen war. Nur ein Verräter, der Zugang zu den höchsten Kreisen hatte, wäre in der Lage gewesen, den Menschen ein solches Dokument zuzuspielen.

Zumindest das *hat funktioniert, und jetzt sind alle davon überzeugt, daß es in unseren Reihen mindestens einen Verräter geben muß.* Gilkarg grinste höhnisch. *Es wird nicht lange dauern, bis sich nach und nach herausstellen wird, wer dieser Unbekannte ist.*

Wie hat Vater es noch formuliert? Wir haben den größten Sieg in der Geschichte des Imperiums erzielt. Aber was nutzt es, wenn wir gleichzeitig den größten Vorteil meiner Strategie in den Wind schlagen und damit die eigentlichen Früchte des Sieges verspielen? Gilkarg wurde allmählich bewußt, daß die Wendung der Dinge mit großer Wahrscheinlichkeit bewirkte, daß der Krieg mit der Föderation Generationen andauern würde, statt wie geplant in wenigen Monaten beendet zu sein.

»Herr?«

Gilkarg hob den Kopf und wollte dem Adjudanten, der auf dem Bildschirm zu sehen war, mit einer wütenden Bemerkungen das Maul verbieten.

»Herr, ich biete euch an, mein eigenes Blut für diesen traurigen Moment zu opfern!«

Gilkarg schwante bereits, warum sein Berater seine Mitteilung hinter dieser Floskel verbarg. Seine Wut schmolz dahin, während er sich bemühte, seine Besorgnis nicht zu zeigen.

»Sprich.«

»Euer Sohn, Herr ... Er ist tot. Wir haben seine Leiche gefunden.«

Gilkarg brachte kein Wort über die Lippen.

»Herr, er starb den Tod des Kriegers. Sein Leben wurde ihm von eigener Hand genommen, Herr, nachdem er im mutigen Zweikampf seinem Gegner unterlag und verantworten mußte, daß dieser entkam. Sich und Euch zu Ehren hat er die Konsequenz gezogen, Herr!«

Gilkarg wandte sich ab, ohne die Kraft zu haben, die Verbindung von sich aus zu unterbrechen.

Selbstmord. Verflucht sei alles, was lebt! Dieser dumme, dumme Jungfang hatte sich umgebracht, und dies, obwohl er sich in der vorhergehenden Schlacht weiß Gott bewährt hat. Statt heimzukehren und an meiner Seite zu bleiben, um eines Tages meine Nachfolge anzutreten, bringt dieser Idiot sich um. Bringt sich um, weil Nargth die Schlacht verloren hat.

Immerhin gab es noch Thrakhath, was Gilkarg etwas über seine Trauer hinweghalf. *Also wird er mein Nachfolger sein, eines Tages ... aber Ratha, Ratha ist tot.*

Gilkarg zog seinen Dolch und setzte die Spitze der Klinge auf seiner Stirn an, um sie dann mit einem Ruck nach rechts zu ziehen. *Blut, Blut muß fließen, um das zu betrauen, was verloren wurde ...*

15

FAWCETT'S WORLD

Captain Hans Kruger kletterte aus dem Schrotthaufen, den die militärische Führung des Landreichs euphemistisch als ›Fregatte‹ bezeichnet hatte, obwohl es sich in Wirklichkeit um ein Frachtschiff handelte, das man nachträglich mit Waffen bestückt hatte.

Er griff nach dem Rettungskit und den beiden Gewehren, um anschließend an der Seite des qualmenden Wracks herunterzugleiten. Die Katzen hatten praktisch die gesamten Außenwelten des Landreichs attackiert, waren jedoch nicht bis zum Höllenschlund vorgedrungen. Nachdem eines ihrer Schlachtschiffe kampfunfähig geschossen und drei Kreuzer zerstört worden waren, hatten sie den Rückzug angetreten. Hans wollte gar nicht darüber nachdenken, welchen Preis das Landreich für seine Verteidigung bezahlt hatte. Jedenfalls hatte sich sein Mißtrauen gegenüber Blucher in den wenigen Wochen, die er in seiner Flotte gedient hatte, in Hochachtung verwandelt. Irgendwie fand er ihn nun sogar sympathisch, was Hans doch ein wenig erstaunte.

Er sah einem Schwarm Vögel nach, die sich mit schrillen Rufen nach Süden entfernten. Seine Bruchlandung hatte eine ziemlich weitläufige Schneise in den Dschungel geschlagen, und diese Tatsache würde genauso wie der vom Wrack aufsteigende Rauch meilenweit zu sehen sein. Weil damit zu rechnen war, daß die Katzen auch in dieses System eine ihrer Patrouillen schicken würden, erschien es Hans ratsam, sich möglichst schnell in die Büsche zu schlagen.

»Kruger, das hast du wirklich toll gemacht!«

Die junge Frau, die auf seinem Schiff als leitender Offizier gedient hatte, trat auf die Lichtung. Hans wußte, daß sie früher als Ingenieurin gearbeitet hatte – ausgerechnet bei den Sarn, wie er durch Zufall erfahren hatte.

Er lachte trocken. *Hier werden mich diese Schweinehunde bestimmt nicht suchen. Zwei Sprungpunkte tief im Imperium, abgeschossen von einer Patrouille der Katzen, schiffbrüchig auf einem gottverlassenen Planeten namens Fawcett's World, auf dem, wie jeder weiß, eine ganze Garnison imperialer Truppen stationiert sein soll ...*

»Wie bist du eigentlich auf die Scheißhausidee gekommen, dich mit dem Stützpunkt hier anzulegen?«

»Elaine, es hat doch geklappt! Ich weiß gar nicht, was du willst! Wir haben den Stützpunkt wegrasiert und ...«

»Dann haben sie uns abgeknallt!«

»Das passiert schon mal ...«

Sie deutete auf das Schiff. »Was ist mit den anderen?«

»Die gibt's nicht mehr. Außer uns beiden hat es keiner überlebt.«

Sie dachte einen Augenblick nach und beschloß, sich keine weiteren Gedanken darüber zu machen.

»Oh, wie romantisch ...«

»Laß uns loslegen! Einige von den Katzen haben sicher überlebt, und die werden wir uns jetzt mal vorknöpfen.«

»Na klar!« meinte sie mit einem sarkastischen Grinsen. »Die Chancen für uns stehen ja mindestens eins zu zehntausend!«

McAuliffe

First Lieutenant Geoffrey Tolwyn öffnete die Ausstiegsluke der *Lazarus* und drehte sich zu Konteradmiral Winston Turner um, der sich gerade von seinen Gurten befreite.

»Gute Landung, Tolwyn.«

Geoff schwieg. Das war der erste Flug mit der *Lazarus* gewesen, auf dem er die Funktion des Piloten übernommen hatte. Die Landung hatte ihn einiges an Schweiß gekostet, aber schließlich hatte er das Schiff doch exakt auf der Markierung des Rollfeldes heruntergebracht.

»Sie können aussteigen, Sir!«

»Na, mein Sohn – dann werden wir uns mal die Gegend anschauen!«

Als Geoff ausstieg, mußte er daran denken, wie sie damals von McAuliffe abgeflogen waren und ein Schuß aus seinem Gewehr dafür gesorgt hatte, daß der aufmüpfig gewordene Unteroffizier nicht an Bord gelangte.

Die Luft war ausgesprochen heiß und trocken. Geoff nahm einen Übelkeit erregenden, süßlichen Geruch war, den er nicht einzuordnen vermochte, bis er auf dem Rollfeld die endlosen Reihen von Planen bemerkte, unter denen sich die Umrisse menschlicher Körper abzeichneten.

Ihm blieb fast das Herz stehen, als er das gewaltige Trümmerfeld bemerkte, das der Skyhook Tower hinterlassen hatte. Der verbleibende Stumpf überragte immer noch den größten Wolkenkratzer, den Geoff je gesehen hatte. Aber seine schartige Kontur wirkte nun wie ein drohender Zeigefinger, der sich in den blutroten Himmel erstreckte. Das Rollfeld war mit Hunderten Wracks von Jägern und anderen kleinen Schiffen übersät, aus denen zum Teil noch Rauchschwaden emporstiegen. Und weiter hinten, wo einst die Stadt gewesen war, sah er jetzt nur noch geschwärzte Ruinen, über denen schwarze Wolken hingen.

Sie wurden von einem Colonel erwartet, der salutierte und anschließend Turners Hand nahm. Hinter dem Colonel tauchte zu ihrer Überraschung nun Sergeant Major Ulandi aufs, der mit einem strahlungssicheren Tarnanzug bekleidet war und ein schweres Sturmgewehr auf dem Rücken trug.

Ulandi salutierte. Dann fielen er und Turner sich vor Erleichterung lachend in die Arme.

Als die beiden sich wieder trennten, bemerkte Geoff, daß sein alter Lehrer Mühe hatte, die Tränen der Freude zurückzuhalten. Aus weiter Entfernung waren die Geräusche eines Feuergefechts zu hören.

»Wir heben noch ein paar Nester aus«, erklärte Ulandi. »Ich muß zugeben, daß diese Bastarde zäher sind, als ich gedacht haben. Gefangene werden wir wohl nicht machen.«

Turner nickte.

»Was, zur Hölle, ist überhaupt passiert?« fragte der Colonel. »Ich dachte schon, es sei aus. Aber gestern morgen haben sie dann zum Rückzug geblasen. Besteht nur die Frage, ob sie nicht schon bald zurückkommen.«

Geoff war überrascht, daß der Colonel nichts davon wußte.

Turner schüttelte den Kopf.

»Es ist nicht so gelaufen, wie sie es sich vorgestellt haben! Wir haben hinter dem Sprungpunkt gewartet, weil ich eigentlich damit gerechnet hatte, daß sie uns folgen. Hatte die Hoffnung, daß wir sie so in den Hinterhalt locken können, um noch einige von ihren

Schiffen wegzupusten. Irgendwann wurde es uns zu langweilig dort, also haben wir eine Fregatte zurückgeschickt, die dann beobachtet hat, daß sie die gesamte Flotte abzogen. Colonel, die haben sich schlicht und ergreifend verpißt! Es ist vorbei.«

»Wie sieht es mit der *Concordia* aus?«

Turner zog eine Grimasse.

»Wir haben das Schiff verlassen müssen. Sie ist hochgegangen, kurz bevor wir wieder zurückgesprungen sind.«

»Tut mir leid, Sir!«

Turner setzte ein gezwungenes Lächeln auf.

»Manchmal muß man Opfer bringen, Colonel. Und in diesem Fall war es das wert, denke ich!«

»Also haben wir gesiegt«, meinte Ulandi vorsichtig.

Jetzt erst bemerkte Geoff, wie schrecklich Ulandi aussah.

Der Blick allein zeigte ihm, was der Sergeant Major durchgemacht haben mußte. *Es muß hier beim Bodenkampf viel schlimmer zugegangen sein als bei uns ...* Er wurde sich bewußt, daß die Schrecken, die hinter ihm lagen, vollkommen bedeutungslos gegen das waren, was Ulandi und die anderen erlebt hatten.

»Ja«, meinte Turner ganz leise, »ich gehe davon aus, daß die Geschichtsbücher es als Sieg interpretieren werden.«

Ulandi spuckte aus. Dazu hatte er nichts zu sagen.

»Sir, wir sollten besser nach unten gehen«, meinte er schließlich zu Turner. »Hier oben ist alles immer noch ziemlich verstrahlt!«

Turner nickte und folgte an Ulandis Seite dem Colonel, während Geoff sich an die andere Seite des Sergeant Major begab.

»Was ist mit Long und Nagomo?« fragte Turner.

»Habe gehört, das Long rauf wollte, aber das war es

dann auch. Nagomo ist wenigstens auf seinem Posten gestorben, das muß man ihm lassen.«

»Wie schlimm war es, Sergeant Major?« fragte Geoff vorsichtig.

Ulandi blieb stehen und hob die Hand, um auf die Wracks zu deuten, danach auf die in Trümmern liegende Stadt. Zuletzt richtete er seinen Blick auf die zahllosen, mit Planen abgedeckten Leichen, die auf dem Rollfeld darauf warteten, verladen zu werden.

Plötzlich stutzte Ulandi und setzte sich in Bewegung, um zur Leiche einer jungen Frau zu gehen, die auf ihrer Uniform die Rangabzeichen eines Corporals trug. Zwei Marines machten sich gerade daran, sie auf die Ladefläche eines Lasters zu schleppen. Ulandi senkte kraftlos den Kopf und brauchte eine Weile, bevor er sich wieder gefangen hatte. Dann schaute er Turner an und seufzte.

»Die detaillierten Schadensmeldungen bekommen Sie vom Colonel, Sir. Wir haben fast siebzig Prozent unserer Truppen verloren, und beim Personal der Basis sieht es noch schlimmer aus. Es war ein regelrechtes Abschlachten.«

»Die fünfte Marine-Einheit wurde abkommandiert«, erwiderte Turner ein wenig hilflos, »sie dürfte in etwa zwei Wochen hier eintreffen.«

Ulandi nickte müde.

»Ich bleibe hier, Sergeant Major. Soll die Basis übernehmen, sie wieder in Schuß bringen. Möglich, daß die bald zurückkommen.« Turner machte eine Pause. »Sieht aus, als müßten wir noch eine Weile warten, bis wir die Rente einreichen können. Ich möchte, das du mein Arschtreter wirst.«

Ulandi lächelte.

»Geht klar, Winnie! Schön, wieder unter deinem Kommando zu arbeiten!«

Ulandi zog aus einer der Innentaschen seines Schutzanzuges eine Zigarre hervor und brach sie in der Mitte durch, um die eine Hälfte Winston zu überreichen. Der steckte sich den Stummel wortlos zwischen die Lippen und ließ sich von Ulandi Feuer geben. Als sie die zerschmetterten Ruinen des Hauptquartiers erreichten, blieb Winston stehen.

»Sie können jetzt zurückfliegen, Tolwyn. Da die Flieger von der *Concordia* auch auf der *Ark Royal* stationiert sind, werden Sie dort gebraucht.«

»Sir?«

»Nun, ich habe den Befehl, hier auf der Basis zu bleiben. Aber Sie sind nun mal Flieger, und genau wie Vance haben Sie doch sicher keine Lust, hier mit mir auf der Basis zu bleiben?«

»Sir, ich würde gern hier unter Ihrem Kommando arbeiten!«

Turner lachte freundlich.

»Vielleicht ein andermal, Tolwyn!«

Geoff richtete den Blick auf die Ruinen.

»Es hätte niemals geschehen dürfen«, meinte er mit verbitterter Stimme.

»Was meinen Sie damit?«

Geoff blickte ihn fest an. *Wie soll ich es sagen, die ganze Wut darüber, daß es so gekommen ist ... dieser Idiot More ist daran schuld, und jetzt bekommt er die Quittung dafür!* Erst gestern war die Nachricht hereingekommen, daß Senator Mores Planet hinter die feindlichen Linien geraten war. Seitdem gehörte er zu den vehementesten Befürwortern eines totalen Krieges, der die Kilrathi ein für allemal ausrotten sollte. *Totale Vernichtung, keine Gefangenen, keine Gnade. Der ist doch völlig verrückt ...*

Geoff war mittlerweile davon überzeugt, daß die Regierung an dem ganzen Debakel schuld war. Er beschloß, in Zukunft darauf zu achten, daß sich so etwas nicht wiederholte.

»Sir, das hätte nie so kommen dürfen!« meinte er zu Winston.

»Tolwyn ...«, entgegnete Turner leise.

»Ja, Sir?«

»Vergessen Sie's. In jedem Krieg werden Fehler gemacht. In jedem Krieg, der von einer demokratischen Regierung geführt wurde, hat man viele junge Leute ... halbe Kinder ... in den Tod geschickt, nur weil einige der Idioten da oben nicht an die Sicherheit gedacht haben, sondern an ihre eigene Gier. Aber nicht alle sind so mies. Es gibt auch gute Leute darunter. Das trifft wahrscheinlich sogar auf die meisten zu. Und deshalb überlebt das demokratische System auch die schlimmsten Fehler, weil die guten Leute da sind und dafür sorgen, daß es sich nicht im selben Stil wiederholt.«

Er schaute nachdenklich in die Ferne, bevor er sich wieder an Geoff wandte. »Mal was anderes, mein Junge. Ich habe in meinen Bericht geschrieben, daß du über ganz erstaunliche Fähigkeiten verfügst. Und ich habe dich für die Ehrenmedaille vorgeschlagen.«

Geoff war sprachlos.

»Ich denke, daß dieser Krieg nicht so schnell vorbei sein wird. Sieh zu, daß du ihn überlebst, Geoffrey Tolwyn, dann wirst du eines Tages ein eigenes Schiff kommandieren, vielleicht sogar eine neue *Concordia* – wer weiß.« Er seufzte und lächelte versonnen. »Das war schon ein tolles Schiff!«

Für einen Augenblick wirkte Winston wieder wie der gute alte, ein wenig vertrottelte Professor.

»Keine Angst, meine Predigt ist gleich beendet!« fuhr er schließlich fort. »Behalte im Kopf, was du in diesem Krieg gelernt hast, und vergiß niemals, für was du eigentlich kämpfst: für die Föderation, und nicht etwa für die Flotte. Denk immer daran, daß die Flotte der Föderation zu dienen hat.«

»Aye, aye, Sir!«

»Gut.« Winston musterte ihn noch einmal. »Jetzt gibt es zwei Möglichkeiten für uns. Richards ist zum Wing Commander auf der *Ark Royal* befördert worden. Wenn du hier auf der Basis wartest, bis die Verstärkung eintrifft, kannst du das Kommando über einen seiner Unterverbände übernehmen. Es würde noch eine Menge Ausbildung auf dich zukommen, auch wenn du vielleicht meinst, daß du schon alles weißt. Die andere Möglichkeit ...«, er zögerte, »wäre die, daß du ein unabhängiges Kommando erhältst.«

»Sir?«

»Wenn der Laden hier erst mal läuft, wird die *Ark Royal* zwecks Instandsetzung zur Erde zurückfliegen. Das Schiff ist ja völlig im Eimer ...« Er blickte zerstreut zur Seite. »Egal. Ich habe einem alten Freund von mir, der es bis nach ganz oben geschafft hat, von dir berichtet. Wir werden bald eine Menge neuer leichter Fregatten in Dienst stellen müssen. Und wir brauchen jede Menge First Lieutenants, die diese Fregatten kommandieren. Patrouillendienst, direkt an der Grenze. Das könnte wohl der nächste Schritt in der Karriere sein, mein Sohn!«

Geoff verschlug es die Sprache.

»Ich würde mir das nicht zweimal überlegen, Junge«, mischte Ulandi sich ein. »Auf den Träger kannst du immer noch später zurück.«

Geoff lächelte. »Ich nehme an, Sir. Vielen Dank!«

»Gentlemen, ich möchte diesen Moment der Rührung nur ungern unterbrechen«, meinte der Colonel hüstelnd, »aber wenn ihr noch weiter hier draußen stehen bleibt, könnt ihr danach als Brennstäbe im Reaktor Dienst schieben. Die Strahlungswerte sind immer noch reichlich hoch hier draußen.«

Turner streckte die Hand aus. »Du bist der beste Student, den ich jemals hatte, Tolwyn! Ich hoffe, daß ich weiter stolz auf dich sein kann!«

»Danke, Sir! Ich werde Sie bestimmt nicht enttäuschen!«

Geoff salutierte und trat ab, um zur *Lazarus* zurückzukehren. Turner blieb noch stehen, bis der Junge im Inneren des Schiffes verschwunden war, die Luke sich geschlossen hatte und die Maschinen hochfuhren.

»Ein zähes Bürschchen«, kommentierte Ulandi trocken. »Hat das Zeug zu einem verdammt guten Commander!«

Turner nickte. »Aber nur solange er nicht vergißt, für wen er eigentlich kämpft.«

An: INTELCONFEDFLT
von: CICCONFEDFLT

Habe Deinen Bericht gestern erhalten und werde die entsprechenden Passagen an die Kommandanten der Sonderkommandos 3, 19 und 42 weiterleiten. Kann Deine Analyse vollständig nachvollziehen. Wir haben Glück gehabt. Das Desaster auf McAuliffe dürfte die größte Katastrophe sein, die die Flotte jemals erlebt hat, egal ob auf dem Meer oder im All. Weder im Chinesischen Meer, noch bei Pearl Harbour, Tsushima oder Salamis war das Ausmaß des Schadens so groß. Erstaunlich finde ich nur, daß wir es angesichts dieser Tatsache geschafft haben, das Blatt zu wenden und nachträglich die Niederlage in einen überraschenden Sieg umzukehren. Zwar glaube ich nicht, daß wir jemals erfahren werden, warum sie den Rückzug von

McAuliffe antraten, aber ich vermute insgeheim, daß Turners absolut irrsinniger Gegenangriff dafür gesorgt hat, daß sie sich zum ersten Mal in ihrer Geschichte so richtig in die Hose gemacht haben. Gerade die horrenden Verluste bei den Bodentruppen dürften dafür gesorgt haben, daß der Imperator den Befehl zum Rückzug gab.

Trotz unserer nicht weniger dramatischen eigenen Verluste haben wir einen strategischen Vorteil erwirkt, weil der Konflikt letztendlich dafür sorgte, daß sich die Uneinigkeiten innerhalb der Föderation mit einem Schlag auflösten.

Wenn ich die Mentalität der Kilrathi richtig interpretiere, sollte der überraschende Erstschlag aus dem Hinterhalt vermutlich eine gewaltige Heldentat darstellen, aber wir haben diese Art der Kriegführung als ungeheures Verbrechen interpretiert, das geahndet werden mußte.

Seit Beginn des Krieges sind dreißig Tage vergangen, in denen wir rund hundertfünfzig Planetensysteme verloren haben und damit dreißig Prozent unserer industriellen Kapazitäten, fast vierzig Prozent unserer wichtigsten strategische Ressourcen sowie – eine unbegreiflich schreckliche Zahl – achtundzwanzig Milliarden Bürger, die jetzt in der Hand des Feindes sind und zur Sklaverei oder gar zum Tod verdammt. Trotzdem haben wir uns nicht ergeben.

Auf kurze Sicht sind die Perspektiven erschreckend. Siebzig Prozent unserer Flotte wurde vernichtet, darunter auch die *Concordia,* die bis zuletzt eine wichtige Schlüsselrolle in der Schlacht spielte. Sie war ein stolzes Schiff. Ich hoffe, daß wir eines Tages ihre Nachfolgerin in Dienst stellen können. Derzeit besitzen wir jedoch nur drei einsatzfähige Flottenträger und die *Ark Royal,* die bald zur Erde zurückkehren wird, um danach mindestens sechs Monate auf Dock zu liegen.

Wir müssen diese Angelegenheit unbedingt vorantreiben. Wir wissen noch zu wenig über unseren Feind, zu wenig über seine Schwächen und wie man sie ausnutzen kann. Aus technischer Sicht haben wir allerdings einiges in Erfahrung bringen können. Innerhalb der nächsten Monate sollte es uns gelingen, ihre Torpedos so weit analysiert zu haben, daß wir sie in verbesserter Form kopieren können. Auch das Entwicklungsprogramm für den neuen, streng geheimen Corsair-Jäger wird deutlich vorangetrieben. Viel wichtiger noch erscheint mir, endlich in Erfahrung zu bringen, welche Strategie sie in Zukunft wählen werden und welchem Ziel ihr nächster Angriff gelten wird.

Es liegt auf der Hand, daß sich der Vorfall von McAuliffe nicht wiederholen wird. Wie dem auch sei, ihre nächste Attacke wird über Sieg oder Niederlage entscheiden. Und für uns heißt das, daß wir zu einem Gegenschlag ansetzen müssen, von dem sie sich für lange Zeit nicht erholen werden. Deshalb hoffe ich, Jim, daß Du möglichst schnell in Erfahrung bringst, wo sie zuschlagen werden. Wenn wir es rechtzeitig wissen, wird sich das Blatt zu unseren Gunsten wenden.

Banbridge CICCONFEDFLT

Skip seufzte und schickte die Mitteilung ab.

Die Wendungen des Krieges, ging es ihm durch den Kopf. *Es ist so wenig, was so viel bewirken kann. Eine winzige Informationen zum rechten Zeitpunkt wendet das Blatt im Sturm der Schlacht. Hoffentlich erlebe ich noch, wie dieser Krieg zu Ende geht. Es ist frustrierend, mit dem*

Gedanken zu leben, daß man große Hoffnungen hat, die sich erst erfüllen, wenn man längst tot ist.

Er stand auf und schaltete seinen Computer ab, um anschließend das Büro zu verlassen. Nachdem er den düsteren Korridor durchquert hatte, öffnete er die Ausgangstür, um in die Nacht hinaus zu treten.

Dort oben, irgendwo zwischen den Sternen, bereiteten sich die Katzen auf den nächsten Schlag vor. *Aber selbst, wenn wir sie erfolgreich zurückwerfen, heißt das nicht, daß damit auch der Krieg beendet ist.*

»Admiral?«

Er drehte sich langsam um und sah die schlanke Gestalt seines neuen Adjutanten.

»Sir, eine weitere Depesche vom Sonderkommando 42 kam gerade herein. Außerdem möchte der Präsident Sie sprechen, Sir!«

»Danke, mein Junge. Dann gehen wir besser wieder rein. Setzen Sie gleich frischen Kaffee auf. Ich nehme an, daß es eine lange Nacht wird.«

Kopfschüttelnd ließ Skip sich die Tür öffnen und betrat wieder den Korridor.

ENDE

Der erste Thriller des nächsten Jahrtausends. Eine Art ›STIRB LANGSAM‹ im Weltraum von einem der begabtesten deutschen SF-Autoren der Gegenwart.

Im Jahr 2015: Hauchdünn und kostbar sind die Sonnensegel der japanischen Solarstation NIPPON. Von ihnen aus wird die Erde mit Energie versorgt. Als die Energieübertragung versagt, denken Leonard Carr und die Mannschaft der Station zuerst an eine technische Panne. Doch dann geschieht ein Mord, und ein fremdes Raumschiff dockt widerrechtlich an. Entsetzt erkennt die Besatzung, daß sie Spielball in einem Plan ist, der die Station zu einer nie dagewesenen Bedrohung für die Erde werden läßt. Leonard hat nur eine Chance gegen die kalte Präzision, mit der seine Widersacher vorgehen: Er kennt alle Geheimnisse der Solarstation und weiß beim Kampf, die Gesetze der Schwerelosigkeit für sich zu nutzen ...

›Eine höchst ungewöhnliche Mischung aus Thriller und SF.‹

Brigitte

ISBN 3-404-24259-9

BASTEI LÜBBE

Der Krieg zwischen den Menschen und den raubtierartigen Kilrathi geht weiter. Gegen jede Chance wagen die Menschen einen verzweifelten Angriff auf den Heimatplaneten der Kilrathi, um endlich eine Entscheidung herbeizuführen. Wieder einmal ruht die Hoffnung der Menschheit auf einer Handvoll mutiger Piloten, doch noch nie hing so viel von so wenigen ab …

Ein neues Buch zum legendären und bestverkauften SF-Computerspiel aller Zeiten.

ISBN 3-404-23189-2

Einsam steht sie auf Iapetus, einem Mond des Saturn: die riesige Statue eines außerirdischen Wesens, mit einer Inschrift, die allen Entschlüsselungsversuchen trotzt. Sie ist nicht das einzige Relikt. Nach Entwicklung des überlichtschnellen Antriebs entdecken Forscher weitere geheimnisvolle Bauwerke – und alle auf Welten, die von kosmischen Katastrophen heimgesucht wurden. Die Archäologen von der Erde stehen vor einem Rätsel. Gibt es einen Zusammenhang zwischen den fremden Wesen und dem Untergang so vieler Zivilisationen? Und wohin sind die Monument-Erbauer verschwunden?
Doch es bleibt nicht mehr viel Zeit, Antworten zu finden, denn die Erde, die sich am Rande einer ökologischen Katastrophe befindt, kann keine weiteren Gelder für Forschungen bereitstellen – selbst wenn in ihnen der Schlüssel für das Überleben der ganzen menschlichen Rasse liegen könnte ...

Ein neuer, ungewöhnlicher SF-Roman aus der Feder des Philip-K.-Dick-Anward-Preisträgers JACK McDEVITT.

›Interstellare Archäologie mit erstaunlichen Ideen, einer beeindruckenden Atmosphäre und der Spannung eines ausgeklügelten Krimis. Unwiderstehlich!‹‹ *Gregory Benford*

ISBN 3-404-24208-4

BASTEI LÜBBE